문학이란 무엇인가

문학이란 무엇인가

김욱동 지음

문예출판사

그 창백한 손에는 한송이 백합을 들고
눈은 월장석(月長石)처럼 불타듯이 빛나며
—— 헨리 트리스의 「시」에서

책머리에

　문학 입문서를 쓰고 싶다고 처음 생각한 것은 몇 해 전의 일이었다. 그러나 늘 마음만 앞섰지 막상 이 작업에 손을 댈 엄두가 나지 않았다. 전문서를 쓰는 것과는 또 달라서 문학 입문서를 쓰는 일이 무척 힘에 부치기 때문이었다. 그러나 이 일을 지금까지 몇 년 동안이나 미루어 온 데에는 또 다른 까닭이 있다. 이러한 책이 과연 꼭 필요한가 하는 회의가 들었기 때문이다. 지금도 웬만한 서점에 가 보면 문학과 관련한 입문서나 개론서가 서가를 가득 메우고 있다. 『문학 개론』이니 『문학 입문』이니 『문학의 이해』니 『문학이란 무엇인가』니 그 제목도 가지가지이다. 대형 서점에서는 서가 하나로도 모자라 아예 옆의 서가까지 차지하고 있는 마당에 이러한 종류의 책을 또 한 권 보탠다는 것이 어쩐지 마음에 걸렸던 것이다.
　그런데 시간을 내어 이 서가에 꽂혀 있는 책들을 거의 다 읽고 나서 조금 자신감을 얻게 되었다. 내가 구상하고 있던 책은 그 책들과는 성격이 조금 다르다는 것을 깨달았기 때문이다. 시중에 나와 있는 문학서들은 크게 두 갈래로 나누어 볼 수 있을 것 같다. '문학 개론'이라는 이름이 붙은 책들은 그 제목부터가 벌써 위압감을 주어 쉽게 손이 가지 않는다. 한문투의 어려운 문장인데다 곳곳에서 일본어 문장을 그대로 옮겨 놓은 것 같은 느낌마저 준다. 문장뿐만 아니라 서술 방식도 여간 까다롭지 않다. 한자 교육을 제대로 받지 않고 자라난 젊은 세대 독자들에게 이러한 책들이 선뜻 구미가 당기지 않을 것은 불을 보듯 뻔하다. 설령 구미가 당긴다고 하더라도 활자 매체보다는 전자영상 매체에 길들여진 젊은 독자들이고 보면 이러한 책들을 제대로 소화해 내기가 무척 힘들 것이다.

그런가 하면 이러한 문학 입문서들 반대편에는 또 다른 입문서들이 자리잡고 있다. 흔히 '문학이란 무엇인가?'라는 제목을 달고 있는 책들이 바로 그것이다. 이러한 책들은 한 사람이 체계적으로 쓴 것이 아니고 여러 사람의 글을 한데 모아놓은 것이 거의 대부분이다. 더구나 이 책들은 문학의 개념과 본질에 대하여 물음만 던지고 있을 뿐 막상 책을 읽어 보면 그 물음에 대한 답을 찾기가 여간 어렵지 않다. 솔직히 말해서 그 물음에 대한 답을 하고 있지 않다. 한 사람이 쓴 책의 경우에도 사정은 크게 다르지 않다. '문학이란 무엇인가?'라는 물음에 대하여 에둘러서밖에는 답하지 않고 변죽만 울리고 있다. 그러한 책들은 문학을 주제로 한 가벼운 에세이를 한데 모아 놓은 것이라고 하는 편이 더 옳을 것 같다.

'문학 개론'에 속하는 책들이 너무 거칠고 딱딱하여 한글 세대 독자들이 제대로 소화해 낼 수 없다면, '문학이란 무엇인가?'에 속하는 책들은 갓 젖을 떼고 난 유아에게 먹이는 이유식처럼 너무 흐물흐물하다. 문학이 무엇인지 알고 싶어하는 젊은 독자들에게 이 두 갈래의 책 가운데 그 어느쪽도 그다지 알맞는 길잡이처럼 보이지 않는다. 물론 시중에 나와 있는 책들이 모두 다 그러하다는 것은 결코 아니다. 예외 없는 규칙이 없듯이 여기에서도 몇몇 예외는 있게 마련이다.

7

나는 바로 앞에서 말한 이 두 갈래 문학 입문서 가운데에서 한중
간에 드는 책을 쓰고 싶었다. 소화 불량에 걸릴 만큼 거칠고 딱딱하
지도 않으면서 그렇다고 영양 실조에 걸릴 만큼 내용이 부실하지도
않은 책, 그것이 바로 내가 그동안 쓰고 싶었던 책이었다. 말은 그
렇게 하여도 막상 이러한 책을 쓴다는 것은 무척 힘든 일일 것이다.
그것은 어쩌면 무지개를 잡으려고 하는 것처럼 영원히 이룰 수 없
는 꿈인지도 모른다. 문학에 관심을 가지고 있고 또한 문학을 가르
쳐 온 사람으로서 '평생의 꿈이 쉬운 문학 입문서 한 권을 쓰는 것'
이라는 말을 그동안 자주 들어 온 터였다. 나는 이 책을 이러한 시
도의 첫걸음으로 삼으려고 한다. 앞으로 부족한 부분을 고쳐 쓰고
또 고쳐 쓸 것이다.

나는 누구보다도 한글 세대 독자를 염두에 두고 이 책을 썼다. 나
자신이 한글 세대에 속하는 사람으로서 될 수 있는 대로 한글 세대
독자들이 쉽게 이해할 수 있도록 기술하였다. 그리하여 한자어 문
장투를 피하고 좀더 우리말다운 글을 쓰려고 애썼다. 요즈음 젊은
세대한테서 흔히 볼 수 있는, 외국어를 서툴게 옮겨 놓은 듯한 문장
도 피하려고 하였다. 조금 부풀려 말한다면 이 책은 '한글 세대 저
자가 한글 세대 독자를 위하여 한글로 쉽게 풀어 쓴' 문학 입문서라
고 할 만하다. 에이브러햄 링컨의 말을 빌려 말하자면 '한글 세대
의, 한글 세대에 의한, 한글 세대를 위한' 책인 셈이다. 또한 외국
작가의 작품보다는 우리나라 작가의 작품에서 구체적인 본보기를
든 것도 이 책의 특징이라면 특징이 될 것이다.

이 책에서는 문학 작품을 분석하고 해석하는 실제 비평 쪽보다는

오히려 문학 원론이나 이론 쪽에 더 무게를 실었다. 문학에 대하여 모두 일곱 가지 물음을 던지고 그 물음에 대하여 답하는 형식을 취하였다. 그리고 될 수 있는 대로 그 물음에 대한 답에서 크게 벗어나지 않으려고 애썼다. 여기저기에서 아직도 마음에 들지 않는 곳이 눈에 띄지만 이 책이 문학이라는 정상에 오르려는 사람들에게 조금이라도 길잡이 노릇을 할 수만 있다면 저자로서는 더 이상 바랄 것이 없을 것이다.

이 책을 쓰기까지 나는 여러 사람한테서 큰 도움을 받았다. 먼저 나에게 몇 해 전 문학 입문서를 한 권 써 보라고 권하신 이근삼 선생님께 감사를 드린다. 오랫동안 몸담고 계시던 서강대학교에서 정년 퇴직하실 때까지 선생님께서는 여러 면으로 큰 힘이 되어 주셨다. 이 책에 실린 글 가운데 일부는 계간지 『상상』에 연재한 바 있다. 단행본에 맞도록 잡지에 실린 글을 다듬고 다시 고쳐 썼다. 이 자리를 빌려 이 잡지의 편집자들에게 깊은 감사를 드린다.

마지막으로 어려운 출판 사정에도 불구하고 이 책 출판을 선뜻 허락해 주신 문예출판사 전병석 사장님께 깊은 감사를 드린다. 또한 이 책이 햇빛을 보기까지 여러모로 귀중한 조언해 주신 박정하 편집장, 그리고 궂은 교정 일을 맡아 준 김혜정 양에게도 이 자리를 빌려 감사드린다.

1996년 여름
분당 서현동에서
金旭東 적음

문학이란 무엇인가

차 례

제 I 장

문학을 어떻게 정의할 것인가

문학이란 무엇인가? 문학에 조금이라도 관심 있는 사람이라면 아마 한번쯤은 이 물음을 던져 보았을 것이다. 또한 문학에 관심 있는 사람치고 어떤 식으로든지 이 물음에 답해 보려고 하지 않은 사람도 없을 것이다. 이렇듯 이 물음은 문학에 관심 있는 사람들에게는 아주 매력적이면서도 도전적인 물음이다. 이 물음이 매력적인 까닭은 그 대답 안에 문학의 개념과 본질을 열 수 있는 열쇠가 들어 있기 때문이다. 그리고 그것이 도전적인 까닭은 이 물음에 대하여 만족스러운 답을 찾기란 거의 불가능하기 때문이다.

문학 작품을 쓰는 작가들, 그리고 그 작품을 연구하고 가르치는 문학 연구가들에게 이 물음은 아주 중요하고도 절실하다. 철학자들에게 "철학이란 무엇인가?"라는 것이 회피할 수 없는 물음이듯이 문학가들에게 이 "문학이란 무엇인가?"라는 것은 회피할 수 없는 물음이다. 그리하여 많은 문학 연구들이 지금까지 이 물음에 답하기 위하여 갖은 노력을 아끼지 않았다. 그들은 이 물음에 대한 만족스런 답을 찾으려고 많은 시간과 정력을 바쳐 왔다. 문학 연구는 이 물음에 대한 연구요 문학 연구의 역사는 곧 이 물음에 대한 답을 찾으려는 노력의 역사였다고 하여도 결코 지나친 말이 아닐 것이다.

그런데 놀랍게도 "문학이란 무엇인가?"라는 물음에 대한 대답이 아직 그렇게 만족스러운 것같아 보이지 않는다. 장님들이 코끼리 몸뚱이를 더듬는 것처럼 이론가에 따라서 그리고 시대에 따라서 문학의 본질과 성격에 대한 견해는 저마다 다르다. 물론 그러한 견해도 일리가 있기는 하지만 문학에 대한 일반적 정의로 받아들이기에는 아직도 미흡한 것이 사실이다. 문학에 대하여 정의를 내리는 것은 마치 그물로 물고기를 잡는 것과 같다. 그물이 너무 성글면 그물눈 사이로 물고기가 빠져나가고, 이와는 달리 그물눈이 너무 촘촘하면 물고기 대신 온갖 것들이 걸려든다.

18세기 영국의 비평가 새뮤얼 존슨은 시를 정의하는 데에 기발한 아이디어를 생각해 낸 적이 있다. "시란 무엇인가?"라는 물음보다는 "시가 아닌 것이 무엇인가?"라는 물음에서 시의 성격과 특성을 알아내기가 훨씬 더 쉽다는 것이다. 정답이 아닌 것에서 바로 그 정답을 찾아 내겠다는, 역설치고는 지독한 역설이다. 문학의 개념과 본질을 규명하려면 우리도 "문학이란 무엇인가?"라는 물음을 던지기에 앞서 "문학이 아닌 것은 무엇인가?"라는 물음을 먼저 던져 보는 것이 좋을 것 같다. "문학이 아닌 것은 무엇인가?"라는 이 물음에 대한 대답에서 어쩌면 문학의 개념과 본질을 캐는 열쇠를 찾을 수 있게 되는지도 모른다. 문학이 아닌 것들을 하나하나 제외시키다 보면 문학이 무엇인지 저절로 밝혀지게 될 것이다.

과학적 진리와 문학적 진리

문학을 비롯한 예술과 가장 뚜렷하게 구별되는 분야로 사람들은 흔히 과학을 꼽는다. 영국 사람들에게 아이작 뉴턴과 반대되는 인물을 들라고 하면 아마 윌리엄 셰익스피어를 들 것이다. 이렇듯 셰익스피어는 늘 뉴턴과는 반대편에 서 있는 사람으로 여겨졌다. 만유인력의 법칙을 발견한 것과 햄릿이나 오셀로와 같은 허구의 인물을 창조해 낸 것 사이에는 그 지적 활동에 있어 큰 차이가 있기 때문이다. 마찬가지로 우리나라 사람들도 조선 시대 과학자 하면 곧 장영실을 떠올릴 터이지만 같은 시대의 문학가 하면 송강 정철을 쉽게 떠올리게 될 것이다. 한 사람은 세계 최초로 측우기를 발명해 내어 나라를 빛냈고, 다른 사람은 아름다운 가사를 지어 이름을 떨쳤다. 이렇게 과학과 예술은 마치 남극과 북극처럼 서로 상충되고 대립되는 분야로 일컫기 일쑤이다.

그런데 과학이 추구하는 가치는 흔히 진리라고 일컫는다. 과학자들은 엄밀하고 객관적인 방법으로 진리를 찾으려고 한다. 예를 들어 관찰과 실험을 기초로 과학자들은 "지구는 둥글다"라는 진리를 발견해 내었다. 이 과학적 진술은 어느 누구도 부정할 수 없는 객관적 진리이다. 실제로 과학자들은 월식 때 비친 지구의 그림자를 근거로 이 사실을 과학적 진술로 검증하였다. 그렇기 때문에 어느 누구도 지구의 모습이 세모꼴이거나 네모꼴이라고 생각하지 않는다. 이렇게 어떤 사실이 일단 진리로 받아들여지게 되면 그 진리는 시간과 공간을 초월하여 보편적으로 널리 통용된다. 이렇게 많은 사람들이 널리 받아들이는 진리는 영원불변한 가치를 지닌다. 이러한 진술을 표현할 때에 언제나 현재형 시제를 사용하여야 하는 것도 그 때문이다. 중고등학교 시절 영문법 시간에 귀가 따갑도록 들어왔듯이 모든 진리는 과거형이나 미래형으로 표현하여서는 안 되고 오직 현재형으로밖에는 표현할 수가 없다.

그러나 과학적 진리라도 때로는 거짓으로 드러날 때가 가끔 있다. 실제로 서양 사람들은 오랫동안 지구는 우주의 중심에 멈추어 있고 태양을 비롯한 여러 천체들이 지구 주위를 도는 것으로 굳게 믿고 있었다. 기원후 2세기경 이집트의 수학자이며 천문학자 톨레미가 처음 주창한 이 천동설은 16세기 초엽까지만 하여도 울산바위처럼 움직일 수 없는 확고한 진리로 받아들여졌다. 그러나 폴란드의 천문학자 니콜라스 코페르니쿠스가 지동설을 주장하면서부터 천동설은 거짓임이 드러났다. 코페르니쿠스의 지동설은 17세기에 이르러 이탈리아의 수학자이고 천문학자이며 물리학자인 갈릴레오가 다시 한번 이론적인 뒷받침을 해 준다. 그렇다면 어느 한 진리는 그것이 거짓이라는 사실을 밝혀 주는 새로운 진리가 나타날 때까지만 진리로 행세할 수 있는 셈이다.

과학이 추구하는 가치가 진리라면 문학을 비롯한 예술이 추구하는 가치는 아름다움이다. 예술은 무엇보다도 아름다움을 추구하는 분야라고 할 수 있다. 예술과 아름다움은 마치 바늘과 실처럼 서로 뗄래야 뗄 수 없을 만큼 밀접하게 연관되어 있다. 19세기 미국 소설가 헨리 제임스는 예술이 아름다움과 맺고 있는 관계를 갓 결혼한 신랑과 신부에 견준 적이 있다. 신부가 신랑에게 사랑을 굳게 맹세하듯이 예술가도 아름다움에게 맹세를 한다는 것이다. 이러한 아름다움은 문학 작품을 읽거나 예술 작품을 감상하고 느끼는 흥분이나 정신적 고양에서 비롯된다. 그리고 이러한 흥분이나 정신적 고양을 느끼게 되는 것은 작품 속에 들어 있는 어떤 질서나 조화 또는 균형을 찾게 되는 까닭이다.

물론 진리와 아름다움은 겉보기와는 달리 그렇게 엄격히 구분되지 않고 서로 깊이 연관되어 있다. 최근 들어 몇몇 철학자들은 진리와 아름다움이 동전의 앞면과 뒷면처럼 같은 것을 두고 다르게 부르는 것에 지나지 않는다고 주장한다. 그들에 따르면 이 세상에는 'x'라고 부를 수 있는 오직 하나의 영원한 가치밖에는 존재하지 않는다는 것이다. 그렇다면 '진리'라는 말은 과학자들이 이 영원한 가치를 두고 부르는 이름에 지나지 않고, 마찬가지로 '아름다움'이라는 말 또한 예술가들이 그 가치를 달리 부르는 이름에 지나지 않는다.

여기에서 잠깐 설탕을 한 본보기로 들어보는 것이 좋을 것 같다. 만약 앞을 볼 수 없는 장님이 설탕의 속성을 밝힌다면 그는 아마 혀끝으로 맛을 보고 '단 맛이 나는 물체'라고 말할 것이다. 이번에는 정상적인 시각을 가지고 있지만 미각을 잃어버린 사람이 설탕의 속성을 밝힌다고 가정해 보자. 아마 그는 설탕의 모양을 보고 '흰색이나 갈색의 결정체'라고 말할 것이다. 이 두 진술은 그 나름대로 모두 옳지만 설탕에 대한 완벽한 설명은 되지 못한다. 왜냐하면 이 두 진술은 오직 한 가지 방법에만 기대어 설탕의 속성을 밝혀 내기 때문이다. 이와 마찬가지로 과학자들은 한 방법으로 'x'를 설명하고, 문학가를 비롯한 예술가들은 다른 방법으로 그것을 설명한다. 그러니까 진리가 미지수 'x'의 한 모습이라면, 아름다움은 미지수 'x'의 다른 모습이라고 할 수 있다.

그런데 문제는 수학에서 자주 쓰는 미지수 'x'란 것이 과연 무엇인가 하는 데에 있다. 이 미지수를 어떤 사람들은 '실재'(實在), 그러니까 눈에 보이는 겉모습 뒤에 숨어 있는 어떤 '궁극적 진리'라고 생각한다. 신을 믿는 사람들이라면 초월적 존재인 '하나님'이라고 생각할 것이다. 이러한 관점에서 본다면 진리와 아름다움은 어디까지나 똑같은 것을 가리키는 서로 다른 이름에 지나지 않는다. 영국의 낭만주의 시인 존 키츠는 "진리는 곧 아름다움이요, 아름다움은 곧 진리이니라"라고 노래한 적이 있다. 이렇게 아름다움도 진리의 한 갈래라면 문학을 비롯한 예술이 추구하는 가치도 궁극적으로는 진리라고 할 수밖에 없을 것이다. 그런가 하면 독일의 관념주의 철학자 임마누엘 칸트는 "아름다움은 도덕적 선의 상징"이라고 말하기도 한다. 사정이 이쯤 되고 보면 진리와 아름다움은 물론이고 아름다움과 선의 경계선까지도 아주 애매모호해진다. 결국 진선미는 서로 다른 세 영역이 아니라 삼각형의 세 모서리처럼 하나라고 할 수 있을 것이다.

진리와 아름다움 그리고 선이 하나라는 생각은 최근 들어 훨씬 더 설득력을 얻고 있는 듯하다. 또한 이 생각은 서양의 작가들뿐만 아니라 우리나라의 작가들한테서도 쉽게 찾아볼 수 있다. 가령 우리나라 현대 소설사에 굵직한 획을 그은 이문열의 작품에도 이 세 가지가 궁극적으로는 하나라고 말한 장면이 나온다. 『젊은날의 초상』에서 주인공은 소백산맥의 줄기 창수령을 넘다가 흰 눈에 덮인 아름다운 광경을 바라보면서 예술적 희열을 맛본다.

아름다움은 모든 가치의 출발이며 끝이었고, 모든 개념의 집체인 동시에 절대적 공허였다. 아름다워서 진실할 수 있고 진실하여 아름다울 수 있다. 아름다워서 선할 수 있고 성스러워서 아름다울 수 있다.……그러나 아름다움은 스스로는 아무것도 갖고 있지 않다. 그러면서도 모든 가치를 향해 열려 있고, 모든 개념을 부여하고 수용할 수 있는 것, 거기에 아름

다움의 위대성이 있다

그러나 적어도 진리를 추구하는 방법에 있어서만은 문학을 비롯한 예술은 과학과는 사뭇 다르다. 과학은 무엇보다도 엄밀성과 객관성을 가장 중요한 방법으로 삼는다. 과학에서는 오직 실험과 관찰을 통한 객관적 사실만이 성서처럼 존중을 받는다. 그러므로 과학적 방법에는 주관적 판단이나 편견이 끼어들 틈이 없다. 물론 현대 과학에 이르러서는 객관성이나 절대성에 대하여 문제를 제기하지 않는 것도 아니다. 저 유명한 불확실성 이론에서 베르너 하이젠베르크는 관찰자의 위치에 따라서 그리고 선택하는 모델에 따라서 실험 결과가 얼마든지 달라질 수 있음을 밝혀 내었다. 그럼에도 과학에서는 무엇보다도 객관성과 절대성 그리고 인과 관계를 생명처럼 중요하게 여긴다. 한편 예술은 본질적으로 상상력에 뿌리를 두고 있는 분야이다. 예술가들은 객관적인 실제 세계보다는 오히려 주관적인 허구 세계에 훨씬 큰 관심을 갖는다. 그렇기 때문에 예술에서는 예술가의 주관적 판단과 직관 그리고 감정이 무엇보다도 중요하다.

진리를 추구하는 방법뿐만 아니라 진리의 갈래에 있어서도 문학을 비롯한 예술은 과학과 큰 차이를 보인다. 과학이 추구하는 진리와 예술이 추구하는 진리는 본질적으로 서로 다르다. 과학이 추구하는 진리를 '과학적 진리'라고 부른다면, 문학이 추구하는 진리는 '예술적 진리'라고 부를 수 있다. 엄밀성과 객관성에 기초하는 과학적 진리는 실험과 관찰에서 얻는 보편적인 진리이다. 한편 상상력을 중시하는 예술적 진리는 있음직한 가능성의 세계에 큰 관심을 갖는다. 예술적 진리는 과학의 기준으로 보면 때로는 객관적 사실이나 상식에서 크게 어긋나게 보일지 모른다. 그러므로 과학과 예술이 추구하는 진리를 서로 따로 떼어 내어 생각할 필요가 있다.

과학적 진리와 예술적 진리가 서로 어떻게 다른가를 보기 위하여 잘 알려진 시 한 편을 본보기로 들어보는 것이 좋을 것 같다. 1930년대에 걸쳐 크게 활약한 청록파 시인 박목월은 「나그네」라는 작품에서 시골길을 걸어가고 있는 한 나그네의 모습을 한 편의 수채화처럼 아름답게 읊고 있다.

　　강나루 건너서
　　밀밭 길을

　　구름에 달 가듯이
　　가는 나그네

　　길은 외줄기
　　남도 삼백리

　　술 익은 마을마다
　　타는 저녁놀

　　구름에 달 가듯이
　　가는 나그네

　이 시는 청록파의 또다른 시인 조지훈의 시 「완화삼」에 대한 화답으로 지은 작품으로 전해진다. 서울에 있던 조지훈은 우리나라가 일본 식민지에서 벗어난 직후 경주에 살고 있던 박목월을 처음 찾아가 함께 명승지를 돌아보고 「완화삼」이라는 시를 지어 주었다. 이 시에는 "나그네 긴 소매 꽃잎에 젖어 / 술 익은 강마을의 저녁 노을이여"라는 시구가 나온다. 「완화삼」이나 「나그네」나 우리나라 사람들의 토착적 정서에 잘 어울리는 3·4조 리듬과 우리말 토속어를 효과적으로 구사하였다고 하여 서정시로 높이 평가받고 있다. 바로 이러한 서정성 때문에 많은 사람들이 지금도 이 두 시를 널리 애송하고 있다.
　얼핏 보면 「나그네」는 아무런 문제가 없는 완벽한 서정시처럼 보인다. 그러나 이 시를 좀더 자세히 뜯어보면 적지 않은 문제가 있음을 깨닫게 된다. 둘째 연과 마지막 연에서 두번씩이나 되풀이 하는 "구름에 달 가듯이 / 가는 나그네"라는 구절을 다시 한번 찬찬히 읽어 보자. 이 구절에서 시인은 구름을 배경 삼아 달이 옮겨가고 있는 모습을 묘사하고 있다. 그런데 이러한 묘사는 과학적 사실과는 많이 다르다. 과학적 지식에 비추어 보자면 밤 하늘에서 움직이고 있는 것은 달이 아니라 구름이기 때문이다. 이 사실을 좀더 쉽게 알기 위하여서는 어떤 까다로운 실험이나 절차를 거칠 필요도 없다. 다만 나뭇가지와 같은 움직이지 않는 어떤 물체 옆에 서서 구름과 달이 지나가는 모습을 바라 보는 것만으로도 충분하다. 밤 하늘을 배경으로 움직이는 것은 달이 아니라 바로 구름이라는 사실을 곧 깨닫게 될 것이다. 물론 달도 지구처럼 태양을 중심으로 움직이고 있는 것은 사실이지만, 구름이 흘러가는 속도와 비교한다면 달은 거의 같은 자리에 머물러 있는 것과 다름없다.

이번에는 박목월의 서정시와는 전혀 다른 시에서도 또 다른 본보기를 찾아볼 수 있다. 칼 마르크스라는 말만 들어도 숨을 죽이던 냉전 시대에서는 제대로 읽을 수도 없다가 최근에 이르러서야 다행스럽게 햇빛을 보게 된 김기림의 「아침해」라는 산문시가 그것이다. 박목월의 「나그네」가 된장과 김치 냄새가 물씬 풍기는 토속적인 시라면, 김기림의 시는 어딘지 모르게 버터와 치즈 냄새가 나는 서구풍의 시이다. 『태양의 풍속』이라는 시집에 수록되어 있는 이 시에서 김기림은 동쪽 하늘에 떠오르는 아침해의 모습을 이렇게 노래하고 있다.

별들은 지구 우에서 날개를 걷우어 가지고 날어갑니다. 변하기 쉬운 연인들이여. 푸른 하늘에는 구름의 층층대가 걸려 있습니다. 부즈런한 사무가(事務家)인 태양군(太陽君)은 아침 여섯 시인데도 벌써 침상에서 일어나 별의 잠옷을 벗습니다. 그리고 총총히 층층대를 올라가는 것이 안개가 찢어진 틈으로 보입니다.

── 할로 바다와 육지

그의 걸음걸이는 전설 속의 임금님답지도 않게 고무뿔처럼 가볍습니다.

모더니스트라는 꼬리표에 어울리게 김기림은 이 시에서 파격적인 이미지와 비유 그리고 기상(奇想)을 사용하고 있다. 아침해가 떠오르자마자 어디론가 곧 사라져 버리는 새벽 별들을 '변하기 쉬운 연인들'에 견주고, 태양을 '부즈런한 사무가'에 견준다. 구름은 '층층대'로 묘사하고, 층층대 위로 총총 걸음으로 올라가는 태양의 걸음걸이는 '고무뿔처럼' 가볍다고 묘사한다. 태양이 잠자리에서 일어나 '별의 잠옷을 벗는다'라는 표현도 신선하거니와 안개가 걷힌 부분을 '찢어진 틈'이라고 표현하는 것 또한 상당히 충격적이다. 적어도 이렇게 기상천외한 비유와 충격적인 이미지를 사용한다는 점에서 김기림의 시는 가히 17세기 영국 시단을 풍미하던 형이상학파의 시와 많이 닮았다.

그런데 이 시에서 문제가 되는 것은 윗점을 찍어 보인 '침상에서 일어나'라는 구절과 '층층대를 올러가는'이라는 구절이다. 여기에서 시인은 애인과 함께 달콤한 하룻밤을 지내고 아침이 되자 잠자리에서 갓 일어나는 남성으로 태양을 의인화하고 있다. 서양에서 해와 달을 남성과 여성으로 각각 의인화하는 것이 보통이지만 그것은 동양 문화권에서도 그렇게 낯설지 않다. 그러나 이 시에 등장하는 태양은 전설이나 신화에 묘사되어 있는 모습과는 사뭇 다르다. 태양은 이제 더 이상 신화나 전설에 등장하는 호사스런 제왕이 아니라 어디까지나 현대 산업사회의 평범한 샐러리맨에 지나지 않는다. 옛날의 제왕처럼 호사스럽게 늦게까지 잠자리에 누워 있을 수도 없고, 황금 마차를 타고 하늘을 질주할 수도 없다. 아침 여섯 시가 되면 어김없이 잠자리에서 일어나기 무섭게 부지런히 일터로 출근하는 소시민의 모습 바로 그것이다.

그런데 해가 하늘에서 움직인다는 것은 과학적 사실과는 꽤 거리가 멀다. 영문법책에서도 자주 볼 수 있듯이 해가 동쪽 하늘에서 떠서 서쪽 하늘로 진다는 것은 과학적 진리로 통용되고 있지만 실제 사실과는 사뭇 다르다. 지금 과학적 진리로 받아들이고 있는 태양중심론적 천체론에 따른다면 해는 움직이지 않고 그 대신 지구가 해 주위를 돌고 있다. 앞에서 이미 말하였지만 지구를 우주의 중심으로 보는 톨레미의 지구중심론적 천동설은 코페르니쿠스와 갈릴레오의 지동설에 의하여 거짓으로 판명된 지 이미 오래다.

사실 김기림의 「아침해」는 여러 면에서 17세기 영국의 형이상학파 시인 존 던의 작품 「해돋이」를 떠올리게 한다. 보기 드물게 목사로서 시를 썼던 던은 이 시에서 경건한 목사와는 어울리지 않게 아주 감각적인 이미지로 청춘 남녀의 육감적 사랑을 노래하고 있다. 이 시에서 달콤한 풋잠에서 깨어난 연인들은 자신들이 누워 있는 침대를 태양 궤도의 중심이라고 부르고, 침대가 놓여 있는 방의 벽을 해가 운행하는 하늘이라고 부른다. 그들은 자신들을 깨운 아침해를 '부지런 떠는 늙은이'라고 부르면서 아주 못마땅하게 생각한다.

존 던의 시에서처럼 김기림의 시에서도 핵심적인 비유는 역시 톨레미의 지구중심론적 천동설에 뿌리를 두고 있다. 솔직히 말해서 김기림은 던의 시를 염두에 두고 이 시를 썼다는 의구심을 떨쳐 버릴 수 없다. 단순한 우연의 일치라고 보기에는 이 두 시는 서로 닮은 데가 많다. 일본의 니혼(日本)대학과 도호쿠(東北)대학에서 영문학을 공부한 김기림으로서는 던의 시를 읽었을 것이고 더 나아가 그의 시로부터 직접 또는 간접적으로 영향을 받았을 것이라고 짐작할 수 있다. 특히 던을 비롯한 형이상학파 시인들의 작품은 20세기 초엽 T. S. 엘리엇과 같은 모더니즘 시인들과 비평가들에 의하여 다시 발굴되어 새로운 평가를 받았다. 그리고 김기림을 비롯한 우리나라의 모더니스트들은 엘리엇과 같은 서구 모더니스트들로부터 한 차례 세례를 받았다는 것은 이미 잘 알려진 사실이다.

소설에서도 사정은 크게 다르지 않다. 흔히 자연주의 전통에 서 있는 대표적인 작품으로 일컫는 염상섭의 「표본실의 청개구리」에서 본보기를 들어 보자. 이 소설의 첫머리에서 작가는 청개구리를 해부하는 모습을 이렇게 적고 있다.

> 내가 중학교 이년 시대에 박물 실험실에서 수염 텁석부리 선생이 청개구리를 해부하여 가지고 더운 김이 모락모락 나는 오장(五臟)을 차례차례로 끌어내서 자는 아기 누이듯이 주정병(酒精甁)에 채운 후에 옹위(擁圍)하고 서 있는 생도들을 돌아다보며 대발견이나 한 듯이,
> "자 여러분, 이래도 아직 살아 있는 것을 보시오."
> 하고 뾰족한 바늘끝으로 여기저기를 콕콕 찌르는 대로 오장을 빼앗긴 개구리는 진저리를 치며 사지에 못박힌 채 벌떡벌떡 고민하는 모양이었다.

이 인용문에서 윗점을 찍어 보인 "더운 김이 모락모락 나는 오장"이라는 부분에 눈길을 줄 필요가 있다. 신체가 해부되어 오장을 드러낸 채 전율하고 있는 청개구리의 모습이 눈앞에 직접 보는 것처럼 생생하다. 이 소설의 화자(話者)처럼 중학교나 고등학교 시절 개구리를 직접 해부해 본 경험이 있는 독자들이라면 더더욱 그러할 것이다. 그러나 냉혈 동물인 개구리의 몸에서 김이 난다는 것은 과학적 관점에서 본다면 전혀 이치에 들어맞지 않는다. 사슴이나 노루와 같은 온혈 동물이라면 몰라도 바깥 온도의 변화에 따라 늘 체온이 변하는 개구리나 뱀과 같은 파충류나 양서류의 냉혈 동물은 아무리 시체를 해부해 놓아도 김이 나지 않

는다. 그러므로 청개구리한테서 "더운 김이 모락모락 난다"는 표현은 작가의 상상력에서는 가능할지 모르지만 과학적 진술로서는 불합격감이다.

염상섭과 거의 같은 시기에 활약한 이효석의 작품도 마찬가지이다. 「메밀꽃 필 무렵」은 과학적 진술과 문학적 진술의 차이를 말할 때마다 고전적인 본보기로 늘 약방의 감초처럼 언급하곤 하는 작품이다. 산허리에 피어 있는 메밀꽃이 '소금을 뿌린 듯이 흐뭇한 달빛에 숨이 막힐 지경'이라는 묘사를 웬만한 독자들이면 아마 기억할 것이다. 이 작품은 시골 장터를 떠돌아 다니며 무명과 주단을 파는 장돌뱅이들의 삶을 서정적으로 그렸다고 하여 지금까지도 사랑을 받고 있는 작품이다. 그런데 이 작품의 묘미는 장돌뱅이 허생원이 그 아들뻘 되는 젊은 행상 동이와 도대체 어떠한 관계를 맺고 있는가를 깨닫는 데에 있다. 이 두 사람은 단순한 동료 행상의 관계를 넘어 실제로는 아버지와 아들 사이라는 점을 작가는 넌지시 보여주고 있다. 젊은 시절 허생원은 봉평 장터에서 한 여염집 처녀와 관계를 가졌고, 이 처녀한테서 태어난 자식이 바로 동이라는 것이다.

그런데 독자들이 이 점을 눈치챌 수 있도록 이효석은 이 작품의 첫 부분과 결말 부분에서 허생원과 동이가 모두가 왼손잡이라는 사실을 애써 강조한다. 작가는 이 작품의 맨 첫머리에서 "얽둑배기요 왼손잡이인 드팀전의 허생원은 기어코 동업의 조선달에게 낚아 보았다"고 적고 있으며, 결말 부분에 이르러서도 "나귀가 걷기 시작하였을 때, 동이의 채찍은 왼손에 있었다. 오랫동안 아둑시니같이 눈이 어둡던 생원도 요번만은 동이의 왼손잡이가 눈에 띄지 않을 수 없었다"라고 적고 있다. 그러나 그것은 냉혈동물인 청개구리의 몸에서 김이 모락모락 난다고 묘사하는 것처럼 과학적 사실과는 크게 다르다. 유전학적 관점에서 볼 때에 왼손잡이는 결코 유전이 되지 않기 때문이다. 생물학에 대하여 웬

만한 지식을 가진 사람이라면 색맹이나 난시라면 몰라도 왼손잡이는 결코 유전되지 않는다는 사실을 잘 알고 있을 것이다.

그러나 이렇게 문학 작품에 기술되어 있는 사실이 비록 과학적 사실과 일치되지 않는다고 하여 작가가 거짓말을 하고 있다고 주장할 수는 없다. 또한 그것 때문에 작품의 감동이 덜해지는 것도 아니고 그 호소력이 훼손되는 것도 아니다. 박목월이나 김기림, 이효석이나 염상섭의 작품은 과학적 진리와는 아무런 관계 없이 아직도 우리에게 가슴 뭉클한 감동과 호소력을 준다. 과학자가 과학적 진리의 잣대에 따라서 평가받듯이 작가는 오직 문학적 진리라는 잣대에 따라서만 평가받는다. 과학자의 이론에서는 불가능한 일도 작가의 상상력에서는 얼마든지 일어날 수 있다. 작가의 상상력은 마치 연금술과도 같아서 쇳덩이를 황금으로 변하게 할 수 있는 비상한 능력을 지니고 있다. 한 마디로 시인은 과학적 진리보다는 문학적 진리에 훨씬 더 큰 관심을 기울이고 있다. 그러므로 과학적 진리의 잣대로 문학적 진리를 평가하는 것은 마치 길이 단위로 무게를 재는 것과 같다.

허구와 사실, 창조와 발견

과학적 진리와 문학적 진리 사이에서 늘 문제가 되는 것이 사실과 허구의 관련성이다. 무엇보다도 객관성과 엄밀성을 중시하고 모든 진리를 검증을 통하여 밝혀 내려는 과학과는 달리, 문학이 관심을 기울이는 세계는 어디까지나 허구의 세계이다. 허구의 세계는 역사나 사실과는 분명히 다른 영역이다. 비록 역사적 사건에서 소재를 취해 오고 전기나 자서전 같은 실제 이야기에서 작중인물을 빌려 온다고 하더라도 문학 작품은 궁극적으로 작가의 상상력이 빚어 낸 산물이다. 미국을 비롯한 서양에서는 우스

갯소리로 변호사를 '면허 받은 사기꾼'이라고 부른다. 변호사의 수임료가 터무니 없이 비싼 탓에 생겨난 농담일 것이다. 그렇다면 유독 허구 세계에 관심을 갖는 문학가들도 '면허받은 거짓말쟁이들'이라고 불러도 괜찮을 것 같다. 실제로 몇몇 사람들은 '문학을 아름다운 거짓말'이라고 부르곤 하였다.

이광수와 함께 우리나라 근대 소설의 기틀을 마련한 김동인은 문학의 허구성을 인정한 대표적인 작가 가운데 한 사람이다. 그는 한 비평문에서 예술가는 자신이 창작한 작품이 허구이냐 사실이냐에 대하여서는 별다른 관심이 없다고 말한다.

> 그 [예술가]가 창작한 인생은 가짜든 진짜든 그것은 상관없다. 예술에서는 이런 것의 구별은 허락하지 않는다. 자기가 창조한 자기의 세계를 자기 손바닥 위에 올려 놓고 자기가 조종하는 것, 이것이 예술가적 위대한 가치이다.

흔히 '인형 조정설'이라고 부르는 이 이론을 비평가들은 지금까지 주로 작가의 개입과 관련된 문제로 논의해 왔다. 그러나 이 글은 작가의 개입에 관한 문제보다는 오히려 예술의 허구성과 사실성의 관점에서 논의하는 편이 더 옳을 것 같다. 그의 말대로 예술의 가치는 객관적 사실을 진실되게 표현하는 데에 있지 않고 오히려 허구의 세계를 표현하는 데에 있다고 할 수 있다.

이러한 허구의 세계에서는 작가의 상상력이 무엇보다도 중요한 구실을 한다. 작가한테 만약 상상력이 없다면 허구의 산물인 문학 작품은 만들어질 수 없을 것이다. 작가가 상상력을 사용하여 작품을 생산해 내는 과정은 요리사가 밀가루를 사용하여 케이크를 만드는 작업에 견줄 수 있다. 요리사는 밀가루라는 원자재에 효소(이스트)를 첨가하여 밀가루를 부풀린다. 이렇게 부풀린 반죽을 이번에는 오븐 속에 집어 넣는다. 여기에서 케이크의 원자재가 되는 밀가루는 작품의 소재에 해당하고 효소는 작가의 상상력에 해당하며 오븐은 작가의 정신에 해당한다.

　시인이나 소설가를 뜻하는 영어를 보면 그 뜻이 한결 분명해진다. 시를 뜻하는 '포우트리'의 뿌리를 캐어 보면 뜻밖에도 '포에인'이라는 그리스어와 만나게 된다. 이 그리스어는 다름아닌 '만들어 내다'는 뜻을 지니고 있다. 한편 소설을 뜻하는 '픽션'은 '픽티오'라는 라틴어에서 갈라져 나왔다. 흥미롭게도 이 말에도 포에인과 마찬가지로 '만들어 내다'는 뜻이 담겨져 있다. 더구나 '픽티오'라는 말의 뿌리를 더 캐어들어가 보면 부끄럽게도 화폐를 위조한다는 뜻을 지니고 있다.

　이왕 시인이니 소설가니 하는 말이 나왔으니 말이지만 저자를 뜻하는 영어 '오서'는 본디 '옥토르'라는 라틴어에서 갈라져 나온 말이다. '늘리다' 또는 '덧보태다'는 뜻을 지닌 이 라틴어는 책을 저술한다는 것과는 거리가 멀었다. 그것은 고대 로마 시대에 남의 나라 땅을 정복하여 자국의 영토를 늘려 준 장군들에게 붙여 주던 아주 명예로운 칭호이었던 것이다. 이렇게 저자라는 말 또한 시인이나 소설가라는 말과 마찬가지로 무엇인가를 새롭게 만들어 내는 사람을 가리킨다. 그렇다면 문학 작품은 이 세계에 이미 존재해 있는 어떤 것을 찾아낸다는 과학적 개념보다는 오히려 이 세계에 존재하지 않는 어떤 것을 새롭게 만들어 낸다는 창조의 개념에 훨씬 더 가깝다. 그것은 크리스토퍼 콜럼버스가 미대륙을 발견한 것이나 뉴턴이 사과나무에서 떨어지는 사과를 보고 만유인력의 법칙을 발견한 것과는 사뭇 다르다. 오히려 작가가 문학 작품을 쓰는 것은 신이 어둠과 혼돈에서 빛과 질서를 만들어 낸 것에 견줄 수 있을 것이다. 우리말에서도 작가나 작품이라고 할 때의 그 작(作)자는 바로 '만들어 내다'라는 뜻이 아니고 무엇이겠는가.

　그러나 무엇인가를 새롭게 만들어 낸다는 것이 때로는 마이너스 요인으로 작용하기도 한다. 문학사를 통하여 지금까지 적지 않은 이론가들이 문학에 의구의 눈길을 보내 왔다. 그들은 한결같이 문학이 인간의 삶에 도움을 주기는커녕 오히려 해를 끼친다고 목청을 높였다. 사실 문학과 예술 일반에 대한 불만이나 비판은 그 뿌리가 꽤나 깊다. 이렇게 문학을 낮게 본 사람들 가운데에서도 플라톤은 아마 가장 유명한 사람일 것이다. 문학에 대한 부정적인 생각은 그 뿌리를 더듬어 올라가 보면 모두 플라톤과 만나게 된다.

그러나 문학은 다름아닌 허구적 산물이기 때문에 역사적 기록이나 과학적 진술이 줄 수 없는 감동과 흥분을 가져다 준다. 역사나 철학 또는 과학이 차디찬 머리에 호소한다면 문학은 뜨거운 가슴에 호소한다. 이성을 통한 지식과는 다르게 감성을 통한 지식은 직접 피부에 와 닿는다. 그렇기 때문에 사회과학이나 자연과학보다 문학이 더 많은 설득력과 호소력을 지닐 수 있다. 아리스토텔레스가 일찍이 문학가를 역사가와 엄격히 구분지으려고 한것도 그 때문이다. 역사가는 실제로 일어난 객관적 사건을 기술하는 반면, 시인은 일어날 수 있는 가능성의 세계를 기술한다. 그에 따르면 보편성을 다루는 문학이야말로 특수성을 다루는 역사보다 훨씬 더 철학적이다.

상상력에 못지않게 중요한 것이 작가가 원자재로 삼는 삶의 경험이다. 밀가루가 시원치 않으면 좋은 케이크를 만들어 낼 수 없는 것처럼 작가에게도 경험이 충분하지 않으면 좋은 작품을 만들어 내기가 어렵다. 그런데 이러한 경험은 작가가 직접 몸소 겪은 경험, 곧 체험일 때에야 제대로 힘을 쓴다. 체험이야말로 책을 통하여 얻은 간접 경험이나 학교 교육을 통하여 배운 지식보다 훨씬 더 값지다. 정상적인 학교 교육을 많이 받은 작가일수록 작가로서 실패하는 경우를 가끔 본다. 삶의 경험을 구체적으로 그리고 극적으로 실감나게 육화시키지 못 하고 관념적이고 추상적으로 빠져 버리는 까닭이다. 지식인 작가들한테서 흔히 사카린 같은 인공 감미료 냄새가 나는 것은 바로 그 때문이다. 독자들에게 막상 필요한 것은 달착지근한 인공 감미료맛이 아니라 감칠맛 나는 설탕맛이다. 볼프강 아마데우스 모차르트 같은 천재적인 음악 신동(神童)이나 이창호 같은 바둑 신동이 있었다는 말은 들었어도 문학 신동이 있다는 말을 들어 본 적이 없다. 훌륭한 문학 작품을 쓰기 위하여서는 무엇보다도 실제 경험이 반드시 밑바탕이 되어야 하는 것이다.

언어 예술로서의 문학

예술은 적어도 그 방법에 있어서만은 과학과는 엄밀하게 구별된다. 예술을 나무로 치면 문학은 나뭇가지 하나에 지나지 않는다. 예술에는 문학 말고도 미술이나 조각 또는 음악이나 무용과 같은 분야가 속해있기 때문이다. 자연과학에도 여러 분과 학문이 있듯이 예술에서도 이렇게 여러 분과 예술이 있는 것은 당연하다. 그러나 같은 예술에 속하면서도 문학은 다른 예술 형태와는 구별되는 그 나름대로의 독특한 속성을 지닌다. 특히 문학은 삶의 경험을 표현하는 그 방법에 있어서 다른 예술 형태와는 큰 차이를 보인다.

예술의 표현 방법은 각각의 예술이 사용하는 매체에서 가장 분명하게 드러난다. 화가들이 사용하는 페인트나 물감, 조각가들이 사용하는 돌이나 진흙, 그리고 건축가들이 사용하는 건축 자재 따위는 한결같이 공간적 재료들이다. 한편 음악가들이 사용하는 소리, 무용가들이 사용하는 댄스 스텝, 연극 배우들이 사용하는 무대 동작, 그리고 문학가들이 사용하는 언어 따위는 시간적 재료에 속한다. 어떤 예술 형태들은 주로 공간의 관점에서 작용하는가 하면, 또 어떤 예술 형태들은 주로 시간의 관점에서 작용한다. 예술가가 어떤 자료를 매체로 사용하느냐에 따라 예술은 크게 공간 예술과 시간 예술의 두 가지 갈래로 나눈다.

그림이나 조각 또는 건물과 같은 작품들은 실제로 일정한 물리적 공간을 차지하고 있다. 그림이나 조각품은 그 자체로서 공간적 존재에 해당할 뿐만 아니라 그 작품들이 전시되기 위하여서도 미술관과 같은 공간이 필요하다. 특히 건축의 경우 땅 없이는 기둥 하나 시멘트 벽 하나 제대로 세울 수조차 없을 것이다. '공중누각'이라는 표현도 있지만 그것은 어디까지나 비유적 표현에 지나지 않는다. 더구나 우리는 그림이나 조각 또는 건축물 따위를 비교적 짧은 시간에 감상할 수 있다. 공간지향적 성격을 지니는 이러한 작품들을 감상하는 데에는 그렇게 많은 시간을 필요로 하지 않는다. 작품 앞에 서 있는 순간 우리는 어느 정도 그 작품을 감상할 수 있기 때문이다.

그러나 음악을 듣거나 문학 작품을 읽는 행위에는 이보다 훨씬 더 많은 시간이 필요하다. 시간지향적 성격이 매우 강한 음악이나 무용 또는 문학은 집적적이고 연속적인 특성을 지닌다. 소리나 댄스 스텝 또는 언어는 마치 벽돌을 쌓는 것처럼 계속 누적될 때에야 비로소 그 의미를 파악할 수 있다. 가곡이나 소나타와 같은 비교적 짧은 작품을 감상하려면 적지 않은 시간이 필요하고, 교향곡처럼 길이가 긴 작품을 감상하는 데에는 무려 몇 시간이나 걸린다. 사정은 문학의 경우에도 크게 다르지 않아서 아무리 길이가 짧은 작품이라도 그것을 읽기 위하여서는 어느 정도의 시간이 필요하다. 장편소설의 경우에는 앉은자리에서는 도저히 읽을 수 없을 만큼 많은 시간이 걸린다. 홍명희의 『임꺽정』을 비롯하여 황석영의 『장길산』이나 조정래의 『태백산맥』과 같은 연작소설들은 적게는 며칠, 많게는 몇 주일을 두고 꼬박 읽지 않으면 안 될 것이다. 읽는 사람의 독서 능력에 따라서는 어쩌면 이보다도 훨씬 더 많은 시간이 걸리게 될런지도 모른다. 심지어 길이가 짧은 서정시를 읽는 경우에도 그 의미를 제대로 파악하려면 꽤 많은 시간이 필요하다.

음악이나 무용과 함께 같은 시간 예술에 속하면서도 문학은 언어를 가장 핵심적인 매체로 삼고 있다는 점에서 다른 예술과는 다르다. 말이든 글자이든 문학은 늘 언어를 매체로 삼는다. 음악이 소리를 매체로 삼고 미술이 페인트나 물감을 매체로 삼는다면, 그리고 조각이 돌이나 진흙을 매체로 삼는다면, 문학은 다름아닌 언어를 매체로 삼는다. 언어를 사용하여 작가는 자신의 생각과 감정 그리고 경험을 표현하게 마련이다. 문학을 한 마디로 언어 예술이라고 규정짓는 까닭이 바로 여기에 있다.

그런데 우리가 쓰는 언어는 크게 두 가지 갈래로 나누어진다. 함축어와 지시어가 바로 그것이다. 흔히 '예술 언어'라고도 부르는 함축어는 오랜 시간에 걸쳐 많은 사람들이 자주 써 온 탓에 많은 연상적인 뜻이 달라붙어 있는 말이다. 가령 '어머니'라는 말은 국어사전에 "자식을 낳은 여성" 또는 "새끼를 낳은 동물의 암컷"이라고 적혀 있지만 이 말 속에는 사전 이상의 뜻이 들어 있다. '어머니'라는 말을 그 말과 뜻이 똑같은 '모친'(母親)이나 '모주'(母主)라는 말과 비교해 보면 훨씬 더 분명하게 드러난다. '모친'이나 '모주'라는 말로써는 도저히 담아낼 수 없는 의미를 이 '어머니'라는 말은 담고 있다. 즉 '어머니'라는 말에는 따뜻함과 편안함의 뜻이 들어 있는가 하면, 또한 사랑과 애정의 뜻이 들어 있다. 이 말만 들어도 왠지 모르게 가슴이 뭉클해진다. 우리가 졸업한 학교를 '모교'라고 부르고 우리가 태어나 자라난 나라를 '모국'이라고 부르며 우리가 늘 쓰는 언어를 '모국어'라고 부르는 것도 바로 그 까닭이다.

'동무'라는 말만 하여도 그러하다. '어깨동무'라는 말에서도 잘 드러나 있듯이 이 말 속에는 '친구'라는 말로써는 도저히 담아 낼 수 없는 포근함과 다정함이 담겨져 있다. 물론 '벗'이라는 말에도 어느 정도 다정다감함을 느낄 수 있을 터이지만 역시 '동무'라는 말보다는 그 정도가 훨씬 떨어지는 것 같다. '동무'라는 말을 들을 때마다 야릇한 향수와 함께 어린시절의 추억이 안개처럼 피어오른다. 그러나 냉전 시대를 사는 동안 이 '동무'라는 말은 '인민'이라는 말과 함께 안타깝게도 일상생활에서는 쓸 수 없는 금단의 언어가 되어 버렸다. 비록 이 말을 쓰더라도 본래의 뜻과는 엄청나게 다른 뜻으로 쓰고 있다는 것을 깨닫게 될 것이다. 이 말을 듣고 우리가 금방 떠올리게 되는 것은 "동무는 반동이요"라는 표현이다. "동무 따라 강남 간다"라는 속담과 비교해 보면 이 표현에서는 사회주의 냄새가 물씬 풍긴다.

한편 지시어는 여러 면에서 함축어와는 사뭇 다르다. 사전에 풀이되어 있는 언어가 바로 지시어이다. 쉽게 말해서 지시어는 주로 일상생활에서 정보를 전달하거나 의사 소통을 위하여 쓰는 언어이다. 일상생활 가운데에서도 특히 모든 사람들이 반드시 지켜야 할 어떤 규칙이나 법령을 만들 때에 이 지시어를 사용한다. 만약 규칙이나 법령에서 말 뜻이 애매모호하여 오해의 소지가 있다면 그 기능을 제대로 발휘할 수 없을 것이다. 그렇기 때문에 규칙이나 법령을 만들 때에는 될 수 있는 대로 언어를 사전의 의미에 충실하게 제한하지 않으면 안 된다. 어떤 법령에서 쉼표 하나를 잘못 찍는 바람에 국가에 막대한 재정 손실을 가져 왔다는 이야기는 너무나 유명하다. 쉼표 하나가 그러할진대 하물며 정확하지 않은 낱말을 썼을 때에는 이보다 훨씬 더 치명적인 결과를 가져오게 될런지도 모른다.

지시어를 극단적으로 밀고 나간 것이 바로 화학 기호이다. 객관성과 엄밀성을 무엇보다도 중요하게 여기는 과학에서는 하나의 낱말은 오직 하나의 뜻만을 지니지 않으면 안 된다. 그리하여 화학자들은 '물'이라는 말을 사용할 때에 함축적 의미를 최대한으로 줄이기 위하여 'H₂O'라는 가치중립적인 화학 기호를 만들어 쓴다. 만약 그냥 '물'이라는 낱말을 쓴다면 이 말 속에는 여러 뜻이 끼어들게 되는지도 모른다. 가령 생명의 근원인 바닷물을 가리킬 수도 있을 것이고, 최근에 들어와 부쩍 문제가 되고 있는 오염된 수돗물을 가리킬 수도 있을 것이다. 그러나 이 'H₂O'라는 화학 기호에는 다른 의미가 끼어들 자리가 처음부터 아예 배제된다. 이 기호에는 오직 수소 원자 두 개와 산소 원자 하나가 결합되어 있고 색깔도 냄새도 없는 액체라는 뜻만이 담겨져 있을 따름이다.

문학가들이 작품에서 주로 쓰는 언어가 함축어라면 사람들이 일상생활에서 쓰는 언어가 지시어이다. 함축어는 마음이나 감각에 호소하고 지시어는 머리나 이성에 호소한다. 함축어를 활용하는 문학가들은 단순히 독자들에게 낱말의 뜻을 이해시키는 것으로 만족하지 않는다. 낱말의 뜻 그 자체보다는 그 낱말의 색깔과 모습 그리고 성격을 암시하는 데에 더 큰 관심을 둔다. 여러 뜻을 내포하고 있는 함축어를 외국의 한 이론가는 피아노 소리에 견준 적이 있다. 예를 들어 C 코드를 쳤을 때에 C라는 기음(基音) 말고도 그 이상의 여러 배음(倍音)을 듣게 된다. 여기에서 기음은 지시어에 해당하고 배음은 함축어에 해당한다는 것이다. 이렇게 서로 함축적인 언어를 쓴다는 점에서 문학가들은 과학자들이나 법률가들과 근본적으로 다르다. 장기로 치면 시인이나 소설가 또는 극작가들은 양수겸장(兩手兼將)식으로 언어를 쓰려고 하는 사람들이다.

문학가 가운데에서도 함축어를 가장 효과적으로 쓰는 사람은 역시 시인이다. 시인은 흔히 일상어를 일부러 비틀거나 휘어 버리고, 그렇게 함으로써 정상적인 의사소통에 쐐기를 박으려고 한다. 프랑스의 실존주의 철학자이며 문학가인 장-폴 사르트르는 『문학이란 무엇인가』라는 책에서 "시인이란 언어를 이용하기를 거부하는 사람"이라고 말한 적이 있는데 이 말은 시어의 이러한 특성을 지적한 말이다. 그러나 엄밀히 따지고 보면 소설이나 희곡에서 사용하는 언어도 일상생활에서 실제로 사용하는 언어와는 사뭇 다르다는 것을 깨닫게 된다. 앞에서 이효석의 「메밀꽃 필 무렵」과 염상섭의 「표본실의 청개구리」를 언급하였지만 이 두 작품에서도 두 작가는 일상생활에서와는 다르게 말을 쓰고 있다. 예를 들어 어느 누구도 일상 대화에서라면 "여름 장이란 애시당초에 글러서, 해는 아직 중천에 있건만 장판은 벌써 쓸쓸하고 더운 햇발이 벌려 놓은 전 휘장 밑으로 등줄기를 훅훅 볶는다"라고는 말하지 않을 것이다. 또한 일상 대화 가운데에 누군가가 "내가 중학교 이년 시대에 박물 실험실에서 수염 텁석부리 선생이 청개구리를 해부하여 가지고 더운 김이 모락모락 나는 오장을 차례차례로 끌어내서 자는 아기 누이듯이 주정병에 채운 후에 옹위하고 서서 있는 생도들을 돌아다보며 대발견이나 한 듯이⋯⋯"라고 말한다면 아마 틀림없이 정신 이상자로 의심받게 될 것이다.

적어도 언어의 사용이라는 관점에서 본다면 문학은 한 마디로 언어를 최대한으로 이용하는 예술이라고 정의내릴 수 있다. 마찬가지로 문학가들이란 언어의 지시적 기능을 될 수 있는 대로 억압한 채 함축적인 기능을 최대한으로 활용하려는 사람들이다. "우물을 파려거든 한 우물을 파라" 또는 "한 토끼를 쫓으라"라는 우리말 격언도 있지만 문학가들은 오히려 이 격언을 무시하고 한 꺼번에 두 우물을 파고 두 토끼를 쫓으려고 한다.

문학에서 함축어가 어떻게 효과적으로 사용되고 있는지 보기 위하여 우리에게 잘 알려진 시 한 편을 본보기로 들어 보는 것이 좋을 것 같다. 굳이 시인의 이름과 제목을 밝히지 않더라도 웬만한 독자라면 잘 알고 있을 법한 작품이다.

접동
접동
아우래비 접동

진두강(津頭江) 가람가에 살던 누나는
진두강 앞 마을에
와서 웁니다

옛날, 우리나라
먼 뒤쪽의
진두강 가람가에 살던 누나는
의붓어미 시샘에 죽었습니다
누나라고 불러 보랴
오오 불설워
시샘에 몸이 죽은 우리 누나는
죽어서 접동새가 되었습니다

아홉이나 남아 되던 오랩동생을
죽어서도 못 잊어 차마 못 잊어
야삼경(夜三更) 남 다 자는 밤이 깊으면
이 산 저 산 옮아 가며 슬피 웁니다

　그 유명한 김소월의 「접동새」라는 시이다. 원래 배재고등보통
학교에서 발행하던 교지 『배재』에 「접동」이라는 제목으로 처음
발표하였다가 조금 고쳐 첫 시집 『진달래꽃』에 수록한 작품이다.
일찍 어머니를 여읜 누이가 새로 들어온 의붓어머니의 학대에 못
이겨 그만 죽어서 접동새가 되었다는 슬픈 전설에서 소재를 취
해 온 작품이다. 아홉 명이나 되는 남동생들을 남겨 두고 죽었기
에 누이의 슬픔과 고통은 더더욱 애통하고 절절하다. 비록 몸은

죽었지만 그녀의 영혼만은 아직 살아 남아서 깊은 밤이 되면 이 산 저 산에 떠돌며 슬피 운다. 이렇게 억울하게 죽은 누이의 슬픈 이야기를 남동생 가운데 한 사람이 화자로 등장하여 독자들에게 전해 준다.

그런데 함축어와 관련하여 우리의 주의를 끄는 것은 바로 윗점을 찍어 보인 부분이다. 맨 첫째 연(聯) "접동 / 접동 / 아우래비 접동"에서 셋째 행(行) '아우래비'는 함축적 뜻이 아주 강한 낱말이다. 무엇보다도 먼저 이 말이 무엇을 뜻하는지가 명확하지 않다. 방금 앞에서 함축어를 피아노 소리의 배음에 견주었지만 이 '아우래비'라는 말에는 아예 기음조차 분명하지 않은 듯하다. 이 말을 처음 듣는 독자라면 아마 '아우러지다'나 '아우르다'라는 동사를 곧 떠올릴는지도 모른다. "여럿이 한 덩어리나 한 동아리를 이루게 되다" 또는 "여럿이 모여 조화를 이루다"라는 뜻을 지니고 있는 이 동사는 '아우래비'라는 말과 의미상으로 어떤 상관성이 있지 않나 하고 생각할 것이다. 그렇다면 '아우래비 접동'이라는 표현은 접동새가 여럿이 한데 동아리를 이루고 모여 있는 모습을 가리킨다고 할 수 있다. 물론 누이 한 사람이 죽어 한 마리의 접동새가 되었기 때문에 접동새 여러 마리가 한데 어울려 운다는 것은 상식적으로도 걸맞지 않는다. 그렇지만 적어도 접동새의 울음 소리가 한데 어우러져 복합적으로 들린다고 미루어 볼 수 있을 것이다.

한편 '아우래비'라는 말이 '울다'라는 말과 연관되어 있을 가능성도 있다. '접동 / 접동'이라는 말은 접동새가 우는 소리를 흉내 낸 의성어이기 때문에 그렇게 해석할 수 있는 가능성은 더욱 크다. 특히 둘째 연의 셋째 행 "진두강 앞 마을에 / 와서 웁니다"나 맨 마지막 연의 맨 마지막 행 "이 산 저 산 옮아 가며 슬피 웁니다"와 관련지어 보면 더더욱 그러한 생각이 든다.

더욱이 이 '아우래비'라는 말은 '오라비'라는 말과 연관되어 있는 듯하다. 이 '오라비'라는 말은 흔히 손위 남자 형제를 높혀 부르는 '오라버니'의 낮춤말로 쓰지만 경우에 따라서는 여성이 자기의 사내 동생을 일컬을 때에도 쓴다. 그러니까 '아우래비 접동'이라는 말은 접동새가 남동생을 부르며 우는 소리를 흉내낸 말인 셈이다. 여기에서 '오라비'는 굳이 남동생만을 일컫지 않고 손위 오빠를 가리킨다고도 할 수 있다. 그러나 이 시의 화자는 누이의 남동생인 것이 분명하고 또한 이 시에서는 누나라는 말을 자주 쓰고 있어 남동생을 가리키는 말로 풀이하여도 크게 무리가 가지 않을 것 같다. 특히 맨 마지막 연의 첫 행에서 쓰고 있는 '오랩동생'이라는 말은 이러한 해석을 더욱 뒷받침해 준다. 여기에서 '오랩동생'은 다름아닌 '오래비동생'의 준말로서 남동생을 가리키는 말이기 때문이다.

'오라비'라는 말은 그렇다고 하더라도 '아오라비'에서 '아'라는 말이 여전히 문제로 남는다. 여기에서 '아'는 넷째 연의 두번째 행에 나오는 "오오 불설워"의 '오'와 마찬가지로 감탄사일 가능성이 크다. 그렇다면 '아오라비'라는 말은 '아, 오라비'라는 뜻으로 해석할 수도 있을 것이다. 소월이 시인으로 성장하는 데에 있어 산파 구실을 하였으며 그가 세상을 떠난 다음 1939년에는 소월의 시를 뽑아 『소월시초』(素月詩抄)라는 시선집을 편찬한 김안서는 실제로 이 말을 '아 울오라비'라는 말로 바꾸어 놓았다. 여기에서 '울'은 '우리'의 준말이기 때문에 이 표현은 곧 '아, 우리 오라비'의 뜻이 된다. 한편 또 다른 텍스트에서 김안서는 '아우래비'라는 말을 아예 '누나'라는 말로 고쳐 놓기도 하였다. 그러나 접동새가 슬퍼하는 대상은 의붓어머니한테 천대를 받는 남자 형제들이기 때문에 '누나 접동'이라는 말은 이 시의 맥락에서 보면 논리적으로 잘 들어맞지 않는다.

그런가 하면 최근에 김소월을 연구하는 한 사람은 이 '아우래비'라는 말이 '아홉 오래비'의 오자일 가능성이 매우 높다고 주장하였다. 맨 마지막 연의 첫째 행 "아홉이나 남아 되던 오랩동생을 / 죽어서도 못 잊어 차마 못 잊어"라는 구절을 보면 그러할 가능성이 충분히 있다. 『배재』에 처음 발표되었을 때나 『진달래꽃』에 처음 수록되었을 때만 하더라도 이 말은 '아움'이라는 말로 표기되어 있었지만 김안서가 『소월시초』에서 이 말을 '아홉'으로 고쳐 놓았다. 그리고 그후부터 모든 편집자들은 한결같이 소월의 시를 편찬할 때 '아홉'으로 표기해 왔던 것이다.

함축적 의미로 말하자면 네번째 연의 '불설워'라는 말 또한 마찬가지이다. 『소월시초』에서는 '불서럽어'로 적혀 있기도 한 이 말은 '불쌍하다'는 뜻을 담고 있는 것같기도 하고 '서럽다'는 뜻을 담고 있는 것같기도 하다. 한문에 해박한 지식을 가지고 있는 사람이라면 아마 이 말을 듣고 '불설'(不屑)이라는 좀 까다로운 낱말을 떠올릴는지도 모른다. 다른 사람의 말이나 행동을 우습게 여기고 마음에 두지 않는 것을 가리키는 말이다. "누나라고 불러보랴 / 오오 불설워 / 시샘에 몸이 죽은 우리 누나는 / 죽어서 접동새가 되었습니다"라는 시구의 맥락에서 보면 그렇게 보는 것도 크게 어긋나는 것같지 않다. 그러므로 이 '불설워'라는 말에는 적어도 두 가지 이상의 뜻이 내포되어 있다.

이렇게 언어를 핵심적인 매체로 사용하고 있는 문학은 어쩔 수 없이 삶과 밀접하게 관련을 맺지 않을 수 없다. 물론 미술이나 음악 또는 무용과 같은 모든 형태의 예술, 심지어는 사회과학이나 자연과학 분야까지도 삶에서 완전히 동떨어질 수 없을 것이다. 왜냐하면 다른 예술이나 자연과학이나 궁극적으로는 구체적인 역사적 시간과 사회적 공간 안에서 이루어지는 인간의 지적 활동이기 때문이다. 그리고 특히 문학과 삶은 입술과 이의 관계처럼 뗄래야 뗄 수 없다. 이 두 가지가 이렇게 깊이 연관되어 있는 까닭은 바로 언어의 특성 때문이다.

다른 예술 매체와는 달리 언어는 이미 삶에 깊숙이 뿌리를 내리고 있다. 화가들이 매체로 사용하는 페인트나 물감, 음악가들이 사용하는 소리, 조각가들이 사용하는 돌이나 진흙, 그리고 무용가들이 사용하는 댄스 스텝이나 무대 동작만하더라도 그 자체로서는 아무런 뜻을 지니고 있지 않다. 이러한 매체들은 예술가가 한 작품에서 유기적으로 결합할 때에야 비로소 그 뜻을 지닐 수 있을 따름이다. 그러나 이러한 매체와는 달리 역동적인 사회적 상호작용에서 생겨나는 언어는 늘 구체적인 삶과 깊은 관련을 맺고 있다. 그러므로 언어는 결코 가치중립적일 수가 없다. 물고기가 물을 떠나서는 한 순간도 살 수 없듯이 언어 또한 인간의 구체적인 삶을 떠나서는 한 순간도 그 의미를 지닐 수 없다. 구체적이고 역동적인 삶에서 멀어질 때에 언어는 라틴어처럼 죽은 언어가 되고 만다.

러시아의 문학 이론가이며 사상가인 미하일 바흐친은 언어를 화폐에 비유한 적이 있다. 우리가 지금 사용하는 말은 마치 화폐와 같아서 이미 많은 사람들을 거친 다음에서야 비로소 우리에게 돌아온다. 남의 손때가 묻어 더럽혀진 지폐처럼 우리의 손에 들어온 언어에는 다른 사람들의 가치관이나 이데올로기가 흠뻑 배어 있다. 오직 아담과 이브 같은 인류 최초의 인간들만이 아직 오염되지 않은 순수한 말을 쓸 수 있었을 뿐 이 세계에서 살고 있는 모든 사람들은 한결같이 '오염된' 언어를 쓰지 않을 수 없다. 에덴 동산에서의 추방도 이러한 관점에서 본다면 언어의 타락화를 뜻한다고 할 수 있다. 그리하여 이 논리를 극단적으로 밀고 나가 바흐친은 마침내 "기호는 계급 투쟁의 싸움터"라고까지 말하기에 이른다.

바로 이 점에서 같은 예술 영역에 속하면서도 문학은 미술이나 조각, 음악이나 무용 따위 다른 예술 형태와는 판이하게 다르다. 문학은 이데올로기로부터 결코 자유로울 수 없다. 아무리 순수성을 표방한다고 하더라도 문학은 완전히 순수한 상태로 남아 있을 수 없다. 설교문이나 정치 선전문 또는 광고 선전문은 말할 것도 없고 심지어는 어린이들을 위한 동화까지도 그 나름대로 이데올로기를 담고 있게 마련이다. 19세기 말엽부터 20세기 초엽에 걸쳐 서구에서 처음 시작한 모더니즘 문학, 그리고 제2차 세계대전 이후에 처음 시작하여 1980년대부터 부쩍 관심을 모아 온 포스트모더니즘 문학에 대하여 몇몇 이론가들은 비정치적이고 비역사적이라는 이유를 들어 비판하고 있지만 그들의 태도에는 적지 않은 무리가 따른다. 왜냐하면 비정치적인 태도를 보이는 것 그 자체가 이미 정치적인 입장을 드러내는 것이기 때문이다. 어느 한 작가가 정치 문제에 유난히 무관심한 태도를 보일 때에 그는 비록 간접적이나마 정치에 대한 혐오감을 표명하고 있는 셈이다. 모든 정치 행위를 극단적으로 부정하는 무정부주의조차도 따지고 보면 일종의 정치적 행위와 다름없다.

문학에 대한 일곱 가지 정의

문학에 대하여 정의 내리는 방법에는 크게 두 가지 갈래가 있다. 하나는 기술적(記述的)으로 정의 내리는 방법이요, 다른 하나는 규범적(規範的)으로 정의 내리는 방법이다. 첫번째 경우에서는 될 수 있는 대로 가치평가적인 입장을 배제한 채 문학의 이러저러한 특성을 들어 설명하려고 한다. 그것은 마치 맛이 짜다든가, 염소와 나트륨의 결정성 화합물이라든가, 또는 천연 광물성 식품이라는 특성을 기준으로 삼아 소금을 정의하는 것과 같다. 한편 두번째 경우에서는 어떤 유형이건 가치 평가를 전제로 하여 유용성에 따라 문학을 규정지으려고 한다. 그것은 소금을 정의 내릴 때에 음식에 간을 맞추는 조미료로 쓴다든가, 식품을 썩지 않게 하는 방부제로 쓴다든가, 아니면 길거리에 쌓인 눈을 녹이는 용해제로 쓴다든가 하는 식으로 규정짓는 것과 같다. 그러나 이 두 가지 방법은 관점에 따라 여러 갈래로 다시 나누어진다. 지금까지 문학 연구가들은 대략 일곱 가지 관점에서 문학을 정의해 왔다.

첫번째는 문자로 씌어진 것을 모두 문학으로 간주하려는 입장이다. 잘 알려진 바와 같이 문학을 뜻하는 '리터러춰'라는 영어는 '리테라'라는 라틴어에서 나왔다. 그런데 이 말은 단순히 '알파벳 문자'를 가리키는 말에 지나지 않는다. 그러니까 알파벳 문자로 기록된 것은 모두 다 일단 문학으로 범주화할 수 있는 셈이다. 더욱이 활자로 인쇄된 것은 물론이고 활자가 발명되기 이전 작가나 필경사가 육필로 쓴 원고까지도 문학의 범주에 넣는다면 문학의 범위는 한결 더 넓어지게 마련이다. 이 정의를 극단적으로 밀고 나간다면 심지어 가정주부들이 시장에서 물건을 사기 위하여 적어 놓은 쇼핑 리스트까지도 넓은 의미에서는 문학의 울타리에 들어간다.

이 정의에 따른다면 문학은 오대양만큼이나 참으로 넓은 영역을 차지한다. 가령 서양에서는 저 멀리 고대 파피루스 종이에 적어 놓은 기록문을 비롯하여 중세기의 과학서와 의학서 그리고 마녀 재판을 기록해 놓은 법률 문서 따위가 모두 문학으로 꼽힐 것이다. 요한 구텐베르크가 활판 인쇄술을 발명한 다음 홍수처럼 쏟아져 나온 갖가지 인쇄물도 문학 대접을 톡톡히 받게 될 것이다. 실제로 서양 문화권에서는 아직도 의약품 설명서를 비롯하여 선거 캠페인용 홍보물이나 광고 전단 따위를 '리터러춰'라고 부른다. 우리나라에서는 고대 비석에 새겨진 비문에서 고려 시대에 목판에 제작한 팔만 대장경에 이르기까지 모두 문학 작품으로 보아야 할 형편이다.

이렇게 넓게 문학을 정의하려는 태도는 그 역사가 꽤나 오래다. 그동안 많은 문학 연구가들이 이러한 관점에서 문학을 정의하려고 해 왔다. 가령 외국의 문학 연구가는 문화사와 관련된 어느 것 하나 문학의 영역에서 제외시킬 수 없다고 말한다. 그렇다면 인류가 그동안 이룩해 놓은 문화적 업적치고 문학이 아닌 것은 사실상 거의 없는 셈이다. 그러므로 지나치게 넓게 문학을 규정지으려는 이 태도는 여러 가지 문제점을 지니고 있다.

무엇보다도 먼저 문제가 되는 것이 바로 구비 문학 또는 구전 문학이라고 부르는 문학이다. 활자로 기록된 것만을 문학으로 본다면 입에서 입으로 전해 내려온 작품들은 문학이 아니라는 말인가? 고대 그리스 시대 호메로스가 쓴 서사시 『오디세이아』나 『일리아드』는 좋은 본보기가 된다. 흔히 서양 문학의 효시로 일컫는 이 두 작품은 사람과 사람의 입을 통하여 전해 오다가 기원전 3세기쯤에 이르러서야 비로소 문자로 기록된 것으로 전해진다. 전설에 따르면 호메로스는 앞을 보지 못하는 장님이었다. 그러나 이 서사시들이 문자로 기록되지 않은 것은 그가 장님이었기 때문이 아니라 그것을 기록할 만한 문자가 아직 없었기 때문이었다. 학자들은 이 시를 처음 쓴 연대를 기원전 7세기 이전으로 추정하는데 이 무렵에는 아직 그리스 문자가 정착되지 않았다. 영문학 작품 가운데에서 가장 오래된 작품으로 8세기 초엽에 씌어진 것으로 추정하는 『베오울프』도 10세기에 이르러서야 비로소 문자로 기록되었다. 서양 문학에 못지않게, 아니 서양 문학보다도 더 오랜 역사를 자랑하는 동양 문학 역시 마찬가지이다. 가령 「공무도하가」나 「황조가」를 비롯한 우리나라의 고대 시가와 향가도 모두 입으로 전해지다가 나중에 이르러서야 문자로 정착되었다. 그래도 문자로 기록된 것은 다행이다. 문자를 만나 정착하지도 못한 채 여기저기 떠돌고 있는 구비 문학이 아직도 적지 않다.

글로 기록된 것만을 문학으로 여긴다면 연극도 문학의 범주에서 제외시켜야만 할 것이다. 가령 양주 별산대놀이나 봉산 탈춤과 같은 우리 민속극은 일정한 대본이 없이 현장에서 즉흥적으로 연행하던 놀이다. 글자 그대로 풀이하면 탈을 쓰고 춤을 추는 놀이인 것이다. 이 놀이에도 노래나 대사가 아주 중요한 구실을 하였다. 그러므로 대사나 노래가 문자로 정착되지 않았다고 하여 탈춤을 문학의 범주에서 제외시키기 힘들다. 물론 극작가가 창작한 희곡 작품을 무대 위에서 공연하는 현대 연극의 경우에는 사정이 조금 다를 수 있다. 배우들의 대사와 몸짓으로 이루어지는 연극은 문학의 테두리를 벗어나 무대 예술의 영역에 속하기 때문이다. 그러나 배우의 대사는 여전히 문학의 울타리에 남아 있다.

문학에 대한 두번째 정의는 문학을 이른바 '위대한 저술'(그레이트 북스)이라는 관점에서 규정지으려는 것이다. 첫번째 정의가 양적인 측면에서 문학을 정의하려고 한다면, 두번째 정의는 질적인 측면에서 그것을 정의하고자 한다. 이 두번째 정의에 따르면 글자로 기록된 것 가운데에서도 오직 특정한 부류의 글만이 문학으로 대접받는다. 즉 인간의 정신적·지적 활동에 영향을 끼치는 가치 있고 중요한 책, 다시 말해서 인류에게 큰 도움을 주는 책만이 문학의 범주에 속한다. '동서고금을 통한 고전'이라는 말을 자주 듣게 되는데 바로 동양과 서양의 지적·문화적 유산이라고 할 만한 것들이 모두 두번째 의미의 문학에 해당한다. 이 정의에 따른다면 이 책들의 문학성은 별로 문제가 되지 않는다. 다만 여기에서 문제가 되는 것은 그러한 책들이 인간의 지적·정신적 활동에 얼마나 크게 이바지하느냐 하는 것일 따름이다.

미국 하버드대학은 오래 전부터 대학생들의 교양 교육을 위하여 '위대한 저서'라는 총서를 출간해 왔다. 지금까지 이 총서는 하버드대학 학생들뿐만 아니라 미국의 많은 대학생들에게도 지적으로 큰 영향을 미쳤으며 지금도 대학생들에게 널리 읽히는 고전이다. 이 총서 안에는 문학 작품은 말할 것도 없고 철학, 역사, 신학, 윤리, 정치, 심지어는 과학 분야의 저서들까지 모두 수록되어 있다. 한편 시카고대학을 중심으로 간행해 온 『브래태니커 백과 사전』에서도 '서양의 위대한 책'이라는 총서를 간행하였다. 사실 이 두 총서에는 그동안 인류가 이룩해 놓은 지식이 총망라되어 있다시피 하다. 이러한 사정은 우리나라의 경우에서도 크게 다르지 않아서 그동안 '사상 대계'니 '사상 전집'이니 하는 총서들이 심심치 않게 출간되었다. 이 총서에는 '사서 삼경'(四書三經)이라고 부르는 유교 계통의 저서들과 노자(老子)와 장자(莊子)의 도교 계통의 저서들을 비롯한 중국의 고전들, 그리고 원효와 이퇴계 그리고 정약용 등의 한국 고전들이 수록되어 있다.

그러나 이 정의에 따른다면 문학은 지나치게 넓은 개념이 된다. 물론 첫번째 정의보다는 그 폭이 훨씬 줄어들지만 문학의 울타리는 여전히 넓은 것 같다. 이 정의가 지니는 문제는 문학을 철학이나 역사 또는 신학 따위의 다른 인접 분야와 구별지을 수 없다는 데에 있다. 그래도 인문과학 분야는 괜찮은 편이다. 사회과학 분야나 심지어 자연과학 분야까지 넣는다면 문학은 그 범위가 꽤 넓을 것이다. 이 정의대로 한다면 문학은 차라리 인류가 쌓아온 지적 유산이나 사상의 개념에 훨씬 더 가깝다고 할 수 있다.

세번째 정의는 문학을 작가의 상상력에서 생겨난 창조적 작품으로 제한하는 것이다. 지금까지 문학 연구가들이 아주 널리 받아들이고 있는 정의가 바로 이것이다. 이 정의에 따르면 문학가들은 유(有)에서 유를 만들어 내는 사람들이 아니라 오히려 무(無)에서 유를 창조해 내는 사람들이다. 비록 구체적인 일상적 삶의 경험을 자료로 삼기는 하지만 작가는 본질적으로 상상력에 기대어 작품을 창작한다는 것이다. 문학가들이 그동안 심심치 않게 어떤 초월적인 존재나 신과 같은 대접을 받아 온 것은 그 때문이다. 과학자들은 자연을 모방하지만 시인들은 자연을 만들어 낸다는 말은 바로 이 점을 지적한 것이다.

이 정의에서는 무엇보다도 작품의 허구성과 창조성을 높이 여긴다. 문학이란 작가가 상상력을 구사하여 빚어 낸 허구적 산물에 지나지 않는다. 앞에서 말한 '시'나 '허구' 또는 '저자'라는 영어의 말뿌리를 다시 한번 떠올려 보는 것이 좋을 것 같다. 더욱이 여기에서는 허구성과 창조성에 못지않게 예술성이나 심미성을 크게 친다. 즉 어떤 실용적인 목적이나 공리적 목표를 염두에 두고 쓴 것은 문학으로 간주할 수 없다. '아름다움에 대한 사심 없는 관조'라든지 '목적이 없는 목적성' 또는 '잘 빚어진 항아리'와 같은 표현들은 한결같이 실용성을 멀리하고 예술성을 지적하는 말들이다. 이러한 관점에서 본다면 실제로 일어난 사건을 기록하는 역사적 기록문이나, 단순히 정보를 제공해 주기 위한 실용적 기록문, 삶에 대한 추상적 이론을 다루고 있는 철학서나 신학서 따위는 비심미적·비예술적이라는 까닭으로 문학의 울타리에서 마땅히 제외되게 마련이다.

그러나 이렇게 문학을 오직 허구적·창조적, 심미적·예술적 관점에서 정의하려는 태도는 곧 어려움에 부딪치게 된다. 이러한 정의가 실제로 적용되지 않는다는 것은 중고등학교나 대학교의 국어 교과 과정만 보아도 쉽게 알 수 있다. 국어 교과 과정 가운데에는 독립 선언문이 실려 있는가 하면, 유적 답사기나 역사 기행문이 실려 있다. 이밖에도 역사가들이나 철학자들 또는 심리학자들이 쓴 글, 심지어는 자연과학자들의 글까지도 문학으로 융숭한 대접을 받는다. 물론 국어 교과서에 실려 있다고 하여 모두가 다 문학 작품이 되는 것은 아니지만 저자들은 문학을 염두에 두고 이 글들을 골랐음에 틀림없다.

더구나 이 정의에는 역사적 저술이나 철학적 저술은 상상력의 산물이 아니라는 전제가 깔려 있다. 역사가들이나 철학자들은 자신들의 작업이 상상력과는 아무 관련이 없는 것이라고 한다면 아마 펄쩍 뛸 것이다. 이러한 문제는 비단 역사적 저술이나 철학적 저술뿐만 아니라 심지어는 사회과학이나 자연과학 분야에 속하는 저술에도 마찬가지로 적용할 수 있다. 이러한 저술들은 얼핏 상상력과는 무관하게 이루어진 것처럼 보일지 모르지만 실제로는 그러하지 않다. 상식적으로 생각해 보아도 글을 쓰는 사람들은 언제나 상상력을 발휘하지 않을 수 없다. 엄밀히 말해서 인간의 정신적 산물 치고 상상력을 발휘하지 않는 것은 하나도 없다. 그렇기 때문에 비록 정도의 차이는 있을망정 인간의 정신적 노력에는 그 나름대로의 창조성이 들어 있게 마련이다. 이와는 반대로 작가의 상상력이 빚어 낸 허구적 산물이면서도 문학 작품으로 여기기 힘든 문학 작품들 또한 이 세상에는 얼마든지 있다.

허구와 사실, 문학과 역사의 경계선은 겉으로 보이는 것처럼 그렇게 엄격히 구별되지 않는다. 16세기 말엽이나 17세기 초엽에 걸쳐 영국에서 소설이 처음 생겨났을 때에 사람들은 이 문학 장르를 역사적 기록물과 엄격하게 나누지 않았다. 실제로 일어난 사건을 기록한 글이면서 동시에 상상력이 빚어 낸 허구적 산물로 생각하였던 것이다. 그런가 하면 뉴스나 보고서조차도 엄격한 의미에서는 객관적이고 사실적이라고 보기 어려울 때가 적지 않다. 최근에 들어와 포스트모더니즘의 새 기류를 타고 허구와 사실, 문학과 역사의 경계선은 마치 베를린 장벽처럼 허물어져 버렸다. 허구를 뜻하는 '픽션'이라는 영어와 사실을 뜻하는 '팩트'라는 영어를 서로 결합하여 만들어 낸 '팩션'이라는 용어가 심심치 않게 눈에 띈다. 실화에 기초를 둔 '논픽션 소설'이 있는가 하면, 역사적 사실을 허구화한 '소설화된 역사'도 있다. 이 둘 가운데에서 유독 어느 한쪽에만 무게를 실으려는 사람은 이데올로기적 편견이나 이해 관계에 얽매어 있다는 비난을 피하기 어렵게 되었다.

문학에 대한 네번째 정의는 '벨 레트르'(*belles lettres*), 곧 '아름다운 글'이라는 관점에서 규정하려는 것이다. 원래 '벨 레트르'라는 프랑스어는 '보 자르'(*beaux arts*)라는 프랑스말을 염두에 두고 만들어 낸 말이다. '아름다운 예술'을 뜻하는 '보 자르'라는 말은 두말 할 나위 없이 미술을 가리킨다. 그리고 보니 우리가 무심코 쓰고 있는 '미술'이라는 말도 아름다울 '미'(美)자에다 예술이라고 할 때의 그 '술'자를 붙여 놓은 것에 지나지 않는다. 아름다운 예술을 '보 자르'라고 부른다면 아름다운 글은 마땅히 '벨 레트르'라고 불러야 할 것이다. 그러나 프랑스 사람들은 아름다운 글, 즉 미문(美文)이라는 말을 본디 자연과학 분야의 저술과 구별하기 위하여 처음 사용하였다. 그러다가 점차 어느 특정한 시대의 작품을 가리키는 용어로 쓰게 되었다. 즉 이 말은 우아하고 품위가 있으며 때로는 경쾌하고도 해박한 문체로 글을 쓰던 19세기 문인들의 작품을 주로 가리키는 용어가 되어 버렸던 것이다.

이번에는 사람들은 '벨 레트르'라는 말을 점차 특정한 시대의 작품보다는 오히려 시대와 관계 없이 특정한 유형의 작품을 가리키는 말로 널리 쓰기 시작하였다. '미문'이라는 말에서도 분명히 드러나듯이 아름다운 형식이나 우아한 문체가 문학을 정의하는 가장 중요한 잣대가 된다. 여기에서는 오직 문체가 판단 기준이 되기 때문에 시나 소설 또는 희곡과 같은 전통적인 문학 장르에 속하지 않는 글들도 얼마든지 문학으로 대접 받을 수 있다. 흔히 '준'(準)문학 장르로 그동안 푸대접을 받아 온 문학 비평이나 수필이 정식 문학 장르로 융숭한 대접을 받는다. 마찬가지로 문학 장르에 속하는 작품이라고 할지라도 아름답고 우아한 문체의 기준에 미치지 못할 때에는 문학의 울타리에서 벗어나게 마련이다.

그러나 오로지 아름다움이라는 관점에서 문학을 규정짓는 데에는 문제가 없지 않다. 과연 무엇이 아름다운가 하는 것은 어디까지나 주관적 판단에 달려 있다. 객관적 잣대로써 잴 수 없는 것이 바로 아름다움이요 흥함이다. '백치미'(白痴美)라는 말도 있듯이 같은 대상이라도 보는 사람의 관점에 따라 얼마든지 아름답게 비칠 수도 있고 추하게 비칠 수도 있다. '제 눈에 안경'이라는 우리말 표현은 바로 이 점을 두고 하는 말이다. 문학 작품의 문체를 가릴 때에도 사정은 크게 달라지지 않는다. 실제로 '소박한 아름다움'이니 '거친 아름다움'이니 하는 말을 쓰듯이 어떤 사람은 거칠고 투박스런 글에서 오히려 아름다움을 느낄 수 있을 것이다.

더구나 이 정의에는 자칫 문학 작품의 내용이나 주제를 가볍게 볼 위험이 도사리고 있다. 실제로 문체의 아름다움이라는 잣대로 문학을 정의내리는 사람들은 철학적·지적·과학적 특성을 지니고 있는 저술은 문학에서 제외시키고 오히려 상상력이 뛰어난 예술적 특성이 두드러진 저술만을 문학 작품으로 간주하려고 한다. 한 작가의 저술도 어떤 것은 문학 작품으로 넣고 또 어떤 것은 문학 작품에 넣지 않는다. 가령 서양에서는 물론이고 동양에서조차 어린이들이 즐겨 읽는 작품 루이스 캐롤의 『이상한 나라의 앨리스』는 문학으로 제대로 대접을 받고 있지만 같은 작가가 쓴 다른 저술은 이러한 대접을 받지 못하고 있다. 문학 작품에서 주제와 형식의 관계를 음식과 그것을 담는 그릇의 관계에 견주어 볼 수 있다. 음식의 내용은 신통치 않은데 그것을 담아 놓은 그릇만 멋질 때에 훌륭한 식사라고 말하기 어렵다.

문학에 대한 다섯번째 정의는 문학을 문학 장르의 관점에서 정의하려는 태도이다. 문학 연구가들이 가장 널리 받아들이고 있는 문학에 대한 정의는 바로 이것인 것 같다. 이 정의에 따르면 시나 소설 또는 희곡처럼 문학 장르에 속하는 작품은 일단 문학으로 간주한다. 물론 수필을 비롯하여 기행문이나 전기 또는 문학 비평도 넓은 의미에서는 문학 장르에 속하지만 그 범위를 좀더 좁혀 보면 시와 소설 그리고 희곡이 가장 중요한 문학 장르로 손꼽힌다. 한편 캐나다의 저명한 문학 이론가 노스롭 프라이는 서구 문학의 기본적인 내러티브 형태를 비극, 희극, 로망스 그리고 풍자의 네 갈래로 나눈다. 그런데 이 네 갈래는 비록 표현만 다를 뿐 문학 장르를 다른 관점에서 나누어 놓은 것에 지나지 않는다. 그러므로 만약 어느 한 작품이 비극, 희극, 로망스 또는 풍자 가운데 어느 한 가지에 속한다면 마땅히 문학으로 보아야 할 것이다.

언뜻 보기에 이 태도는 문자로 씌어진 글을 모두 문학으로 보려는 첫번째 태도와 정반대같지만 실상은 그러하지가 않다. 첫번째 방법은 문학을 지나치게 넓은 울타리 안에 가두려고 하는 반면, 다섯번째 방법은 이와는 반대로 문학을 지나치게 좁은 울타리 안에 가두어 버리려고 한다. 지나친 것은 부족한 것과 다름없다는 격언도 있지만 적어도 그 기준이 너무 지나치다는 점에서 이 두 태도는 서로 엇비슷하다. 더구나 이 두 정의는 모두 양적인 기준에 따라서 문학을 규정지으려고 한다. 글로 적혀 있기만 하면 모두 문학으로 보듯이 문학 장르의 형태만 갖추고 있다면 어떠한 글도 문학으로 보기 때문이다. 이와는 반대로 아무리 문학적인 특성을 지니고 있는 저술이라고 할지라도 시나 소설 또는 희곡 가운데 어느 한 장르에 속하지 않고서는 결코 문학의 울타리에 들어갈 수 없다.

요즘 들어와 장르 확산이니 탈(脫)장르니 또는 장르 해체니 하는 말을 자주 듣는다. 불과 몇 십년 전만 하더라도 문학에서 장르와 장르 사이에는 쉽게 건너기 어려운 깊은 심연이 가로 놓여 있었다. 특히 모더니즘 계열에 속하는 작가들이나 이론가들은 한 문학 장르가 다른 문학 장르와 혼합하는 것을 다른 민족끼리 결혼하는 것처럼 의혹의 눈길로 바라보았다. 그러나 앞에서 말한 포스트모더니즘의 새 기류를 타고 장르와 장르 사이의 높은 장벽은 허물어져 버렸다. 이렇게 장르의 벽이 무너지면서 문학은 전보다 훨씬 더 큰 활기를 되찾게 되었다. 유전학적으로 보더라도 순종 교배는 열등한 자손을 낳는 반면 잡종 교배는 우수한 자손을 낳는다. 이러한 기준에서 보자면 오직 문학 장르라는 관점에서만 문학을 규정지으려는 태도는 그렇게 바람직하다고 보기 어렵다.

여섯째는 작가가 어떻게 언어를 구사하는가에 따라서 문학을 규정하려는 태도이다. 1920년대에 걸쳐 크게 활약한 러시아 형식주의자들이 이러한 입장을 보여주는 가장 대표적인 사람들일 것이다. 일상어와 문학어를 엄격히 나누는 그들은 일상어를 일부러 왜곡하고 변형시킬 뿐만 아니라 일상어에서 체계적으로 벗어나는 글을 문학으로 본다. 러시아 형식주의 운동에서 앞장섰던 로만 야콥슨의 말을 빌린다면 문학이란 '일상어에 저지른 조직 범죄'와 크게 다름없다. 흔히 '낯설게 하기'니 '탈자동화'니 하고 부르는 것은 이렇게 일상어를 왜곡시키고 변형시켜 문학어로 만들어 내는 과정을 가리키는 기법이다. 러시아 형식주의자들에 따르면 인간의 인식 작용은 감각과 마찬가지로 쉽게 무디어져 버린다. 문학가들은 일상어를 낯설게 만듦으로써 이렇게 무디어져 버린 인식 작용을 새롭게 일깨워 사물에 대한 경험을 보다 신선하게 깨닫게 해 준다는 것이다.

가령 오래간만에 고향에 내려갔다가 역시 오래간만에 고향에 내려온 옛 친구를 우연히 만났다고 하자. 그 친구가 "고향에 고향에 돌아와도 / 그리던 고향은 아니러뇨" 하고 말한다면 이 말을 듣는 순간 우리는 곧 문학의 영역 안에 들어와 있다는 사실을 깨닫게 된다. 6·4조의 리듬에서도, 똑같은 낱말을 되풀이하는 데에서도, 그리고 '아니러뇨' 하는 말투에서도 그 친구의 말은 우리가 일상생활에서 흔히 듣게 되는 것과는 사뭇 다르다. 정지용의 그 유명한 시「고향」의 첫 구절인 이 말은 "고향의 농산물을 애용합시다" 또는 "우리 몸에는 우리 농산물이 좋습니다"라는 진술과는 여러 점에서 확연히 구분된다. 이렇게 그 친구의 말을 문학으로 볼 수 있는 것은 어디까지나 일상어의 관습에서 벗어나 있기 때문이다. 어느 누구도 일상 대화에서라면 그 친구처럼 말하지 않을 것이다. 일상 대화에서라면 아마 그는 "고향이 변해도 너무 많이 변했구나" 정도로 말할 것이다.

러시아 형식주의자들에 따르면 문학에서 사용하는 언어는 어떤 실용적인 목적이나 기능을 거의 지니고 있지 않다. 사실 지금까지 많은 사람들은 언어를 인간의 감정이나 사상을 표현하는 매체로 간주하였다. 그리하여 문학을 흔히 철학이나 신학 또는 사회학의 대용물로 여기곤 한 것도 그 때문이다. 실제로 19세기 말엽 영국의 비평가 매슈 아놀드는 종교의 힘이 쇠퇴한 지금 문학이 대신 종교가 맡던 역할을 떠맡아야 한다고 말하기에 이르렀다. 이러한 태도에 정면으로 반기를 들고 나온 러시아 형식주의자들은 언어가 그 나름대로의 독자적인 법칙과 질서 그리고 구조를 지니고 있다고 말한다. 문학은 사상을 전달하거나 사회적 현실을 반영하는 도구가 아니고, 어떤 초월적 진리를 구현하는 것은 더더구나 아니다. 문학은 오직 문학으로서 그 존재 이유를 지니고 있을 따름이라는 것이다.

그러나 이러한 정의에도 문제가 있기는 마찬가지이다. 허구와 역사, 문학과 역사의 구분이 자연스럽지 못한 것처럼 일상어와 문학어의 경계선 또한 꽤 인위적이다. 엄격히 말해서 문학어가 따로 존재하는 것이 아니라 문학에서 사용하는 일상어가 있을 뿐이다. 최근 들어 스피치 행위 이론가들과 화용론자들은 일상어와 문학어를 구분지으려고 하는 것이 얼마나 그릇된가 하는 점을 밝혀 내는 데에 크게 이바지하였다. 실제로 일상생활에서 자주 쓰는 말에도 문학적인 표현이 적지 않다. 특히 은유나 직유, 환유나 제유와 같은 비유적 표현을 우리가 생각하는 것보다 훨씬 많이 쓰고 있다. 또한 같은 일상어라고 하더라도 사회적 위치, 신분, 성별 그리고 지역에 따라 서로 큰 편차를 보임은 두말 할 나위가 없다.

이와 마찬가지로 문학어로 간주하는 말에도 비문학적인 말이 아주 많다. 마치 치마 길이가 무릎 위로 올라갔다 내려왔다 하는 유행처럼 한 시대에 일상어로 쓰던 언어가 다른 시대에 와서는 문학어로 쓸 수도 있고, 이와는 반대로 한때 문학어로 행세하던 것이 나중에는 일상어로 떨어지는 경우도 있다. 바꾸어 말해서 문학어와 일상어는 고정불변한 상태로 남아 있다기보다는 역사 속에서 끊임없이 변화 과정을 거치게 마련이다. 결국 러시아 형식주의자들은 '문학'에 대하여 정의를 내리고 있다기보다는 오히려 '문학성'에 대하여 정의를 내리고 있는 셈이다. 그리고 문학에 대한 그들의 정의는 문학 장르 일반에 두루 적용된다기보다는 유난히 시 장르에 잘 적용된다.

마지막으로 문학에 대한 일곱번째 정의는 특정한 이데올로기의 관점에서 규정지으려는 것이다. 영국의 문학 이론가 테리 이글턴은 이러한 태도를 보여주는 가장 대표적인 사람이다. 그는 한 마디로 "문학은 곧 이데올로기"라고 정의를 내린다. 그렇다면 그가 말하는 이데올로기란 과연 무엇을 가리키는가? 이 점에 대하여 그는 "우리가 말하고 믿는 것이 우리가 살고 있는 사회의 권력 구조나 권력 관계와 서로 연관되어 있는 여러 관계"라고 밝힌다. 그는 좀더 구체적으로 "사회 권력의 유지와 재생산과 어떤 식으로든지 관계를 맺고 있고 있는 감정 · 가치 · 인식 · 신념의 방식"이라고 덧붙인다.

아직도 어려운 말이지만 좀더 쉽게 말하면 사회적 동물이요 정치적 동물인 인간은 사회 제도를 떠나서는 잠시도 살 수 없다. 특히 권력을 쥐고 있는 사람들은 이 제도를 통하여 어떤 식으로든지 일반 사람들의 행동을 지배하고 통제하려고 한다. 그렇다면 지배 계급이 피지배 계급을 지배하고 통제하기 위하여 사용하는 어떤 것이 곧 이데올로기인 셈이다. 이글턴에 따르면 인간의 어떤 행위도 가치 평가로부터 자유로울 수 없다. 그리고 이러한 가치 평가는 우리가 살고 있는 사회의 신념 체계와 이해 관계에서 생겨난다. 특정한 사회 계급의 가치와 취향을 구현하는 글이 바로 문학이라는 것이다.

그러나 오직 이데올로기의 관점에서 문학을 정의내리려는 태도는 자칫 문학을 도구로서만 볼 위험성을 안고 있다. 물론 문학은 이데올로기를 떠나서는 생각할 수 없을 것이다. 모든 길이 로마로 통하듯이 모든 것은 다 이데올로기와 연관되어 있다는 말도 있다. 앞에서 말한 대로 문학가가 매체로 삼는 그 말 자체에 벌써 시커멓게 이데올로기의 손때가 묻어 있다. 그러나 문학을 이데올로기의 반영으로서만 규정지으려는 것은 마치 작은 열쇠 구멍으로 드넓은 세계를 바라보는 것과 같다. 이데올로기를 떠난 문학 작품도 얼마든지 있을 수 있다. 극단적으로 말해서 문학이 오직 이데올로기만을 다룬다고 하면 그 작품은 기껏하여야 정치 선전 책자나 체제 유지용 홍보 책자로서밖에는 아무런 쓸모가 없을 것이다. 정치적 목적으로 정부 기관에서 공모한 반공 문학 작품이나, 사회주의 국가에서 나온 문학 작품이 별다른 호소력을 지니지 못하는 것도 바로 그 까닭이다. 어떤 의미에서는 겉으로 드러난 이데올로기에 얽매이지 않은 작품이야말로 훌륭한 작품이라고 할 수 있다.

이 점과 관련하여 잠시 칼 마르크스와 그의 동료 프리드리히 엥겔스의 문학관을 살펴보는 것이 좋을 것 같다. 적지 않은 이론가들이 문학을 계급 투쟁의 표현이나 사회주의 혁명의 수단으로만 보려고 해 왔지만 그것은 어디까지나 '속류 마르크스주의'에서 비롯된 것에 지나지 않는다. 마르크스와 엥겔스는 문학을 비롯한 예술이 다른 가치에 예속되지 않는 그 나름대로의 가치와 목적을 지닌다고 보았다. 마르크스에 따르면 문학이나 예술은 비록 물질 기반에 뿌리를 두고 있지만 이 두 관계가 얼핏 보이는 것처럼 그렇게 기계적이지는 않다. 고대 그리스 시대의 문학이나 윌리엄 셰익스피어의 작품은 그것이 씌어진 시대와는 비교적 무관하다고 그는 말한다. 그런가 하면 작가는 살기 위하여 글을 쓸 것이 아니라 글을 쓰기 위하여 살아야 한다고 말하기도 한다.

이러한 태도는 엥겔스한테서 훨씬 뚜렷하게 드러난다. 언젠가 프롤레타리아 소설가 한 사람이 엥겔스에게 소설 한 권을 보내면서 이 작품이 널리 알려질 수 있도록 도와 달라고 부탁한 적이 있다. 그 작가에게 보내는 편지에서 엥겔스는 이렇게 적고 있다. "변증법적 유물론의 눈동자, 경제적 결정론의 코, 그리고 잉여가치설의 입을 가지고 있는 당신의 여주인공을 보십시오. 당신은 그러한 주인공을 두 팔에 껴안고 입을 맞춥니다. 그러나 나는 조금도 그러고 싶은 생각이 들지 않습니다." 엥겔스의 이 말을 가슴 깊이 새겨 둘 필요가 있다.

지금까지 모두 일곱 가지 관점에 걸쳐 문학을 정의하는 방법을 살펴 보았다. 그렇다면 문학에 대한 이 일곱 가지 정의 가운데에서 과연 어느 것을 가장 설득력 있는 것으로 받아들일 수 있을까? 이 정의들은 다같이 문학을 잘 규정짓고 있으면서도 한결같이 그 나름대로 한계를 지닌다. 어디에다 말뚝을 박고 철조망을 두르냐에 따라 문학에 관한 정의가 이렇게 달라진다. 그런데 대부분의 정의가 으레 그러하듯이 울타리 안에 포함시키는 내용보다는 울타리 밖에 제외시키는 내용이 더 많다는 데에 문제가 있다.

문자로 씌어진 모든 것을 문학으로 보려는 태도는 지나치게 포괄적인 반면, 오직 작가의 상상력에서 생겨난 것만을 문학으로 여기려는 태도는 너무 좁은 것 같다. 또한 아름다운 문체나 형식의 관점에서 문학을 정의하려는 태도도 받아들이기 어렵고, 오직 사회적·정치적 이데올로기의 관점에서 문학을 정의하려는 태도도 받아들이기 어렵다. 마찬가지로 장르 형식에 지나치게 얽매인 채 문학을 규정하려는 것도 그렇게 바람직하지 않다. 문학이 절대성이나 일원론을 배격하듯이 문학을 정의내리는 데에도 극단적인 태도를 버려야 한다. 그렇다고 단순히 절충주의적인 태도를 취하자는 것은 물론 아니다. 변증법적 종합이나 통일은 쉽게 이룩할 수 있는 것은 아니지만 우리가 궁극적으로 지향하여야 할 이상이므로 쉽게 포기할 수 없다.

한 마디로 문학은 가치나 유용성의 관점에서 정의하는 것이 가장 좋을 것 같다. 특성이나 자질을 기준으로 삼아 문학을 정의하게 되면 이미 앞에서 보아 왔듯이 여러 가지로 벽에 부딪히게 된다. 이 기준에 따른다면 무엇보다도 문학의 정의가 좁아질 위험성을 지닌다. 더욱이 이러한 기준은 문학의 심미성이나 예술성을 필요 이상으로 강조하는 한계를 갖는다. 가치나 유용성을 기준으로 삼아 문학을 정의하려는 입장이 완벽한 것은 아니지만 특성이나 자질을 기준으로 삼아 정의하려는 입장보다는 훨씬 위험 부담이 적다.

인간의 삶에 값어치가 있고 쓸모 있다고 생각되는 글은 일단 문학으로 범주화할 수 있다. 물론 작품 가운데에서 과연 어느 것이 값어치가 있고 쓸모 있는가 하는 점에 대하여서는 논란의 여지가 많을 것이다. 가치나 유용성은 고정불변한 상태로 남아 있지 않고 시대에 따라서 그리고 장소에 따라서 끊임없이 달라지기 때문이다. 한번 해병이면 죽을 때까지 해병이라는 말은 군대에서는 몰라도 문학에서는 통하지 않는다. 한 시대에 가치 있고 유용하다고 여겨지던 문학이 다른 시대에 와서는 그렇게 여겨지지 않을 수도 있다. 심지어는 같은 시대를 살고 있는 사람들한테마저 가치와 유용성은 제각기 다르게 나타난다. 마찬가지로 가치와 유용성은 장소에 따라서도 가변적이어서 한 곳에서 값어치 있고 쓸모있다고 대접 받는 것이 다른 곳에 가서는 제대로 힘을 못 쓰는 경우가 많다. 비록 이 점을 감안하더라도 인간의 삶에 가치 있고 유용한 것은 모두 문학의 범주에 넣어도 그렇게 틀리지 않는다.

이 점을 좀더 쉽게 이해하기 위하여 미국의 문학 이론가 존 엘리스의 이론을 잠시 살펴보는 것이 좋을 것 같다. 문학을 정의내리는 데에 있어 그는 문학의 특성이나 자질을 찾아내기보다는 오히려 문학이라는 말이 쓰이는 특정한 상황을 고려 대상으로 삼는다. 그에 따르면 문학을 정의하는 것은 잡초를 정의하는 것과 크게 다르지 않다. 이러저러한 특성을 지니고 있다는 식으로는 잡초를 정의내릴 수 없다. 사람들이 밭이나 정원에 기르기를 원하지 않는 식물이 곧 잡초에 해당한다. 사람들이 보리밭이나 밀밭에서 김을 매는 것은 이 식물이 보리나 밀이 자라는 데에 방해가 될 뿐 아무런 도움을 주지 않기 때문이다. 마찬가지로 문학도 잡초처럼 이러저러한 특성만을 가지고는 제대로 정의내릴 수 없다. 잡초와는 달리 어느 한 공동사회의 구성원들이 특별히 높이 여기는 텍스트가 바로 문학이라는 것이다. 이렇게 문학이건 잡초이건 오직 가치나 유용성에 따라서만 정의내릴 수 있다. 하나는 가치와 쓸모가 없는 것이고 다른 하나는 가치와 쓸모가 있는 것이다.

또다른 미국의 문학 이론가 E. D. 허쉬는 그 동안 인문 교육이라는 좀더 넓은 차원에서 문학을 정의한다. 문화라는 좀더 넓은 관점에서 문학을 규정지으려고 하는 데에 그의 특성이 있다. 지금 서구 여러 나라에서는 ‘문화 연구’라는 학문 분야가 한창이다. 문학만을 연구 대상으로 다루던 종래의 연구와는 다르게 이 분야에서는 문학을 비롯한 연극·영화·TV·라디오·광고 따위에 걸쳐 문화 현상을 폭넓게 다룬다. 앞에서 말한 “문학이란 무엇인가?”라는 물음보다는 “문학이 아닌 것은 무엇인가?”라는 물음을 던져야 하는 까닭도 바로 여기에 있다. 이 글의 첫머리에서 우리는 문학을 과학과 구분짓기 위하여 이 물음을 던졌지만 이제는 문학을 좁은 굴레로부터 해방시키고 그 범위를 좀더 넓히기 위하여 이 물음을 던져야 할 때가 되었다.

좀더 구체적으로 말해서 지금까지 문학으로 여겨 온 작품들은 말할 것도 없거니와 그동안 문학의 범주에서 제외되었던 작품들이나 저서들도 문학으로 간주하여야 한다. 문자로 기록된 저서들뿐만 아니라 입에서 입으로 전해 내려온 구전 민담이나 전설 또는 신화도 문학의 테두리 밖으로 몰아내서는 안 된다. 특히 새로운 문학에서는 이러한 까닭 저러한 까닭으로 그동안 제대로 대접

받지 못한 문학 텍스트뿐만 아니라, 인문·사회과학 분야에 속한 저서와 자연과학에 속한 몇몇 저서까지도 인류의 문화 유산으로서 값어치 있고 쓸모 있다고 인정된다면 마땅히 문학으로 간주하여야 할 것이다.

무엇보다도 먼저 전 세계 인구의 절반을 차지하는 여성들의 작품이나 저술을 다시 새롭게 평가하지 않으면 안 된다. 벌써 서구의 여러 나라에서는 페미니즘이라는 깃발 아래 여성 문학을 다시 찾아내거나 새롭게 평가하는 작업이 상당한 수준에까지 올라왔다. 몇몇 나라에서는 여성 문학이 가부장적인 권력을 쥐고 있는 나머지 '매스큘리니즘'(남성주의)이 다시 고개를 쳐들고 있는 정도에 이르렀다. 그러나 아직도 유교 전통에 젖어 온 우리나라에서는 엄격한 가부장 제도의 남성주의 그늘 밑에 가리워진 채 여성 문학은 제대로 빛을 보지 못하고 있었다. 우리나라의 여성 문학도 이제 '타자'로서의 위치에서 벗어나 마땅히 그 위력을 당당하게 과시할 때가 되었다.

제 2 장

문학은 어떠한 구실을 하는가

문학은 어떠한 구실을 하는가? 이 물음은 "문학이란 무엇인가?"라는 물음에 못지않게 아주 중요하고 절실하다. 얼핏 보면 이 두 가지 물음은 서로 다른 것 같으나 실제로는 뗄래야 뗄 수 없을 만큼 깊이 연관되어 있다. 문학의 기능은 다름아닌 문학의 본질에서 비롯하는 것이고, 문학의 본질 또한 그 기능이 결정짓기 때문이다. 가령 항아리 같은 물건은 무엇인가를 담아 두는 그릇으로 쓰기 때문에 쓸모 있는 것이고, 이렇게 일상생활에서 쓸모가 있기 때문에 항아리로서의 본질과 성격을 지닌다. 물론 고려자기나 조선백자 같은 어떤 항아리는 실용적인 목적보다는 오히려 미적 감상의 대상으로 쓰기도 한다. 그러나 이렇게 골동품으로 항아리를 사용하는 것은 마치 고장난 시계를 장난감으로 사용하는 것처럼 본래의 용도에서 벗어난 것임에 틀림없다. 이러한 사정은 문학의 경우에도 마찬가지로, 그 기능과 본질은 마치 동전의 앞뒤 면처럼 서로 밀접한 관계를 맺고 있다.

지금까지 많은 문학 이론가들은 문학의 기능을 주로 두 가지 측면에서 말해 왔다. 하나는 문학이 독자들을 가르치는 기능을 지닌다고 보는 태도요, 다른 하나는 독자들을 즐겁게 해 주는 역할을 한다고 보는 태도이다. 앞의 태도는 문학의 실용적 기능을 높이 여기는 것이고, 뒤의 태도는 문학의 쾌락적 기능을 소중히 여기는 것이다. 흔히 실용설과 쾌락설, 공리설과 심미설이라고 부르는 이 두 태도는 지금까지 불과 얼음처럼 서로 상반된 것으로 받아들여졌다. 다시 말해서 문학은 독자들에게 유익함을 가져다 주든가, 아니면 즐거움을 가져다 주든가 한다는 두 가지 기능 가운데 유독 어느 한쪽에만 무게를 두었던 것이다.

문학 작품을 가리키는 용어나 그것과 관련된 표현을 보면 그 기능이 훨씬 분명해진다. 소설 장르와 관련하여 이론가들은 '소설의 기교'라는 표현을 자주 쓴다. 그런데 이 '기교'라는 말에는 놀이나 유희와는 대립되는, 일이나 노동의 뜻이 강하게 함축되어 있다. 문학 작품을 가리키는 '워크'라는 영어는 아예 일이나 노동을 뜻하는 말이다. 사실 예술을 뜻하는 '아트'라는 영어도 따지고 보면 본디 '기술'이라는 말에서 나온 말이다. "예술은 길고 인생은 짧다"라는 말도 원래는 예술의 영원성을 가리키는 말이 아니라 기술의 영원성을 가리키는 말이었다. 흔히 '의학의 아버지'라고 부르는 고대 그리스 시대의 의사 히포크라테스가 말한 것으로 전해지는 이 말은 인간의 삶은 짧지만 그가 만들어 낸 의술은 인간의 삶보다도 더 오래 간다는 사실을 지적한 말이라고 한다. '아트'라는 영어를 일본 사람들이 '예술'로 잘못 옮겨 놓은 것을 부끄럽게도 우리가 그대로 쓰고 있는 것이다. 한편 동양에서도 문학을 철학이나 역사학처럼 일종의 '학'(學)이라고 부르는 것을 보면 놀이보다는 오히려 노동의 성격이 강한 듯하다.

한편 희곡 작품이나 연극은 영어로 '플레이'라고 부른다. 두말할 나위 없이 이 말은 '놀이'나 '유희'라는 뜻을 지니고 있다. 이 말에는 일상적인 일에서 벗어나 즐겁게 벌이는 놀이라는 뜻이 있다. 우리나라에서도 탈춤과 같은 민속극을 공연할 때에 흔히 '탈을 논다'라는 표현을 즐겨 썼다. 연극의 모태라고 할 수 있는 굿에서도 굿을 주재하는 무당은 "우리 한 번 놀아보세"라고 말하고는 굿을 시작하기 일쑤였다. 그리하여 사람들은 굿을 아예 '굿놀이', 그리고 굿을 행하는 것을 '굿을 논다'라는 표현으로 쓰기도 한다.

문학의 공리성과 실용성

문학을 공리적이고 실용적인 관점에서 보려는 태도는 그 역사가 꽤나 오래다. 그 계보를 거슬러 올라가다 보면 까마득히 먼 고대 그리스 시대에 살았던 플라톤과 만나게 된다. 이상적인 공화국을 이룩하려고 한 그는 오직 공리적이고 실용적인 측면에서만 문학을 규정지으려고 하였다. 공리적·실용적인 관점에서 볼 때에 문학은 '해로운' 것이고 기껏하여야 '무익한' 것에 지나지 않는다. 플라톤이 살았던 기원전 4세기 사람들은 시인이란 신의 영감(靈感)을 받은 사람들이라고 하였다. 플라톤은 바로 이러한 까닭에서라도 시인을 물리쳐야 한다고 하였다. 왜냐하면 진리란 영감에 의하여 얻을 수 있는 것이 아니라 이성의 힘에 의하여 얻을 수 있다고 믿었기 때문이다. 플라톤에게 있어 시인이 영감을 받았다는 것은 곧 귀신이 들렸거나 미쳤다는 말과 크게 다름 없었다. 미치광이에 지나지 않는 시인한테서 어떤 교육적 효과를 바란다는 것은 갓난아이한테 해박한 지식을 얻고자 하는 것과 같은 것이다.

더구나 형이상학적인 측면에서 볼 때에도 시인은 믿을 만한 사람이 못 된다. 플라톤에 따르면 실재나 진실은 물질 세계가 아니라 이데아의 세계에 존재한다. 그는 일찍이 『공화국』에서 우주를 세 가지로 나누었다. 그것은 이데아의 세계를 비롯하여 이데아의 그림자라고 할 수 있는 감각 세계, 그리고 물 위에 비친 그림자나 거울에 비친 이미지 또는 예술가가 창조해 낸 예술 세계이다. 플라톤은 이 세 가지 세계를 침대에 빗대어 말한다. 첫번째 침대는 신이 직접 창조해 낸 영구불변의 이데아의 침대이다. 두번째 침대는 목수가 나무를 가지고 만들어 낸 침대, 그러니까 우리가 지금 침실에서 쓰고 있는 바로 그 침대이다. 세번째 침대는 목수가 만들어 낸 침대를 흉내내어 화가가 캔버스 위에 그려 낸 그림 속의 침대이다. 그런데 화가가 그려 낸 침대는 목수가 만들어 낸 침대와는 한 단계, 그리고 신이 창조해 낸 침대와는 두 단계나 떨어져 있다. 말하자면 화가의 그림은 '그림자의 그림자'에 지나지 않는다. 이렇게 진리와 동떨어져 있는 예술은 삶에 대한 그릇된 생각을 가져다 줄 위험이 있다는 것이다.

그리하여 플라톤은 시인의 작품이란 "머리가 둔한 사람이 머리가 둔한 사람과 결혼하여 머리가 둔한 자손을 낳은 것과 같다"라고 결론짓는다. 이 점에 대하여 단테는 『신곡』의 지옥편에서 로마의 시인 베르길리우스의 입을 통하여 이렇게 노래한 적이 있다. "인간의 예술은 신의 손자이다 / 자연이 신의 아들이고 / 예술은 자연을 모방하는 것이므로." 촌수로 치면 예술은 자연의 아들뻘, 신의 손자뻘에 해당한다는 것이다. 갈수록 태산이라는 말도 있지만 아래 세대로 내려오면 내려올수록 예술 작품은 이데아의 세계로부터 점점 더 멀어진다.

이번에는 도덕적·윤리적인 측면에서 볼 때에도 시인들이란 플라톤의 공화국에 전혀 어울리지 않는 사람들이다. 시인들은 공화국의 시민들을 도덕적·윤리적으로 이끌어 주기는커녕 오히려 그들을 타락시키기 일쑤이다. 호메로스는 『일리아드』나 『오디세이아』에서 신들이 도덕적으로 도저히 용납하기 어려운 행동을 서슴지 않는 것으로 즐겨 묘사한다. 가령 제우스를 비롯한 대부분의 신들은 간음을 일삼거나, 신성한 맹세나 약속을 쉽게 저버리며, 갈등과 싸움을 일으키는 부정적인 존재로 나타난다. 한 마디로 플라톤은 호메로스가 신을 그릇되게 묘사하여 궁극적으로 공화국 시민들을 악의 길로 이끈다고 생각하는 것이다.

그리하여 플라톤은 호메로스의 서사시나 헤시오도스 작품들을 결코 젊은 사람들에게 읽혀서는 안 된다고 말한다. 메밀은 한 귀퉁이라도 쓸모가 있다는 말도 있지만 시인은 어느 모로 보나 쓸 만한 구석이라고는 하나도 없다는 것이다. 플라톤이 보기에는 문학이란 '거짓말'이고 문학가란 '거짓말쟁이', 그것도 '질이 나쁜 거짓말쟁이'와 다름없다. 그렇기 때문에 그는 시인들이 자신의 이상적인 공화국에 들어오려고 하면 다른 도시로 내쫓아 버려야 한다고까지 말한다. 이것이 바로 그 유명한 시인 추방론이다. 여기에서 시인이란 운문으로 작품을 쓰는 사람뿐만 아니라 문학가, 그리고 더 나아가서는 예술가를 두루 가리킨다는 것은 두말 할 나위가 없다.

그렇다면 플라톤의 공화국에서는 문학은 전혀 존재할 수 없는가? 반드시 그러하지만은 않다고 플라톤은 말한다. 공화국을 통치하는 지배자들의 통제를 받고 씌어진 작품은 존재할 수 있다. 이를테면 군대의 기율을 함양시키는 데에 도움이 되는 시라든지, 신들을 찬양하는 시라든지, 또는 전쟁에서 이긴 사람들을 칭송하는 시는 얼마든지 쓸 수 있다. 그렇지만 이 경우조차도 시인이라고 하여 누구나 다 이러한 작품을 쓸 수 있는 것은 아니다. 오직 자격을 갖춘 몇몇 시인들만이 이러한 시를 쓸 수 있다. 플라톤에 따르면 시인은 무엇보다도 정치적으로 믿을 수 있는 사람이어야 하고, 나이가 적어도 50살은 넘어야 한다. 또한 몸소 훌륭한 행동을 한 적이 있는 사람만이 시인이 될 수 있다. 이러한 기준으로 본다면 시가 예술적으로 잘 씌어져 있는지 그렇지 않은지는 전혀 문제가 안 된다. 오직 그 내용이 이상적인 공화국을 세우는 데에 도움을 주는 시라면 모두 다 시로서 가치를 인정받을 수 있다.

플라톤의 태도는 현대인의 관점에서 보면 지극히 편협하고 독선적인 것처럼 보일지도 모른다. 실제로 그의 주장에는 지나친 데가 없지 않다. 그렇지만 플라톤이 살던 그 무렵에는 그것은 아주 절실하였다. 이 무렵 아테네는 하루가 다르게 파멸의 길로 치닫고 있었다. 여기저기에서 선동 정치가들이 나타나 기질적으로 가뜩이나 예술을 좋아하고 감수성이 예민한 시민들을 마치 양떼처럼 조종하였고, 종교라는 것도 기껏하여야 호메로스와 같은 시인들이 작품 속에서 묘사한 신들의 이야기가 고작이었다. 이러한 상황에서 플라톤은 철학자로서 아테네 시민들에게 기율과 이성을 장려하고 무정부적인 경향을 엄격하게 억제할 필요성을 느꼈을 것이다.

그런데 문제는 문학과 예술에 대한 편견과 불신이 플라톤 한 사람에만 그치지 않았다는 데에 있다. 그의 뒤를 이어 많은 서양의 학자들이 문학을 해로운 것으로 보거나 기껏하여야 있으나마나 한 것으로 여기기 일쑤였다. 중세기에 성(聖)아우구스투스가 하나님의 나라에 이르는 길에 걸림돌이 된다고 하여 문학 작품을 읽지 말라고 경고한 것은 너무나 유명하다. 이러한 태도는 계급이 없는 이상적 사회주의 국가를 세우려는 소비에트 권력자들한테서도 마찬가지로 나타난다. 그들은 한결같이 문학을 하찮은 것으로 여기거나, 기껏하여야 그들의 목적을 달성하는 데에 필요한 도구로써 사용하려고 할 뿐이었다. 그들의 생각에는 불멸의 영혼이나 계급 없는 이상주의 사회와 비교할 때에 문학이란 분명 지극히 보잘것없는 것임에 틀림없었다.

문학을 쓸모없거나 해로운 것으로 본 점에서 청교도들은 성 아우구스투스의 충실한 후예라고 할 만하다. '종교적 순결주의자'라고 부를 만한 청교도들은 무엇보다도 도덕적 경건성을 높이 여겼다. 영혼의 구원을 삶에서 가장 중요한 목표로 삼는 만큼 그들은 이러한 목표에서 조금이라도 벗어나는 것은 모조리 금기로 생각하였다. 그들이 금기로 생각한 것 가운데 하나가 바로 문학이었다. 많은 청교도들은 상상력에서 빚어진 세속적 문학을 의혹의 눈길로 바라보았다. 그들은 지나치게 형식에 얽매인 영국 국교의 종교 의식이나 교회 음악 또는 성상(聖像)을 거부하였듯이 문학을 거부하였던 것이다.

이렇듯 청교도들이 문학을 탐탁하지 않게 여겼다는 것은 관객을 도덕적으로 타락시킨다고 하여 연극 상연을 모두 금지시킨 사실에서도 잘 드러난다. 청교도 혁명이 일어난 지 이 년 후, 그러니까 1642년에 청교도들은 연극을 상연하는 극장을 모두 폐쇄한다. 그리하여 영국에서는 극장 문을 무려 이십 년 동안이나 굳게 닫아 두었고, 이 기간에는 어떤 극작가도 작품을 거의 한 편도 쓰지 못하였다. 왕정이 복고되고 나서야 비로소 극장 문이 다시 활짝 열렸지만 그로 말미암아 영국 문학은 치명적인 타격을 받았다. 특히 영국의 희곡 문학은 청교도들의 저주가 가져다 준 그 후유증에서 아직도 완전히 벗어나지 못한 상태에 있는 듯하다.

청교도들이 연극에 보여 준 부정적인 태도는 소설에 대하여서도 그대로 이어진다. 소설은 17세기 말엽과 18세기 초엽에 걸쳐 문학 장르로서 본격적으로 나타났으며 처음부터 온갖 사랑을 한 몸에 받았다. 특히 이 무렵 소설은 신흥 세력으로 떠오른 중산층과 여성들을 독자층으로 확보하여 까마득히 기원전으로 그 역사를 거슬러 올라갈 수 있는 시나 연극을 제치고 문학 장르의 총아로서 떠올랐다. 그러나 이 무렵 소설에 대한 청교도들의 반발 또한 결코 만만하지 않았다. 그들에 따르면 사람들은 성서를 읽는 데에 보내야 할 귀중한 시간을 아깝게도 소설을 읽는 데에 헛되이 써 버린다. 더구나 소설은 현실을 왜곡되게 묘사하여 읽는 사람들이 삶에 대하여 그릇된 생각을 갖게 한다. 그뿐만 아니라 성욕과 같은 불건전한 감정을 북돋아 줌으로써 독자들을 도덕적으로 타락시킨다는 것이다. 그리하여 그들은 소설이 아무 쓸모없다고 결론짓는다.

그런데 흥미롭게도 문학 무용론은 비단 서양의 학자들뿐만 아니라 우리나라 학자들에게서도 마찬가지로 엿볼 수 있다. 조선 시대 사대부들은 플라톤을 비롯한 서양 학자들과 마찬가지로 문학에 대하여 적지 않은 의구심을 가지고 있었다. 예를 들어 영정조 시대에 활약한 유학자 이덕무는 『청장관 전서』(靑莊館全書)에 실린 「영처잡고」(嬰處雜稿)라는 글에서 다음과 같이 말하고 있다.

　　소설에 세 가지 의혹이 있으니 허구를 일삼아 귀신과 꿈을 이야기하니 소설을 짓는 것이 첫째 의혹이요, 허황된 것을 돕고 천하고 더러운 것을 북돋우니 소설을 평하는 것이 두번째 의혹이요, 기름과 시간을 허비하고 경전(經典)을 등한히 하게 되니 소설을 보는 것이 세번째 의혹이다. 소설을 짓는 것도 오히려 불가(不可)한데 평을 하는 것은 무슨 마음이며, 평하는 것도 불가한데, 또 『삼국지』와 『수호지』의 속편을 짓는 자도 있으니 더럽고 더럽도다.

무엇보다도 놀라운 것은 이덕무의 말이 플라톤이나 성 아우구스투스의 그것을 꼭 빼닮고 있다는 점이다. 그리스의 철학자나 중세 신학자처럼 이덕무도 유용성과 형이상학 그리고 시간 낭비라는 세 가지 점에서 소설이 쓸모없다는 것을 말한다. 첫째, "허구를 일삼아 귀신과 꿈을 이야기한다"라는 것은 소설이 어디까지나 이데아의 세계인 실재나 진리와는 거리가 먼 한낱 거짓말에 지나지 않는다는 말이다. 둘째, "허황된 것을 돕고 천하고 더러운 것을 북돋는다"라는 말은 독자들에게 불건전하거나 해로운 감정을 부추긴다는 것이다. 그리고 셋째, "기름과 시간을 허비하고 경전을 등한히 한다"라는 말은 무익한 데에 시간을 낭비할 뿐만 아니라 성경과 같은 귀중한 책을 읽을 시간을 헛되게 써 버린다는 말이다. 물론 이 책에서 이덕무은 소설 장르에 한정하여 말하고 있지만 그것을 시나 희곡을 비롯한 문학, 더 나아가 예술 일반을 가리킨다고 보아도 크게 틀리지 않는다.

이덕무의 소설관은 사실 중국의 영향에서 힘입은 바 무척 크다. 이덕무는 바로 박제가와 더불어 청(淸)나라를 본받아 문물 제도를 고칠 것을 내세웠던 북학파의 한 사람이었다. 이 무렵 청나라에서는 명(明)나라에서와 마찬가지로 소설이 크게 유행하였다. 특히 서민들 사이에서 소설은 그야말로 선풍적인 인기를 끌고 있었다. 흔히 사대 기서(四大奇書)로 일컫는 소설들은 모두 이 무렵에 나온 작품들이다. 정부 당국에서는 어떤 식으로든지 서민들이 소설을 너무 많이 읽지 못하도록 막아야만 하였다. 그리하여 그들은 소설책을 많이 읽으면 나쁜 질병에 걸린다는 말까지 퍼뜨렸다. 얼핏 보면 새빨간 거짓말이라는 생각이 들지 모르지만 아주 터무니없는 억지는 아니었다. 이 무렵의 책들은 한지를 사용하였기 때문에 손가락에 침을 발라 책장을 넘겨야 하였다. 이러한 식으로 책장을 넘기다 보면 전염병이 옮을 가능성이 매우 높았다. 게다가 이 무렵에는 책 한 권을 여러 사람들이 돌려가며 읽었기 때문에 책갈피마다 뭇 사람들의 손때가 묻어 있었다. 그런가 하면 정부 당국은 『수호전』을 쓴 시내암(施耐庵)과 『홍루몽』을 쓴 조설근(曹雪芹)과 같은 작가들이 지옥에서 큰 고통을 받고 있을 뿐만 아니라, 자손들한테까지 그 화가 미치고 있다는 낭설을 퍼뜨리기도 하였다. 한편 이덕무와 마찬가지로 영정조 시대에 활약한 정태제 또한 「천군 연의서」(天君演義書)라는 글에서 소설을 하찮게 여긴다.

> 소설 잡기는……귀신이나 괴이하고 허탄한 이야기가 아니면 모두 남녀가 서로 만나는 일이니 그것은 역사에 아주 미치치 못한다.……일찍이 사가(史家)의 여러 역사서를 연의한 것들을 보니, 그 표현이 모두 허황되어 아무 실속이 없고 있는 것 없는 것을 두루 꾸며서 길게 늘어놓고서……

이덕무와 마찬가지로 정태제는 실제로 일어난 사건이 아닌 허구 세계를 다룰 뿐만 아니라 젊은 남녀의 불건전한 감정을 자극한다는 점을 들어 소설을 비판한다. 특히 위 인용문에서 윗점을 찍혀 보인 "그것은 역사에 아주 미치지 못한다"는 표현을 눈여겨볼 필요가 있다. 앞에서 말한 플라톤은 문학을 역사와 엄격히 구분하여 오직 역사만이 값어치가 있고 소중한 분야라고 말하였다. 그러므로 그는 호메로스나 헤시오도스와 같은 시인들의 작품을 교육적인 목적으로 어린이에게 읽혀서는 안 된다고 주장하였다.

그러나 서양에서나 동양에서나 많은 사람들이 이렇게 목에 힘을 주어 문학이 쓸모없다고 주장하는 것은 역설적으로 문학이 그

만큼 중요하다는 것을 반증하는 것이기도 하다. 불조심 강조 주간이니 교통 안전 주간이니 하는 캠페인이 벌어지는 것은 사람들이 불을 함부로 다루거나 교통 법규를 잘 지키지 않기 때문이다. 마찬가지로 문학은 무척 큰 힘을 가지고 있는 까닭에 그것을 부정적으로 보려는 것이다. 지금까지 동서양을 통하여 많은 사람들이 문학을 어떤 공리적이고 실용적인 목적으로 이용하려고 해 왔다. 칼은 어린아이들한테는 위험한 물건일지 모르지만 어른한테는 아주 쓸모있는 도구가 될 수 있는 법이다.

　육경(六經)의 하나로서 가장 오래된 중국 시집으로 흔히 일컫는 『시경』(詩經)은 문학의 실용적·공리적 기능을 높이 여기는 책으로 손꼽는다. 중국뿐만 아니라 우리나라 문학에도 큰 영향을 끼친 이 책은 기원전 12세기에서 6세기에 걸쳐 옛부터 전해 오던 시를 기원전 5~6세기쯤에 공자(孔子)가 한데 모아 엮어 놓은 것으로 알려져 있다. 5~6세기쯤이라면 플라톤이 활약하던 때와 거의 비슷한 때이다. 지금 전하는 『시경』의 가장 오래된 판본인 『모시』(毛詩)의 맨 앞머리에는 대서(大序)라고 하는 서문이 붙어 있다. 이 서문에서 그 이름이 아직 밝혀지지 않은 저자는 시의 기능과 관련하여 이렇게 말하고 있다.

치세(治世)의 음악은 편안하면서도 즐겁고 그 정치는 조화가 되며, 난세(亂世)의 음악은 원망스러우면서도 노엽고 그 정치는 도리에 어긋나며, 망국(亡國)의 음악은 슬프면서도 애틋하고 백성들을 곤경에 빠뜨린다. 그러므로 정치의 득실을 바로 잡고 천지를 움직이고 귀신을 감동시키는 데에 있어서는 시보다 더 좋은 것이 없다. 옛 선왕들은 이것을 가지고 부부 관계를 다스리고 효도와 공경을 이룩하고 인륜을 두터이 하고 교화를 아름답게 하고 풍속을 바로 잡았다.

이 인용문에서 윗점을 찍어 보인 "부부 관계를 다스리고 효도와 공경을 이룩하고 인륜을 두터이 하고 교화를 아름답게 하고 풍속을 바로 잡았다"(經夫婦 成孝敬 厚人倫 美教化 移風俗)는 맨 마지막 부분을 찬찬히 눈여겨볼 필요가 있다. 부모에 대한 효도와 부부 관계부터 인륜과 풍속에 이르기까지 시는 사람들을 가르치고 바로잡는 구실을 한다는 것이다. 한 마디로 옛 중국 사람들은 시를 덕치의 가장 좋은 수단으로 삼았다. 그리하여 공자는 『논어』(論語)에서 "『시경』을 배우지 않았으면 말할 상대가 되지 못한다"고 말하였고, 맹자 또한 "인(仁)한 말은 인한 음악만큼 사람에게 깊이 들어가지 못한다"라고 말하였다. 중국 사람들이 어떻게 보면 한낱 시집에 지나지 않는 책을 유가(儒家) 경전의 반열에 올려놓은 까닭을 이제 알 만하다.

『시경』은 중국 문학이 앞으로 나아갈 방향을 제시해 준다는 데에 큰 의미가 있다. 서구 문학 이론이 플라톤과 아리스토텔레스에 그 뿌리를 두고 있듯이 중국의 문학 이론은 사실 『시경』에서 출발한다고 하여도 크게 틀리지 않는다. 『시경』의 영향을 크게 받은 중국 문학은 주로 공리적이고 실용적인 기능을 높이 여기는 방향으로 나아가게 된다. 중국에서 처음 본격적으로 문단을 형성한 사람이라고 하면 흔히 건안(建安) 시대의 시인 조비(曹丕)를 꼽는다. 문학에 대하여 그는 "문장이란 나라를 다스리는 대업이요 불후의 성사"(文章 經國之大業 不朽之盛事)라고 말하였다. 송(宋)나라 시대의 시인 왕안석(王安石)도 "이른바 문장이란 것은 세상에 도움이 되도록 힘써야 할 따름이다"라고 말하였다. 이러한 문학관은 청나라 이후 근대에 이르기까지도 마찬가지로 되풀이 되었다. 이렇게 문학의 실용성과 공리성을 강조하려는 태도는 간접 또는 직접적으로 중국 문화권의 영향을 받아 온 우리나라에서도 쉽게 찾아볼 수 있다.

한편 문학의 실용적·공리적 기능은 크게 다섯 갈래로 다시 나누어 볼 수 있다. 1) 도덕적·윤리적, 2) 종교적, 3) 심리적, 4)

사회적 · 정치적, 그리고 5) 교육적 기능이 바로 그것이다. 물론 문학 작품은 반드시 하나의 기능이나 하나의 역할만을 담당하지는 않는다. 필요에 따라서는 동시에 하나 이상의 기능을 수행하기도 한다. 가령 윌리엄 셰익스피어의 『햄릿』과 같은 작품은 앞에서 말한 다섯 가지 기능을 골고루 갖추고 있다고 할 수 있다. 그러나 흔히 문학 작품은 이 다섯 기능 가운데에서 유독 어느 한 기능을 강조하기 일쑤이다.

도덕적 · 윤리적 기능을 높이 여기는 사람들은 문학을 도덕이나 윤리를 가르치는 수단으로 삼으려고 한다. 그들에 따르면 가장 훌륭한 문학 작품이란 도덕적 · 윤리적 가치를 효과적으로 전달하는 작품이다. 이때 도덕이나 윤리가 과연 옳은 것이냐 옳지 않은 것이냐 하는 것은 그렇게 중요하지가 않다. 당대의 도덕이나 윤리에 어긋나는 문학 작품은 좋지 않은 작품으로 여길 뿐만 아니라 신랄하게 비판하게 마련이다. 지금까지 많은 문학 작품들이 비도덕적이거나 비윤리적이라는 까닭으로 판매 금지를 당하거나 심지어 작가가 형사 처벌을 받아 온 것은 바로 그 때문이다.

서양에서 D. H. 로렌스의 『채털리 부인의 연인』이나 제임스 조이스의 『율리시스』 또는 헨리 밀러의 『북회귀선』과 같은 작품들은 이러한 경우를 보여주는 좋은 본보기이다. 우리나라에서도 정비석의 『자유부인』을 비롯하여 염재만의 『반노』와 같은 작품들이 사회 윤리나 도덕에 어긋난다고 하여 빗발치는 여론의 화살을 받았다. 최근에 들어와서는 마광수의 『즐거운 사라』가 간행물 윤리위원회로부터 외설스럽다는 판정을 받고 판매가 금지되기도 하였다. 특히 이 작품의 경우에는 문단의 시비거리에 그치지 않고 문제가 법정으로까지 번졌다. 마침내 대법원 판결에 따라 이 작품을 쓴 작가는 몸담고 있던 교직에서 쫓겨나고 이 책을 출간한 출판사도 문을 닫다시피 하였다.

도덕적 · 윤리적 기능과 함께 종교적 기능 또한 문학이 지니는 아주 중요한 기능 가운데 하나이다. 17세기 영국의 시인 존 밀턴은 청교도들이 혁명을 성공시키고 공화정을 수립한 시절 올리버 크롬웰의 비서를 맡을 만큼 철두철미한 청교도이었다. 영어로 씌어진 서사시 가운데에서 가장 훌륭한 작품으로 흔히 일컫는 『실락원』을 쓴 목적에 대하여 "하나님의 길을 인간에게 정당화하기 위하여"라고 그는 분명히 밝히고 있다. 19세기 영국의 비평가이며 시인인 매슈 아놀드는 이보다 한 발 더 나아가 종교가 그 힘을 상실한 지금 문학이 대신 종교의 역할을 떠맡아야만 한다고 말하였다. 그렇다면 문학은 종교의 대용물에 지나지 않는 셈이다.

그런가 하면 문학은 때로 심리적 기능을 지니기도 한다. 작가들은 문학 작품을 써서 긴장이나 갈등을 푼다. 기관지에 막혀 있는 담이나 가래를 뱉아내듯이 작가들은 자신의 마음 속에 쌓여 있던 해묵은 감정을 털어 놓는다. 그렇게 함으로써 그들은 자신의 마음을 정화시키고 마음의 평정을 얻는다. 만약 억압된 감정을 그냥 내버려 둔다면 아마 끝내는 질병에 걸리게 될지도 모른다. 이러한 관점에서 보면 문학이나 예술을 창작하는 행위는 말하자면 심리적 배설 행위와 크게 다르지 않다.

더욱이 지그문트 프로이트에 따르면 문학가를 포함한 모든 예술가들은 일종의 정신질환자와 크게 다름없다. 그들은 어느 누구보다도 사회적 명성과 지위와 재산을 얻고 아름다운 여성을 사랑하고 싶어한다. 그러나 이 세상의 그 많은 사람 가운데에서 어쩌면 그들처럼 이러한 것들을 얻을 만한 자격이 없는 사람들도 찾아보기 힘들다. 그리하여 문학가들과 예술가들은 현실에서 얻지 못하는 것들을 대신 문학과 예술을 통하여 보상적으로 얻으려는 것이다. 이러한 관점에서 본다면 문학과 예술을 만들어 내는 것은 대리 만족을 얻기 위한 것에 지나지 않는 셈이다.

이러한 대리 만족은 작가에게만 그치지 않고 독자에게로 이어진다. 작품을 쓰는 작가에 못지않게 독자들 또한 문학 작품을 읽으면서 현실에서 얻을 수 없는 것들을 간접적으로 경험하고 대리 만족을 느낀다. 더구나 많은 사람들은 문학 작품을 읽는 가운데 그 동안 가슴 속에 쌓여 있던 긴장이나 갈등을 풀기도 한다. 아리스토텔레스가 일찍이 『시학』에서 비극을 보는 관객들이 연민과 공포의 감정을 통한 카타르시스, 곧 감정의 정화를 겪게 된다고 말한 것은 바로 이것을 두고 이른 말이다. 플라톤을 비롯한 사람들은 문학 작품이 독자들에게 나쁜 영향을 주는 것으로 보았지만 실제로는 반드시 그렇지만도 않다. 감정 가운데에는 얼마든지 나쁜 감정이 있게 마련이고, 만약 이러한 감정을 제때에 풀어주지 않는다면 아주 위험한 지경에 이를 수도 있다.

문학의 네번째 기능은 사회나 정치와 관련한 기능이다. 구체적인 사회적 공간과 역사적 시간 안에서 이루어지는 문학은 어쩔 수 없이 당대의 사회적·정치적 현실과 관련을 맺는다. 문학의 매체인 언어가 현실 세계에서 생겨난 것인 만큼 문학은 사회나 정치를 떠나서는 결코 존재할 수 없게 마련이다. 19세기 영국의 비평가 존 러스킨은 가장 훌륭한 문학 작품이란 늘 그것이 씌어진 나라의 사회적·정치적 덕성을 표현한다고 말한 적이 있다. 건강한 나무에서 알찬 열매가 맺히듯이 도덕적으로 건강한 사회에서 훌륭한 문학 작품이 나온다는 말이다.

그러나 문학의 사회적·정치적 기능이 가장 분명하게 드러나는 것은 역시 사회주의 리얼리즘 전통에 속하는 문학이다. 모든 종류의 리얼리즘 가운데에서도 사회주의 리얼리즘만큼 화석처럼 단단하고 죽은 나뭇가지처럼 뻣뻣한 리얼리즘도 찾아보기 드물 것 같다. 러시아 혁명이 성공한 다음 소비에트 지도자들은 토지를 국유화한 것처럼 이번에는 문학까지도 국유화하기에 이르렀다. 그리하여 1932년에 소비에트 작가동맹을 결성하였고, 그 이듬해에는 제1차 소비에트 작가회의를 열었다. 이 작가회의에서 소비에트의 공식 문학 노선으로 삼은 것이 바로 사회주의 리얼리즘이다. 이 회의의 기조 연설에서 안드레이 즈다노프는 소비에트 문학이 앞으로 나아가야 할 방향을 밝혔다. 그는 소비에트 작가들에게 한 마디로 '인간 영혼의 엔지니어'가 될 것을 촉구하였다. 쉽게 말하면 사회주의 예술가들은 프롤레타리아 계급을 사상적으로 개조하여 사회주의 혁명을 앞당기는 일을 맡아야 한다는 것이다.

사회주의 리얼리즘은 러시아 혁명이 일어나기 앞서 니콜라이 레닌이 문학과 예술에 관하여 말한 내용을 공식으로 만들어 놓은 것에 지나지 않는다. 칼 마르크스와 프리드리히 엥겔스는 문학과 예술이 지나치게 경향성을 띠어서는 안 된다고 경고하였지만 레닌은 오히려 이러한 경향성을 극단적으로 밀고나갔다. 사회주의 리얼리즘은 현실을 재현하되 오직 사회주의 이상에 걸맞게만 재현한다. 그렇다면 그것은 현실을 있는 그대로 재현한다는 본래의 리얼리즘 정신을 저버린 것과 다름없다. 사회주의 리얼리즘에 달갑지 않게 '혁명적 낭만주의'라는 꼬리표가 늘 그림자처럼 붙어다니는 것은 바로 그 때문이다.

문학이 맡고 있는 다섯번째 기능은 교육적 기능이다. 학교 교육이 널리 퍼지기 전만 하더라도 문학은 오늘날 학교가 맡고 있는 역할 가운데 많은 부분을 도맡았다. 그리고 근대에 이르러 교육 제도가 발달하면서 학교가 전적으로 교육을 떠맡게 된 다음에도 사정은 크게 달라지지 않았다. 어떤 의미에서는 문학을 교육의 수단으로 삼으려는 것은 전보다 더 하면 더 하지 결코 덜하지는 않아 보인다. 교육 이론가 가운데에는 문학을 교육에 이용하려는 사람들이 적지 않다. 그들에 따르면 문학이야말로 나이어린 학생들을 가르치기 위한 도구로서 안성맞춤이다.

무엇보다도 문학은 경험의 폭을 넓혀 주고 깊이를 더해 준다. 독서를 통한 경험은 몸소 겪는 체험이 아니라 어디까지나 대리 경험에 지나지 않는다. 그런데도 문학 작품을 읽는 사람들은 실제 삶에서는 도저히 갈 수 없는 먼 나라에도 갈 수 있고 심지어는 달나라에도 갈 수 있다. 그런가 하면 우리가 살고 있는 시대뿐만 아니라 먼 과거로 거슬러 올라가 옛날 사람들의 삶을 경험할 수도 있다. 대리 경험이라는 것도 따지고 보면 그렇게 탓할 것만도 아니다. 굶주림이나 폭력, 전쟁이나 죽음과 같은 어떤 경험은 아마 대리 경험이 아니고서는 결코 얻을 수가 없을 것이다. 예를 들어 피 비린내 나는 결투나 싸움터의 경험을 독자들은 거실의 안락의자에 앉아서 편안하게 겪을 수 있다.

뿐만 아니라 사회를 결속시키고 유대 의식을 불어넣는 데에도 문학은 더할 바 없이 좋은 구실을 한다. 한 나라의 문화 유산인 문학을 두고 그 민족의 영혼이 살아 숨쉬는 몸이라고 말한 사람이 있다. 한 나라의 언어를 죽지 않게 하고 계속 살아 숨쉬게 하는 방법은 그 언어를 가지고 문학 작품을 쓰는 일이다. 문학 작품은 언어가 갇혀 있는 감옥이 아니라 마음대로 뛰노는 푸른 들판과도 같다. 아무리 남의 나라의 지배를 받아도 언어만 빼앗기지 않으면 그 나라는 지배를 받는 것이 아니라는 말도 있다. 한 나라의 언어를 순화시키는 것을 두고 '말을 갈고 닦는다'는 표현을 자주 쓴다. 말을 갈고 닦으면서 사람들은 적을 무찌를 칼을 갈고 닦는다. 19세기 프랑스의 소설가 알퐁스 도데의 그 유명한 「마지막 수업」은 한 나라의 언어가 얼마나 중요한지를 아주 실감나게 그린 작품이다. 프랑스 땅이었던 알자스와 로렌이 독일에 병합되면서 이곳에 살고 있는 사람들은 이제 더 이상 프랑스말을 쓸 수도 가르칠 수도 없게 된다. 아멜 선생님은 그 마지막 수업 시간에 학생들에게 "비록 한 민족이 남의 나라의 노예가 되더라도 자기네 국어를 잘 지키고 있는 한, 감옥의 열쇠를 손에 쥐고 있는 것과 같다"라고 말한다.

더구나 문학은 공동사회의 가치관을 지키는 구실을 하기도 한다. 그 가치관이 화석처럼 딱딱하게 굳어 버리면 비판의 칼을 들이대기도 하지만 문학은 공동사회의 구성원이 받아들이는 가치관을 떠받들어 준다. 지나간 시대의 가치관이나 시대 정신을 연구하는 역사가들이 그 무렵에 씌어진 문학 작품들을 샅샅이 뒤지는 것도 바로 그 때문이다. 가령 어떤 역사가는 호메로스가 『일리아드』나 『오디세이아』를 쓸 무렵 고대 그리스 사람들이 노동을 신성하게 생각하였을 뿐만 아니라 사회적 신분에 굳이 얽매이지 않았다는 사실을 밝혀 내었다. 그 근거로 호메로스의 작품에는 오디세우스 왕이 몸소 쟁기를 잡고 밭갈이를 하는가 하면, 나우시카 공주도 몸소 시냇가에 나와 하녀들과 함께 빨래를 한다. 르네상스 시대의 몇몇 비평가들은 문학의 규범이나 관습을 어겼다고 하여 호메로스를 탓하였지만 그것은 그리스 시대의 가치관을 제대로 모르는 데에서 비롯된 것이다. 고려 시대에 몽고가 우리나라를 자주 쳐들어오자 이를 막기 위하여 팔만대장경을 만들었다고 한다. 비록 간접적이기는 하지만 이것도 한 나라의 가치를 지키기 위한 노력으로 보아도 크게 틀리지 않을 것 같다. 나무판에 불경을 새겨 놓은 것은 몽고족을 물리치게 해 달라고 부처님께 빌거나 부적을 붙여 놓는 것 이상의 큰 의미를 지니고 있기 때문이다.

또한 젊은이들에게 상상력을 키워 준다는 점에서도 문학은 큰 교육적 기능을 담당한다. 두말 할 나위 없이 문학은 작가의 예술적 상상력이 빚어 낸 찬란한 우주이다. 비록 구체적인 삶에 뿌리를 두고 있지만 문학은 상상력이 없이는 도저히 만들어질 수 없다. 이렇게 상상력에서 생겨난 문학 작품은 이번에는 독자들의 상상력을 자극해 준다. 문학 작품을 읽으며 젊은이들은 마음껏 상상의 나래를 펼칠 수가 있다. 그런데 이렇게 문학 작품에서 얻는 상상력은 일상생활에서도 아주 중요한 구실을 한다. 그동안 인류가 쌓아 온 모든 문화적 유산, 지금 우리가 쓰고 있는 모든 문명의 이기들은 한결같이 상상력이 만들어 낸 것이라고 하여도 크게 틀리지 않는다. 나뭇잎처럼 바다를 떠다니는 상상이 배를 만들어 내었고, 새처럼 하늘을 나는 상상이 비행기를 만들어 내었다.

문학의 공리적·실용적 기능과 역할을 좀더 쉽게 이해하기 위하여 김병연의 시 한 편을 읽어 보는 것이 좋을 것 같다. 김삿갓이라는 별명으로 우리에게 더 잘 알려진 그는 우리나라 방방곡곡을 떠돌아다니며 삶의 애환을 그렸다. 파란만장한 그의 삶만큼이나 그의 시 세계도 여러 번 변화 과정을 겪는데 이 시는 바로 네 번째 기능에 속하는 작품이다.

> 저문 날 등불 걸고 여물을 썬다
> 나뭇짐 무지게에 무거운 팔다리로
> 싹둑싹둑 썬다, 여물을 썬다
> 부자놈들 흰 손목을 작두로 썬다
> 탐관오리 굵은 목을 싹둑싹둑 썬다

이 시는 김병연이 황해도 구월산 기슭에서 의적에게 붙잡혀 그들과 함께 생활하는 동안에 쓴 것이라고 전해진다. 혁명을 통하여 좀더 나은 세상을 만들려는 원대한 이상을 품고 있는 두목을 도와 한때 그는 민초들의 적개심을 고취시키는 데에 자신의 시적 재능을 아낌없이 바쳤다. 이 시는 민중 시인으로서의 그의 면모를 잘 보여주는 작품으로 평가받는다. 시인은 부자집의 하인들이 작두로 소에게 먹일 여물을 써는 광경을 묘사한다. 하인들은 낮 동안에 나무를 하고 물을 길어 나르는 일로 몹시 피곤할 터인데도 저녁이 되어서까지 중노동에 시달리고 있다. 그러나 여물을 먹을 소보다도 더 고달프게 일만 하는 그들에게도 한 가지 희망이 있다. 머지 않아 짚단 대신에 주인들의 손목을 작두로 잘라 낼 날이 올 것이기 때문이다.

부자들에 대한 증오심과 적개심은 다시 탐관오리에 대한 그것으로 이어져서 이번에는 그들의 목을 작두로 자를 날을 손꼽아 기다린다. 특히 이 시에서 '부자놈들 흰 손목'과 '탐관오리 굵은 목'이라는 표현이 눈길을 끈다. 일을 하지 않고 놀고 먹는 부자들의 손목은 흴 수밖에 없을 것이고, 가렴주구(苛斂誅求)를 일삼는 관리들의 목은 기름진 음식으로 살이 찔 수밖에 없을 것이다. 하인들은 부자들과 관리들의 손목과 목을 마치 짚단을 썰듯이 썰어 버리겠다는 강한 적개심을 드러내고 있다. 두 번씩이나 되풀이하는 '싹둑싹둑'이라는 의태의성어에서 그 끔찍한 모습을 바로 눈앞에 보는 듯하다.

이렇게 사회 현실을 비판하는 것은 현대 작품에서도 쉽게 찾아볼 수 있다. 가령 '노동 시인'이라는 꼬리표가 늘 붙어다니는 박노해의 작품 「어쩌면」은 여러 면에서 김병연의 작품을 떠올리게 한다. 무려 한 세기 이상의 시간적 차이가 벌어져 있는데도 이 두 작품은 일란성 쌍둥이처럼 서로 닮은 데가 많다. 김병연의 시가 조선조 후기의 사회적 불평등을 들어 민중들에게 적개심을 불어넣는다면, 박노해의 작품 「어쩌면」은 현대 산업사회의 병폐를 고발하면서 계급 의식을 일깨운다. 열다섯 살 때 시골에서 서울로 올라와 일찍부터 공장에서 기능공으로 일해 온 그는 어느 누구보다도 자본주의 사회가 안고 있는 모순과 병폐를 직접 몸으로 겪었다. 이러한 노동 현장 경험을 토대로 일련의 시를 발표하여 문단에서 큰 주목을 받았다. 그의 시집 『노동의 새벽』은 홍희담의 소설과 함께 노동 문학의 전통에 새로운 이정표를 세운 것으로 평가받는다.

> 어쩌면 나는 기계인지도 몰라
> 컨베이어에 밀려오는 부품을
> 정신없이 납땜하다 보면
> 수천 번이고 로버트처럼 반복동작 하는

나는 기계가 되어 버렸는지도 몰라

어쩌면 우리는 양계장 닭인지도 몰라
라인마다 쪼로록 일렬로 앉아
희끄무레한 불빛 아래 속도에 따라 손을 놀리고
빠른 음악을 틀어 주면 알을 더 많이 낳는
양계장 닭인지도 몰라
진이 빠져 더이상 알을 못낳으면
폐닭이 되어 켄터키치킨이 되는
양계장 닭인지도 몰라

늘씬한 정순이는 이렇게 살아 무엇하냐며
맥주홀로 울며 떠나고
영남이는 위장병에 괴로워하다
한마리 폐닭이 되어 황폐한 고향으로 떠난다
3년 내내 아귀차게 이 악물며 야간학교 마친 재심이는
경리자리라도 알아 보다가 졸업장을 찢으며 주저앉는다
어쩌면 우리는 멍에 쓴 짐승인지도 몰라

저들은,
알 빼먹는 저들은
어쩌면 날강도인지도 몰라
인간을 기계로
소모품으로
상품으로 만들어 버리는
점잖고 합법적인 날강도인지도 몰라

저 자상한 미소도
세련된 아름다움과 교양도
부유하고 찬란한 광휘도

어쩌면 우리 것인지도 몰라
우리들의 피눈물과 절망과 고통 위에서
우리들의 웃음과 아름다움과 빛을
송두리째 빨아먹는
어쩌면 저들은 흡혈귀인지도 몰라

　이 시에서 박노해는 현대 산업사회에서 거대한 기계의 한 부속
품으로 전락해 버린 노동자의 비참한 삶의 모습을 아주 실감나게
묘사한다. 이 시의 중요한 주제 가운데 하나는 일찍이 마르크스
가 자본주의 사회의 부산물이라고 말한 물화(物化)와 소외(疏
外) 현상이다. 비인간적인 자본주의 사회에서 인간의 모든 가치
는 한낱 상품 가치로 환원되고 대신 사물 세계가 인간 세계를 지
배한다. 봉건주의 사회에서 자본주의 사회로 옮아오면서 생산 양
식은 사회화되는 반면, 생산 수단은 오히려 사유화되는 결과를
낳았다. 그리하여 노동자들은 일하면서 느끼던 '창조적인 즐거움'
을 모두 잃어버린 채 도구나 수단으로 전락해 버리게 되었던 것
이다. 이러한 자본주의 사회의 폐해는 첫번째 연에 잘 드러나 있
다. 이 시의 화자(話者)는 컨베이어에 실려 오는 부품을 되풀이
하여 조립하다 보면 자신도 모르는 사이에 어느덧 로보트와 같은
기계로 변해 버린 것 같다고 말한다.
　두번째 연에서 화자는 열악한 작업 환경에서 일하는 노동자들
을 양계장에서 알을 낳는 암탉에 견준다. 첫번째 연의 기계 이미
지에서 닭과 같은 동물의 이미지로 바뀌지만 사정은 조금도 달라
지지 않는다. 노동자들이 한 줄로 열을 지어 앉아 작업하는 모습
은 마치 양계장 안에 갇혀 있는 암탉과 크게 다르지 않다. 양계장
닭이 자연의 생리에 따라 알을 낳는 것이 아니라 사람이 밝혀 준
전기불 속에서 인위적으로 알을 낳듯이, 노동자들 또한 템포 빠
른 음악에 맞추어 기계적으로 일을 한다. 더욱이 문제는 닭이 더

이상 인위적으로 알을 낳지 못하는 단계에 이르면 '폐닭'이 되어 사람들한테 잡혀먹히는 신세가 된다는 데에 있다. 특히 영양센터의 통닭 대신에 켄터키치킨이 된다고 말하는 것을 보면 외국의 다국적 기업을 떠올리게 한다. 노동자들을 착취하는 국내 자본가들의 뒤에는 다국적 기업의 외국 자본가들이 도사리고 있음을 알 수 있다. 특히 첫번째 연의 '나'라는 말이 두번째 연부터는 아예 '우리'라는 말로 바뀐다는 점을 눈여겨볼 필요가 있다. 노동자의 문제는 이제 단순히 어느 한 개인의 문제가 아니라 노동자 집단의 문제라는 사실을 훌륭히 보여주는 대목이다.

세번째 연에서는 자본주의 사회의 산업화·공업화가 가져다 준 부산물이 그려져 있다. 1960년대와 1970년대부터 우리나라는 본격적인 산업화·공업화 단계로 접어들게 되면서 여러 가지 부작용과 폐해가 나타나기 시작하였다. 그 가운데 몇 가지가 농촌 인구의 도시 집중 현상, 불공평한 소득 분배에 따른 빈부의 격차, 그리고 향락 산업의 번창이다. 많은 시골의 젊은이들이 농촌을 떠나 일자리를 찾아 도시로 나온다. 그러나 시골 출신 노동자들은 열악한 작업 환경과 낮은 임금에 시달리다 못하여 다른 곳으로 일자리를 옮기기 일쑤이다. 그러나 정상적인 학교 교육이나 직업 훈련을 제대로 받지 못한 그들이 마땅한 일자리를 찾기란 여간 힘든 일이 아니다. 그리하여 산업화·공업화의 부산물로서 독버섯처럼 생겨난 향락 업소들이 여성 근로자들에게 유혹의 눈길을 보내고 있다. 그래도 정순이는 '늘씬한' 육체라도 가지고 있기 때문에 맥주홀의 웨이트리스라도 될 수 있지만 그렇지 못한 젊은 여성 노동자들이 갈 곳이란 불을 보듯 뻔하다. 남성 노동자들은 영남이처럼 위장병과 같은 직업병으로 고생하다가 마침내 '황폐한' 고향으로 돌아가거나, 재심이처럼 좀더 나은 일자리를 찾아 헤매다가 좌절하고 깊은 절망에 빠지기도 한다.

노동자들이 느끼는 좌절과 절망은 곧 이어 분노와 증오심으로 바뀐다. 화자는 노동자들을 착취하는 자본가들을 처음에는 닭한 테서 '알 빼먹는' 양계장 주인에 견주다가 마지막 부분에서는 아예 날강도에 견준다. 그런데 자본가들은 날강도라도 '점잖고 합법적인 날강도'들이다. 여기에서 '합법적'이라는 낱말이 무엇보다도 눈길을 끈다. 화자는 이제 지배 계급의 이데올로기를 비판 대상으로 삼고 있다. 권력을 쥐고 있는 지배 계층은 자본가들과 한통속이 되어 노동 착취를 눈감아 준다. 이렇게 권력층은 자본가들과 손을 잡아 권력을 유지하고, 자본가들은 권력층의 비호 아래노동 착취를 정당하게 하여 더 많은 돈을 긁어모은다. 한 개체인 '나'에서 집단적 개념인 '우리'로 옮아오면서 '우리'(노동자)는 네 번째 연에 이르러서는 '저들'(자본가)과 적대적인 관계가 된다.

맨 마지막 연에서 자본가에 대한 증오와 적개심은 극에 달한다. 자본가들은 단순히 양계장의 주인이나 '합법적인 날강도' 이하로 떨어진다. 사람의 피를 빨아 먹는다는 전설적인 귀신 드라큘라처럼 자본가들은 노동자들의 피를 '송두리째 빨아 먹는' 인간 흡혈귀들이다. 얼굴에 짓는 '자상한 미소'도, 몸에 밴 '세련된 아름다움과 교양'도, 그리고 '찬란한 광휘'도 따지고 보면 노동자들을 착취하여 얻은 것이며, 노동자들의 '피눈물과 절망과 고통'의 대가이다.

앞의 네 연에서 노동자들 위에 군림하던 자본가들은 마지막 연에 이르러서는 혐오의 대상으로 전락하고 마는 것이다. 자본주의체제 안에서 '피눈물'을 흘리며 살망정 노동자들은 인간 흡혈귀보다는 나은 존재임에 틀림없다.

지배 계층에 대한 비판을 제대로 이해하기 위하여서는 이 시에서 화자가 쓰는 언어를 꼼꼼히 살펴볼 필요가 있다. 가령 '폐닭'이라는 말은 통상적인 언어 규범을 무시한 표현이다. 더러 예외가 없는 것은 아니지만 복합어를 만들 때에 한자어는 한자어끼리, 토박이 우리말은 우리말끼리 결합하는 것이 보통이다. 일상 대화에서 무심코 쓰고 있지만 '마음적'이라든가 '한탕주의'라든가 하는 표현이 귀에 거슬리는 것은 바로 그 때문이다. 그러므로 '폐닭'이라는 표현보다는 '폐계'(廢鷄)라고 하거나 순수한 우리말로 '알을 못 낳는 닭'이라고 하는 것이 옳다. 그런데도 화자는 일부러 이러한 비문법적 표현을 사용함으로써 언어마저 손아귀에 넣으려는 기득권 세력에 쐐기를 박고 있다.

이 시에서 자주 쓰는 외래어도 마찬가지이다. 언뜻 보기에 외래어는 노동자의 삶을 다루는 시에는 걸맞지 않은 듯하다. 그러나 실제로 이러한 외래어는 계급 투쟁의 주제를 다루는 데에 있어 아주 효과적이다. 가령 '컨베이어', '로버트', '라인', '켄터키치킨' 또는 '맥주홀'과 같은 외래어가 바로 그러하다. 이 외래어들은 우리나라의 자본주의 사회가 그 동안 얼마나 토착적이고 고유한 우리 것을 잃어 버리고 남의 것을 흉내내고 있었는가 하는 사실을 잘 보여준다. 더구나 화자는 일부러 외래어를 틀리게 쓰기도 한다. 표기법으로 보면 '로버트'는 '로보트'로, '켄터키치킨'은 '켄터키 프라이드 치킨'으로 표기하는 것이 더 맞다. 그런데도 이렇게 외래어를 짐짓 틀리게 표기하는 데에는 지배 계급의 언어적 규범을 무시하려는 의도가 들어 있다. 한 마디로 이 시는 박노해가 한편으로는 자본가 계급을 비판하고 다른 한편으로는 노동자 계급을 찬양하려는 분명한 목적을 가지고 쓴 시임에 틀림없다.

문학의 심미성과 쾌락성

문학의 실용적 · 공리적 기능에 못지않게 적지 않은 이론가들은 문학의 심미적 · 쾌락적 기능을 역설하기도 하였다. 문학은 그 자체로서 분명한 존재 이유를 지니고 있고, 따라서 어떤 다른 목적을 이루기 위한 도구나 수단으로 삼을 수 없다고 말한다. 공리적·실용적 기능을 중시하는 이론이 플라톤에 뿌리를 박고 있다면, 쾌락적·심미적 기능을 주장하는 이론은 아리스토텔레스에 뿌리를 두고 있다. 플라톤과는 달리 아리스토텔레스는 상상력이 빚어 낸 문학 작품은 일상생활과는 다르다고 하면서 문학의 실용적·공리적 기능보다는 쾌락적·심미적 기능에 훨씬 큰 무게를 두었다. 최초의 서양 문학 이론서로 흔히 일컫는 『시학』에서 역사보다 문학이 한결 더 철학적이라고 한 것은 잘 알려진 사실이다. 이렇듯 아리스토텔레스의 문학 이론은 그의 스승의 문학 이론에 대한 비판에서 시작되었다. 서양의 철학이나 문학 이론은 사실 플라톤과 아리스토텔레스의 두 이론이 마치 시계추처럼 서로 엇갈려 가며 발전해 왔다고 하여도 크게 틀리지 않는다.

아리스토텔레스는 예술가가 작품에서 모방하는 대상에 대하여 플라톤과 같은 생각을 하였으면서도 그 개념에 대하여서는 그의 스승과 다른 태도를 취하였다. 플라톤이 예술가의 모방을 단순히 '그림자의 그림자'로 본 반면, 아리스토텔레스는 이보다 훨씬 긍정적으로 보았다. 모방을 인간 본능으로 높이 여기는 아리스토텔레스는 보편적이고 일반적인 인간 행동을 흉내낸다고 보았다. '인간 행동의 모방'이라는 그 유명한 비극에 대한 정의는 바로 여기에 뿌리를 두고 있다. 그에 따르면 시인은 삶을 기계적으로 되풀이하지 않기 때문에 보편적 진리를 말할 수 있다. 다시 말해서 시인이란 단순히 삶의 모습을 보여주는 데에 그치지 않고 더 나아가 삶에 대한 전망을 보여주는 사람이다. 그러므로 아리스토텔레스의 관점에서 보면 모방은 비굴한 흉내가 아니라 오히려 창조적인 작업과 같다.

이렇게 아리스토텔레스가 처음 펼친 문학의 심미적·쾌락적 기능은 많은 사람들한테서 큰 지지를 받았다. 예를 들어 16세기 영국의 시인이며 비평가인 필립 시드니는 「시의 옹호」라는 글에서 엘리자베스 시대의 청교도들과 공리주의자들에 맞서 문학의 예술성을 지키려고 무척 애썼다. 그에 따르면 문학 작품은 실용성이나 공리성과는 비교적 무관하다는 데에 바로 그 특성이 있다. 시드니의 주장을 극단적으로 밀고나간 사람이 르네상스 시대 이탈리아의 비평가 줄리우스 세자르 스칼리거이다. 그는 플라톤의 이론을 정면으로 반박한다. 플라톤은 호메로스를 '거짓말쟁이'라고 혹평하였지만 스칼리거의 관점에서 보면 철학자들보다 호메로스가 오히려 더 훌륭한 지식을 전달한다. 플라톤은 시가 도움을 주기는커녕 해로움을 준다고 말하였지만 플라톤의 『공화국』보다 더 해로운 시는 이 세상에 없을 것이라고 스칼리거는 결론 짓는다.

  그러나 문학의 심미적·쾌락적 기능에 가장 굳건한 이론적 뒷받침을 해 준 사람은 다름아닌 독일의 관념 철학자 임마누엘 칸트이다. 『심미적 판단 비평』에서 그는 목적론적 판단과 심미적 판단을 서로 구별하여 후자에서 얻는 지식은 논리적 추리에 기초를 두고 있는 전자의 지식과는 본질적으로 다르다고 말한다. 목적론적 판단은 대상과 그 대상의 목적을 염두에 두기 때문에 어떤 식으로든지 개념이나 범주와 관련을 맺는다. 그러나 심미적 판단은 이와는 달리 외부의 목적과 대상을 전혀 고려하지 않는다. 우리가 예술에서 얻게 되는 아름다움과 즐거움은 예술 밖의 다른 영역에서 얻게 되는 그것과는 전혀 다른 독특한 것이라고 그는 말한다. 이것이 바로 그가 말하는 '목적이 없는 목적성' 또는 '내적 목적성'의 개념이다. 문학을 비롯한 모든 예술은 얼핏 아무런 목적성도 없는 것처럼 보이지만 실제로는 그것이 바로 목적이라는 것이다. 칸트와 같은 주장은 같은 시대에 활약한 다른 철학가들이나 문학가들에게서 엿볼 수 있다. 가령 프리드리히 쉴러나 프리드리히 쉘링, 그리고 흔히 독일의 문호로 부르는 요한 볼프강 괴테 등은 한결같이 문학의 자율적 독자성을 내세운 대표적인 사람들이다. 특히 괴테가 영국 문학과 미국 문학 그리고 프랑스 문학에 끼친 영향은 아주 크다.

문학의 심미적 기능은 이번에는 칸트의 미학 이론에서 큰 영향을 받은 낭만주의자들에게로 이어진다. 윌리엄 워즈워스나 퍼시 비쉬 셸리 또는 존 키츠와 같은 시인들은 한편으로 정치적·사회적·철학적 문제에 깊은 관심을 보이면서도, 다른 한편으로는 공리성에서 벗어나 문학 그 자체에 깊은 관심을 두었다. 문학의 심미적 기능은 대부분의 낭만주의자들에게 핵심적 개념이라고 할 수 있는 상상력과 아주 밀접하게 연관되어 있다. 그들에게는 상상력이 세계를 인식하는 한 방법일 뿐만 아니라 더 나아가서는 시적 창조를 통제하는 힘의 역할을 하였다. 이렇듯 시는 자율적인 창조물로서 일상생활과는 엄격히 구별되었다.

낭만주의자 가운데에서도 19세기 미국의 시인이며 비평가인 에드거 앨런 포우는 특히 눈여겨볼 만하다. 그는 인간 정신을 크게 순수 지성과 취향 그리고 도덕심의 세 가지로 나눈다. 그런데 이 세 가지는 맡고 있는 기능이나 임무가 서로 제각기 다르다. 즉 순수 지성은 진리와 연관되어 있고 취향은 아름다움과 연관되어 있으며 도덕심은 선과 연관되어 있다. 시인은 이 가운데에서 바로 두번째 정신을 다루는 사람이라고 그는 말한다. 한 마디로 시란 관념이 아니라 영혼을 고양시켜 주는 예술적 흥분이라는 것이다. 그에 따르면 '오직 시만을 위하여 쓴 시', 그러니까 시 그 자체 말고는 어떠한 목적도 염두에 두지 않고 쓴 시만이 가장 훌륭한 시이다. 같은 시대에 활약한 헨리 왜즈워스 롱펠로우와 같은 시인처럼 어떠한 명시적 목적을 생각하고 쓴 시에 그는 '교훈의 이설'이라는 낙인을 찍어 버렸다.

포우와 같은 시대에 활약한 미국 시인 랠프 왈도 에머슨도 문학에서 심미적·쾌락적 기능을 높이 샀던 작가 가운데 한 사람이다. 시를 비롯한 문학 작품을 그는 한 떨기 장미꽃에 견준다. "창문 아래 피어 있는 장미꽃은 그에 앞서 피어 있던 장미꽃이나 자신보다 더 아름다운 다른 장미꽃에 대하여 조금도 상관하지 아니한다. 장미꽃은 있는 그대로 존재하며 신과 함께 지금 이 순간에도 존재하고 있다. 장미꽃에게는 시간이라는 것이 없다. 다만 장미꽃이라는 실체가 존재할 따름이다." 여기에서 에머슨이 말하려고 하는 바는 분명한 것 같다. 흔히 '꽃 중의 꽃' 또는 '꽃의 여왕'으로 부르는 장미꽃은 인간의 눈을 즐겁게 해 주기 위하여 그 눈부시게 아름다운 모습을 드러내고 있는 것이 아니다. 마찬가지로 그 향기가 그토록 감미로운 것은 인간의 코를 즐겁게 해 주기 위한 것도 아니다. 인간과 마찬가지로 신의 한 피조물인 장미꽃은 그저 장미꽃으로서 존재해 있을 따름이다. 장미꽃이 장미꽃으로서의 자기 목적성과 존재 이유를 지니고 존재하듯이, 문학도 다른 것에 예속되지 않고 문학으로서의 자기 목적성과 존재 이유를 지니고 있다는 것이다.

낭만주의자들이 심어 놓은 문학의 심미적·쾌락적 기능은 19세기 말엽 유럽 대륙과 영국을 휩쓴 예술지상주의 문학 운동에 이르러 찬란한 꽃을 피웠다. 흔히 유미주의자들이라고도 부르는 이 무렵의 문학가들은 예술이 자기 목적성을 지니고 있으며 따라서 예술을 벗어나 어떠한 다른 일도 맡아서는 안 된다고 주장하였다. 그리하여 그들은 문학의 공리적이고 실용적인 기능을 거의 모두 도외시한 채 오직 '예술을 위한 예술'만을 주창하기에 이르렀던 것이다. 그들은 문학의 가치가 어떤 식으로든지 삶과 연관되어 있다는 생각을 좀처럼 받아들이려고 하지 않았다. 삶과 아무런 관련을 맺고 있지 않는 이상 문학은 정치적이건 사회적이건, 도덕적이건 윤리적이건 문학을 떠난 어떠한 기능도 결코 맡을 수 없다. 설령 문학이 어떤 공리적이거나 실용적인 기능을 맡는다고 할지라도 그것은 지극히 우연적인 것에 지나지 않고 예술로서의 가치와는 전혀 관계가 없다. 한 마디로 예술지상주의자들은 한결같이 문학을 비롯한 예술을 공리성과 실용성의 굴레로부터 완전히 해방시킴으로써 예술의 독자성을 확보하는 데에 크게 이바지하였던 것이다.

그런데 유미주의는 그 이전에 유럽을 휩쓴 문학 전통에 대한 비판으로 일어났다. 프랑스에서 이 운동은 신고전주의 문학에 대한 비판으로 시작되었으며, 영국에서도 지나치다 싶을 만큼 문학의 공리성과 실용성을 내세운 빅토리아주의에 대한 공격으로 출발하였다. 유럽 대륙에서이건 영국에서이건 유미주의는 궁극적으로는 음악과 같은 순수 예술을 좇으려고 하였다. 사실 모든 예술 가운데에서 음악만큼 가치중립적이고 순수한 예술도 찾아보기 드물다. 다른 한편으로 유미주의 문학 운동은 지나치게 물질적이고 과학적인 것을 좇으려는 이 무렵의 시대 정신에 쐐기를 박기 위한 시도이기도 하였다.

문학의 심미성이나 쾌락성에 대하여 극단적인 태도를 보이는 유미주의자들은 심지어 삶까지도 예술의 일부로 보려고 하였다. 몇몇 문학가들은 예술과 함께 삶을 심미적 관조의 대상으로 삼았다. '삶의 대안으로서의 예술'이니 '예술로서의 삶'이니 하는 표현은 바로 이러한 태도를 가리키는 것이다. 가령 영국의 비평가 월터 페이터는 삶을 다룰 때에는 반드시 예술 정신에 따라서 다루어야 한다고 말하였다. 프랑스의 소설가 위즈망스는 『거꾸로』라는 소설에서 자연스러운 일상적 삶에서 벗어나 오직 인위적으로 살려고 하는 주인공을 그렸다. 그런가 하면 프랑의 극작가 빌리에르 드 릴-아당은 『악셀』이라는 희곡 작품에서 한 작중인물의 입을 통하여 "삶을 산다고? 하인들이 우리를 대신하여 살아 줄 것"이라고 말하기에 이른다. 한편 유미주의자들은 예술가들을 아주 특별한 사람이라고 여겼다. 그들에 따르면 예술가는 곧 '아름다움의 종교'에서 사제와 같은 역할을 맡고 있는 사람들과 마찬가지라는 것이다.

심미주의자들이 주장하는 이 입장은 20세기에 들어와서 형식주의자들과 모더니스트들 그리고 신비평가들한테서도 마찬가지로 찾아볼 수 있다. 가히 모더니즘의 대부라고 부를 수 있는 T. S. 엘리엇은 "우리가 시를 읽을 때에는 무엇보다도 그것을 시로서 읽어야 하지 다른 어떤 것으로 읽어서는 안 된다"고 말하였다. "시는 의미하는 것이 아니라 존재하는 것"이라는 미국 시인 아치볼드 맥리쉬의 말 또한 이와 같은 맥락에서 이해할 수 있을 것이다. 비록 정도의 차이는 있지만 윌리엄 버틀러 예이츠나 T. E. 흄과 같은 문학가들이나 이론가들도 이와 비슷한 태도를 보였다.

　문학의 심미적·쾌락적 기능과 관련하여 앞에서 말한 김삿갓 김병연의 문학관을 잠시 살펴보는 것이 좋을 것 같다. 이문열의 『시인』은 예술가로서의 그의 삶을 소설로 형상화한 작품이다. 이 소설에서 작가는 취옹(醉翁)이라는 작중인물을 통하여 문학과 예술의 자기 목적성을 아주 실감나게 보여준다. 주인공 김병연은 금강산을 유람하던 가운데 한 주막에서 우연히 취옹을 만나 그한테서 무척 큰 영향을 받는다. "松松栢栢巖巖廻 / 水水山山處處奇"(소나무 소나무 잣나무 잣나무 바위 바위가 휘돌더구려 / 물과 물 산과 산이 곳곳에서 기이함을 이루고 있었소이다)라는 김병연의 시를 처음 읽고 크게 감탄하는 취옹은 그와 잠시 문학에 대하여 의견을 나눈다. 취옹이 그에게 시란 도대체 무엇이냐고 묻자 아직 전통적인 문학관에서 벗어나지 못한 김병연은 시경의 한 구절을 인용하면서 도구와 수단으로서의 시의 기능을 말한다. 아직 젊은 나이인 김병연에게 시란 여전히 "부부 관계를 다스리고 효도와 공경을 이룩하고 인륜을 두터이 하고 교화를 아름답게 하고 풍속을 바로 잡는" 기능과 역할을 맡고 있었던 것이다. 이 말을 듣고 난 취옹은 그에게 다음과 같이 되묻는다.

　"꽃이 임금을 위해 피고, 새가 스승의 은혜를 기려 울던가? 구름이 다스리는 자의 잘못에 따라 일고, 비가 다스림받는 자의 원망에 따라 내리던가? 노을이 의(義)를 위하여 곱고, 달이 예(禮)를 위하여 밝던가? 꽃 지는 봄날의 쓸쓸함이 오직 나라 위한 근심에서이고, 잎 지는 가을밤의 서글픔은 오직 어버이를 애통히 여김에선가?"

취옹의 이 수사적 물음은 여러 면에서 앞에서 말한 에머슨의 말을 떠올리게 한다. 그의 말대로 창밖에 피어 있는 한 떨기 장미 꽃이 인간의 눈과 코를 즐겁게 해 주기 위하여 존재하는 것은 아니다. 서구의 청교도들에 있어 문학이란 한낱 하나님의 영광을 찬양하거나 동료 인간에게 착한 일을 하도록 가르치는 것과 밀접하게 연관되어 있는 것처럼, 동양에서도 문학은 삼강오륜(三綱五倫)의 유교 덕목과 밀접하게 관련되어 있었다. 그러나 취옹은 여기에서 동양의 전통적인 문학관에 정면으로 맞서 '문학으로서의 문학'이나 '예술을 위한 예술'을 말하고 있다. 이번에는 김병연이 취옹에게 시가 과연 무엇이냐고 되묻자 그는 다시 이렇게 대답한다.

"제 값어치로 홀로 우뚝한 시. 치자(治者)에게 빌붙지 않아도 되고 학문에 주눅이 들 필요도 없다. 가진 자의 눈치를 살피지 않아도 되고 못 가진 자의 증오를 겁낼 필요도 없다. 옳음의 자로써만 재려 해서도 안 되고, 참의 저울로만 달려 해서도 안 된다. 홀로 갖추었고, 홀로 넉넉하다."

취옹의 이 말에는 유미주의자들이나 예술지상주의자들이 목청을 높혀 말해 온 문학 이론이나 예술 이론이 그대로 들어 있다. 첫째, 문학은 다른 어떠한 가치와 견줄 수 없는 그 나름대로의 큰 가치를 지니고 있으며, 바로 이 점에서 그것은 철학이나 사회학 또는 심리학과 같은 다른 학문 영역과도 엄격히 구별된다. 둘째, 문학은 문학 말고 다른 어떠한 잣대로써도 자리매김 하여서는 안 된다. 특히 정의라는 도덕적 잣대나 진리라는 철학적 잣대는 문학의 값어치를 가늠하는 데에 걸맞지 않는다. 그리고 셋째, "제 값어치로 홀로 우뚝한 시" 또는 "홀로 갖추었고, 홀로 넉넉하다"는 말에서도 드러나듯이 문학은 어디까지나 자기충족적인 존재이다. 바꾸어 말해서 오직 문학만이 다른 가치에 종속되지 않고도 얼마든지 홀로 설 수 있다. 취옹의 말을 다른 말로 바꾸어 놓으면 시란 도(道)가 아니라는 것이 된다. 이 점에 관하여 그는 "도도 틀림없이 만상(萬象)의 원뜻을 보기는 하되 그걸 무언가로 바꾸어 본다. 그러나 시는 있는 그대로 놓아 두고 본다"고 말하고 있다.

그러면 문학의 심미적·쾌락적 기능을 좀더 쉽게 알기 위하여 고려 가요 한 편을 읽어보는 것이 좋을 것 같다. 지은이와 지은 때가 아직 정확하게 알려져 있지 않은 「청산별곡」(靑山別曲)은 고려 가요 가운데에서도 가장 뛰어난 작품으로 흔히 일컫는다. 모두 여덟 연으로 되어 있는 이 시에서 첫번째 연은 이렇게 시작한다.

　　살어리 살어리랏다
　　청산에 살어리랏다
　　머루랑 다래랑 먹고
　　청산에 살어리랏다
　　얄리얄리 얄랑셩 얄라리 얄라

이 시가 주는 감흥은 삶에 대한 어떤 교훈을 가르치는 데에 있지 않다. 이 시가 담고 있는 내용이라고 하여 보았자 "청산에 들어가 머루와 다래를 따 먹으며 살고 싶다"라는 것이 고작이다. 물론 이 시에서 인생론적 의미를 전혀 찾을 수 없는 것은 아니다. 앞에서도 말하였듯이 음악이나 미술과 같은 예술과는 달리 언어를 매체로 삼는 문학은 어쩔 수 없이 삶과 간접 또는 직접적으로 연관되어 있을 수밖에 없다. 깊은 산속에 들어가 대자연과 더불어 살겠다는 화자의 소박한 태도는 곧 세속 세계에 대한 절망을 뜻하고, 이러한 절망은 현실 세계에 대한 부정이나 도피로 이어진다. 실제로 어떤 국문학자는 이 시를 허무주의 사상을 드러낸 작품으로 풀이하기도 한다.

그러나 「청산별곡」이 주는 감흥은 이러한 주제보다는 차라리 소리의 음악성과 그 음악에서 생겨나는 아름다움에서 찾는 편이 더 옳을 것 같다. 시란 일상어를 일부러 비틀고 부풀여 놓은 것, 러시아 형식주의자들의 말을 빌리면 '일상어에 저지른 조직 폭력'이다. 어느 한 낱말은 일상어의 질퍽한 대지에서 벗어날 때에 비로소 문학어로서의 자격을 얻는다. 사실 이 시가 "청산에 들어가 머루와 다래를 따 먹으며 살겠다"는 진술이나 정보를 전달하는 것이라면 굳이 서정시의 형식을 빌릴 필요도 없을 것이다. 이 시에서 지은이는 여러 가지 수사적 표현을 사용하는 탓에 정상적인 정보 전달이나 의사 소통은 오히려 이루기 어렵다.

「청산별곡」을 좀더 꼼꼼히 뜯어보면 그 소리의 아름다움에 새삼 놀라지 않을 수 없다. "청산에 살어리랏다"를 이렇게 짧은 연에 두 번씩이나 그대로 되풀이하는 것도 여간 예사롭지 않거니와 처음 두 시행의 "살어리 살어리랏다 / 청산에 살어리랏다"에서는 소리의 그 깊고 오묘한 맛이 살아 숨쉰다. 소리의 음악성은 모운법(母韻法)에서 두드러지게 드러난다. 가령 '청산에 살어리랏다'에서 '청'과 '어'에서는 'ㅓ' 모음이, '산'과 '살'과 '랏'에서는 'ㅏ' 모음이 각각 되풀이된다. '머루'의 '루'나 '살으리'와 '얄라리'의 '리'를 빼 놓고나면 이 시는 거의 대부분이 '아' 모음과 '어' 모음으로만 이루어져 있다. 가끔 '에'나 '애' 또는 '야'나 '여'음을 사용하고 있지만 이 음은 어디까지나 '어'음이나 '아'음이 'ㅣ' 모음과 결합하여 생겨난 것에 지나지 않는다. 그렇다면 이 시는 'ㅓ' 모음과 'ㅏ' 모음이 함께 어우러져 아름다운 소리의 합창을 만들어낸 작품이다.

우리말에 "'아' 다르고 '어' 다르다"는 속담도 있지만 양성 모음과 음성 모음의 차이인데도 그 효과는 사뭇 다르다. 이러한 차이는 소리를 생명으로 삼는 시에서 훨씬 분명하게 드러난다. 만약 「청산별곡」에서 'ㅏ' 모음이나 'ㅓ' 모음을 잇달아 되풀이한다면 아마 자칫 단조로운 느낌을 주게 될지도 모른다. 그리하여 이 시의 작가는 이러한 단조로움을 피하기 위하여 이 두 모음을 서로 알맞게 뒤섞어 쓰고 있다. 즉 'ㅏ' 모음 다음에는 'ㅓ' 모음을 쓰고, 다시 'ㅓ' 모음 다음에는 'ㅏ' 모음을 쓴다. 그렇다면 "살어리 살어리랏다 / 청산에 살어리랏다"는 이 짤막한 두 시행은 여간 예사롭게 보이지 않는다. 그곳에는 수학의 순열과 조합에 맞먹는 복잡한 법칙이 숨어 있기 때문이다.

이 시에서 소리의 음악성은 모음뿐만 아니라 자음에서도 일어난다. 엄밀한 의미에서 두운법(頭韻法)이라고는 할 수 없지만 '청산'의 '산'은 '살어리랏다'의 '살'과 음운상 유사성을 지닌다. 특히 '청산'은 '청 —— 산'하고 길게 발음하기 때문에 두운법적 효과를 얻을 수 있다. 더구나 '살어리랏다'라는 말은 '사러리랏다'로 발음하기 때문에 'ㄹ'음이 무려 세 번씩이나 되풀이되어 쓰이고 있다. 'ㄹ'음이라면 혀끝을 윗잇몸에 가볍게 대었다가 떼면서 목에서 나오는 소리를 흘려내는 유성음이다. 발성 기관의 어떤 곳을 막고 숨을 멈춘 다음 그것을 급히 열면서 내는 'ㄱ'음과 같은 무성 파열음과는 그 어감이 전혀 다르다. 꺾이고 막히는 무성 파열음과는 달리 물처럼 흘러가는 소리인 'ㄹ'은 부드럽고 율동적인 느낌을 준다. 한 마디로 이 'ㄹ'음은 모든 자음 가운데에서도 가장 음악적인 음이라고 할 수 있다. 그런데 이 'ㄹ'음이 이 짧은 연에서 무려 스물다섯 번에 걸쳐 나타나 있어 무척 놀랍다.

모운법이나 두운법에 못지않게 이 시에서는 말운법(末韻法)

이 효과적으로 쓰이기도 한다. '청산'과 '머루랑 다래랑' 그리고 '얄라셩'에서 'ㅇ'음이 바로 그것이다. 첫번째 연에서는 'ㅇ'음을 무려 여섯 번에 걸쳐 되풀이하고 있다. 이러한 말운법적 효과는 위에서 인용하지 않은 이 시의 네번째 연의 첫행 "이링공 더링공 하야"(이러고 저러고 하여)에서 가장 찬란한 빛을 발한다. 이 말을 소리를 내어 읽어 보면 마치 은쟁반에 이리저리 구슬이 굴러다니는 모습을 눈 앞에 보는 듯하고 그 소리를 귀로 직접 듣는 듯하다.

「청산별곡」은 리듬에 있어서도 눈길을 끈다. 이 시는 3·5조의 리듬을 갖춘 정형시이다. 3·5조라면 우리나라 사람들의 정서에 가장 적합한 리듬 가운데 하나로 흔히 일컫는 리듬이다. 그런데 놀랍게도 이 리듬은 후렴을 빼놓고는 한 번도 흐트러지지 않고 일관되게 지켜지고 있다. 7·5조로 된 "얄리얄리 얄라셩 얄라리 얄라"라는 후렴구는 자칫 단조롭게 보일 수도 있는 이 시의 전반적 리듬에 조그만 변화를 주어 색다른 맛을 내 준다. 민요의 후렴들이 으레 그러하지만 이 후렴구 또한 그 자체로서는 아무런 뜻이 없고 다만 리듬과 소리의 음악성에 이바지할 따름이다.

문학의 심미적·쾌락적 기능과 관련하여 이번에는 비교적 최근에 씌어진 시 한 편을 읽어 보자. 우리나라 근대시의 기틀을 마련한 시인으로 평가받는 김안서는 일찍이 프랑스 상징주의 시에서 큰 영향을 받은 것으로 잘 알려져 있다. 상징주의 시인답게 그는 문학의 자기 목적성과 시의 음악성에 남달리 깊은 관심을 갖는다. 그의 서정시 가운데에서도 「봄바람」은 많은 사람들이 널리 애송하는 시 가운데 하나이다.

하늘 하늘
잎사귀와 춤을 춥니다

하늘 하늘
꽃송이와 입맞춥니다

하늘 하늘
어디론지 떠나갑니다

하늘 하늘
떠서 도는 하늘 바람은

그대 잃은
이 내 몸의 넋들이외다

「청산별곡」과 마찬가지로 이 시에서도 시인은 시의 주제나 내용보다는 오히려 소리의 아름다움에 더 큰 무게를 두고 있는 듯하다. 주제적인 측면에서 본다면 이 시는 사랑하는 사람을 잃어버리고 느끼는 슬픔과 절망을 다룬다. 말할 수 없이 상실감을 느낀 나머지 화자의 넋은 봄바람이 되어, 어디론가 속절없이 떠나가 버린 사랑하는 사람을 찾아 여기저기 헤맨다. 그러나 이 시의 화자는 언제까지나 실연의 감정에 뒹굴지는 않는다. 한 서양 시인은 "겨울이 오면 봄도 멀지 않으리" 하고 노래하였듯이 이 시에서도 음산하고 을씨년스런 겨울이 끝나고 이제 새봄을 맞아 느끼는 신선한 기분이 묘사되어 있다. 독자들이 이 시를 읽고 받는 느낌은 슬프고 비통하다는 정서보다는 차라리 즐겁고 상쾌한 정서라고 하는 편이 옳을 것 같다. 이러한 기분은 "잎사귀와 춤을 춥니다"나 "꽃송이와 입 맞춥니다"와 같은 표현에서 잘 드러난다.

음악성과 관련하여 김안서가 이 시에서 무엇보다도 초점을 맞추는 것은 '하늘 하늘'이라는 구절이다. 어느 국내 불문학자가 이 시를 프랑스어로 옮기면서 '하늘 하늘'을 '시엘 시엘'(*ciel ciel*)이라고 옮겼다는 웃지 못할 에피소드도 있다. 두말 할 나위도 없이 여기에서 '하늘 하늘'은 하늘[天]이라는 명사가 아니고 어떤 물건이 가볍게 나부끼는 모양을 흉내낸 의태어이다. 그런데 시인은 이 의태어를 각 연의 첫행마다 규칙적으로 되풀이함으로써 이 시에 음악적 효과를 주고 있다. 네번째의 "하늘 하늘 / 떠서 도는 하늘 바람은"에서 '하늘 하늘'은 '하늘 바람'과 조화를 이룬다. 이 '하늘 바람'이 어떤 바람을 뜻하는지 분명하게 드러나 있지 않지만 뱃사람들이 흔히 말하는 '하늬바람'이나 서풍을 가리키는 듯하다.

　굳이 이 시의 제목을 보지 않는다고 하더라고 독자들은 이 시가 봄을 노래하고 있다는 것을 쉽게 알아차릴 수 있다. 나무에는 새로 잎사귀가 돋고 꽃들이 활짝 피어 있기 때문이다. 또한 이 시가 바람을 묘사하고 있는 사실을 깨닫는 데에도 그렇게 큰 어려움이 없을 것이다. 잎사귀와 꽃송이들이 마치 춤을 추듯이 가볍게 나부끼고 있다. 살랑거리며 부는 봄바람의 가벼운 동작은 네 번이나 되풀이하는 '하늘 하늘'이라는 부사, 그리고 4·5조의 리듬에서도 느낄 수 있다.

　더구나 「봄바람」은 순수한 우리 토박이말로만 되어 있는 시라는 점을 염두에 둘 필요가 있다. 우리나라 사람들의 정서를 소박하게 표현하였다는 「청산별곡」만 하더라도 옥에 티처럼 '청산'이라는 한자어가 한 마디 들어 있다. 그러나 김안서의 시에서는 눈을 씻고 보아도 단 한 마디 한자어도 찾을 수 없다. 이 시처럼 오직 순수한 우리 토박이말만 구사하고 있는 시도 아마 찾아보기 드물 것이다. 오랫동안 중국의 한자 문화권 안에서 살아온 우리나라 사람들은 알게 모르게 한자어를 쓰기 쉽다. 아예 한자어로밖에는 표현할 길이 없는 것들도 많다. 가령 시인이 '봄바람' 대신에 '춘풍'(春風), '춤' 대신에 '무도'(舞蹈), '꽃송이' 대신에 '화뢰'(花蕾), 그리고 '넋' 대신에 '혼'(魂)이라는 한자어를 썼다고 가정해 보라. 이 시가 주는 그 감흥은 아마 지금보다 절반으로 줄어들 것이다. '입맞춤'이라는 말 대신에 '키스'라는 외래어로 바꾸어 놓아도 마찬가지로 역효과를 낼 것이다. 그렇다면 이 시에서 느끼는 감칠맛은 바로 순수한 우리 토박이말을 적절히 구사하는 데에 있다. 더욱이 토박이말 가운데에서도 '하늘하늘'과 같은 의태어, '춤을 추다', '입맞추다', '떠나가다', '잃다' 따위처럼 가장 기본적인 인간의 행동을 보여주는 동사들, 그리고 '잎사귀'나 '꽃송이'와 같이 주변에서 쉽게 볼 수 있는 보통명사들이 시어의 대부분을 차지하고 있다.

이처럼 서정시에서 순수한 토박이말을 사용하려고 하는 데에는 그럴만한 까닭이 있다. 먹물 냄새가 짙게 풍기는 한자어가 추상적이고 관념적인 데 비하여 김치 냄새와 된장 냄새가 물씬 풍기는 순수한 토박이말은 매우 감각적이고 구체적이다. '신토불이'(身土不二)라는 말도 있지만 말은 역시 어머니 무릎 위에서 자연스럽게 배운 말이라야 제맛이 난다. 시란 한 마디로 인간의 감각에 호소하는 언어이다. 시에서 심상(心象)이나 비유를 높이 여기는 까닭은 이 때문이다. 심지어 일상생활에서 자주 쓰는 말조차 같은 뜻을 가진 말이라도 한자어나 외래어를 쓸 때와 순수한 토박이말을 쓸 때의 그 느낌은 사뭇 다르다.

이렇듯 옛시이건 현대시이건 순수한 우리 토박이말을 구사할 때에 그 시는 호소력이 한결 더 강하다. 이 점에 착안하여 한 비평가는 우리나라의 옛시조와 현대시에 나타난 토착어와 비토착어의 상관 관계를 밝혀낸 적이 있다. 그는 토착어의 비율이 많으면 많을수록 작품의 호소력은 그만큼 크다고 결론짓는다. 토착어를 사용하는 경우를 보여주는 대표적인 본보기로 그는 황진이의 "동짓달 기나긴 밤 한 허리 베어내어"로 시작하는 시조를 들고 있다.

물론 토착어와 남의 나라말에서 들어온 말의 관계는 단순히 우리말에만 해당하는 것이 아니고 어느 나라의 말에서나 쉽게 찾아볼 수 있다. 가령 영어에서는 순수한 앵글로-색슨 계통의 토착어와 라틴어나 그리스어에서 들어온 말이 서로 뒤섞여 있다. 그러나 라틴어나 그리스어에서 갈라져 나온 말과 비교하여 앵글로-색슨의 토박이말은 훨씬 구체적이고 육감적인 특성을 지닌다. 그렇기 때문에 영어를 모국어로 시를 쓰는 시인들은 구체적이고 감각적인 경험을 표현하기 위하여 앵글로-색슨말의 광맥을 찾는 데에 갖은 노력을 아끼지 않는다. 미국의 현대 시인 월트 휘트먼과 로버트 프로스트는 이러한 경향을 보여주는 대표적인 시인들로 손꼽힌다.

문학의 두 얼굴

문학의 기능과 역할에 대한 서로 대립되는 두 가지 태도는 문학 전통과 아주 밀접하게 연관되어 있다. 문학의 공리적·실용적 기능을 중하게 여기는 것은 헬레니즘에서 그 뿌리를 찾을 수 있는 반면, 문학의 심미적·쾌락적 기능을 소중하게 여기는 것은 헤브라이즘에서 그 뿌리를 찾을 수 있다. 잘 알려진 바와 같이 이교도적인 헬레니즘은 고대 그리스 문화를 기초로 한 인본주의적 세계관을 잘 보여주는 전통이다. 한편 헬레니즘과 함께 서구 문명의 이대 원류로 일컫는 헤브라이즘은 기독교 사상에 기초를 둔 전통이다. 이 전통은 무엇보다도 인간의 구원을 강조하는 미래지향적인 목적론적 세계관을 보여준다.

범위를 좀더 좁혀 보면 공리성과 실용성을 강조하는 태도는 고전주의나 리얼리즘 전통에서 두드러지게 나타난다. 이와는 달리 문학의 쾌락성과 심미성을 중시하는 입장은 낭만주의, 예술지상주의, 그리고 모더니즘과 포스트모더니즘 전통에서 쉽게 찾아볼 수 있다. 문학 전통이 으레 그러하듯이 공리성·실용성, 심미성·쾌락성도 시계추의 진자 운동처럼 일정한 시기를 두고 서로 엇갈려가며 되풀이한다는 사실을 깨닫게 된다. 즉 한때 공리성과 실용성을 강조하는 문학이 크게 휩쓸면 그 다음에는 이와는 반대로 쾌락성과 심미성을 중시하는 문학이 힘을 얻는다. 그리고 이러한 순환은 마치 낮과 밤이 바뀌고 네 계절이 바뀌는 것처럼 끊임없이 되풀이 되고 있다.

이 두 입장은 이번에는 문학의 내용과 형식과도 연관되어 있다. 어쩌다 예외가 없는 것은 아니지만 공리적이고 실용적인 기능을 중시하려는 문학은 문학의 형식보다는 내용쪽에 무게를 둔다. 물론 형식을 사용하여도 이러한 기능을 얻을 수는 있지만 그러기에는 한계가 있게 마련이다. 공리적·실용적 기능을 높이 여기는 사람들은 형식을 기껏하여야 '내용을 담는 그릇'이나 '사상에 입힌 옷'으로 여길 뿐이다. 그들에게는 그릇이나 옷 안에 들어 있는 내용이나 사상만이 값어치가 있을 뿐 그것을 담아 두는 그릇이나 감싸는 옷은 그렇게 중요한 것이 아니다. 깨어진 그릇일망정 그 안에 담긴 내용만 실속이 있으면 괜찮고, 겉에는 누더기옷을 걸칠망정 몸만 튼튼하다면 아무 상관 없다고 그들은 생각한다. 공리적·실용적 기능을 높이 여기는 문학 작품들이 형식적인 면에서 거칠고 투박하다는 비판을 받아 온 것도 바로 그 때문이다.

한편 문학에서 쾌락성과 심미성을 강조하는 사람들은 이와는 반대로 내용이나 주제보다는 오히려 형식쪽에 한결 더 큰 관심을 갖는다. 심미적·쾌락적 기능과 역할을 높이 치는 이론가들의 관점에서 보면 문학의 내용은 그릇에 담긴 내용물에 지나지 않는다. 보기 좋은 떡이 먹기도 좋다는 우리말 속담이 있는 것처럼 심미성과 쾌락성을 높이 사는 사람들한테는 그릇에 담긴 내용물에 못지않게 그것을 담고 있는 그릇도 중요하다. 마찬가지로 내용은 의복을 전시해 놓기 위한 마네킹에 지나지 않는다. 여기에서 중요한 것은 진열장 안의 마네킹이 아니라 바로 마네킹에 걸쳐 있는 옷이다. 이렇게 형식을 중시하는 사람들은 그동안 '형식주의적'이라는 비판을 받아 왔는데 이 말에는 은근히 그들을 얕잡아 보는 뜻이 들어 있다.

훌륭한 문학 작품이라면 이 두 가지 기능을 서로 자연스럽게 결합하게 마련이다. 독일의 현대 소설가 칼 크라우스는 작가에는 '훌륭한 작가'와 '훌륭하지 못한 작가'의 두 갈래가 있다고 말한 적이 있다. 그에 따르면 '훌륭한 작가'란 내용과 형식을 마치 육체와 영혼의 관계처럼 잘 융합시키는 작가이다. 한편 그가 말하는 '훌륭하지 못한 작가'의 작품은 내용과 형식이 마치 의복과 신체처럼 결합되어 있다. 크라우스의 비유를 빌린다면 훌륭한 문학 작품이란 의복과 신체의 관계가 아니라 육체와 영혼의 관계를 맺고 있는 작품이다. 훌륭한 작품에서는 형식과 내용이 마치 영혼과 육체처럼 자연스럽게 결합되어 있다는 말이다.

지금까지 적지 않은 문학 연구가들은 공리적·실용적 기능과 심미적·쾌락적 기능을 따로 떼어서 생각해 오지 않았다. 예를 들어 로마의 정치가이며 철학자인 키케로는 일찍이 웅변술에 대하여 언급하면서 "가르치고 즐겁게 해 줌으로써 청중을 감동시켜야 한다"라고 말하였다. 고대 로마 시대의 시인 호라티우스는 문학의 기능을 '감미로운 것'과 '유익한 것'의 이중성에서 찾으려고 한 가장 대표적인 사람이다. 『시의 기술』이라는 책에서 그는 "시인은 가르치는 일, 즐겁게 하는 일과 이 두 가지 모두를 맡아야 한다"고 말한다. 이러한 입장은 르네상스 시대 문학가들한테서도 엿볼 수 있다. 가령 필립 시드니는 아예 문학의 목적이란 바로 '가르치고 즐겁게 하는 것'이라고 못박고 있다. 즐거움을 통하여 독자들을 가르치는 일이 곧 시라는 것이다.

실용성과 공리성 그리고 쾌락성과 심미성이라는 두 기능은 얼핏 서로 대립되는 것처럼 보일지 모른다. 그러나 좀더 자세히 살펴보면 이 두 기능은 그렇게 엄격히 나누어지지 않는다. 독자에 따라서는 실용적이고 공리적인 문학 작품을 읽을 때에 적지 않은 정신적 만족감과 즐거움을 느끼게 될 수도 있다. 이와 반대로 독자들에게 정신적 만족감과 즐거움을 가져다 주는 문학 작품이라면 이미 공리적이고 실용적 기능을 담당한다고 할 수 있다. 그렇다면 문학의 이 두 기능은 상호배타적인 관계를 맺는다기보다는 상호보완적인 관계를 맺는다고 하는 편이 더 옳을 것 같다. 다만 문제는 이 두 가지 기능 가운데에서 어느 쪽에 무게를 더 두느냐에 달려 있을 따름이다.

문학의 이중적인 기능을 흔히 당의정(糖衣錠)에 견주는 문학 연구가들이 많다. 약은 입에 쓰기 때문에 사람들은 좀처럼 그것을 먹으려고 하지 않는다. 그리하여 제약회사에서 고안해 낸 것이 바로 환약이나 정제의 겉부분에 설탕을 입힌 당의정이다. 사람들은 마치 사탕을 먹듯이 약을 쉽게 먹을 수 있고, 그 약은 일단 몸안에 들어가서는 약으로서 효력을 발휘한다. 이것이 바로 흔히 '예술의 당의설'이라고 부르는 이론이다. 문학 작품도 당의정과 같아서 그것을 읽는 사람들에게 즐거움을 가져다 주는 동시에 이로움을 가져다 주게 마련이다.

서양의 한 문학 이론가는 문학의 이중적 기능을 현관문에 매달려 있는 노커, 곧 문을 두드리는 쇠에 견준다. 현관문에 달린 노커는 실용적인 목적에서는 물론이고 그 구조나 위치에 있어서도 분명한 용도를 지닌다. 요즈음과 같은 영상 전자 시대에는 홈오토메이션이라고 하여 집 안에서도 문밖에 있는 사람을 비디오를 통하여 볼 수 있지만 노커는 그 나름대로 초인종의 구실을 톡톡히 한다. 그러나 사람들은 이 노커를 단순히 실용적 목적으로 사용할 뿐만 아니라 더 나아가서는 현관문을 꾸미는 장식품으로도 쓴다. 그리하여 사람들은 아무렇게나 만든 쇳덩어리를 매달아 놓지 않고 좀더 멋을 부려 물고기나 새와 같은 모양을 만들어 매달아 놓는다.

　굳이 먼 곳에서 찾을 것 없이 사과를 먹을 때에 비타민 C를 염두에 두고 먹는 사람은 거의 없다. 하루에 사과 하나씩 먹으면 의사가 필요없다는 서양 속담도 있지만 사과를 먹는 것은 영양분이나 비타민을 얻기 위한 것보다는 그 맛이 향기롭기 때문이다. 사과가 지니고 있는 비타민 성분이나 영양분은 어떤 의미에서는 덤으로 따라오는 것에 지나지 않는다. 이렇게 사과를 먹을 때에 사람들은 맛과 영양분을 서로 엄격히 나누지 않는다. 사과맛과 향기를 느끼면서 동시에 영양분과 비타민을 섭취하는 것이다.

　로마 신화에 나오는 야누스신을 기억하는 사람이 많을 것이다. 다른 신들과는 다르게 몸뚱이 하나에 얼굴을 두 개씩이나 가지고 있어 유난히 눈길을 끄는 신이다. 그는 늘 반대 방향을 향하여 얼굴을 쳐들고 있다. 이렇게 동시에 양쪽을 바라볼 수 있는 탓에 그가 맡은 일은 문을 지키는 파수꾼이었다. 1월을 뜻하는 '재뉴어리'라는 영어는 다름아닌 이 야누스라는 말에서 생겨난 말이다. 새해 첫달인 1월은 야누스처럼 두 개의 얼굴을 가진 달이기 때문이다. 한 얼굴로는 지나간 한해를 돌이켜보고 다른 얼굴로는 다가오는 새해를 계획하고 설계한다. 문학은 바로 이 야누스신처럼 두 개의 얼굴을 가진다. 하나는 공리성과 실용성의 얼굴이고 다른 하나는 심미성과 쾌락성의 얼굴이다. 문학은 야누스신처럼 이 두 얼굴을 지닐 때에 비로소 맡은 바 직분을 다 할 수 있다.

　한 마디로 문학은 바퀴가 두 개 달린 수레와 같다. 공리성이나 실용성이라는 바퀴 하나만으로는 제대로 굴러갈 수 없다. 문학이라는 수레가 굴러가기 위하여서는 이 바퀴 말고도 또다른 바퀴가 있어야 한다. 심미성이나 쾌락성이라는 바퀴가 바로 그것이다. 문학이란 바로 공리성·실용성의 바퀴와 심미성·쾌락성의 바퀴가 둘 다 있어야 제대로 굴러가는 수레인 것이다.

　문학의 공리성이나 실용성, 심미성이나 쾌락성이라는 것도 그

개념을 새롭게 가다듬을 필요가 있다. 문학의 공리성이나 실용성은 성현 군자의 도덕적 교훈이나 진부한 설교로 받아들여서는 안 된다. 이른바 '즐거운 진지성'이 될 때에 비로소 문학 작품은 작품으로서의 값어치를 지닐 것이다. 문학도 분명히 지식의 한 갈래이고 보면 문학가들은 문학을 통하여 어떤 식으로든지 독자들에게 지식을 가져다 준다. 그러나 그 지식은 작가가 작품에서 노골적으로 드러내지 않고 숨길 때에 훨씬 더 설득력을 지닌다. 마찬가지로 심미성이나 쾌락성도 단순히 말초 신경을 자극하는 저급한 쾌락이 아니라 좀더 차원 높은 즐거움이 되어야 한다. 결국 인간의 영혼이나 정신에 호소하는 즐거움이나 기쁨이야말로 참다운 쾌락이다. 문학을 두고 흔히 '정신의 모험'이니 '영혼의 모험'이니 하고 부르는 것은 바로 그 때문이다.

제 3 장
시란 무엇인가

    태어난 역사로 치면 시는 모든 문학 장르 가운데에서도 그 첫
번째 손가락에 꼽힌다. 이를테면 문학 장르의 큰아들이라고 할
수 있는 시는 소설이나 희곡 장르보다도 그 역사가 훨씬 오래다.
시의 발상과 기원을 거슬러 올라가다 보면 까마득히 먼 인류 역
사의 시작과 만나게 된다. 외국의 한 시인은 조개 껍질을 귀에 대
고 있노라면 바닷가의 파도 소리를 들을 수 있다고 노래하였지
만, 시에서는 저 태곳적 동굴 속에서 살던 원시인들의 숨결과 맥
박을 느낄 수 있다.

    이렇듯 시는 비록 원시적인 형태나마 문자가 생겨나기 훨씬 이
전 선사 시대에도 이미 있었다. 오늘날의 시와 차이가 있다면 이
무렵의 시는 사람들의 입에서 입으로 전해 내려오는 구전 문학의
형태를 띠고 있었을 뿐이다. 인간의 근원적인 충동과 욕구에서
비롯되어 그 충동과 욕구를 채워 주는 시는 어떤 다른 문학 장르
보다 한결 더 원시적이고 자연스런 문학 장르라고 할 수 있다. 그
러므로 시는 곧 인류의 역사와 더불어 시작되었다고 하여도 크게
틀리지 않는다.

    잘 알려진 바와 같이 초기 농경 사회에서 시는 샤머니즘 제의
와 깊이 연관되어 있었다. 적어도 초기 단계에서 시는 농사가 잘
되도록 빌거나 재앙을 물리치려고 외운 주문(呪文) 형태로 시작
하였다. 쉽게 말하면 시는 바로 농경 의식에서 그 기원을 찾아볼
수 있다. 가령 서양에서 시는 풍농굿이라고 할 수 있는 디오니소
스 축제에 그 뿌리를 둔다. 이 축제 때 사람들은 노래를 부르고
춤을 추며 농업의 신을 찬양하였다. 그런데 이러한 축제에서 제
사를 집전한 사람이 다름아닌 시인들이었다. 사람들은 흔히 시인
이 비를 내리고 곡식을 자라게 할 수 있는 어떤 마술적인 힘을
가진다고 여겼다. 이 무렵 시인들이 융숭한 대접을 받은 것도 바
로 그 때문이다.

    이것은 동양의 문화권에서도 크게 다르지 않았다. 우리나라의

삼한 시대에도 한해 농사가 잘 되도록 비는 축제가 벌어지곤 하였다. 중국 사람이 전하는 기록에 보면 우리나라 선조들은 추수가 모두 끝나는 늦가을이 되면 한곳에 모여 "함께 일어나고 서로 따르며, 땅을 낮게 밟고 높이 밟아 손발을 서로 맞춘다"(其舞數十人 俱起相隨 踏地低昂 手足相應)라고 적혀 있다. 이것은 바로 우리 선조들이 함께 모여 흥겹게 춤을 추는 행위를 묘사한 것임에 틀림없다. 이렇게 춤을 추면서 그들은 노래를 불렀을 것이다. 바로 이 노래에서 시가 처음으로 그 모습을 드러내었다. 이 무렵 시는 노래와 춤과는 뗄래야 뗄 수 없을 만큼 서로 밀접하게 관련되어 있었다.

이렇게 농경 사회의 원시 신앙과 더불어 나타난 시는 서양에서 기독교가 전파되면서부터 기독교의 영향권 아래 들어갔다. 사람들은 이제 농업의 신을 찬양하던 시를 천상의 신을 칭송하고 찬미하는 수단으로 삼았다. 말하자면 시는 기독교의 시녀와 같은 처지로 떨어지고 말았다. 그러나 시간이 흐름에 따라 시는 다시 종교의 굴레를 벗어 버리고 조금씩 홀로서게 된다. 그리고 세속적 세계로 완전히 들어오면서 시는 시로서의 존재 이유를 얻는다. 조금 어려운 말이지만 미학이나 예술 이론에서는 이러한 현상을 '예술의 세속화'라고 부른다. 시를 비롯한 문학은 이 세속화 과정을 거치면서 비로소 시 특유의 정체성을 얻을 수 있었다. 이제 시는 자연 현상보다는 오히려 인간의 영혼과 좀더 밀접한 관련을 맺게 된 것이다.

운문과 산문

시는 그 역사가 가장 오래된 문학 장르일뿐만 아니라 가장 널리 쓰이는 문학 장르이기도 하다. 고대 그리스 시대에 문학이라고 하면 으레 시를 가리키는 것이었다. 문학 하면 곧 시를 떠올릴 만큼 문학과 시 사이에는 거의 등식 관계가 성립하였다. 그도 그럴 것이 이 무렵에는 문학은 오직 시의 형태를 갖추고 있었기 때문이다. 격렬한 감정과 사상을 표현하는 서정시는 말할 것도 없거니와 영웅호걸들이 벌이는 사건을 표현하는 서사시도, 작중인물들의 행동과 그들이 서로 주고받는 대사를 다루는 연극에서도 한결같이 운문을 썼다. 그렇다고 하여 이 무렵에 산문을 전혀 사용하지 않았다는 것은 물론 아니다. 고대 그리스 사람들은 법률을 기록하고 과학 법칙을 적고 역사를 기술할 때에는 시 대신에 산문을 썼다. 다시 말해서 실용적 목적을 위하여서는 산문을 쓴 반면, 문학과 같은 비실용적 예술을 위하여서는 시를 썼던 것이다. 그 유명한 『시학』에서 아리스토텔레스는 운문의 대표적인 본보기로 문학을 들고 산문의 대표적인 본보기로 역사를 들었다.

그러나 사람들은 실용적 목적을 위하여서도 산문 대신에 시를 쓴 경우가 더러 있었다. 서양에서는 일찍이 교리나 도덕 규범을 적어 놓을 때에 주로 시를 썼다. 가령 힌두교의 경전은 시로 씌어져 있고, 구약성서 가운데에서도 예언서를 비롯한 「아가」나 「욥기」 따위도 시의 형식을 취하고 있다. 고대 로마 시대에 살았던 호라티우스는 흔히 시와 연극에 관한 최초의 문학 비평서로 일컫는 『시의 기술』이라는 책을 산문이 아닌 시로 썼다. 이보다 한참 다음의 일이지만 17세기 프랑스 고전주의를 대표하는 이론가 니콜라스 부알로는 『시 작법』이라는 시론서를 운문으로 썼고, 18세기 영국의 고전주의 시인이며 비평가인 알릭산더 포우프 또한 『비평론』이나 『인간론』과 같은 비평서를 운문의 형식을 빌려 표현하였다. 이 무렵 사람들은 심지어 원예학이나 식물학 분야를 다룬 책까지도 산문보다는 운문을 빌려 적었던 것이다.

서양에서와 마찬가지로 동양에서도 공리적이고 실용적인 글에서 시를 쓴 예를 쉽게 찾아볼 수 있다. 예를 들어 중국에서는 교육이나 도덕적 지침서를 시로 적었으며, 일본에서는 17세기까지만 하더라도 정부 문서나 법률을 모두 시로 기록하였다고 한다. 우리나라에서도 다르지 않아서 심지어 산문을 쓰는 문학 장르에서도 운문을 쓰기 일쑤였다. 운문은 시조나 가사와 같은 시 문학에만 그치지 않고 고대 소설에서도 마찬가지로 사용되었던 것이다. 가령 김만중은 『구운몽』과 『사씨 남정기』를 운문에 가까운 글로 썼고, 작가가 아직 알려져 있지는 않지만 『춘향전』의 지은이도 역시 운문으로 이 소설을 썼다. 으레 산문을 쓰게 마련인 소설 장르까지도 이렇게 운문으로 썼다는 사실은 여간 예사롭지 않다.

여기에서 잠시 운문과 산문을 구별하는 것이 좋을 것 같다. 실제로 이 둘을 구별하는 일은 얼핏 보기와 달리 아주 복잡하고도 미묘하다. 운문과 산문은 가령 눈과 비에 견줄 수 있다. 눈과 비는 다같이 물로 이루어져 있지만 그 속성은 제각기 다르다. 진눈깨비라는 말도 있듯이 눈과 비를 엄격히 나누기 어려운 때가 적지 않다. 이와 마찬가지로 운문과 산문도 다같이 언어로 되어 있으면서도 그 쓰임새는 제각기 다르다.

운문이란 글자 뜻대로 풀이하면 운율이나 율격을 지닌 글을 말한다. 일정한 리듬에 기초하는 글은 일단 모두 운문이라고 일컬을 수 있다. 그런데 여기에서 한 가지 눈여겨보아야 할 것은 운문이라고 하여 모두 다 시가 되지는 않는다는 점이다. 반짝인다고 하여 모두가 다 황금이 아니듯이 설령 운문의 형식을 취하고 있다고 하더라도 그 가운데에서 일부 운문만이 시로서 대접을 받는다. 용이 되어 하늘로 날지 못하고 그냥 물 속에 살고 있는 물고기를 이무기라고 부르는 것처럼, 운율을 밟고 있으면서도 아직 시가 되지 못한 채 남아 있는 글을 운문이라고 부를 수 있다. 한편 산문은 운율이나 율격을 지니지 않은 글을 가리킨다. 가령 신문 기사나 편지와 같이 우리가 일상생활에서 쓰는 글, 그리고 소설이나 희곡 같은 문학 장르에서 쓰는 글은 다 산문의 울타리에 들어간다. 그러므로 엄격히 말해서 산문의 반대말은 시가 아니라 운문이라고 하여야 옳다.

산문과 운문이라는 말이 갈라져 나온 뿌리를 살펴보면 그 차이가 한결 더 분명해진다. 산문을 뜻하는 '프로우스'라는 영어는 본디 '프로수스'라는 라틴어에서, 운문을 뜻하는 '버스'라는 영어는 '베르수스'라는 라틴어에서 각각 갈려져 나왔다. '프로수스'라는 말은 '앞으로 똑바로 나가다'는 뜻을 지니고 있는 반면, '베르수스'라는 말은 '다시 되돌아오다'는 뜻을 지니고 있다. 특히 '베르수스'는 농부가 쟁기로 밭갈이를 할 때에 밭의 끄트머리에 이르러 다시 되돌아오는 동작을 가리키는 말이었다. 이 어원에 따른다면 산문은 어떤 목표를 향하여 똑바로 나아가는 글이고, 운문은 그 안에 어떤 반복적 요소를 지니고 있어 리듬이나 패턴을 만들어 내는 글이라고 할 수 있다. 산문이 아무런 꾸밈도 없이 있는 그대로 직접 드러내는 언어라면, 운문은 여러 가지로 꾸미고 매만지고 하여 멋을 부리는 언어이다. 일찍이 프랑스의 상징주의 시인 폴 발레리가 산문을 걸어가는 글에, 시를 춤을 추는 글에 빗대어 말한 것도 이를 염두에 둔 것이 틀림없다.

사람들이 운문을 인간의 감정을 표현하는 수단으로 삼는다면, 산문은 주로 정보나 지식을 전달하는 수단으로 삼는다. 운문이 마음이나 상상력에 호소하는 반면 산문은 머리와 지성에 호소한다. 한편 청각적 특성을 강조하는 운문과는 달리 산문은 시각적 특성을 중시하기도 한다. 19세기의 영국 낭만주의 시인 새뮤얼 코울리지는 산문이란 언어를 가장 좋은 방법으로 배열해 놓은 것이고, 시란 가장 좋은 언어를 가장 좋은 방법으로 배열해 놓은 것이라고 말한 적이 있다. 언뜻 보기에는 그것이 그것인 것처럼 보일지 모르지만 '언어를 가장 좋은 방법으로 배열해 놓은 것'과 '가장 좋은 언어를 가장 좋은 방법으로 배열해 놓은 것' 사이에는 엄청나게 큰 차이가 있다. 한편 20세기의 미국의 시인 에드윈 알링턴 로빈슨은 말할 수 없는 어떤 것을 정서적 반응을 통하여 우리들에게 말하려는 것이 바로 시라고 말한다. 코울리지의 말이나 로빈슨의 말이나 한결같이 산문과 구별되는 시의 특성을 감정을 불러일으키는 호소력에서 찾으려고 하였다.

서양에서와 마찬가지로 동양에서도 운문과 산문을 서로 엄격히 나누려고 하였다. 글을 짓거나 쓰는 것을 두고 '문필'이라는 말을 자주 쓴다. 문필가라고 하면 문필을 업으로 삼는 사람, 곧 작가를 가리킨다. 중국 양(梁)나라 때의 문학 이론가 유협(劉勰)은 『문심조룡』(文心雕龍)이라는 책에서 운이 있는 것은 문(文)이요 운이 없는 것은 필(筆)이라고 이 두 가지를 엄격히 나누었다. 그러니까 문은 운문을 가리키고 필은 산문을 가리키는 셈이다.

상상력과 시

운문의 형식을 취하고 있는 시는 객관적 정보나 역사적 사실을 전달하기보다는 오히려 구체적인 인간 경험을 표현한다. 모든 문학 작품이 다같이 인간의 경험을 표현하지만 갖가지 인간 경험을 감각적으로 그리고 정서적으로 표상하는 문학 장르가 바로 시이다. 이 점을 좀더 잘 이해하기 위하여서는 시 한 편을 본보기로 들어 보는 것이 좋을 것 같다. 웬만한 독자라면 누구나 다 잘 알고 있을 법한 노천명의 「사슴」이라는 작품이다.

　　모가지가 길어서 슬픈 짐승이여
　　언제나 점잖은 편 말이 없구나
　　관이 향기로운 너는
　　무척 높은 족속이었나 보다

물 속의 제 그림자를 들여다보고
잃었던 전설을 생각해 내고는
어찌할 수 없는 향수에
슬픈 모가지를 하고
먼 데 산을 바라본다

　막상 제목을 빼고 나면 이 시에는 사슴이라는 낱말이 한 마디도 나오지 않는다. '먼 데 산을 바라본다'라는 말에서 이 시는 산에서 살고 있는 어떤 동물을 묘사하는 듯이 보인다. '모가지가 길어서'라는 표현에서는 어쩌면 사슴을 묘사하고 있는 것이 아닐까 하는 생각이 들기도 하지만, 모가지가 긴 것으로 치면 사슴보다는 기린이 먼저 떠오른다. 어찌 되었든 이 작품은 제목 그대로 사슴에 관한 시이다.
　그러나 이 시는 사슴에 대한 어떤 객관적 정보나 지식을 주지 않는다. 단순히 사슴에 대한 객관적 사실을 알려면 이 시를 읽으니 차라리 사전을 찾아보는 편이 아마 더 나을는지도 모른다. 가령 한글학회에서 펴낸 『우리말 큰사전』에는 사슴은 "사슴과에 딸린 짐승. 노루와 비슷하나 깊은 산 높은 곳에서 살며, 풀·이끼·나무 싹 등을 먹고 소처럼 되새김질을 한다. 수컷은 가지 친 한 쌍의 뿔이 봄마다 갈아 나는데 갓 나온 것을 '녹용'이라 하여 강장제로 쓰고, 가죽과 뿔은 쓰이는 데가 많다"라고 풀이되어 있다. 또한 신기철·신용철이 함께 펴낸 『새우리말 큰사전』에서는 이러한 풀이 말고도 "네 다리가 가늘고 길어서 걷기에 적합하다"든지, "초식성이고 흔히 무리를 이루며 성질은 온화하다"든지, "강원도를 포함한 우리나라 북쪽 및 만주에 흔하다"든지 따위의 정보가 덧붙여 있다. 사슴의 겉모습이나 신체적 특성을 좀더 자세히 알고 싶으면 아예 동물도감이나 백과사전을 찾아보는 편이 더 좋다. 이 시를 읽고 사슴에 대한 정보나 과학적 지식을 얻으려는 사람들은 아마 적지않이 실망을 느끼게 될 것이다.

실제로 「사슴」에서 노천명이 묘사하고 있는 내용은 과학적 사실과는 사뭇 다르다. 이 점과 관련하여 위 시에서 '관이 향기로운 너는'이라는 표현을 눈여겨볼 필요가 있다. 무엇보다도 먼저 몸에서 향기를 풍기는 동물은 사슴이 아니라 사향노루이다. 사슴에서는 전혀 향기가 나지 않는다. 더구나 사향노루의 신체 가운데에서도 향기를 풍기는 부분은 사향 주머니이지 뿔(관)이 아니다. 수컷이건 암컷이건 사향노루에는 뿔이 없다. 사슴과에 딸린 사향노루의 수컷은 배 부분에 달걀만한 사향 주머니가 달려 있고, 바로 이 주머니 안에 사향이 들어 있다. 번식기에 주로 발달하는 이 사향 주머니는 향기로운 냄새를 내뿜어 암컷을 유인하는 구실을 한다고 알려져 있다. 이 사향을 가루로 만들어 성감을 불러일으키는 흥분제나 회춘약과 같은 약재로 널리 쓰거나 향수와 같은 향료로 쓴다. 한 마디로 숫사슴의 뿔은 실제로 향기와는 아무런 관련이 없다. 흔히 녹용이라고 부르는 숫사슴의 뿔은 사향처럼 강장제로 쓰기는 하지만 향기와는 전혀 무관하다.

노천명은 이 시에서 사슴에 대한 객관적 정보나 사실을 전달해 주기보다는 오히려 사슴과 관련한 어떤 경험을 다룬다. 사전에 나온 객관적 사실 가지고서는 사슴에 관한 몇몇 과학적 특성을 알 수 있을는지는 몰라도 사슴의 영혼까지는 느낄 수 없다. 실제로 우리는 사전 내용을 보고 사슴에 대하여 적지 않은 지식을 얻었지만 중요한 어떤 것을 놓쳐 버린 듯한 느낌을 떨쳐 버릴 수가 없다. 왠지 모르게 사슴이 '슬픈 짐승'처럼 보인다든지, '언제나 점잖은 편 말이 없다'든지, 짐승일망정 그에게도 '잃었던 전설'이 있고 이 전설에 대하여 '어찌할 수 없는 향수'를 느끼고 있다든지 하는 따위에서 더욱 그러한 느낌이 든다.

사전에서 얻은 지식 가지고 사슴의 털을 몇 가닥 붙잡을 수는 있어도 그 영혼까지 붙잡지는 못한다. 다시 말해서 사슴의 신체를 파악하는 데에는 어느 정도 성공을 거둔지 몰라도 그 영혼을 파악하는 데에는 실패한 셈이다. 그런데 사슴의 영혼을 느낄 수 있는 것은 바로 시를 통하여서만 가능하다. 시인은 우리가 알콜 냄새를 풍기면서 표본실에 전시되어 있는 박제된 사슴이 아니라 산 속에 살아 뛰노는 사슴의 영혼을 느낄 수 있게 해 준다. 이렇게 살아 숨쉬는 사슴을 이해하기 위하여서는 문학 작품, 특히 시에 눈길을 돌려야 한다.

이렇게 인간 경험을 다루는 데에 있어 시인은 상상력을 원천으로 삼는다. 상상력이란 시인이 시라는 물을 퍼내는 샘물과 같다. 이렇게 말하면 소설이나 희곡은 상상력에서 생겨난 것이 아니냐고 되물을는지도 모른다. 물론 상상력은 시뿐만 아니라 다른 문학 장르에서도 아주 중요한 구실을 한다. 모든 문학 장르는 곧 문학가가 상상력을 구사하여 빚어 낸 산물이기 때문이다. 그러나 시 하면 곧 상상력을 떠올리게 될 만큼 상상력은 다른 어떤 장르보다도 시 장르와 아주 깊이 연관되어 있다. 특히 낭만주의 시인들은 상상력을 시를 창작하는 원동력으로 생각하였다. 가령 19세기 영국의 낭만주의 시인 윌리엄 블레이크는 상상력이란 자연에 드러나 있는 상징이나 상형 문자를 해독하여 그 의미를 시로 표현하는 창조적 기능을 담당한다고 말하였다.

새뮤얼 코울리지는 이보다 한 걸음 더 나아가 상상력이 서로 다른 인간의 여러 요소들을 융합시킬 수 있는 '마술적' 힘을 지닌다고 보았다. 그에 따르면 차별성과 동일성, 일반성과 구체성, 관념과 이미지, 그리고 개별성과 특수성은 상상력이라는 용광로 속에서 서로 구별할 수 없을 만큼 하나로 녹는다. 비유적으로 말하자면 상상력은 시를 창작하는 데에 있어서 뜸팡이와 같은 구실을 한다. 빵을 만드는 사람이 뜸팡이를 사용하여 밀가루를 부풀리고 부풀린 밀가루로 빵을 만들듯이, 시인은 상상력을 통하여 삶의 경험을 시 작품으로 만들어 내는 것이다.

시 언어와 일상 언어

문학은 언어 사용 방법에 따라 철학이나 역사 또는 과학 같은 분야와 구별된다. 이러한 분야에서는 일상어를 사용하는 반면 문학에서는 문학어를 사용한다. 물론 일상어와 문학어는 얼핏 보듯이 그렇게 딱부러지게 나눌 수 없는 경우도 있다. 이 문제를 두고 문학 이론가들은 아직도 논란을 벌이고 있다. 그런데도 문학가들이 철학자들이나 역사가들 또는 과학자들과는 다른 방법으로 언어를 구사하는 것은 부정할 수 없는 사실이다.

사람들은 서로 다른 상황에서 서로 다른 목적으로 언어를 사용한다. 다시 말해서 언어는 그 쓰임새가 제각기 다르고, 그 쓰임새에 따라 언어는 크게 세 가지 갈래로 나눈다. 실용적인 언어, 권고적인 언어, 그리고 문학적인 언어가 바로 그것이다. 첫번째 갈래는 어떤 정보나 객관적 사실을 전달해 주는 실제적인 경우에 주로 쓴다. 두번째 갈래는 흔히 상대방을 설득하려고 할 때에 쓴다. 그리고 세번째 갈래는 경험의 폭을 넓혀 주고 경험의 깊이를 더해 주는 문학 작품에서 자주 쓴다. 물론 이밖에도 다른 쓰임새가 더 있을 터이지만 이 세 가지는 언어의 쓰임새 가운데에서도 가장 흔한 쓰임새로 일컫는다.

문학이라고 하여 어떤 정보나 사실을 전혀 가져다 주지 않는 것은 물론 아니다. 가령 서구 문학사에서 최초의 문학 작품으로 흔히 일컫는 호메로스의 서사시 『오디세이아』는 서력 기원전 8세기 무렵의 삶에 대하여 아주 귀중한 정보를 제공해 준다. 이 작품에 등장하는 공주는 하녀들이 빨래하는 것을 손수 도와주고, 오디세우스 왕 또한 농사 지을 때가 되면 밭갈이를 하고 목수 일에도 뛰어난 솜씨를 보인다. 호메로스가 살던 고대 그리스 시대에서는 왕족 또한 육체 노동에서 제외되지 않았다는 사실을 잘 알 수 있다. 그러나 문학의 일차적 기능은 정보나 사실을 전달하는 데에 있지 않고 오히려 의미 있는 경험을 전달하는 데에 있다. 이러한 정보나 사실을 찾기 위하여서라면 문학 작품보다는 차라리 다른 문헌을 살피는 편이 한결 더 바람직하다.

문학가들은 문학 작품에서 일상생활에서와는 다르게 언어를 쓰려고 한다. 문학 장르 가운데에서도 이러한 특성이 가장 두드러지게 드러나는 것은 역시 시이다. 물론 소설이나 희곡에서 사용하는 언어도 일상어와는 구별되는 문학어이지만 시에서는 문학어의 특성을 극단적으로 밀고나간다. 똑같은 문학가라고 할지라도 이렇게 언어를 구사하는 방법에 있어서만은 시를 쓰느냐 소설이나 희곡을 쓰느냐에 따라 조금씩 다르다. 한 마디로 시인이 구사하는 언어는 다른 문학 장르에서 쓰는 것보다 더 많은 것을, 더욱 강렬하게 전달하려는 언어라고 할 수 있다.

비유적으로 말해서 시에서 사용하는 언어는 대부분의 일상생활에서 사용하는 언어보다 전압이 훨씬 더 높다. 일상어가 일차원적이고 평면적인 언어라면 문학어는 다차원적이고 입체적인 언어라고 할 수 있다. 일상어는 듣는 사람을 이해시키려는 데에 힘을 쏟는 반면, 문학어는 이해력은 물론이고 감각과 정서 그리고 상상력을 불러일으키는 데에 힘을 쏟기 때문이다. 언어에도 과일과 마찬가지로 그 특유의 색깔과 모양, 향기와 맛이 들어 있다. 시인은 언어의 이러한 특성을 최대한으로 살리려고 한다. 이러한 점에서 시인은 최소한의 자재로 최대한의 효과를 얻으려고 하는 경제 원칙을 몸소 실천에 옮기려는 사람이라고 할 수 있을 것이다. 최소한의 언어로써 최대한의 효과를 누리려고 하는 것, 이것이 바로 시인이 언어를 사용하는 방법이다.

19세기 프랑스의 상징주의 시인 폴 발레리는 오네르 드 발자크가 소설 한 편에 다룬 내용을 시인은 열 두 음절밖에 안 되는 짧은 시 안에 담을 수 있다고 말한 적이 있다. 시는 모든 문학 장르

가운데에서도 가장 응축된 문학 장르라는 것이다. 시를 뜻하는 독일어 '디히퉁'(*dichtung*)이라는 말을 보면 그 뜻이 훨씬 분명해진다. 이 독일어에는 '창조'라는 뜻 말고도 '응축'이나 '요약'이라는 뜻이 함께 담겨 있다.

시어와 관련하여 사람들이 흔히 갖는 오해 몇 가지를 지적해 두는 것이 좋을 것 같다. 무엇보다도 먼저 사람들의 생각과는 달리 시는 언어를 지나치게 작위적이거나 부자연스럽게 사용하지 않는다는 점이다. 시란 일상어를 독특한 방법으로 쓸 뿐 일부러 괴팍스럽게 쓰지는 않는다. 그러니까 시에서 중요한 것은 낱말 그 자체라기보다는 오히려 낱말을 사용하는 방법이다. 둘째, 시는 산문으로 좀더 명확하고 쉽게 말할 수 있는 것을 일부러 복잡하고 어렵게 말하지 않는다는 점이다. 시는 산문으로써는 표현할 수 없는 무엇을 표현하며, 그렇기 때문에 소설이나 희곡과는 그 특성이 서로 다르다. 셋째, 시란 값싼 감상을 부풀려 표현한다는 생각과도 거리가 멀다. 얼핏 시인은 감정을 헤프게 늘어 놓는 것처럼 보일지 모르지만 실제로는 감정을 절제하여 표현하려고 매우 애쓴다. 넷째, 시란 늘 아름다운 언어로만 되어 있지는 않다. 시가 아름답건 고통스럽건 간에 인간의 모든 경험을 그 소재로 삼듯이, 아름다운 낱말뿐만 아니라 더러운 낱말도 얼마든지 시의 언어가 될 수 있다. 아무리 상스럽거나 점잖지 못한 말이라도 연금술과 같은 시인의 상상력을 거치고 나면 보석처럼 빛을 발하는 시어가 된다.

시인을 두고 흔히 '언어의 마술사'라고 일컫는다. 그런데 이렇게 마술적 힘을 발휘하기 위하여 시인들은 여러 가지 방법으로 언어를 구사하려고 한다. 함축·심상·비유·상징·역설·반어·암유 따위는 이러한 방법 가운데에서 가장 대표적인 것들이다. 이것들은 시를 시답게 만들어 주는 필수불가결한 구성 요소이다. 말하자면 시인은 이러한 구성 요소를 벽돌로 삼아 시라고 하는 집을 짓는다.

이러한 시의 요소 가운데에서도 함축은 언어를 가장 경제적이고 효율적으로 사용하기 위한 방법 가운데에서 가장 손꼽을 만하다. 앞에서 말하였듯이 모든 낱말은 마치 동전의 앞뒷면처럼 지시어와 함축어의 두 요소를 지닌다. 지시어란 단순히 사전에 풀이되어 있는 낱말의 뜻을 가리키고, 함축이란 그 사전적 뜻을 뛰어넘어 덤으로 따라 붙는 암시적인 뜻을 말한다. 이 두 개념은 논리학에서 말하는 외연과 내포와 아주 비슷하다. 논리학에서 외연이란 주어진 개념이 지시하는 사물의 적용 범위를 가리키는 반면, 내포는 주어진 개념을 충족시키는 모든 성질을 말한다. 그런데 낱말 가운데에는 다른 낱말보다 함축적인 의미가 더 강한 것이 있는가 하면 그러하지 못한 것도 있다. 시인은 될 수 있는 대로 함축적 뜻이 강한 낱말만을 골라 쓰려고 한다.

가령 '젖가슴'이라는 우리말은 '유방'이라는 한자어와는 함축적 뜻에서 큰 차이가 있다. '젖가슴'이라는 말을 듣는 순간 우리는 어머니의 그 포근한 가슴을 곧 떠올리게 된다. 또한 어머니 무릎에서 젖을 빨아 먹던 갓난아이 시절과 어머니에 대한 애틋한 그리움으로 가슴이 설레이기까지 한다. 그러나 '유방'이라는 말에서는 포근하고 애틋한 느낌보다는 오히려 관능적인 여배우의 육체를 먼저 떠올게 될 것이다. '젖가리개'라는 토박이말과 '브래지어'라는 외래어 역시 크게 다르지 않다. 토박이말을 쓰느냐 한자어나 외래어를 쓰느냐에 따라서 그 함축적 뜻은 이렇게 달라진다. 이왕 말이 나왔으니 말이지만 '젖'이라는 토박이말은 '우유'나 '모유'라는 한자어나 '밀크'라는 영어와는 그 함축적 뜻에서 크게 다르다.

같은 옛시조라도 "이고 진 저 늙은이 짐 벗어 나를 주오"로 시작하는 시조가 "내 벗이 몇이냐 하니 수석과 송죽이라"로 시작하는 윤선도의 오우가(五友歌)보다 한결 큰 감명을 주는 것도 바로 그 때문이다. 한자어를 많이 사용하는 작품일수록 관념적이고 사변적이기 일쑤이다. 이와는 달리 순수한 토박이말을 구사하는 작품은 한자어를 많이 쓰는 작품보다 훨씬 더 구체적이고 감각적일 뿐더러 함축적 뜻도 훨씬 강하다. 황진이의 시조는 감각적이고 함축적인 효과를 자아내는 좋은 본보기 가운데 하나일 것이다.

> 동짓달 기나긴 밤을 한 허리 베어내어
> 춘풍 이불 아래 서리서리 넣었다가
> 어른님 오신 날 밤이어든 구비구비 펴리라

모든 시조가 대부분 그러하듯이 이 시조도 한 행에 6구(句)씩 12음보에 모두 46자로 이루어져 있다. 이렇게 짧은 정형시의 틀 안에서 의미를 효과적으로 전달하기 위해서는 언어를 아주 경제적으로 사용하지 않으면 안 될 것이다.

황진이의 시조가 으레 그러하듯이 이 작품 또한 남녀 사이의 애틋한 사랑을 주제로 삼는다. 이러한 감정을 표현하기 위하여 그녀는 일부러 사랑이나 성애를 암시하는 말만 골라 쓴다. '동짓달'·'밤'·'허리'·'이불'과 같은 낱말이 그러하다. 한결같이 성애와 깊이 연관되어 있는 이 낱말들은 함축성이 아주 강한 말들이어서 사전적 풀이로는 도저히 담아내지 못할 깊은 뜻을 지니고 있다. 일 년 가운데에서 밤이 가장 긴 동짓달에는 노곤한 노동에서 벗어난 한가로움이나 여유의 뜻이 배어 있고, 하루 일과를 끝내고 난 밤에는 안식이나 휴식과 함께 열정의 뜻이 배어 있다. 동짓달과 밤은 남녀가 사랑을 나누기에 안성맞춤인 계절이요 시간이다. 허리라는 말에서는 여성의 벗은 몸매를, 그리고 이불이라는 말에서는 정사가 이루어지는 방안의 풍경을 쉽게 떠올리게 된다. 이밖에도 '춘풍'이나 '어른님'과 같은 낱말도 성애와 결코 무관하지만은 않다.

이렇듯 황진이가 이 시조에서 함축적인 낱말을 골라 쓰려고 애쓴 흔적이 곳곳에서 엿보인다. 만약 '동짓달' 대신에 '음력 십일월'이나 '지월'(至月), '밤' 대신에 '야간', '허리' 대신에 '요부'(腰部), '춘풍' 대신에 '동풍', 그리고 '이불' 대신에 '침구'라는 말을 썼더라면 아마 그 의미는 지금과는 크게 달라졌을 것이다. '서리서리'나 '구비구비'와 같은 의태어도 남녀의 성 행위를 표현하는 데에 있어 아주 효과적이다. 더구나 시간 개념('동짓달 기나긴 밤')을 공간 개념('한 허리 베어내다', '서리서리 넣다', '구비구비 펴다')으로 바꾸어 놓은 데에 이르러서 황진이의 상상력은 찬란한 빛을 발한다.

　그러나 함축적 뜻은 순수한 토박이말에서만 드러나지는 않는다. 한자어나 외래어는 그것대로 토박이말이 지니고 있지 않은 또다른 함축적 뜻을 지니고 있다. 가령 같은 뜻을 가진 말이라도 '늙은이'라는 토박이말로 하면 낮춤말이 되고 '노인'이라는 한자어를 쓰면 높임말이 된다. '노인'이라는 말 대신에 이번에 '노친'이나 '노친네'라고 하면 그보다 더 높은 말이 된다. 이렇듯 이 세 낱말은 그 함축적 뜻에 있어서 제각기 다르다. 이러한 함축어의 차이는 낱말에 그치지 않고 시의 한 구절 안에서도 나타난다. 뜻이 같거나 거의 비슷한 시구라고 하더라도 그 함축적 뜻이 서로 다르다. 예를 들어 "산천(山川)은 의구(依舊)하되 인걸(人傑)은 간 데 없네"라는 시구와 "산은 옛산이로되 물은 옛물이 아니로다"라는 시구 사이에는 함축적 뜻에서 큰 차이가 있다. 한자어 투성이로 된 길재의 시구에는 오백 년 동안 수도로 있다가 왕조와 함께 사라져 버린 송악에 다시 돌아와 고려의 유신으로서 느끼는 감회와 회한이 짙게 깔려 있다. 나라가 하루 아침에 망하고 정몽주와 같은 충신이 선죽교의 이슬로 사라져 버리고 궁궐이 서 있던 그 자리에는 잡초만 무성하다. 고풍스럽고 우아하면서도 가슴이 저려오는 그 느낌을, 토속어로만 되어 있는 황진이의 시구로는 도저히 담아낼 수가 없을 것 같다.

마찬가지로 '카페'라는 외래어에는 '술집'이나 '주가'(酒家)로서는 담아낼 수 없는 함축적 뜻이 들어 있다. 다같이 술을 파는 집인데도 카페라고 하면 유독 위스키나 포도주와 같은 서양술을 팔고 실내 장식도 서구풍으로 꾸며 놓은 고급 술집을 떠올리게 된다. 똑같이 물건을 사는 일이라도 '쇼핑하러 간다'라는 말을 쓸 때와 '장에 간다'라는 말을 쓸 때에 그 어감이 크게 다르다. 앞의 표현은 백화점과 같은 현대식 상점에 가서 값비싼 물건을 사는 느낌이 들고, 뒤의 표현에서는 동대문 시장이나 남대문 시장 같은 재래식 가게에 가서 물건을 싸게 사는 듯한 느낌이 든다. '쇼핑하러 간다'라는 말에서 왠지 바가지를 쓸 것 같은 느낌이 드는 것은 이 말이 이윤 추구라는 자본주의 사회의 상혼을 담고 있기 때문이다. 재래 시장과는 달리 세일 기간이 아니라면 일 원 한 장 에누리할 수 없는 인심 사나운 곳이 바로 백화점이다. 또한 일식집에서 파는 도시락은 '벤토'나 '오벤토'라고 하여야만 제맛이 나고, 속에 팥을 넣어 만든 떡은 찹쌀떡보다는 '앙꼬모찌'라고 불러야 제맛이 난다.

더구나 시인이 쓰는 언어는 일상어보다 훨씬 더 감각적이어야 한다. 감각적 효과를 극대화하기 위하여 사용하는 시의 요소를 심상(이미저리)이라고 부른다. 심상(心象)은 글자 뜻대로 풀이하면 마음에 떠오르는 모습이다. 직접 감각 기관의 자극을 받지 않고 마음 속에 자연스럽게 떠오르는 모습인 것이다. 언어를 통하여 경험을 감각적으로 표상하는 것, 말하자면 마음의 눈에 비친 모습이 바로 심상이라고 할 수 있다. 흔히 심상을 두고 '마음 속에 그리는 그림'이라고 부르는 까닭이 바로 여기에 있다. 심상하면 곧 어떤 구체적인 모습을 떠올릴 만큼 모든 심상 가운데에서도 시각적 심상은 시에서 가장 중요한 구실을 한다.

그러나 시각적 심상은 가장 좁은 의미에서의 심상이고, 좀더 넓은 의미에서는 시각뿐만 아니라 청각·후각·촉각·미각 따위의 모든 감각을 총망라한다. 그러니까 마음 속에 그리는 그림은 물론이고 귀로 듣는 소리, 코로 맡는 냄새, 손으로 만지는 감촉, 혀로 느끼는 맛이 모두 심상의 울타리에 들어온다. 어떤 때에는 공감각(共感覺)이라고 하여 하나 이상의 감각을 동시에 쓰기도 한다. "해설피 금빛 게으른 울음을 우는 곳"(정지용, 「향수」)이라든지, "황금 소반에 구슬이 굴렀다 / 오 그립고 향미론 소리야"(김영랑, 「물소리」)라든지, 또는 "푸른 웃음, 푸른 설움이 어우러진 사이로"(이상화, 「빼앗긴 들에도 봄은 오는가」)는 공감각을 보여주는 좋은 본보기들이다.

문학가들이 원고를 쓸 때에 자주 쓰는 말 가운데에 '퇴고'(推敲)라는 말이 있다. 이 말이 처음 생겨난 그 유래를 살펴보면 심상이 어떤 것인지 쉽게 알 수 있게 될 것이다.

조숙지변수(鳥宿池邊樹)
승고월하문(僧敲月下門)

이 시는 당(唐)나라의 시인 가도(賈島)의 작품이다. 저녁이 되자 새는 연못가의 나무에서 잠을 자고 스님은 달빛 아래 문 두드리는 모습을 마치 한 폭의 수채화처럼 그린 서경시이다. 가도가 이 시를 처음 쓸 때만 하더라도 두번째 행에서 '승고'(僧敲)라고 하지 않고 '승퇴'(僧推)라고 하였다. '승퇴'라고 하면 문을 민다는 뜻이고 '승고'라고 하면 문을 두드린다는 뜻이 된다. 그러나 이 구절을 아무리 읊어 보아도 마음에 들지 않는다. '승고'로 고쳐 놓고 보니 이번에는 '승퇴'라는 표현을 버리기가 아깝다. 이 두 글자를 놓고 고심하던 가운데 하루는 노새를 타고 거리로 나갔다. 노새 위에서도 '퇴'자로 할까, 아니면 '고'자로 할까에만 정신을 팔고 있다가 그만 벼슬아치의 행차가 오는 것을 미처 피하지 못하고 부딪치고 말았다. 벼슬아치 앞에 끌려간 가도는 행차를 미처 비켜서지 못한 까닭을 털어 놓았다. 가도의 말을 듣고 난 그 벼슬아치는 크게 소리를 내어 웃고는 잠깐 생각하더니 '퇴'자보다는 아무래도 '고'자가 더 낫겠다고 말하였다. 그 벼슬아치는 다름아닌 이 무렵의 대문호로 일컫는 한퇴지(韓退之)였다. 가도는 한퇴지의 말을 받아들여 이 시에서 '승퇴' 대신 '승고'라고 고쳐 썼다. 문학 작품을 지을 때에 자구를 여러 번 생각하여 고치는 것을 두고 '퇴고'라고 부르는 것은 바로 그 때문이다.

언뜻 보면 '문을 민다'고 하는 것은 '문을 두드린다'고 하는 것과 별로 다르지 않은 것 같다. 그러나 좀더 꼼꼼히 따져보면 이 두 표현 사이에는 적지 않은 차이가 있다. 두드린다는 말에는 소리가 나게, 그것도 한 번이 아니라 여러 번 치거나 때린다는 뜻이 들어 있다. 그러므로 '민다'는 말에는 촉각적 심상이나 동적 심상만이 들어있지만 '두드린다'라는 말에는 촉각적·동적 심상 말고도 청각적 심상이 더 들어 있다. 달빛이 은은히 비치는 밤에 스님 한 사람이 하루 일과를 마치고 절로 돌아와 문을 두드리고, 이 시를 읽는 독자들은 스님이 문을 두드리는 바로 그 소리를 직접 귀로 듣는 듯하다. 그러고 보니 두드릴 고(敲)자에는 '높을' 고(高)자 옆에 '두드릴' 복(攴)자가 서 있는 것도 여간 예사롭지가 않다.

정훈의 「춘일」은 시각적 심상과 청각적 심상을 아주 효과적으로 구사하는 작품 가운데 하나로 높이 꼽힌다.

> 노랑 장다리밭에 나비 호호 날고
> 초록 보리밭에 바람 흘러가고
> 자운영 붉은 논둑에 목메기는 우는고

'노랑 장다리밭'과 '초록 보리밭' 그리고 '자운영 붉은 논둑'은 시각적 심상을 잘 드러낸다. 빨강·노랑·초록 등 삼원색이 함께 어우러져 있어 마치 아름다운 농촌의 화려한 봄 풍경을 눈앞에 선히 보는 듯하다. '나비 호호 날고'와 '바람 흘러가고'에서는 촉각적 심상을, '목메기는 우는고'에서는 청각적 심상을 구사한다. 사실 이 시에서 심상이 아닌 구절은 하나도 없다. 기껏하여야 세 행밖에 되지 않는 짧은 시면서도 이 시가 그렇게 큰 호소력을 지니는 이유는 구체적 심상을 통하여 독자의 감각을 자극하기 때문이다.

심상을 효과적으로 사용한다는 점에서는 조지훈의 「완화삼」 역시 「춘일」과 크게 다르지 않다. '목월에게'라는 부제가 붙어 있는 이 시에서 시인은 사실 거의 모든 행에 걸쳐 심상을 쓰고 있다. 「춘일」에서처럼 이 작품에서도 심상을 떠나서는 시적 분위기와 의미를 제대로 이해할 수 없다고 하여도 크게 틀리지 않을 것 같다.

차운 산 바위 우에 하늘은 멀어
산새가 구슬피 울음 운다

구름 흘러가는
물길은 칠백 리

나그네 긴 소매 꽃잎에 젖어
술 익는 강마을의 저녁 노을이여

이 밤 자면 저 마을에
꽃은 지리라

다정하고 한 많음도 병인 양하여
달빛 아래 고요히 흔들리며 가노니……

이 작품에서 시인은 시골길을 걷는 나그네의 여정을 마치 한 폭의 수채화처럼 소박하면서도 담담하게 그린다. 그런데 나그네 길을 묘사하면서 그는 여러 가지 심상에 크게 기댄다. 가령 하늘에 떠도는 뭉게 구름, 굽이굽이 흘러가는 강물, 붉게 물든 저녁 노을, 고요한 달빛, 그리고 땅에 떨어지는 꽃잎은 한결같이 눈에 호소하는 시각적 심상이다. 흰 구름, 붉은 꽃잎, 황금빛 저녁 노을에서는 단순히 형체뿐만 아니라 색깔과 동작을 함께 느낄 수 있다. "산새가 구슬피 울음 운다"에서 시인은 청각적 심상을 사용한다. 셋째 연 둘째 행의 '술 익는 강마을'에서는 쌀로 빚은 술 냄새가 물씬 풍기며 후각과 미각을 자극한다. 그런가 하면 맨마지막 행의 '고요히 흔들리며 가노니'에서는 촉각적·동적 심상을 쓰기도 한다. 그러므로 이 시를 읽고 있노라면 긴 적삼을 입은 한 선비가 시골길을 따라 한가로이 걸어가다가 잠깐 주막에 들러 술을 마시는 모습을 눈 앞에 선하게 보는 듯하다.

비유와 상징

함축적 뜻을 지니는 시어와 구체적인 감각을 드러내는 심상이 시를 구성하는 중요한 요소라면, 비유와 상징은 시를 효과적으로 표현하기 위한 예술적 기교이다. 구체적이고 특수한 방법으로 인간 경험을 표현하는 데에 비유와 상징은 아주 중요한 구실을 한다. 여기에서 비유란 어떤 현상을 그것과 비슷한 것에 빗대어 이르는 수사법을 말한다. 이러한 점에서 보면 모든 문학은 장르에 관계 없이 비유적 특성을 지닌다고 할 수 있다. 문학이란 궁극적으로 삶의 모습을 빗대어 표현한 것에 지나지 않기 때문이다. 그리고 비유는 어느 문학 장르보다도 언어의 경제성을 극대화하고 그 뜻을 생생하게 표현하려는 시에서 가장 두드러지게 드러난다.

넓은 의미에서 시는 곧 비유라고 하여도 크게 무리가 되지 않을 성싶다.

엄밀히 따지고 보면 비유는 시어에만 그치지 않고 일상어에서도 마찬가지로 쉽게 찾아볼 수 있다. 17세기 프랑스의 희극 작가 몰리에르의 작품 『부르주아 신사』에서 주인공은 자신이 평생 동안 산문으로만 말해 온 사실을 깨닫고는 적지않이 놀란다. 이 주인공과 마찬가지로 많은 사람들은 자신들이 늘 쓰고 있는 일상어가 실제로는 진부한 비유라는 사실을 깨닫고는 매우 놀라게 될 것이다. 이렇듯 일상어 가운데에는 처음에는 비유적 표현으로 쓰이다가 언어의 풍화 작용에 마모되어 비유로서는 더 이상 쓸모가 없어져 버린 것들이 생각보다 많다. 가령 '책상 다리'니 '바늘귀'니 하는 말에서부터 "돈을 물 쓰듯 한다"라든지 "은행 문턱이 여전히 높다"라든지 "입방아 찧는다"라든지 하는 표현들은 한결같이 비유적 표현이다. "우리 민족의 부지런함이 한강의 기적을 낳았다"느니 "죽었던 경기가 점차 살아난다"느니 하는 말도 찬찬히 뜯어보면 비유적 표현에 지나지 않는다. 기적을 낳았다는 말은 자식을 낳는 것처럼 이 세상에 없던 것을 있게 만들어 낸다는 뜻이 들어 있다. 마찬가지로 살아난다는 말은 병에 걸렸다가 조금씩 나아질 때에 쓰는 말이고 보면 이 표현은 경기가 나쁜 것을 병에 걸린 것에 견주고 있는 것이다. 이 표현들은 처음에는 마치 오월 봄바람처럼 신선하고 충격적인 비유였을 터이지만 사람들이 하도 오랫동안 써 온 나머지 실오라기처럼 닳아빠진 진부한 비유이거나 아예 '죽어 버린 비유'가 되어 버렸다.

옛부터 전해 내려오는 속담이나 격언 또는 항간에서 사물을 속되거나 상스럽게 이르는 속어나 비어도 넓은 의미에서 비유의 테두리에서 크게 벗어나지 않는다. 예를 들어 "바늘 가는 데에 실간다"라든지, "우물을 파려거든 한 우물을 파라"라든지, 또는 "남의 떡이 더 커 보인다"와 같은 속담이나 격언도 거의 대부분 비유로 되어 있다. '동그라미'(돈), '큰집'(교도소), '주둥아리' (입), 또는 요즘 들어와 매스컴에서 부쩍 자주 쓰는 '떡값'(뇌물) 이니 '콩고물'(작은 액수의 뇌물)이니 하는 속어나 비어 역시 크게 다르지 않다. 몇몇 문학 이론가들이 왜 속어나 비어를 '시의 배다른 형제'라고 불렀는지 그 까닭을 알 만하다.

비유는 시에서 크게 네 가지 구실을 한다. 시인은 비유를 써서 드러내 놓고 직접 말하는 것보다 한결 더 생생하게 그리고 구체적으로 말할 수 있다. 심상과 아주 깊이 연관되어 있는 비유는 감각적으로 뜻을 전달하는 까닭이다. 또한 비유를 통하여 시인은 직접 말하는 것보다 더 많은 것을 말할 수 있다. 다시 말해서 비유는 인간 경험을 작게 압축하여 표현한다. 더구나 비유는 그 자체로서 독자들에게 즐거움을 가져다 준다. 얼핏 서로 다른 두 사물이나 현상에서 같은 속성을 찾아내는 일은 훌륭한 상상력을 가진 사람만이 할 수 있다. 뿐만 아니라 비유는 감정을 더 풍부하게 해 준다. 한 시가 작품으로서 성공을 거두었느냐 그러하지 못하였느냐 하는 것은 비유를 얼마나 효과적으로 구사하는가에 달려 있다고 하여도 결코 지나치지 않을 것이다.

그런데 친근한 것보다는 오히려 친근하지 않은 것이나 전혀 뜻밖의 것에 빗대어 말할 때에 비유의 효과는 훨씬 크게 마련이다. 다시 말해서 비유가 상식에서 벗어나는 충격적인 것일수록, 그리고 애매모호하고 기대와 예상을 뒤엎는 것일수록 표현 효과가 높아진다. 요즈음 부쩍 사람들의 주목을 받고 있는 정보 이론에서는 이러한 현상을 '정보의 엔트로피'라고 부른다. 메시지를 질서 정연하고 논리적으로 전달할 때보다는 오히려 무질서하고 불확실하게 전달할 때에 정보량이 한결 많아진다는 것이다. 시에서도 사랑을 '한 떨기 장미'나 '타버린 불꽃' 또는 '눈물의 씨앗'에 견주는 것은 이제 물지난 생선처럼 비린내가 난다. 그렇지만 몇 년 전 미국의 여가수 베트 미들러가 불러 크게 히트한 「장미」라는 팝송 가사처럼 사랑을 면도칼에 견주는 것은 가히 충격적이라고 할 만하다. 사랑이나 면도칼이나 잘못 사용하면 피를 흘리고 상처를 입는다는 유사성에 착안한 기발한 비유이다. 즉 면도칼을 잘못 사용하면 육체에 상처를 입고 피를 흘리듯이 사랑을 잘못 하면 영혼이 피를 흘리고 상처를 받는다는 뜻이다.

비유에서 표현하고자 하는 주체를 원개념이라고 하고 원개념에 비유되는 것을 매체 개념이라고 부른다. 이론가에 따라서는 원개념을 '주의'(主意)나 '일차적 개념'으로, 매체 개념을 '매체'나 '이차적 개념'이라고 부르기도 한다. 그러니까 비유는 원개념과 보조적인 매체 개념 사이에서 유추 과정을 통하여 유사성이나 인접성을 찾아내는 일과 크게 다름없다. 원개념과 매체 개념 사이가 좁으면 좁을수록 비유의 신선도는 떨어진다. 이와는 반대로 이 두 개념 사이가 벌어지면 벌어질수록 비유는 신선하고 충격적이다.

시에서 비유법은 1) 직유, 2) 은유, 3) 제유, 그리고 4) 환유의 크게 네 갈래로 나눈다. 직유와 은유는 본질적으로 서로 다른 두 사물에서 어떤 유사성을 찾아내어 서로를 비교하는 수사법을 말한다. 직유는 '〜처럼'·'〜같이'·'〜인 양'·'〜듯이'와 같은 보조 수단을 사용하여 드러나게 비교하는 비유법이다. 그러나 은유에서는 보조 수단이 없이 원개념과 매체 개념의 관계가 묵시적으로 은근히 이루어진다. 한편 환유와 제유는 유추와 유사성에 기초하는 은유와는 달리 연상과 시간적·공간적 인접성에 기초를 둔다. 제유는 부분으로써 어떤 사물의 전체를 가리키는 비유법이고, 환유는 어떤 사물을 그 속성에 있어 서로 밀접하게 연관되어 있는 대상과 비교하는 비유법이다. 이밖에 의인법(擬人法)·의유(擬諭)·인유(引諭)·우유(寓諭) 따위도 넓은 의미에서는 모두 비유법에 속한다.

시에서 환유법과 제유법의 본보기를 들자면 끝이 없다. 한용운의 「당신을 보았습니다」는 환유와 제유를 보여주는 좋은 본보기

일 것이다.

아아, 온갖 윤리, 도덕, 법률은 칼과 황금을 제사지내는 연기인 줄
알았습니다.
영원의 사랑을 받을까 인간 역사의 첫 페이지에 잉크칠을 할까 술을
마실까 망설일 때에 당신을 보았습니다.

여기에서 '칼'은 곧 무력을 가리키고 '황금'은 재물을 가리킨다.
"펜은 칼보다 강하다"는 서양 격언이나, "황금을 보기를 돌같이
하라"는 우리말 격언은 한결같이 펜과 황금이 지니고 있는 이러
한 특성에 빗대어 말하는 환유적 표현이다. '인간 역사의 첫 페이
지에 잉크칠을 한다'라는 표현은 제유적 표현의 한 가지이다. 이
표현은 단순히 역사 책의 첫 장에 먹칠을 한다는 것 이상의 뜻을
지니기 때문이다. 역사는 언제나 정복자의 편에서 기술한다고 일
컫는다. 이 시의 화자는 이렇게 허위와 기만으로 날조된 지금까
지의 인간 역사를 처음부터 부정하려는 굳은 의지를 보여준다.
그러나 비유법 가운데에서도 가장 대표적인 표현 방법은 역시
직유와 은유이다. 직유는 시 작품에서 그렇게 힘들이지 않고 쉽
게 찾아볼 수 있다.

꽃가루와 같이 부드러운 고양이의 털에
고운 봄의 향기가 어리우도다
금방울과 같이 호동그란 고양이의 눈에
미친 봄의 불길이 흐르도다
—— 이장희, 「봄은 고양이로다」

나는 온몸에 햇살을 받고
푸른 하늘 푸른 들이 맞붙은 곳으로
가르마 같은 논길을 따라 꿈 속을 가듯 걸어만 간다
—— 이상화, 「빼앗긴 들에도 봄은 오는가」

호수에 안개 끼어 자욱한 밤에
말없이 재 넘는 초승달처럼
그렇게 가오리다
임께서 부르시면……
　　　—— 신석정, 「임께서 부르시면」

　한편 은유는 직유보다 그 표현력에 있어 한결 더 극적이고, 따라서 호소력이 더 강하고 효과적이다. 직유가 벌거벗은 몸처럼 그 모습을 훤히 드러내 보여 싱겁다면, 은유는 베일 속에 깊이 숨겨져 있는 몸처럼 더욱 신비감을 자아낸다. 김동진이 곡을 붙여 더욱 잘 알려진 김동명의 「내 마음은」은 은유를 보여주는 가장 좋은 본보기일 것이다.

　내 마음은 호수요
　그대 저어 오오
　나는 그대의 흰 그림자를 안고 옥같이
　그대의 뱃전에 부서지리다

　내 마음은 촛불이오
　그대 저 문을 닫아 주오
　나는 그대의 비단 옷자락에 떨며 고요히
　최후의 한 방울도 남김 없이 타오리다

　내 마음은 나그네요
　그대 피리를 불어 주오
　나는 달 아래 귀를 기울이며 호젓이
　나의 밤을 새이오리다

　내 마음은 낙엽이오

잠깐 그대의 뜰에 머무르게 하오
이제 바람이 일면 나는 또 나그네같이 외로이
그대를 떠나오리다

　네 개의 연에서 첫행마다 김동명은 은유를 사용한다. 첫째 연
에서 화자는 자신의 마음을 호수에 견주고, 둘째 연에서는 촛불
에 빗대어 말한다. 셋째와 넷째 연에서도 화자는 마음을 각각 나
그네와 낙엽에 견준다. 호수는 조각배가 떠다니는 곳이다. 사랑하
는 연인이 조각 배라면 이 시의 화자는 그 배를 위하여 기꺼이
호수가 되겠다고 말한다. 사랑하는 사람을 향한 애틋한 마음을
호수나 강에 빗대는 것은 한용운의 시 「나룻배와 행인」에서도 잘
드러난다. 이 시는 "나는 나룻배 / 당신은 행인"이라는 구절로
시작하고 끝을 맺는다. 행인들이 나룻배를 타고 강을 건너듯이
중생들은 불법(佛法)을 통하여 속세라는 고해(苦海)를 건너 피
안의 세계에 이른다는 것이다. 승려 시인답게 그는 불법을 나룻
배에, 중생을 나룻배를 타고 강을 건너는 행인에 빗대어 말하고
있다.
　더욱이 「내 마음은」의 둘째 연에서 화자는 자신의 마음을 촛불
에 빗대어 부른다. 바람이 거세게 불면 촛불은 꺼져 버리지만 그
래도 촛불이 탈 수 있는 것은 바람 때문이다. 시와는 거리가 먼
이야기처럼 들릴지 모르지만 양초는 바람 속에 들어 있는 산소와
결합할 때에야 비로소 탈 수 있다. 바람(산소)이 없이는 촛불이
탈 수 없듯이 화자 또한 사랑하는 여인 없이는 이 세상에서 살아
갈 수 없다는 말이다.
　셋째 연에서 화자는 자신의 마음을 나그네에 빗대어 말한다.
홀로 밤길을 걸어가는 나그네는 외롭기 그지 없을 것이다. 밤길
을 홀로 걷는 나그네처럼 화자의 마음도 무척 외롭고 쓸쓸하다.
그러나 이렇게 쓸쓸한 밤길이건만 사랑하는 사람은 그에게 큰 위

안을 줄 수 있다. 만약 사랑하는 여인이 피리라도 불어 준다면, 밝은 달빛 아래 밤이 새도록 호젓이 밤길을 걸을 수도 있을 것 같다.

맨 마지막 연에 이르러 화자는 이번에는 자신의 마음을 낙엽에 견준다. 겨울을 바로 눈앞에 두고 있는 가을은 조락(凋落)과 쇠퇴와 우수의 계절이고, 낙엽은 이러한 가을을 가장 실감나게 보여주는 상징이다. 그리하여 프랑스의 상징주의 시인 샤를르 보들레르는 낙엽 떨어지는 소리를 '관 뚜껑에 못 박는 소리'라고 말한 적이 있다. 낙엽처럼 자취도 없이 어디론가 사라져 버릴 운명이건만 화자는 사랑하는 여인이 살고 있는 집 근처에 잠시만이라도 머물 수만 있다면 아마 그보다 더 행복할 수는 없을 것이다.

그런데 은유는 때로 원개념과 매체 개념의 관계가 분명하게 드러나 있지 않거나 아예 원개념을 생략하고 매체 개념만으로 나타나기도 한다. 이러한 경우 은유는 마치 상징과 같아서 이해하기가 무척 어렵다. 서정주의 「동천」을 한 예로 들어보자.

내 마음 속 우리 님의 고운 눈썹을
즈믄 밤의 꿈으로 맑게 씻어서

하늘에다 옮기어 심어 놨더니
동지 섣달 날으는 매서운 새가
그걸 알고 시늉하며 비끼어 가네

이 시에서 화자가 읊고 있는 '눈썹'은 과연 무엇을 가리키는가? 꿈 속에 천 번이나 나타날 만큼 몽매에도 잊지 못하는 사랑하는 연인의 눈썹이 아닌 것만은 분명하다. 그렇다고 하여 '동천'(冬天)이라는 제목도 별로 도움이 되지 않는다. "하늘에다 옮기어 심어 놨더니"라는 셋째 행을 보면 분명히 겨울 하늘을 묘사하고 있지는 않다. 결국 이 작품에서 시인은 다름아닌 겨울 하늘에 떠 있는 초승달을 묘사하고 있다. 초승달의 모습을 미인의 눈썹에 빗대어 말하고 있는 것이다. 음력 초승에 돋는 조각달은 여성의 눈썹처럼 가늘다. 그리하여 우리 선조들은 아름다운 여성을 묘사할 때면 으레 '앵두 같은 입술'이니 '초승달 같은 눈썹'이니 '달 덩어리 같은 얼굴'이니 하는 표현을 자주 썼었다.

그런데 여기에서 한 가지 눈여겨보아야 할 것은 은유란 반드시 명사에만 한정되지 않는다는 점이다. 명사에 못지않게 동사도 얼마든지 은유가 될 수 있다. 이렇게 동사가 은유로 쓰이는 경우에는 흔히 은유라고 부르지 않고 의인법이라고 부른다. "통화 팽창이 우리 경제를 좀먹는다"라든지 "어느새 겨울이 성큼 다가왔다"라든지 하는 표현 등이 바로 그러하다. 우리말보다는 서양어에서 자주 나타나지만 어떤 물건을 남성이나 여성 대명사로 부르는 것도 넓은 의미에서는 의인법에 속한다.

김종한의 「고원(故園)의 시」는 의인법을 보여주는 좋은 예 가운데 하나이다. 이 시에서 그는 무생물체에 생명과 더불어 인간의 속성을 부여함으로써 시골의 밤 풍경을 아주 실감나게 그린다.

　　밤은 마을을 삼켜 버렸는데
　　개구리 울음 소리는 밤을 삼켜 버렸는데
　　하나, 둘……등불은 개구리 울음 속에 달린다

　　이윽고 주정뱅이 보름달이 빠져 나와
　　은으로 칠한 풍경을 토한다

"밤이 마을을 삼킨다"라든지, "개구리 울음 소리가 밤을 삼킨다"라든지, 또는 "보름달이 풍경을 토한다"라든지 하는 표현은 한결같이 무생물체에 인격을 부여하여 표현하는 방법이다. "등불은 달린다"는 표현도 마찬가지이다. 보름달을 술주정뱅이에 빗대는 것도 의인법의 한 가지이다. 시인은 보름달이 구름 속에 잠깐 숨어 있다가 다시 구름 밖으로 그 모습을 드러내면서 시골 마을의 풍경을 비추는 것을 주정뱅이가 술을 마시고 토해 내는 행위에 견주고 있다.

상징은 비유와 마찬가지로 시를 효과적으로 표현하려는 방법이다. 그러나 이 두 방법은 적지 않은 차이가 있다. 비유가 두 사물이나 관념 사이에서 어떤 유사점이나 공통점을 찾으려는 방법이라면, 상징은 고유한 뜻 말고도 어떤 비본래적인 뜻을 표현하려는 방법이다. 또한 상징은 비유와는 달리 축어적 뜻과 더불어 비유적 뜻을 지닌다. 상징은 추상적 의미를 뒷받침해 줄 만한 어떤 고유한 특성을 지니지 않는 점에서도 비유와는 다르다. 상징이 일단 어떤 추상적 뜻을 지니게 되면 그 뜻은 쉽게 변하지 않고 굳어진다. 가령 서양 문화권에서 십자가는 흔히 기독교를 상징하고 동양 문화권에서 만(卍)자는 불교를 상징한다.

상징은 일반 사람들에게 보편적으로 널리 알려져 있느냐 그러하지 않으냐에 따라 크게 관습적 상징과 창조적 상징의 두 갈래로 나눈다. 관습적 상징이란 장미가 사랑을 가리키듯이 관습적으로 널리 받아들여지는 상징을 말하고, 창조적 상징이란 시인이 인습이나 전통에 얽매이지 않고 독창적으로 의미를 부여하는 상징을 가리킨다. 관습적 상징은 신선한 맛이 떨어지는 단점이 있는 반면, 창조적 상징은 자칫 잘못하다가는 의도하는 바를 제대로 전달하지 못할 위험이 있다. 상징은 특히 서구의 상징주의 전통에 서 있는 시인들, 그리고 그들한테서 직접 또는 간접적으로 큰 영향을 받은 몇몇 우리나라 시인들한테서 쉽게 찾아볼 수 있다.

반어법은 상징처럼 실제로 말하는 것과 다른 뜻을 표현하는 방법이다. 그러나 상징과는 달리 반어법은 겉모습과 실제 모습, 기대와 결과, 이상과 현실 사이의 괴리에 그 뿌리를 둔다. '아이러니'라는 영어는 본디 '아이론'이라고 부르는 고대 그리스 희극의 등장인물에서 나온 말이다. 아이론은 늘 자기 생각을 분명하게 드러내지 않고 숨기거나 일부러 바보 행세를 한다. 그리하여 그는 '알라존'이라고 부르는 허풍장이 인물을 골탕먹이는 역할을 맡는다. 쉽게 말해서 반어법이란 실제 있는 것을 숨기는 방법을 말한다. 그러나 남을 속이기 위하여 숨기는 것이 아니라 어떤 특별한 예술적 효과를 얻기 위하여 숨기는 것이다.

　반어법은 크게 언어적 반어법, 상황의 반어법, 극적 반어법의 세 갈래로 나눈다. 언어적 반어법은 화자의 말과 의도 사이의 차이에서 생겨난다. 극적 반어법은 화자가 말하는 것과 시인이 의도하는 것이 서로 다를 때에 비롯된다. 그리고 상황의 반어법은 기대하였던 것이 그 결과와 다를 때에 생긴다. 이 가운데에서 시에서 가장 자주 쓰는 반어법은 바로 언어적 반어법이다. 말하자면 언어적 반어법은 화자가 짐짓 시치미를 떼고 말하는 어법이라고 할 수 있다.

　반어법은 문자로 기록해 놓은 작품보다는 실제 일상 대화에서 찾아내기가 훨씬 쉽다. 말하는 사람의 표정이나 억양에서 힌트를 얻을 수 있기 때문이다. 그러나 오직 활자로 씌어진 언어를 가지고 판단하여야 하는 문학 작품에서 반어법을 찾아내기란 여간 어렵지 않다. 그러므로 화자가 사실 그대로 말하는가, 아니면 자신의 의도를 드러내지 않고 말하는가에 주목하려면 무엇보다도 그가 사용하는 어조에 세심한 주의를 기울여야 한다. 어조를 잘 살피지 않고는 시의 의미를 전혀 알아차릴 수 없다. 비유법에서는 그 뜻을 제대로 못 알아차려도 그만이지만, 만약 반어법에서 그 뜻을 제대로 알아차리지 못하면 시인의 의도를 정반대로 받아들이기 십상이다.

문정희의 「나는 나쁜 시인」은 반어법을 보여주는 아주 좋은 작품이다. 유럽 여행을 하며 받은 인상을 적은 이 작품에서 시인은 그럴 듯하게 시치미를 떼고 있다.

나는 아무래도 나쁜 시인인가 봐
민중 시인 K는 유럽을 돌며
분수와 조각과 성벽 앞에서
귀족에게 착취당한 노동을 생각하며
피 끓는 분노를 느꼈다고 하는데

고백컨대
나는 유럽을 돌며
내내 사랑만을 생각했어
목숨의 아름다움과 허무
시간 속의 모든 사랑의 가변에
목이 메었어

트레비 분수에 동전을 던지며
눈물을 흘렸지
아름다운 조각과 분수와 성벽을 바라보며
오래 그 속에 빠지고만 싶었지

나는 아무래도 나쁜 시인인가 봐
곤도라를 젓는 사내에게 홀딱 빠져
밤새도록 그를 조각 속에 가두려고
몸을 떨었어

중세의 부패한 귀족이 남긴
유적에 숨이 막혔어
그 아름다움 속에
죽고 싶었어

이 시에서 '민중 시인 K'가 과연 누구인가 하는 문제는 그렇게 중요하지 않다. 독자들의 궁금증을 풀어 주기 위하여 무엇보다도 먼저 K시인의 정체를 밝혀 두는 것이 좋을 것 같다. 민중 시인 K는 다름아닌 1980년대 사회 변혁의 기치를 내세우고 민중편에 서서 작품을 썼던 고정희이다. 아깝게도 요절하고 말았지만 그녀는 어느 누구보다도 절대 권력 아래에서 고통받고 신음하던 민중의 아픔을 노래한 시인 가운데 한 사람이다.

K시인과는 달리 이 시의 화자는 민중의 고통과 절망에는 조금도 아랑곳하지 않는 것 같다. K시인은 아름다운 유적을 바라보며 '귀족에게 착취당한 노동'을 생각하며 '피 끓는 분노'를 느꼈다지만, 이 시의 화자는 오히려 아름다운 유적을 바라보며 평소보다도 감정이 한 옥타브 가량 들떠 있다. 조각품들의 고풍스런 아름다움에 넋을 잃기도 하고 허물어진 중세의 유적을 바라보고는 세월의 덧없음을 한탄하기도 한다. 그런가 하면 곤도라를 젓는 이국 청년에게 사랑을 느끼기도 한다. 오죽하면 그 아름다움에 묻혀 그만 죽고 싶다는 말까지 할까. 문학의 사회적 기능을 높이 여기는 이론가들의 관점에서 보면 화자의 이러한 태도에는 다분히 '퇴폐적'인 데가 없지 않다. 억압받고 착취당하는 민중에 대한 애정도 사회 변혁에 대한 의지도 손톱만치도 없는 듯한 화자는 그가 노래하는 중세의 귀족처럼 '부패한' 부르주아인 듯하다. 이 점을 의식하였는지 이 시의 화자도 자신을 두고 '나쁜 시인'이라고 부르고 있다. 제목부터가 '나쁜 시인'이고, 이 시에서 화자는 "나는 아무래도 나쁜 시인인가 봐"라는 구절을 두 번씩이나 거듭 되풀이하고 있다.

그런데 이 시에서 무엇보다도 중요한 것은 정말로 화자가 자신을 '나쁜 시인'으로 생각하는가 하는 점이다. "나는 아무래도 나쁜 시인인가 봐"라는 진술을 액면 그대로 받아들일 수 있을까? 아무래도 이 진술을 고지식하게 받아들일 수 없을 것 같다. 적어도 화자의 관점에서 보면 "분수와 조각과 성벽 앞에서 / 귀족에게 착취당한 노동을 생각하며 / 피 끓는 분노를 느꼈다"고 말하는 것은 아마 위선에 지나지 않을는지도 모른다. 위선이라는 표현이 조금 지나치다면 시인으로서 감동이 부족한 탓으로 돌릴 수 있을 것이다. 시인이라면 마땅히 예술 작품 뒤에 숨어 있는 민중의 착취를 생각하기보다는 아마 미적 쾌락을 먼저 느꼈을 터이다. 조각가이건 시인이건 예술가란 한결같이 아름다움을 섬기는 사제와 다름없기 때문이다. 그렇다면 '나쁜 시인'은 화자가 아니라 오히려 민중 시인 K인 셈이다.

역설은 겉으로는 모순되는 것처럼 보이지만 실제로는 어떤 진리를 담고 있는 어법이다. 일반적인 상식이나 생각에 맞지 않기 때문에 그것은 반어법보다도 한결 더 충격요법적 효과를 지닌다. 얼핏 얼토당토않게 보이는 진술이 때로는 독자들의 주의를 끌고 화자의 의도를 더욱 효과적으로 전달할 수 있다. "지는 것이 이기는 것"이라든지 "바쁘거든 돌아서 가라"라든지 하는 말처럼 역설은 일상 대화에서도 자주 쓰인다. 이상의 「오감도」의 두번째 시는 역설을 보여주는 좋은 본보기이다.

나의아버지는나의곁에서조을적에나는나의아버지가되고또나는나의아버지의아버지가되고그런데도나의아버지는나의아버지대로나의아버지인데어쩌자고나는자꾸나의아버지의아버지의아버지의……아버지가되니나는왜나의아버지를껑충뛰어넘어야하는지나는왜드디어나와나의아버지와나의아버지의아버지와나의아버지의아버지의아버지노릇을한꺼번에하면서살아야하는것이냐.

고대 소설처럼 띄어쓰기를 전혀 하지 않고 전통적인 시 형식을 무시하는 등 이 시에서는 20세기 초엽 한때 유럽을 휩쓴 초현실주의의 냄새가 짙게 풍긴다. 이 시에서 화자는 아버지가 졸고 있을 적에는 마치 자신이 아버지가 되고 더 나아가 할아버지가 되고 심지어는 증조할아버지가 된다고 말한다. 아버지의 아들이 아버지가 되거나 그 앞 세대의 조상이 된다고 말하는 것은 역설이다. 생물학적 계보를 '껑충 뛰어넘어' 아랫대의 후손이 윗대의 조상이 된다는 것은 전혀 논리에 맞지 않는다. 바로 이 점에서 이상의 시는 "어린이는 어른의 아버지"라고 말한 저 유명한 영국 낭만주의 시인 윌리엄 워즈워스의 시구를 떠올리게 한다.

그런데 이 시에서 화자는 조상이 하여야 할 일을 제대로 하지 않은 탓에 자신이 지금 조상의 몫까지 '한꺼번에' 하지 않으면 안 되는 상황을 개탄한다. 아버지가 깨어 있지 않고 졸고 있다는 말은 곧 아버지로서의 책무를 제대로 하지 않는 것을 뜻한다. 이상이 이 시를 발표한 때가 바로 그 암울한 일본 식민지 시대라는 사실을 염두에 두는 것이 좋다. 우리나라가 일본한테 주권을 빼앗긴 까닭은 조상들이 '조상 노릇'을 제대로 하지 못하였기 때문이고, 이러한 치욕적 유산을 물려 받은 후손들은 지금 그 어리석은 조상 때문에 무거운 짐을 걸머진 채 신음하고 있다. 이 시에서 이상은 역설을 사용함으로써 조상을 대놓고 비판하는 것보다 훨씬 더 큰 효과를 거둔다.

소리와 의미

서양의 한 시인은 시를 '소리와 의미의 유기적 결합'이라고 정의를 내린 적이 있다. 아름다운 소리가 가치있는 어떤 뜻과 함께 어우러져 있는 것이 곧 시라는 말이다. 그런데 소리와 의미 가운데 어느 쪽에 더 많은 무게를 두느냐 하는 문제는 시인마다 제각기 다르다. 가령 18세기의 영국 시인 알릭산더 포우프는 "시의 소리는 어디까지나 의미에 메아리가 되어야 한다"라고 말하면서 의미 쪽에 더 많은 무게를 실었다. 한편 시를 '즐거운 관념과 음악이 결합한 것'이나 '아름다움을 운율적으로 창조한 것'으로 보는 19세기의 미국의 시인 에드거 앨런 포우는 소리 쪽에 무게를 두었다.

그런데 시에서 소리나 음악성이 차지하는 비중은 내용이나 의미에 못지않게 크다. 어떤 의미에서 소리나 음악성은 내용이나 의미보다도 훨씬 더 큰 몫을 차지한다고 할 수 있다. 시에서 가장 중요한 형태라고 할 수 있는 서정시는 영어로 '리릭'이라고 부른다. 그런데 이 말의 뿌리를 캐어들어 가면 놀랍게도 '리라'라는 현악기 이름과 만나게 된다. 리라는 우리나라의 전통 악기인 거문고처럼 여섯 줄을 가진 현악기이다. 서양에서 유랑 시인들이나 음유 시인들이 이 악기의 반주에 맞추어 시를 읊었던 데에서 '리릭'이라는 말이 생겨났던 것이다. 이렇듯 음악성은 시를 규정하는 가장 중요한 요소 가운데 하나이다.

그렇다고 하여 시에서 소리나 음악성만이 중요하다는 것은 결코 아니다. 시에서 내용이나 의미도 소리나 음악성에 못지않게 아주 중요하다. 만약 시에서 의미가 없다면 그것은 한적한 산사(山寺)의 풍경소리나 새벽녘 교회에서 들려오는 차임벨 소리와 크게 다를 바 없을 것이다. 그러나 시에서 유난히 내용이나 의미만을 강조하는 것은 마치 호도과자에서 호도만을 빼어 먹는 것과 크게 다르지 않다. 호도를 먹기 위하여서라면 굳이 호도과자를 먹을 필요가 없을 터이다. 호도과자보다는 오히려 호도를 직접 먹는 편이 훨씬 더 나을 것이다.

20세기의 미국 시인 로버트 프로스트는 시란 다른 외국어로 옮겨 놓고 난 다음에 남는 것이라고 정의를 내린 적이 있다. 다시 말해서 번역이라는 그물 속을 빠져 나가지 못하고 그물에 걸려 남아 있는 것이 바로 시라는 말이다. 이렇듯 시의 의미를 다른 나라 말로 전달할 수 있을는지는 몰라도 그 특유의 음악성까지는 옮겨 놓을 수 없다. 번역을 논할 때마다 자주 입에 오르내리는 '번역은 반역'이라는 명제는 어떤 문학 장르보다도 시에서 더욱 두드러지게 드러난다.

　이 점을 좀더 쉽게 이해하기 위하여서는 시의 겉모습을 살펴보면 금방 알 수 있다. 시를 활자로 옮겨 놓았을 때에 산문과는 달리 오른쪽이 들쭉날쭉하게 되어 있다. 즉 산문시를 빼 놓고 모든 시는 행갈이를 한다. 만약 시를 행갈이 하지 않고 산문처럼 적어 보여 주면 사람들은 아마 시보다는 산문으로 받아들일 것이다. 그렇다면 시가 시로서 대접받는 것은 바로 그 겉모습이 시처럼 보이기 때문이다. 이 정의는 얼핏 보면 억지처럼 느껴질지 모르지만 그 나름대로 진실을 담고 있다. 그렇다면 시는 백화점이나 가게에 가서 물건을 사기 위하여 적어 놓은 쇼핑 목록과는 어떻게 차이가 나는가? 분명히 가정주부들이 적어 놓은 쇼핑 리스트도 행갈이를 하고 있다. 시의 행갈이는 양적 개념이 아니라 질적 개념이다. 쉽게 말해서 모든 시는 행갈이를 하고 있지만 행갈이를 하였다고 하여 모든 글이 다 시가 되는 것은 아니다.

　시가 시처럼 보이는 것은 과연 무엇 때문인가? 시는 무엇보다도 그 소리에 있어서 산문과 다르다. 시 장르가 소설이나 희곡 같은 다른 장르와 다른 것은 무엇보다도 그 음악성 때문이다. 소설가나 극작가와는 달리 시인은 생각이나 느낌을 표현하는 것에 못지않게 그것을 표현하는 수단과 방법에 깊은 관심을 갖는다. 현대시보다는 전통적인 시에서 음악성은 훨씬 더 중요한 위치를 차지하였다. 그러나 회화성에 주의를 기울이는 현대시에서도 음악성은 마찬가지로 중요하다. 이러한 음악성은 정형시에서 가장 두드러지게 나타나지만 자유시와 산문시에서도 마찬가지로 찾아볼 수 있다.

　시에서 음악성은 크게 두 가지 구실을 한다. 첫째, 아름다운 소리는 그 자체로서 우리에게 즐거움을 준다. 넓은 의미에서 시의 형태를 취하고 있는 자장가나 동요는 바로 이러한 경우를 보여주는 가장 좋은 본보기가 될 수 있다. 흔히 이 노래들이 주는 감흥은 어떤 의미나 내용보다는 소리의 음악성에서 생겨난다. 어떤 때에는 별다른 내용이나 의미도 없는 가사를 몇 번이고 되풀이하지만 그 나름대로 아름다운 시를 만들어 낸다. 둘째, 아름다운 소리는 의미나 내용을 분명하게 해 주고 의사 소통을 쉽게 해 준다. 속담이나 격언이 바로 그러하다. 궁극적으로 시란 귀로 듣기에 즐거운 소리를 사용할 뿐만 아니라 더 나아가서는 아름다운 소리에 실어 의미나 내용을 표현하는 그릇이다.

그런데 시인은 흔히 음악성을 위하여 두 가지 방법을 즐겨 쓴다. 하나는 효과에 따라 소리를 선택하여 배열하는 방법이고, 다른 하나는 리듬을 살리는 방법이다. 물론 이 두 가지는 때로는 서로 엄격히 나누어지기도 하지만 또 어떤 때에는 떼어 놓기 어려울 만큼 서로 뒤엉켜 있는 경우도 적지 않다. 어쨌든 이 두 가지는 시에 음악성을 주는 데에 없어서는 안 될 방법이다.

정보를 전달하는 데에 관심을 가지는 사람과는 달리 시인은 소리의 음악성을 통하여 의미를 보강해 주려고 한다. 이왕이면 다홍 치마라고 시인은 될 수 있는 대로 의미와 함께 음악성을 주는 낱말을 골라 쓰려고 애쓴다. 사람이나 동물이 내는 소리나 자연계의 소리를 흉내내는 의성어나, 사물의 모양이나 태도 또는 움직임을 묘사하는 의태어는 이러한 경우를 보여주는 가장 대표적인 방법이다. 의태의성어는 어린아이들이 즐겨 부르는 동요에 자주 쓰인다. 예를 들어 "햇빛은 쨍쨍 / 모래알은 반짝"으로 시작하는 동요나, "송알송알 싸리잎에 은구슬 / 조롱조롱 거미줄에 옥구슬 / 대롱대롱 풀잎마다 총총 / 방긋 웃는 꽃잎마다 송송송"과 같은 동요가 그러하다. 의태의성어는 "함박눈은 펏들펏들 / 사랑눈은 사랑사랑 / 설 굿은 덩덩 / 이내 몸은 그랑그랑"과 같은 민요에서도 마찬가지이다. 현대시 가운데에서 서정주의 「귀촉도」는 의성의태어를 보여주는 좋은 본보기일 것이다.

눈물 아롱아롱
피리 불고 가신 님의 밟으신 길은
진달래 꽃비 오는 서역 삼만리
흰 옷깃 여며 가옵신 님의
다시 오진 못하는 파촉(巴蜀) 삼만리

신이나 삼어 줄 걸 슳은 사연의
올올이 아로색인 육날 메투리
은장도 푸른 날로 이냥 베혀서
부즐없는 이 머리털 엮어 드릴 걸

초롱에 불빛, 지친 밤 하늘
구비구비 은핫물 목이 젖은 새
참아 아니 솟는 가락 눈이 감겨서
제 피에 취한 새가 귀촉도 운다
그대 하늘 끝 호올로 가신 님아

이 시에서 시인은 각각의 연에서 한번씩 모두 세 번에 걸쳐 의
태어와 의성어를 쓴다. '눈물 아롱아롱'이라든지, '올올이 아로색
인'이라든지, '구비구비 은핫물'이 바로 그러하다. 이 의성어와 의
태어들은 눈가에 눈물이 맺어 있는 모습, 미투리에 슬픈 사연이
아로새겨 있는 모습, 그리고 은하수가 굽이쳐 흐르는 모습을 감
각적으로 여실하게 형상화할 뿐만 아니라 시에 음악성을 주는 데
에도 한 몫을 톡톡히 한다. 이 시의 제목으로 사용하고 있는 '귀
촉도'라는 말도 엄밀히 따지고 보면 의성어에서 비롯된 것이다.
흔히 소쩍새, 접동새, 두견새, 또는 자규라고 일컫는 귀촉도는 시
인 자신도 밝히고 있듯이 '귀촉도귀촉도' 하는 소리를 내어 운다

고 하여 붙여진 이름이다.

또한 흔히 언어학에서 '음성적 강조어'나 '음성 상징'이라고 부르는 현상도 소리에 의미를 싣는 한 방법이다. 음성학자들이 그 논리적 연관 관계를 좀더 밝혀 내어야 할 숙제로 남아 있지만 어떤 소리는 의미와 어느 정도 연관되어 있다. 유음과 비음은 부드럽고 경쾌한 느낌을 준다. 가령 고려 가요 「청산별곡」에 나오는 "머루랑 다래랑 먹고 / 청산에 살어리랏다"나, "닐리리야 닐리리야 니나노"로 시작하는 전통 민요에서 유음의 특성은 최대한으로 살아난다. 한편 유음은 초성뿐만 아니라 종성에서도 마찬가지의 효과를 지닌다. 김소월은 「서울 밤」에서 유음 종성을 효과적으로 사용한다.

> 붉은 전등
> 푸른 전등
> 넓다란 거리면 푸른 전등
> 막다른 골목이면 붉은 전등

한편 유음이나 비음과는 달리 파열음은 둔탁하고 강한 느낌을 준다. 조지훈은 「추도가」에서 이러한 효과를 자아내기 위하여 파열음을 비롯한 자음을 효과적으로 사용한다.

> 뜨거운 손을 잡고
> 죽음으로 맹서하던
> 티없는 그 정성을
> 하늘도 흐느꼈다
> 더운 피를 쏟아 놓고
> 네가 죽어 이룬 것
> 아 민주 혁명의 꽃잎이 만발했다

이 시는 독재 정권에 맞서 투쟁하다 경찰의 총탄을 맞고 쓰러진 4·19 학생혁명 희생자들을 추모하는 애도시이다. 혁명의 열정과 파괴성에 어울리게 시인은 'ㄱ'·'ㄲ'·'ㄷ'·'ㅌ'·'ㄸ'와 같은 파열음, 'ㅍ'와 같은 격음, 그리고 'ㅎ'와 같은 마찰음을 자주 쓴다. 방금 앞에서 예로 든 김소월의 시와 비교해 보면 이 두 시는 소리의 음악성에서 하늘과 땅만큼이나 큰 차이가 있다.

이밖에도 시인은 시행의 길이를 적절히 조절하는 방법으로 음악성을 살리기도 한다. 짧은 시행은 짧은 대로, 긴 시행은 긴 대로 그 나름대로의 음악성을 지닌다. 박찬의 「가을풀」을 한 본보기로 들어보자.

　늙은
　젖가슴같이 늘어진
　무덤가
　들풀

　하얗게
　성긴 머리
　풀어
　날리고

　휘어진
　줄기
　꺾어
　씹으면

　입 안에
　번지는
　울 할매
　젖냄새

한편 시인은 음악성을 살리기 위하여 리듬을 효과적으로 사용하기도 한다. 리듬이란 파도의 물결처럼 사물이 규칙적으로 되풀이할 때에 생겨난다. 해가 동쪽에서 떠올랐다가 서쪽으로 지고, 낮이 지나면 밤이 오고, 달이 차면 기울고, 네 계절이 순환하는 것 따위가 바로 리듬이다. 또한 바닷물이 밀려들어왔다가 다시 밀려나가고, 철새도 계절에 따라 먹이와 보금자리를 찾아 규칙적으로 옮겨다닌다. 이렇게 일정한 리듬에 따라 활동하기는 인간의 몸도 마찬가지이다. 가령 심장의 박동에 따라 혈관은 수축과 이완을 되풀이하고, 허파는 숨을 들여마셨다가 다시 내뿜는다. 이밖에도 인간은 잠에서 깨어나 활동하다가 다시 잠을 자는가 하면, 일을 한 다음에는 휴식을 취하고, 배가 고프면 음식을 섭취하기도 한다. 이렇듯 자연 현상과 인간 몸의 리듬과는 뗄래야 뗄 수 없을 만큼 아주 깊이 연관되어 있다. 시의 리듬은 바로 자연 현상이나 몸의 리듬에 뿌리를 두고 있고, 그렇기 때문에 작위적인 것이라기보다 오히려 지극히 자연스러운 것이라고 할 수 있다.

그런데 리듬은 다름아닌 반복과 변이에서 생겨난다. 소리가 너무 똑같게 되풀이되면 단조롭고 지루한 느낌을 준다. 이와는 반대로 지나치게 변화가 많으면 오히려 혼란을 주게 될 것이다. 반복에 변화를 주는 것이 바로 변이이다. 우리가 어떤 사물에서 기쁨을 느끼게 되는 것은 바로 반복과 변이가 서로 조화를 이루고 있기 때문이다. 예를 들어 우리가 바다를 좋아하는 것은 언제나 똑같아 보이면서도 늘 다르게 보이기 때문이다. 운동 경기를 보며 즐거움을 느끼는 것도 반복과 변이가 서로 조화를 이루고 있기 때문이다. 예술 작품이 우리에게 감흥을 주는 것도 따지고 보면 반복과 변이를 좋아하는 인간 심리에 뿌리를 두고 있다.

음악적 효과를 얻기 위하여 시인이 되풀이하는 소리는 가장 작은 소리 단위에서 가장 큰 소리 단위에 이르기까지 아주 다양하다. 작게는 개별적인 자음이나 모음과 음절, 크게는 낱말과 구와 시행 전체가 소리 단위가 될 수 있다. 지은이가 아직 알려지지 않은 옛 시조 한 편을 본보기로 들어 보는 것이 좋을 것 같다.

> 뫼흔 길고 길고 물은 멀고 멀고
> 어버이 그린 뜻은 많고 많고 하고 하고
> 어디서 외기러기는 울고 울고 가느니

초장에서는 '길고 길고'와 '멀고 멀고'가, 중장에서는 '많고 많고'와 '하고 하고'가, 그리고 종장에서는 '울고 울고'가 되풀이 된다. 이 시조에서 소리의 반복은 단순히 같은 낱말을 되풀이하는 것에 그치지 않는다. 초장에서 '뫼흔'과 '물은' 그리고 '멀고'에서 'ㅁ' 자음이 되풀이 되어 있는가 하면, 종장에서는 '어디서'와 '외기러기'와 '울고'에서는 'ㅇ'음이 되풀이 되고 있다. 그런가 하면 초장의 '뫼흔'과 '물은', 그리고 중장의 '그린'과 '뜻은'에서는 'ㅡ' 모음이 자주 나타난다. 또한 종장에서는 받침 없는 낱말이 두드러지게 눈에 뛴다. '는'과 '울' 두 자를 빼고 나면 '어디서 외기러기……가느니'처럼 모든 낱말은 한결같이 받침이 없는 말뿐이다.

그런가 하면 중장에서는 '많고 많고 하고 하고'에서 'ㅏ' 모음과 'ㅗ' 모음을 서로 번갈아 가며 되풀이한다. 가령 '하고 하고'라는 말 대신에 '많고 많고'라는 말로 바꾸어 놓았다고 가정해 보라. 『용비어천가』의 그 유명한 첫 구절 '곶 됴코 여름 하느니'에서처럼 '하고'라는 말은 '많다'를 뜻하는 옛말이기 때문에 이렇게 바꾸어 놓아도 의미는 크게 달라지지 않는다. 그러나 음악적 효과는 원래보다 훨씬 줄어들게 될 것이다. 무엇보다도 '많고'라는 말이 무려 네 번씩이나 거듭 되풀이되어 있어 무척 단조롭고 지루한 느낌을 줄 것이다. 이러한 소리 반복은 두운법이나 모운법 또는 자운법의 테두리에 들어간다. 한 마디로 이 시조가 주는 감흥은 고향을 멀리 떠나 부모를 그리는 애틋한 정서에 못지않게 교향곡처럼 아름다운 소리가 함께 어우러져 있는 조화와 균형에서 찾을 수 있다.

소리의 반복은 옛 시조뿐만 아니라 현대 시에서도 마찬가지로 쉽게 나타난다. 예를 들어 김수영은 「눈」에서 동일한 표현을 여러 번 되풀이함으로써 색다른 음악적 효과를 거둔다.

눈은 살아 있다
떨어진 눈은 살아 있다
마당 위에 떨어진 눈은 살아 있다

기침을 하자
젊은 시인이여 기침을 하자
눈 위에 대고 기침을 하자
눈더러 보라고 마음놓고 마음놓고
기침을 하자

눈은 살아 있다
죽음을 잊어버린 영혼과 육체를 위하여
눈은 새벽이 지나도록 살아 있다

기침을 하자
젊은 시인이여 기침을 하자
눈을 바라보며
밤새도록 고인 가슴의 가래라도
마음껏 뱉자

맨 첫째 연에서 이 시의 화자는 '눈은 살아 있다'라는 표현을 세 행에 걸쳐 되풀이한다. 그러나 단조로움을 피하기 위하여 둘째 행에서는 '떨어진', 그리고 셋째 행에 와서는 '마당 위에 떨어진'이라는 말 다음에 이 표현을 사용한다. 시행이 진행될 때마다 표현을 하나씩 보태어 점증법적 효과를 노린다는 점을 눈여겨볼 필요가 있다. 제목과 맨 처음 시행만을 읽은 독자들이라면 아마 대지를 희게 덮는 눈[雪] 대신에 인간 신체의 눈[目]을 떠올리게 될지도 모른다. '살아 있다'라는 의인법을 쓰는 탓에 더욱 그러한 생각이 들 것이다. 그러나 둘째 행과 셋째 행을 읽어 내려가면서 이 표현은 다름아닌 겨울의 흰 눈을 가리키는 것을 곧 알아차릴 것이다. 어쩌면 화자는 장기에서 양수겸장을 두듯 이 두 의미를 한꺼번에 염두에 두고 있는 것 같다.

둘째 연에서 화자는 '기침을 하자'라는 표현을 넷째 행을 빼 놓고는 모든 행에 걸쳐 일관되게 되풀이한다. 넷째 행에서만 이 표현이 빠져 있지만 그 대신 다른 표현을 되풀이한다. 그것은 바로 '마음 놓고'라는 표현이다. 셋째 연에서 화자는 다시 첫째 연과 마찬가지로 '눈은 살아 있다'는 표현을 다시 한번 되풀이한다. 그러나 여기에서는 점증법 대신에 일종의 삽입법을 사용한다. 즉 '눈은'과 '살아 있다' 사이에 '새벽이 지나도록'이라는 말을 끼워넣어 자칫 단조롭고 지루할지도 모르는 표현에 변화를 주고 있다.

그리고 마지막 연에 이르러 화자는 둘째 연의 '기침을 하자 / 젊은 시인이여 기침을 하자'를 그대로 다시 한번 되풀이한다. 둘째 연의 '눈 위에 대고'라는 표현 대신에 이번에는 '눈을 바라보며'라는 표현을 사용한다. 이 시를 주의 깊게 읽은 독자들이라면 아마 알아차렸겠지만 화자는 시 전체에도 리듬을 주고 있다. 첫째 연과 셋째 연에서는 '있다'는 표현으로 시행을 맺고, 둘째 연과 넷째 연에서는 '하자'라는 표현으로 시행을 마무리한다. 더구나 이 두 말은 모두 인간 존재와 행동을 기술하는 표현이다. 이 시의 화자는 시인은 현실에 대하여 비판 의식을 가질 때에 비로소 시인으로서의 존재 이유를 지닐 수 있다고 말한다. 순수 문학론에 맞서 참여 문학론을 내세운 김수영 특유의 강렬한 현실 의식과 날카로운 비판 정신을 이 시에서도 엿볼 수 있다.

한편 다같이 같은 표현을 되풀이하고 있으면서도 독자들에게 별다른 감흥을 주지 못하는 시도 적지 않다. 가령 조병화의 「호수」는 방금 앞에서 예로 든 김수영의 시와 비교해 볼 때에 감정의 강도가 한결 떨어지는 것 같다.

물이 모여서 이야길 한다
물이 모여서 장을 본다

물이 모여서 길을 묻는다
물이 모여서 떠날 차빌 한다

당일로 떠나는 물이 있다
며칠을 묵을 물이 있다
달폴 두고 빙빙 도는 물이 있다
한여름, 길을 찾는 물이 있다

달이 지나고
별이 솟고
풀벌레, 찌, 찌

밤을 새우는 물이 있다
구름을 안는 물이 있다
바람을 따라가는 물이 있다
물결에 처지는 물이 있다
수초밭에 혼자 있는 물이 있다

이 시에서 조병화는 넷째 연을 빼놓고는 모든 연에 걸쳐 똑같은 표현을 되풀이한다. 즉 첫번째 연과 두번째 연에서는 '물이 모여서 ~한다'는 표현이, 셋째 연과 다섯째 연에서는 '~하는 물이 있다'는 표현이 되풀이되어 있다. 이렇게 같은 표현이 기계적으로 되풀이되는 탓에 단조롭고 지루한 느낌을 준다. 기계적인 반복에 좀더 변화를 주었더라면 아마 이 시의 음악성은 지금보다 훨씬 더 효과적으로 살아났을 것이다.

시에서 음악성을 가져오는 가장 중요한 요소는 뭐니뭐니 하여도 운율이다. 운율을 가지고 있느냐 그러하지 않으냐에 따라 시가 되기도 하고 산문이 되기도 한다. 이미 앞에서 말하였듯이 운율은 시를 시답게 만들어 주는 기본 요소이다. 어떤 이론가는 시를 '춤추는 글'로, 산문을 '걸어가는 글'로 나눈 적도 있지만 산문과는 달리 시가 춤을 출 수 있는 까닭은 바로 운율을 지니고 있기 때문이다.

운율에는 크게 음성률과 음위율 그리고 음절률의 세 갈래가 있다. 음성률은 음성의 강약이나 장단 또는 고저에 따라 규칙적으로 되풀이하는 운율이다. 오언 절구나 칠언 절구와 같은 중국의 한시에서는 평측(平仄), 곧 높낮이에 따라 운율을 밟는다. 영시를 비롯한 서양 시는 약강격·강약격·약약강격·강약약격 따위의 셈여림에 기댄다. 한편 고대 그리스 시나 로마 시에서는 소리의 길고 짧음에 따라 운율이 결정되었다고 한다.

음위율은 음성의 위치에 따라 결정되는 운율로서 두운과 모운 그리고 각운 같은 압운(押韻)이 여기에 속한다. 특히 시행의 맨 끝에서 같은 소리나 비슷한 소리를 규칙적으로 되풀이하는 각운은 압운 가운데에서도 가장 대표적이다. 이 음위율은 음성률과 마찬가지로 한시나 서양시에서 자주 쓴다. 물론 우리 시에서도 이 음위율을 더러 쓰지만 서양 시나 한시에서처럼 그렇게 두드러지지는 않는다. 예를 들어 "말리지 못할만치 몸부림하며 / 마치 천리 만리나 가고도 싶은 / 맘이라고나 하여 볼까"(김소월의 「천리 만리」)에서나, "오늘밤도 별이 바람에 스치운다"(윤동주의 「서시」)에서 윗점을 찍어 보인 부분을 운율로 생각하는 독자들은 아마 거의 없을 듯하다.

음절률이란 음절의 수를 기본 단위로 하여 규칙적으로 되풀이하는 운율을 말한다. 우리나라 시조나 민요를 비롯하여 하이쿠(俳句)나 와카(和歌) 같은 일본의 전통 시는 이 음절률에 따르는 대표적인 시이다. 우리 시에서 3·3조니, 3·4조니 4·4조니 7·5조니 하는 것은 바로 음절의 수에 따라 운율을 규정한 것이다.

이 가운데에서 우리 시는 음절률을 기본 운율로 받아들인다. 물론 우리 시도 음성률을 지니고 있다고 주장하는 사람이 전혀 없는 것은 아니다. 한 국문학자는 우리 말에서 낱말의 첫글자를 늘 세게 발음하기 때문에 서양어처럼 강약의 리듬을 가지고 있다고 주장한다. 그런가 하면 시행 끝머리는 흔히 같은 어구로 끝나기 때문에 우리 시에도 음위율이 있다고 말하는 학자도 있다. 그러나 기본적으로 우리 시는 음성이나 음위보다는 음절을 리듬의 기본 단위로 삼는다. 바로 이 점에서 우리 시는 서양 시나 중국 시와는 근본적으로 다르다. 외국 시를 우리말로 옮기거나 이와는 반대로 우리 시를 서양어로 옮기기 어려운 까닭이 바로 여기에 있다. 그런대로 의미를 옮길 수 있을는지는 몰라도 소리에서 오는 음악성까지 옮겨놓기란 거의 불가능하다.

그런데 여기에서 한 가지 눈여겨볼 것은 이러한 리듬 체계란 그렇게 절대적인 것이 아니라는 점이다. 우리 고전 민요의 기본 음수율이라고 할 수 있는 4·4조와 6·6조만 하더라도 이것을 좀더 작은 단위로 나누면 2·2와 3·3조의 되풀이로 볼 수 있다. 근대 문학 형성기에 일본에서 들어왔다고 하는 7·5조도 엄밀히 따지고 보면 3·4조와 2·3조가 결합된 것으로 볼 수 있다. 마찬가지로 6·3조도 3·3·3조로 볼 수도 있을 것이다. 이렇듯 리듬은 시행의 어디에 휴지를 두느냐에 따라 크게 달라지게 마련이다.

예를 들어 "물레야 돌아라 가락아 쌀아라 / 시부모 알면은 꾸중을 듣겠다"로 시작하는 전통 민요 「물레타령」은 3·3조의 운율로 되어 있지만 6·6조로 보아도 크게 틀리지 않는다. 윤동주의 「산울림」 또한 때로는 6·3조로도 볼 수 있고, 때로는 3·3·3조로도 볼 수 있다.

까치가 울었다
산울림
아무도 못들은
산울림

까치가 울었다
산울림
저 혼자 들었다
산울림

또한 "새야 새야 파랑새야 녹두밭에 앉지 말아 / 녹두꽃이 떨어지면 청포장수 울고 간다"로 시작하는 민요 「새야 새야」에서도 사정은 크게 다르지 않다. 이 민요는 기본적으로 4·4조의 리듬 형식을 취하고 있지만 작게는 2·2조, 크게는 8·8조로 볼 수도 있다. 다만 2·2조로 보기에는 호흡이 너무 짧고 8·8조 보기에는 호흡이 너무 긴 것이 흠이다. 앞에서 말하였듯이 시의 리듬은 자연 현상이나 인간 몸에서 자연적으로 생긴다. 그러므로 시의 리듬은 자연이나 몸의 리듬에 가장 자연스럽게 어울리는 것이어야 한다.

이렇게 음절의 수에 따라 운율을 맞추다 보니 시인은 경우에 따라서 어쩔 수 없이 가음법과 약음법을 쓸 수밖에 없다. 가음법이란 필요 이상으로 음절을 늘리는 방법이고, 약음법이란 이와는 반대로 음절을 줄이는 방법이다. 가령 '파란'이라고 할 것을 '파아란'이라고 한다든지, '홀로'라고 할 것을 '호올로'라고 하는 것이 가음법이다. 이밖에도 '살으리'(살리)나 '두견일랑'(두견을)도 가음법에 속한다. 한편 약음법은 '맘'(마음), '오나라오나라 나오나라'라고 할 것을 '나라나라 나오나라'로 줄이는 방법이다. 시인에게는 '시적 특권'이라고 하여 산문 작가에게는 좀처럼 주지 않는 특수한 권한을 준다. 그러한 특권 가운데 하나가 이렇게 낱말을 늘이거나 줄여서 쓰는 것이다. 산문 작가들과는 달리 시인들은 율격이라는 제한된 테두리 안에서 작품을 쓰지 않으면 안 되기 때문에 그들에게 어느 정도 문법 규칙에서 벗어날 수 있는 자유를 허용하는 것이다.

시의 갈래

시는 기준에 따라 몇 갈래로 나눈다. 하나는 길이에 따라 나누는 방법이고, 다른 하나는 그 성격에 따라 나누는 방법이다. 또 다른 방법은 외형적으로 운율을 밟고 있느냐 그러하지 않으냐에 따라 나누는 것이다. 그런데 여기에서 한 가지 염두에 두어야 할 것은 시의 갈래가 경우에 따라서는 서로 겹친다는 점이다. 예를 들어 어떤 시는 단시의 갈래에 속하면서 동시에 서정시의 갈래에 속하기도 한다. 마찬가지로 극시는 흔히 장시의 형식을 따르는 경우가 많다.

먼저 시는 길이에 따라 단시와 장시로 나눌 수 있다. 단시란 단일한 감정이나 느낌 또는 관념을 표현하는 길이가 짧은 시를 가리킨다면, 장시란 복합적인 감정이나 사상 또는 사건을 다루는 긴 시를 말한다. 단편소설과 장편소설에서처럼 단시와 장시는 그 길이에 있어 분명히 큰 차이가 있다. 물론 몇 행까지를 단시로 규정짓고 또 몇 행 이상을 장시로 규정짓느냐 하는 것은 그렇게 간단하지가 않다. 여기에서는 단순한 양적 차이보다는 오히려 그러한 길이를 결정짓는 질적 차이가 더 중요하다. 가령 감정이나 구성 또는 서사성과 같은 문제는 시의 길이에 적지 않은 영향을 끼치게 될 것이다.

한편 시는 그 성격이나 내용에 따라 1) 서정시, 2) 서사시, 3) 극시 따위로 나눈다. 흔히 단시에 속하는 서정시는 강렬한 감정이나 관념을 표현한다. 특히 서정시는 시인의 개인적이고 주관적인 감정을 고조된 감정 상태에서 표현하기 일쑤이다. "시란 평정 상태에서 회고한, 강력한 감정의 자연스러운 분출"이라고 한 저 유명한 윌리엄 워즈워스의 말이나, "과학과는 달리 시는 정서를 표현한다"라는 새뮤얼 코울리지의 말은 한결같이 서정시의 이러한 특성을 말한 것이다. 개인적이고 주관적인 서정시와는 달리 서사시는 일정한 줄거리가 있는 이야기를 다룬다. 말하자면 시의 형식을 빌려 스토리를 표현한 것이 바로 서사시라고 할 수 있다. 서사시는 흔히 영웅의 무용담이나 한 민족의 흥망성쇠 또는 신화나 종교를 그 내용으로 다룬다. 17세기 말엽과 18세기 초엽에 이르러 서사시는 소설 장르에 그 자리를 내어주게 된다. 극시란 운문의 형태를 빌어 표현하는 연극을 말한다. 근대극이 발달하기 전까지만 하더라도 사실 모든 극은 운문의 형태를 띠고 있었다.

그런가 하면 이번에는 외형적 운율에 따라 시를 1) 정형시, 2) 자유시, 3) 산문시로 나누기도 한다. 두말 할 나위 없이 정형시란 음절률이나 음수율 또는 음위율을 모두 갖추고 있는 시를 말한다. 그러나 실제로 이 세 가지 운율을 한꺼번에 모두 갖춘 정형시는 찾아보기 드물다. 다만 중국의 한시만이 이 세 조건을 모두 갖추고 있을 따름이다. 문학 전통으로 보면 규율과 법칙 그리고 질서를 높게 여기는 고전주의 시대 시인들이 정형시를 많이 썼다.

비교적 정형적인 리듬을 사용한다고 일컫는 우리 옛 시조도 좀더 찬찬히 뜯어보면 정형에서 벗어나는 경우가 적지 않다. 한 국문학자는 옛 시조의 운율이 무려 3백 가지가 넘는다고 밝혀낸 적이 있다.

정형시는 마치 죄수의 발목에 매어 두는 쇠사슬처럼 시의 형식을 인위적으로 구속하는 한계를 지닌다. 비록 시인들이 시적 특권을 누린다고는 하지만 앞에서 말한 가음법이나 약음법을 쓰고 시행에서 어순을 바꾸는 따위에 그치고 만다. 한 이론가는 정형시를 쓰는 시인이 산문 작가와 비교하여 말하려는 감정이나 사상을 겨우 75퍼센트밖에는 표현하지 못한다고 밝힌 적이 있다. 그렇다면 운율적 제약 때문에 정형시를 쓰는 사람들은 무려 25퍼센트 가량이나 손해를 보고 있는 셈이다. 이 통계에서도 잘 드러나듯이 정형시는 시인의 표현력을 적잖이 구속하고 있다. 정형시의 이러한 운율적 제약을 과감히 깨뜨리려는 시가 바로 자유시와 산문시이다.

자유시는 겉으로 드러난 운율 대신에 그 자체 안에 리듬이나 음성적 질서를 지니고 있는 시를 말한다. 겉으로 분명히 드러나 있는 리듬이나 음성적 질서를 외재율이라고 부르듯이 이렇게 시 안에 지니고 있는 리듬이나 음성적 질서를 내재율이라고 부른다. 그러니까 내재율을 지니는 시가 바로 자유시인 것이다. 자유시는 일상어의 자연적인 리듬에 기댄다. 서양에서는 규범과 질서를 몹시 싫어하는 낭만주의 시인들이 즐겨 자유시를 썼다. 특히 샤를르 보들레르를 비롯한 상징주의 시인들과 19세기의 미국 시인 월트 휘트먼은 자유시를 한 단계 올려놓는 데에 크게 이바지한 사람들로 손꼽힌다. 자유 민주주의 이상에 걸맞게 20세기에 들어와 자유시는 전성기를 맞이하였다. 사실 현대시는 거의 대개가 자유시의 형태를 취하고 있다고 하여도 크게 틀리지 않을 것 같다. 우리나라 근대 문학에서는 이상과 한용운 그리고 정지용 등이 자유

시를 많이 썼다. 역설을 말하는 자리에서 본보기로 든 이상의
「오감도」는 흔히 자유시의 가능성을 보여주는 대표적인 예로 꼽
힌다.

자유시가 현대에 이르러 부쩍 각광을 받는 것은 사실이지만 그
렇다고 하여 모든 현대 시인들이 한결같이 자유시를 좋아하는 것
은 아니다. 실제로 운율이라는 구속에 얽매이지 않고 자유스럽게
시를 쓰는 것을 그렇게 탐탁하지 않게 생각하는 시인들도 적지
않다. 가령 로버트 프로스트와 같은 미국 시인은 자유시를 쓰는
것이란 마치 네트를 치지 않고 정구를 치는 것과 같다고 말한 적
이 있다. 네트 없이 정구를 치는 것이 싱겁듯이 운율의 제약을 받
지 않고 시를 쓰는 일은 무의미하다는 것이다.

산문시는 언뜻 보기에는 자유시와 쉽게 구분되지 않는다. 그러
나 가장 큰 차이점은 자유시는 행갈이를 하고 산문시는 행갈이를
하지 않는다는 데에 있다. 그 이름에서도 잘 드러나듯이 산문시
는 겉모습에서부터가 산문처럼 인쇄되어 있다. 신문이나 잡지 기
사와 같은 모습을 갖추고 있는 것이다. 물론 자유시에서도 어쩌
다가 행갈이를 하지 않은 경우가 있지만 산문시에서는 언제나 행
갈이를 하지 않는다. 그렇기 때문에 적어도 겉으로 보면 산문시
는 일반 산문과 다르게 보이지 않는다. 그러나 산문시에도 자유
시에서와 마찬가지로 내재율을 지니고 있다. 이밖에도 산문시는
비유법이나 심상 또는 압운을 즐겨 사용한다. 산문시가 일반 산
문과 구별되는 것은 비록 겉으로 드러나 있지 않을망정 정형시와
마찬가지로 시적 요소를 지니고 있기 때문이다.

제 4 장

소설이란 무엇인가

소설 장르가 문학사의 무대에 처음 등장한 것은 비교적 최근의 일이다. 본격적인 의미에서의 소설은 그 발상 연대를 아무리 일찍 잡더라도 17세기 이전으로 거슬러 올라가기가 어렵다. 그동안 문학사의 주인공은 뭐니뭐니 하여도 역시 시 장르였다. 시는 문학의 총아로서 문학사에서 오랫동안 터줏대감 같은 대접을 받아 왔다. 시 장르의 뒤를 이어 연극 장르가 무대에 나타났고, 연극이 문학의 주인공으로서 각광을 받은 다음에서야 비로소 소설 장르가 등장하였다. 그러니까 수필이나 문학 비평을 빼어 놓는다면 소설은 문학 장르 가운데에서 가장 뒤늦게 태어난, 말하자면 문학의 막내아들에 해당하는 셈이다. 영국의 대학에서 처음으로 문학을 정규 교과목으로 채택하였을 때만 하여도 그러하다. 대학에서 시와 희곡만을 다루었을 뿐 소설은 다루지 않았다. 소설은 시나 희곡보다 훨씬 뒤에 가서 정식 과목으로 채택되었다.

'소설'이라는 말의 참뜻을 살펴보면 그 역사가 훨씬 분명하게 드러난다. 문학 장르를 기술하는 어떠한 용어보다도 소설이라는 말이 함축하고 있는 바는 자못 크다. 서양에서 소설을 가리킬 때에는 흔히 두 가지 용어를 널리 쓴다. 영미 문화권에서 자주 쓰는 '노블'이라는 말이 그 하나이고, 프랑스와 독일을 비롯한 거의 대부분의 유럽 문화권에서 쓰는 '로망'이나 '로만'이라는 말이 다른 하나이다. 잘 알려진 바와 같이 '노블'은 '새롭다'는 뜻을 지닌 이탈리아말 '노벨라'에서 빌려온 말이다. 이 말은 본디 지오바니 보카치오의 『데카메론』처럼 14세기 이탈리아에서 크게 유행한 짧은 이야기를 한데 모아놓은 작품집을 가리키는 표현이었다. 그러니까 '노블'이라는 말은 소설 장르가 문학사의 무대에 '뒤늦게' 등장한 '새로운 장르'임을 가리키기 위하여 붙여진 이름이다.

한편 '로망'이나 '로만'이라는 말은 로망어 또는 로망스어에서 생겨났다. 중세까지만 하더라도 유럽에서는 라틴어를 공식어로 사용하였다. 그러다가 점차 자국어에 대한 의식이 생기면서 라틴어를 버리고 속어나 지방 방언을 쓰기 시작하였다. 이러한 라틴어에 반대되는 속어나 지방 방언을 두루 가리켜 사람들은 로망어 또는 로망스어라고 불렀던 것이다. 결국 로망스라는 말도 따지고 보면 바로 로망이나 로망스어로 씌어진 작품이라는 뜻이다. 그렇다면 소설은 라틴어 문학에 대한 속어 문학, 귀족 문학에 대한 평민 문학, 그리고 승려 문학에 대한 세속 문학인 셈이다. 또 다른 한편으로는 이 문학 장르가 유아기에서 유년기나 청년기로 접어들 무렵 남성보다는 여성들이 즐겨 읽었다는 점에서 소설은 남성 문학에 대한 여성 문학이라고 할 수 있다.

그런데 노블과 로망·로만 사이에는 용어뿐만 아니라 그 함축적 뜻에서도 큰 차이를 보인다. 영미 문화권의 '노블'이 사실주의적이고 세속적인 경향을 짙게 띤다면, 유럽 문화권의 로망이나 로만은 환상적인 냄새를 짙게 풍긴다. 이 두 용어만 보더라도 서구 소설은 처음부터 사실성과 환상성의 두 전통 안에서 성장하고 발전한 것임을 잘 알 수 있다. 지금까지 소설사를 통하여 소설이 사실주의적 특성을 지니고 있느냐, 아니면 환상적 특성을 지니고 있느냐를 두고 작가들이나 이론가들은 끊임없이 논란을 계속해 왔다. 그러나 소설에서 이 두 요소는 상호배타적 관계보다는 오히려 상호보완적 관계를 맺고 있다. 사실성과 환상성 사이의 팽팽한 긴장은 바로 소설 장르가 성장하는 원동력이 되었다고 하여도 크게 틀리지 않을 것 같다.

소설이라는 말이 큰 함축적 뜻을 지니는 것은 비단 서양 문화권만이 아니다. 이러한 현상은 동양 문화권의 경우에도 마찬가지로 나타난다. 우리나라를 비롯하여 중국이나 일본과 같은 동양 문화권에서는 거의 대개가 '소설'(小說)이라는 용어를 쓴다. 그런데 어떤 이론가는 소설이 다른 장르에 비하여 길이가 길고 규모가 크다는 이유를 들어 '소설' 대신에 '대설'(大說)이라고 불러 마땅하다고 말한다. 그러나 이것은 소설의 원뜻을 잘못 이해한 데에서 생겨난 주장이다. 글자 그대로 풀이하면 '작은 이야기'라고 할 수 있을지 모르지만 소설은 실제로 작다는 뜻과는 거의 무관하다.

중국 춘추전국 시대에는 제자백가(諸子百家)라고 하여 수많은 사상가들이 출현하여 제각기 자기의 주장을 외쳐댔다. 그들의 사상은 제각기 달랐지만 그 이름이 한결같이 '자'(子)자 돌림자로 끝난다. 가령 공자·맹자·노자·장자·순자 따위가 그들이다. 흔히 '이십사 사(史)'의 하나로 손꼽히는『한서』(漢書)에서 반고 (班固)는 그들의 사상을 크게 유가·도가·법가·묵가 등 열 개 학파로 나누었다. 이 열 개 학파 가운데에서 맨마지막 학파가 다름아닌 소설가였던 것이다.

그런데 소설가에 대하여 반고가 내린 정의가 여간 고약하지가 않다. 「예문지」(藝文志)편에서 "소설가들은 패관 출신들로서 길거리나 골목에서 들을 수 있는 이야깃거리를 모으는 사람들이다. 작은 재주에 불과하므로 군자로서는 할 짓이 아니다"(小說家者 蓋出於稗官 街談巷說 道聽塗說者之所造也)라고 적고 있다. 여기에서 반고는 공자(孔子)의 말을 거의 그대로 되풀이하고 있을 따름이다. 무엇보다도 대도(大道)를 중시한 공자는 일찍이 소설을 귀신이나 신선 이야기를 담은 비현실적 작품이라고 하여 배척하였던 사람이다. 소설이 '대수롭지 않은 사소한 이야기'라고 하여 탐탁하지 않게 여기기는 장자(莊子)도 마찬가지였다. 중국에서 소설은 공자 이후 약 2천년이 지나서야 비로소 문학 장르로서 제대로 대접을 받을 수 있었다.

이 점에서는 중국의 영향을 많이 받아 온 우리나라도 크게 다르지 않다. 학문을 중시한 임금으로 이름난 정조(正祖)대왕조차도 이른바 문이재도(文以載道)의 도그마에 빠진 나머지 소설을 배척하였다. 흔히 문체반정(文體反正)으로 일컫는 정책을 통하여 그는 사대부들이 패관 잡서에 몰두하지 않도록 막았다. 사실 이

것은 정조대왕 한 사람에게만 그치지 않고 조선 시대에 활약한 거의 모든 유학들한테서 두루 나타나는 현상이었다. 앞에서 말한 영정조 시대 유학자 이덕무가 허황된 허구를 일삼고 천하고 더러운 것을 북돋으며 기름과 시간을 낭비한다는 세 가지 이유를 들어 소설을 읽어서는 안 된다고 주장한 것은 너무나 유명하다. 한 강경론자는 이보다 한 걸음 더 나아가 소설을 짓고 읽는 행위 자체를 아예 국법으로 금지시켜야 한다고 목소리를 높이기도 하였다.

우리나라 소설이 고려 중기와 후기에 걸쳐 부쩍 유행하기 시작한 패관 문학에 그 뿌리를 둔 것은 잘 알려진 사실이다. 패관 문학이란 패관이라는 벼슬아치가 민간 사이에 널리 전해지는 이야기를 모아 거기에 자기 나름대로 윤색을 하여 새로운 형태로 발달시킨 설화 문학을 말한다. 이규보의 『백운소설』(白雲小說), 이인로의 『파한집』(破閑集), 최자의 『보한집』(補閑集), 그리고 이제현의 『역옹패설』(櫟翁稗說)은 가장 대표적인 패관 문학으로 손꼽힌다. 이렇게 고려 시대에 처음 시작한 소설은 조선 시대에 이르러 좀더 소설다운 형태로 그 모습을 드러낸다. 매월당 김시습이 쓴 전기체 소설 『금오신화』(金鰲新話)는 흔히 한국 최초의 소설이라고 일컫는다.

그러나 이 무렵 소설은 상류 계급에 속한 사대부들이나 귀족들이 한문으로 썼다. 우리나라에서 소설이 하나의 문학 장르로서의 자리를 굳히기 시작한 것은 한문의 굴레에서 벗어나 언문을 사용하면서부터라고 할 수 있다. 허균이 지은 『홍길동전』(洪吉童傳)을 시작으로 서민 의식을 반영한 소설 작품이 줄지어 쏟아져 나왔다. 이렇듯 소설은 언서고담(諺書古談)이나 언과패설(諺課稗說) 또는 줄여서 그냥 언패(諺牌)라고 하는 언문으로 쓴 옛날 이야기에 뿌리를 두고 있다. 사대부들이 쓰던 한문이 라틴어에 해당한다면, 평민들이 사용한 언문은 로망어에 해당한다고 할 수 있다. 그리고 언문 소설은 한국의 로망어 문학이라고 하여도 크게 틀리지 않는다. 서양에서처럼 우리나라에서도 언문 소설은 남성 독자보다는 여성 독자한테서 더 큰 관심을 받은 여성 문학이었던 것이다.

소설의 기원과 발상

서양에서 소설이 처음 생겨나게 된 것은 아주 우연한 일이었다. 본격적 의미에서 소설 작품을 맨 처음 쓴 사람은 18세기의 영국의 작가 새뮤얼 리처드슨이라고 흔히 일컫는다. 본디 인쇄업자요 문방구업자였던 그는 쉰 살이 되던 해 어느 날 서점상을 경영하는 두 친구에게서 부탁 하나를 받는다. 젊은 여성들에게 연애 편지 쓰는 법을 가르쳐 주는 모범 서간집을 써 달라는 것이었다. 이 제안을 흔쾌히 받아들여 그는 모범 서간집을 쓰기 시작하였다. 그러나 어떻게 하면 서간집을 좀더 재미있게 만들 수 있을까 고심하던 끝에 그는 편지에 일정한 줄거리를 집어넣어 엮기로 하였다. 나이어린 한 하녀가 끊임없이 주인집 아들의 유혹을 받지만 완강하게 물리치고, 하녀의 정절에 탄복한 나머지 주인집 아들은 그녀에게 정식으로 청혼을 하며, 마침내 두 사람은 결혼하기에 이른다. 동양이나 서양을 굳이 가리지 않고 방탕한 주인집 아들과 젊고 예쁜 하녀 사이에서 흔히 볼 수 있는 진부하다면 꽤 진부한 이야깃거리이다. 이렇게 모범 서간집을 염두에 두고 쓴 작품이 바로 서구 소설사의 첫 페이지를 장식하는 『패밀러』라는 소설이다.

리처드슨과 같은 시대에 살았던 영국 작가 헨리 필딩의 경우에도 사정은 크게 다르지 않다. 필딩이 소설을 처음 쓰게 된 것도 지극히 우연한 일이었다. 처음에 시를 쓰다가 나중에 극작가가 되어 무려 25편이나 되는 극 작품을 발표하는 등 그의 관심은 주로 시와 희곡에 있었다. 1737년에 영국에서 연극 허가법이 생겨나면서 극작 활동이 어렵게 되자 이번에는 변호사로 직업을 바꾸었다. 그러던 가운데 우연히 『패밀러』를 읽은 필딩은 이 작품에 대하여 적잖이 실망하였다. 무엇보다도 리처드슨의 도덕관이나 윤리관이 마음에 들지 않았던 것이다. 리처드슨은 이 작품에 '보상받은 정조'라는 부제를 붙여 놓을 만큼 여주인공 패밀러의 행위를 미화하려고 무척 애썼다. 그러나 필딩의 생각에는 패밀러는 기껏하여야 약삭빠른 말괄량이에 지나지 않는다. 주인집 아들이 정식으로 청혼을 하였기 때문에 결혼을 승락하였다고는 하지만 그는 다름아닌 자신을 유혹하던 장본인이 아니던가. 그리하여 필딩은 이 작품을 풍자하는 작품을 쓰기 시작하였다. 이렇게 패러디로 시작하여 쓴 작품이 바로 『섀밀러 앤드류스』요 『조셉 앤드류스』이다. 이 두 작품에서 필딩은 이 두 주인공의 역할을 리처드슨의 작품의 주인공과 거꾸로 바꾸어 놓았다. 많은 문학사가들은 『패밀러』와 더불어 이 두 작품을 서구 소설 장르의 첫 작품으로 흔히 손꼽는다.

그렇다고 하여 소설 장르가 단순히 우연하게만 생겨나지는 않았다. 소설이 문학사의 무대에 등장한 데에는 우연성에 못지않게 필연성이 크게 작용하였다. 인간사와 마찬가지로 문학도 겉으로는 얼핏 우연한 것처럼 보일지 모르지만 좀더 찬찬히 뜯어보면 필연적인 경우가 적지 않다. 유인원이 인간으로 발전하기까지 길고 복잡한 진화 단계를 거쳤듯이 소설도 하나의 문학 장르로서의 자리를 굳히기까지는 복잡한 단계를 거치지 않을 수 없었다. 소설이 탄생하는 데에는 그야말로 모든 문화가 총동원되다시피 하였다. 소설의 기원과 발상을 살필 때에 문학사는 물론이고 좀더 넓게 문화사나 사회사까지 더듬어야 하는 까닭도 바로 그 때문이다.

얼핏 터무니없는 주장으로 보일는지 모르지만 소설 장르의 탄생은 왕이나 귀족의 쇠퇴와 결코 무관하지 않다. 17세기까지만 하더라도 서양에서 작가들은 왕이나 귀족들의 재정적 도움을 받으며 활동하였다. 물론 이것은 비단 문학가들한테만 그치는 것이 아니라 음악가를 비롯한 다른 예술가들한테도 마찬가지이다. 예를 들어 아마데우스 모차르트가 궁정과 귀족의 재정적 후원을 받고 활약한 것은 너무나 유명하다. 이것은 이른바 '후견인 제도' 때문이다. 이렇게 왕이나 귀족들의 재정적 도움을 받고 있는 문학가들은 어쩔 수 없이 후견인들의 취향에 맞는 문학 작품을 쓰지 않을 수 없었다. 그리고 후견인들이 즐겨 읽는 작품은 소네트 · 목가적 로망스 · 만가 · 가면극과 같은 시나 연극 장르가 주조를 이루고 있었다.

그러나 17세기부터 왕권이 점차 약화되고 의회의 힘이 커지면서부터 왕이나 귀족들은 전처럼 마음대로 세금을 거두어들일 수가 없었다. 이 무렵에 국민의 대표 없이는 세금을 거두어들일 수 없다는 생각이 미국 독립전쟁 이후 널리 퍼져 있었다. 재정적으로 곤란을 겪던 왕과 귀족들은 이제 더 이상 문학가들을 재정적으로 뒷받침할 수 없었다. 그렇기 때문에 문학가들은 후견인들에게 기대지 않고 홀로서기를 하지 않으면 안 되었다. 소설 장르는 바로 이러한 결과로 나타났다. 이 무렵 시장 경제가 본궤도에 오름에 따라 출판업자가 후견인 노릇을 대신 떠맡게 된 것이다.

더구나 18세기에 접어들면서 언론과 출판의 자유가 크게 늘어났다. 그 전까지만 하더라도 마음대로 작품을 쓰고 출판할 수 없을 만큼 작가들은 큰 제한을 받고 있었다. 『실락원』을 쓴 영국 시인 존 밀턴이 언론의 자유를 주창하는 일련의 글을 쓴 것만 보아도 이 무렵 언론과 출판의 자유가 얼마나 많은 제약을 받고 있었는지 하는 것을 쉽게 알 수 있다. 법적으로 언론과 출판의 자유가 허용되면서 신문과 잡지들이 그야말로 비온 다음 죽순이 솟아나듯이 쏟아져 나오게 되었다. 한 통계 자료에 따르면 영국에서 발행한 정기 간행물은 18세기 중엽에 18세기 초엽과 비교하여 무려 세 배 가량이나 늘어났다. 그런데 이렇게 신문과 잡지가 늘어났지만 막상 그 지면을 채울 만한 글을 찾기가 여간 어렵지 않았다. 시나 연극만 가지고서는 갑자기 늘어난 지면을 채울 수 없었다. 소설은 바로 이렇게 늘어난 출판물의 지면을 채우는 데에 없어서는 안 될 문학 장르였던 것이다.

뿐만 아니라 18세기에 접어들면서 전보다 훨씬 넓어진 인간 경험의 폭도 소설이 탄생하는 데에 큰 힘이 되었다. 르네상스 시대 이후 지리상의 발견, 산업혁명 이후 도시 인구의 집중, 그리고 교통 수단의 발달은 삶의 패턴을 그 어느 때보다도 다양하고 복잡하게 바꾸어 놓았다. 이렇게 복잡다단해진 삶의 경험을 시나 연극과 같은 전통적인 장르로 표현하는 데에는 한계가 있었다. 비유적으로 말해서 시나 연극은 복잡한 삶의 경험을 담아내기에는 너무나 작은 그릇이었다. 작가들은 이러한 경험을 표현할 수 있는 적합한 그릇을 찾으려고 하였고, 그들이 마침내 찾아낸 그릇이 바로 소설이라는 장르이다. 소설은 복잡하고 다양한 인간 경험을 표현하는 새로운 장르로서 크게 각광 받기 시작하였다.

이밖에도 순회 도서관의 출현, 저작권법의 변경, 책 도매상의 출현, 해적판의 범람, 그리고 조명 기구의 발달 따위도 소설이 발달하는 데에 한몫을 톡톡히 하였다. 15세기 중엽 요한 구텐베르크가 활판 인쇄술을 발명한 이후 비교적 싼 값에 책을 많이 찍어낼 수 있게 되었다. 그러나 이 무렵 다른 물가와 비교해 볼 때에 책값은 그렇게 싼 편이 아니었다. 책 한 권 값이 무려 런던 노동자의 일주일분 급료에 해당하였다니 이것은 서민에게는 큰 경제적 부담이 되었다. 그러나 1740년에 오늘날의 책 대여점에 해당하는 순회 도서관이 런던에 처음 그 모습을 드러내면서부터 책을 사지 못하는 독자들도 쉽게 책을 읽을 수 있게 되었다. 그런가 하면 경매를 통하여 대량으로 책을 구입하였다가 일반 독자들에게 싼 값에 되파는 도매상들이 나타났다. 또한 오늘날처럼 저작권이 엄격하게 지켜지지 않아 이미 출간한 책을 마구잡이로 다시 찍어 내는 이른바 해적 행위가 공공연하게 이루어지기도 하였다.

한편 소설의 탄생은 18세기의 지적 풍토와도 깊이 연관되어 있다. 한 그루의 나무가 뿌리를 내리고 자라나기 위하여서는 적합한 토양이 필요하듯이 소설이 발전하는 데에도 그것에 맞는 지적 토양이 필요하였다. 여기에서 지적 토양이란 이 무렵 생겨난 사상과 철학을 말한다. 그 가운데에서도 토머스 베이컨의 귀납법과 합리주의, 존 로크와 토머스 홉스의 경험주의는 가장 대표적이다. 인간 본성을 무엇보다도 중시한 데이빗 흄은 이 세상에 절대적인 진리란 없고 심지어 신마저도 인간이 필요에 따라 만들어 낸 추상적 관념에 지나지 않는다고 말하였다.

스코틀랜드의 철학자 토머스 라이드를 비롯한 '상식학파'의 영국 철학도 이와 같은 맥락에서 이해할 수 있다. 조지 버클리의 관념론과 몇몇 경험론자들의 회의주의에 반기를 든 라이드는 오직 상식을 통하여 얻은 감각적 지식을 통하여서만 삶의 모습을 깨달을 수 있다고 말하였다. 상식학파 철학자들은 인과 관계의 합리적 원칙 위에 삶을 구축하려고 하였다. 이렇듯 이 무렵에는 인간 정신이나 사회 구조를 좀더 과학적이고 합리적으로 파악하려는 생각이 널리 퍼져 있었던 것이다. 이러한 관점에서 보면 소설은 실증 정신과 사실성을 존중하는 시대 정신의 반영이요 과학적 합리주의가 문학의 형태로 나타난 장르로 볼 수 있다.

소설이 탄생하는 데에 이바지한 지적 풍토로 말하자면 신학 또한 철학에 못지않게 큰 구실을 하였다. 이 무렵 이성을 신주처럼 떠받들던 계몽주의의 영향에 힘입어 이신론(理神論)이 대두되었다. 이신론에 따르면 인간은 원죄에 시달리는 가엾은 존재가 아니라 오히려 이성을 지닌 합리적 존재이다. 미국의 종교철학자

머시아 엘리아데는 인간 현상을 '성'과 '속'의 두 갈래로 나눈 적이 있다. 그런데 소설은 본질적으로 '속'을 대변하는 세속적인 문학 장르라고 할 수 있다. 문학이 종교의 굴레에서 벗어났다고는 하지만 시나 연극은 여전히 종교의 흔적을 지니고 있었다. 그러나 소설 장르에 이르러 문학은 이제 종교의 쇠사슬을 완전히 벗어 버릴 수 있었던 것이다.

이와는 조금 다른 맥락에서이지만 감리교의 발전도 비록 간접적일망정 소설의 탄생에 적잖이 이바지하였다. 존 웨슬리가 처음 부르짖은 감리교는 개신교의 한 갈래로 그 기본 교리에 있어 영국 국교와는 크게 달랐다. 감리교는 무엇보다도 종교적 신앙을 개인에게 다시 되돌려 주었다. 신앙 의화(義化), 그러니까 신앙에 의하여 죄가 없다고 판단할 수 있다고 믿는다든지, 무엇보다도 성서에 기록된 하나님의 권위를 믿는다는 점에서 감리교는 영혼의 구원을 전적으로 개인의 차원에 두려고 하였던 것이다. 앞에서 말하였듯이 소설 장르는 발상 초기부터 여성과 밀접하게 연관되어 있었고, 이 또한 감리교의 발달과 무관하지 않다. 감리교가 힘을 얻음에 따라 여성의 목소리도 한결 높아지기 시작하였기 때문이다. 이 점에서 소설은 세속주의와 개인주의를 표현한 문학 장르라고 보아도 크게 틀리지 않는다.

그러나 소설이 태어나는 데에 무엇보다도 중요한 구실을 한 것은 역시 중산층의 발흥이다. 신흥 계급으로서 점차 사회의 중심 세력으로 자리잡은 중산층은 소설이 탄생하는 데에 마치 산파와 같은 역할을 하였다. 소설은 바로 근대 시민 사회에서 중산층의 발흥과 더불어 생겨난 문학이라고 할 수 있다. 흔히 소설을 평민 문학 장르로 보는 까닭이 바로 여기에 있다. 이 무렵 중산층의 수가 눈에 띄게 늘어났고, 그 양적 팽창에 못지않게 중산층이 누리는 생활 수준 또한 종전과는 비교도 안 될 만큼 나아졌다.

무엇보다도 먼저 산업혁명 이후 생산 수단이 수공업에서 기계

공업으로 바뀌자 중산층들은 전보다 훨씬 더 시간적 여유를 누리게 되었다. 하루 종일 일에만 매달리던 그들은 이제 다른 일에도 눈을 돌릴 여유가 생겼다. 오늘날처럼 텔레비전이나 영화와 같은 오락 매체가 없던 시대이고 보니 자연히 책을 가까이 하게 되었다. 이 무렵 일터에서 일하는 사람들은 물론이고 집안에서 가사를 돌보는 가정주부와 하녀들도 책을 많이 읽었던 것으로 전해진다.

더구나 중산층 가운데에 글을 읽을 줄 아는 사람의 수가 많아졌다는 사실은 소설이 탄생하는 데에 아주 중요한 요인이었다. 구슬이 서 말이라도 꿰어야 보배라고 아무리 좋은 책이 많이 쏟아져 나온다고 하더라도 사람들이 책을 읽을 수 있는 능력이 없다면 아마 모두 헛일일 것이다. 17세기 말엽과 18세기 초엽에 문맹률은 아주 높은 편이었다. 한 통계 자료에 따르면 영국 전체 인구 가운데 2퍼센트에서 5퍼센트에 해당하는 사람만이 제대로 글을 읽을 수 있었다고 한다. 그러니까 나머지 95퍼센트 이상의 사람들은 여전히 눈뜬 장님과 다름없었다. 그러나 18세기 말엽에 이르러서 문맹률은 눈에 띄게 낮아졌다. 1800년에는 무려 성인 인구의 60퍼센트에서 70퍼센트 가량의 사람들이 책을 읽을 수 있게 되었다.

이렇게 중산층들이 책을 읽을 수 있는 능력이 생기게 된 데에는 충분히 그럴 만한 까닭이 있었다. 영국에서는 1611년에 제임스 1세의 명령에 따라 라틴어 성경이 영어로 처음 번역되었다. 흔히 '흠정판' 성서로 부르는 이 영문 번역 성서는 영국 산문사에서 획기적인 사건으로 손꼽힌다. 문체가 쉬워 교육을 많이 받지 않은 사람들도 쉽게 이해할 수 있을 뿐더러, 격조가 높고 장중하며 힘찬 호소력을 갖추고 있다. 흠정판 성서 덕분에 이 무렵 중산층을 중심으로 성경 연구가 부쩍 활기를 띠었다. 더구나 아직 만족할 만한 수준은 아니었지만 교육 기관이 전보다 많이 생겨난 것 또한 문맹률을 줄이는 데에 크게 이바지하였다.

산문 문학으로서의 소설

모든 문학 장르에는 으레 전사(前史)가 있게 마련이지만 소설만큼 화려한 전사를 가지고 있는 장르도 찾아보기 쉽지 않다. 러시아의 문학 이론가 미하일 바흐친은 소설의 계보를 저 멀리 고대 그리스 시대와 로마 시대의 작품에서 찾는다. 그 악명 높은 네로 황제 시대에 활약한 작가 페트로니우스의 『사티리콘』을 비롯하여 루시우스 아풀레이우스의 『황금 당나귀』, 그리고 롱구스의 『다프니스와 클로에』와 같은 작품을 그는 소설의 원조로 삼는다. 이밖에도 바흐친은 멀게는 전원시·우화·회고록·팸플릿·소크라테스 대화·패러디적 사티로스 연극·풍자와 같은 고대 장르, 가깝게는 성(聖)패러디와 카니발과 같은 중세 장르나 축제에서 소설의 뿌리를 찾으려고 한다. 세계 여러 나라에서 쉽게 엿볼 수 있는 신화와 민담도 소설의 모체라고 할 수 있다. 실제로 이들은 소설의 씨앗이 배태하는 데에 없어서는 안 될 귀중한 밑거름이 되었다.

그러나 소설은 그 계보에 있어 서사시와 로망스와는 뗄래야 뗄 수 없을 만큼 아주 깊은 관계를 맺고 있다. 고대 그리스 시대 호메로스의 『오디세이아』와 『일리아드』는 서구 문학사에서 최초의 서사시로 평가받는다. 영웅호걸들의 무용담을 다루는 서사시는 격렬한 감정이나 사상을 다루는 서정시와는 달리 일정한 줄거리가 있다. 가령 영국 문학사에서 최초의 서사시로 일컫는 『베오울프』는 주인공 베오울프가 그렌델이라는 괴물을 무찌르고 왕위에 오르는 내용으로 되어 있다. 운문 형식을 취하는 사실만 빼어 놓는다면 서사시는 소설과 아주 많이 닮았다. 소설을 두고 왜 헨리 필딩이 '산문으로 쓴 희극 서사시'라고 불렀는지, 그리고 헤겔이 '근대의 서사시' 또는 '부르주아지의 서사시'로 불렀는지 그 까닭을 알 만하다.

그러나 서사시와 소설 사이에는 여전히 큰 차이가 있었다. 호메로스의 『오디세이아』와 흔히 근대 소설의 첫 작품 가운데 하나로 일컫는 대니얼 드포우의 『로빈슨 크루소우』를 서로 비교해 보면 그 차이가 훨씬 명확해진다. 『오디세이아』의 주인공 오디세우스가 트로이 전쟁을 마치고 바다에서 갖은 역경과 고초를 겪으며 고향으로 돌아오는 반면, 로빈슨 크루소우는 부모의 만류를 뿌리치고 집을 떠나 선원이 되려고 바다로 향한다. 이 두 주인공이 발걸음을 옮기고 있는 방향을 찬찬히 눈여겨볼 필요가 있다. 즉 한 주인공은 집을 향하여 오고 다른 주인공은 집에서 뛰쳐나와 드넓은 세상으로 나아간다. 호메로스의 작품에서와는 달리 드포우의 작품에는 초기 자본주의 사회에 살던 인간의 진취적 팽창주의, 자립심과 독립심, 실험 정신이 잘 드러나 있다. 비현실적인 과거 사건이 아닌 당대의 역사적 사건을 다룬다는 점에서도 소설은 서사시와는 크게 다르다.

서사시가 주로 전쟁을 소재로 삼는다면 로망스는 주로 기사도를 소재로 삼는다. 중세기에 찬란한 꽃을 피운 로망스는 기사의 무용담이나 남녀의 사랑을 주제로 다룬다. 12세기에 프랑스에서 처음 시작한 로망스는 영국을 비롯한 세계 여러 나라에 널리 퍼져 문학 장르로서 자리를 굳혔다. 스코트랜드의 전설적인 왕 아서와 원탁의 기사를 둘러싼 『아서왕 이야기』는 가장 대표적인 로망스로 알려져 있다. 유럽 대륙과 영국에서 널리 알려진 이 로망스는 영국 문인들이 문학적 영감을 불러일으키는 데에 크게 이바지하였다. 이밖에도 『알렉산더왕 이야기』나 『샤를마뉴왕 이야기』 또는 『로빈 후드』와 같은 작품들도 대표적인 중세 로망스에 속한다.

그런데 로망스는 서사시와 마찬가지로 거의 대부분 운문으로 쓰여졌다. 이렇게 로망스가 운문 형식을 취하고 있었던 것은 그 것이 구전 문학의 굴레를 아직 벗지 못하였기 때문이었다. 아직 문자로 정착되기 이전의 문학 장르인 탓에 로망스는 사람들의 입에서 입으로 전해졌고 음유 시인들이 이곳저곳을 떠돌아다니며 로망스를 직접 읊었으며, 아직도 글을 읽을 수 없던 사람들은 음유 시인이 읊는 이야기에 귀를 기울였다. 로망스가 운문의 옷을 벗어 던지고 산문의 옷으로 갈아입은 때는 한참 후의 일이다. 영국에서는 엘리자베스 시대와 제임스 1세 시대, 그러니까 16세기 말엽에 이르러 처음으로 산문으로 된 로망스가 쏟아져 나오기 시작하였다. 가령 로버트 그린, 토머스 딜로니, 토머스 내쉬와 같은 작가들이 산문 로망스를 발표하여 일반 대중의 주목을 끌었다. 특히 내쉬의 『불행한 여행자』와 같은 작품은 이 무렵의 가장 대표적인 산문 로망스로 평가받는다. 내쉬는 이 작품에서 중세 로망스의 내용을 이 무렵의 현실 사회와 접목시키는 데에 성공을 거두었다. 이밖에도 영국 소설사에서 최초의 여성 작가로 흔히 일컫는 아프러 벤을 비롯한 여성 작가들이 산문 로망스에 깊은 관심을 보였다.

산문 로망스는 이른바 피카레스크 로망스에서 가장 찬란한 빛을 발한다. 본디 '피카레스크'는 '피카로'(악당)라는 스페인어에서 나온 말이다. 피카레스크 로망스란 신분이 낮은 주인공이 길위에서 겪는 갖가지 경험을 사실주의적 수법으로 다루는 장르를 말한다. 그런데 이 피카레스크 로망스는 16세기에 걸쳐 스페인에서 독자적인 문학 장르로서 자리를 굳혔다. 지은이가 아직 밝혀져 있지 않은 『로자리요 데 토르메스』에 독자들이 큰 관심을 보이자 이 작품을 흉내낸 작품들이 많이 쏟아져 나오게 되었다. 이 가운데에서도 17세기 스페인의 작가 미겔 데 세르반테스의 『돈키호테』, 18세기 프랑스의 작가 르 사주의 『질 블라스』 등은 가장 대표적인 피카레스크 로망스로 흔히 손꼽힌다. 이러한 산문 로망스는 서사시와 로망스에서 소설로 발전하는 데에 있어 일종의 징검다리와 같은 구실을 하였다.

이렇듯 소설의 발달은 산문화 현상과 아주 밀접하게 연관되어 있다. 지금까지 시나 연극은 한결같이 운문으로 되어 있었지만 소설 장르에 이르러 비로소 산문 형식을 취하였다. 그러니까 소설과 다른 문학 장르와의 차이점은 무엇보다도 소설이 산문을 사용한다는 점에서 찾을 수 있다. 물론 운문으로 된 소설이 전혀 없는 것은 아니다. 서양에서 필립 토인비나 에릭 링크레이터 또는 비크럼 시스와 같은 작가들이 운문 형식으로 소설을 썼다. 그러나 이러한 소설은 어디까지나 실험적인 작품에 지나지 않을 뿐 소설로서 성공을 거두지는 못하였다. 우리나라에서도 『춘향전』을 비롯한 몇몇 고대 소설은 운문으로 되어 있다. 그러다가 개화기 때 신소설에 이르러서야 비로소 소설은 운문의 굴레에서 완전히 벗어나 산문 형식을 취하였다. 운문과 비교해 볼 때에 산문은 한결 더 투명한 매체이다. 소설가들은 산문의 형식을 통하여 일상 경험을 좀더 쉽게 그리고 정확하게 묘사할 수 있었다.

한편 시와 연극과 같은 기존 문학 장르도 소설이 문학 형태로 발달하는 데에 한몫을 톡톡히 하였다. 소설은 시나 연극과 함께 같은 부모에게서 태어난 형제라는 사실을 염두에 두는 것이 좋다. 얼핏 소설은 시나 연극과는 아무런 관계 없이 이 세상에 홀연히 태어난 장르처럼 보일지 모르지만, 이러한 기존 문학 장르가 없었더라면 아마 소설은 .결코 태어날 수 없었을는지도 모른다. 소설에서 작중인물들의 성격이나 그들이 서로 주고받는 대화는 연극에서 영향을 받았다. 극작가의 활동이 부진하고 극장이 비난을 받으면서 연극이 점차 일반 대중의 관심 밖으로 밀려 나가게 된 사실 또한 소설의 발달에 간접적으로나마 이바지하였다. 그런가 하면 소설에서 중요한 구실을 하는 플롯은 연작 소네트 시에서 영향 받은 바 자못 크다.

'이야기'로서의 소설

소설의 가장 중요한 특성은 무엇보다도 산문의 형태를 갖추었
다는 데에 있다. 바로 이 점에서 소설은 운문의 형태를 지닌 시와
는 크게 다르다. 그러나 산문의 형태를 지닌 문학 양식은 비단 소
설에만 그치지 않는다. 희곡 역시 소설과 마찬가지로 산문으로
되어 있으며, 비록 내재율이 있기는 하지만 산문시 또한 산문의
형태를 취하고 있다. 그러므로 산문이라는 기준은 소설을 정의
하는 데에 있어 필요 조건은 될 수 있을지언정 필요충분 조건은
되지 못한다.

더구나 소설은 양적인 면에서 길이가 긴 특징이 있다. 물론 서
사시나 장시도 길이가 길고 희곡도 단막극을 빼 놓고는 길이가
긴 것이 보통이다. 특히 로망스는 길이가 긴 것으로 유명하다. 짧
게는 한두 권, 길게는 열 권 이상으로 되어 있기 일쑤였다. 그리하
여 어떤 이론가들은 로망스와 소설을 단순히 길이의 차이로 구분
하기도 한다. 가령 소설을 두고 '로망스를 짧게 줄여 놓은 것'이라
고 정의한다든지, '짧은 이야기'라고 규정짓는 것이 바로 그것이
다. 그러나 여기에서 굳이 길이를 문제 삼으려는 것은 장편소설
을 단편소설과 구별하기 위하여서이다. 장편소설은 그 이름에서
도 분명히 드러나 있듯이 무엇보다도 길이가 긴 소설이며, 그것
을 다 읽기 위하여서는 적지 않은 시간이 걸린다.

일반적으로 단편소설은 200자 원고지를 기준으로 50장에서
200장 정도 분량의 작품을 가리키는 반면, 장편소설은 800장에서
1,600장 정도 분량의 작품을 말한다. 영국의 현대 소설가 E. M.
포스터는 장편소설이 되려면 아무리 적어도 5만 단어 이상은 넘

어야 한다고 아예 낱말 수까지 밝히기까지 하였다. 흔히 '긴 단편소설' 또는 '짧은 장편소설'이라고 부르는 중편소설은 보통 200장에서 800장 정도를 기준으로 삼는다. 50장 이하로 단편소설보다도 더 짧은 소설은 꽁트이다.

소설은 길이가 길 뿐만 아니라 어느 한 줄거리를 담고 있다. 앞에서 소설이 서사시나 로망스에서 갈라져 나왔다는 것은 바로 이 때문이다. 한편 줄거리를 지니는 이야기로 말하자면 희곡 또한 소설과 크게 다르지 않고, 장시도 일정한 줄거리를 담고 있다. 그러나 희곡이나 장시에서 취급하는 줄거리는 소설과는 조금 다르다. 즉 희곡은 어디까지나 무대 상연을 목적으로 하며, 그렇기 때문에 소설의 줄거리와 비교해 볼 때에 많은 제약을 받지 않을 수 없다. 장시 또한 운율적 제약 때문에 소설처럼 줄거리에만 치중할 수 없는 한계가 있다. 다른 문학 장르와 비교하여 소설은 삶의 모습을 파노라마처럼 훨씬 더 폭넓게 다룰 수 있다.

그런가 하면 소설은 작가의 상상력이 빚어 낸 허구의 세계이다. 비록 구체적인 일상생활에서 직접 소재를 빌려 오기는 하지만 소설은 현실 그 자체가 아니라 어디까지나 허구이다. 물론 시나 희곡과 같은 다른 문학 장르도 모두 허구적 산물임에 틀림없으나 굳이 허구성을 강조하는 까닭은 소설을 실제 삶을 다루는 다른 장르와 구별짓기 위하여서이다. 소설은 예를 들어 역사를 비롯하여 전기나 일기 또는 자서전 따위과 같은 실제 생활을 적어 놓은 작품과는 뚜렷이 구별된다.

지금까지 말한 조건을 기준으로 삼는다면 소설은 일단 "길이가 길고 산문으로 된 허구적 이야기"라고 정의내릴 수 있다. 그다지 만족스러운 정의라고는 할 수 없지만 그런대로 소설의 요건을 모두 갖추고 있는 셈이다. 이 정의에 세부 요소를 몇 가지 더 덧붙인다면 이 정의는 훨씬 완벽해진다. 가령 소설은 다른 문학 장르와 비교해 볼 때에 그 구성이 한결 더 짜임새 있고, 통일성과 일관성이 있다. 더구나 소설에서는 제각기 개성을 가진 작중인물들을 다루는데, 소설에서는 이러한 등장인물의 성격 형성을 무엇보다도 높이 여긴다. 마지막으로 소설은 어떤 다른 문학 장르보다도 그것을 읽는 독자들에게 삶에 대한 환상을 가져다 주어야만 한다.

소설의 구성 요소

시가 리듬이나 비유 또는 심상 따위의 구성 요소로 이루어져 있듯이 소설도 여러 구성 요소로 이루어져 있다. 삶의 모습을 총체적으로 다루는 장르인 만큼 소설은 그 구성 요소가 시보다 한결 더 복잡하다. 소설은 배경·인물·플롯·구성·시점·주제 따위의 아주 다양한 구성 요소를 지니고 있다. 시나 연극과 같은 장르에서도 마찬가지이지만 훌륭한 소설 작품이라면 이러한 구성 요소들이 서로 유기적으로 결합되어 있게 마련이다.

소설의 배경은 시간적 배경과 공간적 배경의 두 갈래로 크게 나눈다. 시간적 배경이란 작품에서 사건이 일어나는 시간을 말한다. 멀게는 한 세기나 시대, 가깝게는 계절이나 달, 그리고 더 가깝게는 하루 가운데 어느 시간이 될 수 있다. 예를 들어 이문열의 중편소설 「들소」는 까마득히 멀리 원시인들이 살던 신석기 시대를 시간적 배경으로 삼는가 하면, 그의 또다른 중편소설 「금시조」는 일본 식민지 시대를 시간적 배경으로 삼는다. 엄밀한 의미에서 현재라는 시간은 존재하지 않으므로 과거가 주로 작품의 시간적 배경이 되기 십상이다. 미래 세계에서 일어날 사건을 다루는 공상과학 소설은 두말 할 나위 없이 과거나 현재 대신에 앞으로 다가올 미래를 시간적 배경으로 삼는다.

한편 공간적 배경이란 사건이 일어나는 지리적 환경을 가리킨다. 작중인물들이 활동하는 특정한 장소를 비롯하여 자연 배경이라든지 생활 환경이라든지 사회 분위기 따위가 모두 공간적 배경에 해당한다. 예를 들어 안수길은 5부작 대하소설 『북간도』에서 제목 그대로 구한말 가난한 백성들이 고향을 등지고 새로운 삶의 터전을 찾아 옮겨간 만주의 북간도 지방을 공간적 배경으로 삼는다. 그런가 하면 손창섭은 『낙서족』에서 일본을, 김성한은 「바비도」에서 영국을, 그리고 조해일(趙海一)은 『돌아갈 수 없는 나라』에서 베트남을 각각 핵심적인 공간적 배경으로 삼고 있다. 공상과학 소설에서 공간적 배경은 흔히 지상이 아닌 외계이게 마련이다.

경우에 따라서는 시간적 배경이나 공간적 배경으로 딱부러지게 나누기 어려운 경우도 있다. 가령 작중인물의 도덕적·심리적 상태, 지적·문화적 환경, 또는 신념·습관·가치 따위가 바로 그러한 경우이다. 이러한 것들도 넓은 의미에서는 배경으로 보아 크게 틀리지 않는다. 이것들을 통틀어 '심리적 배경'이라고 불러도 좋을 것 같다. 그렇다면 소설의 배경은 얼핏 보이는 것보다 한결 더 넓은 영역을 차지하는 개념이다.

그런데 여기에서 한 가지 짚고 넘어가야 할 것은 소설의 배경이란 사건이 펼쳐지는 장소나 시대 그리고 분위기 이상의 의미를 지닌다는 점이다. 연극 무대 장치와 같은 부수적인 구실을 뛰어넘어 배경은 때로 작품의 다른 구성 요소에 큰 영향을 끼친다. 가령 배경은 작중인물의 성격이나 행동에 결정적인 힘을 미칠 경우가 가끔 있다. 흔히 신경향파 문학의 대표작으로 일컫는 최서해의 소설 「홍염」에서 그 좋은 본보기를 찾아볼 수 있다.

겨울은 이 가난한 —— 백두산 서북편 서간도 한 귀퉁이에 있는 이 가난한 촌락 빼허(白河)에도 찾아들었다. 겨울이 찾아들면 조그만 강을 앞에 끼고 큰 산을 등진 빼허는 쓸쓸히 눈 속에 묻히어서 차디찬 좁은 하늘을 치어다보게 된다.

눈보라는 북국의 특색이다. 빼허의 겨울에도 그러한 특색이 있다. 이것이 빼허의 생령들을 괴롭게 하는 것이다.

오늘도 눈보라가 친다.

북국의 얼음 세계나 거쳐 오는 듯한 차디찬 바람이 우하고 몰려오는 때면 산봉우리와 엉성한 가지 끝에 쌓였던 눈들이 한꺼번에 휘날려서 이 좁은 산골은 뿌연 눈안개 속에 들게 된다. 어떤 때는 강골 바람에 빙판에 덮였던 눈이 산봉우리로 불리게 된다.

이 작품의 공간적 배경은 서간도에 있는 빼허라는 곳이다. 이 곳은 바로 안수길의 『북간도』에 등장하는 작중인물들처럼 가난 때문에 조국을 등지고 삶의 터전을 옮겨 온 한국 농부들이 살고 있는 가난한 촌락이다. 눈보라가 휘몰아치는 날이면 빼허는 온통 눈안개 속에 덮혀 있다. 이러한 험악한 날씨를 이 소설의 화자는 "이렇게 눈발이 날리고 바람이 우짖으면 그 어설궂은 집 속에 의지없이 들어박힌 사람들은 자기네로도 알 수 없는 공포에 몸을 부르르 떨게 된다"라고 적는다.

이 작품의 시간적 배경은 분명히 드러나 있지는 않지만 여러 정황으로 미루어 보아 1920년경의 겨울임에 틀림없다. 1920년이라면 일본 제국주의의 침탈이 그 절정에 달하던 때로서, 계절로 빗댄다면 춥고 음산한 한겨울에 해당하는 시기이다. 사실 이 작품에서 시간적 배경과 공간적 배경은 서로 구분할 수 없을 만큼 한데 뒤엉켜 있다. 그런데 이 소설에서 작가가 묘사하는 자연은 자연주의자들의 작품에서 흔히 볼 수 있듯이 인간의 행위에 위협적이고 잔인한 적의를 드러내거나, 기껏하여야 무관심한 태도를 보일 따름이다. 이렇게 혹독한 자연 환경은 작중인물들에게 직접 또는 간접적으로 큰 영향을 끼친다. 주인공 문서방이 고국에서보다도 더 궁핍한 삶을 사는 것도, 중국인 지주 은(殷)가가 그렇게 비인간적인 태도를 보이는 것도, 마침내 문서방이 은가의 집에 불을 지르는 것도 어떻게 보면 자연 환경이 가져다 준 결과로 볼 수 있다.

어떤 경우에는 소설의 배경이 작품의 주제와 깊이 연관되기도 한다. 김승옥의 「서울, 1964년 겨울」은 이러한 경우를 보여주는 좋은 본보기이다. 이 작품처럼 제목에 시간적 배경과 공간적 배경이 한꺼번에 드러나 있는 소설도 찾아보기 쉽지 않다. 두말 할 나위없이 시간적 배경은 1964년의 겨울이고 공간적 배경은 바로 서울이다. "1964년 겨울을 서울에서 지냈던 사람이라면 누구나 알고 있겠지만……"으로 시작하는 첫 문장에서 작가는 다시 한번 작품의 배경에 독자들의 주의를 돌린다. 이 작품에서 사건은 바로 1964년 겨울과 서울이라는 두 축을 중심으로 진행한다. 1964년이라면 4 · 19 학생혁명이 가져다 준 '서울의 봄'이 5 · 16 군사혁명에 의하여 된서리를 맞은 지 얼마 안 되는 역사의 격변기이다. 정치적으로나 경제적으로나 이 무렵 우리나라는 크나큰 혼란을 겪고 있었다. 또한 겨울은 네 계절 가운데에서도 가장 춥고 을씨년스럽다. 겨울의 길거리 풍경에 대하여 이 소설의 화자는 "길에는 얼음이 녹아서 흙물로 가득하고 밤이 되면 이 흙물이 꽁꽁 얼어 붙는다"라고 묘사한다. 또한 "적막한 거리에는 찬바람이 세차게 불고 있었다."라고 적기도 한다.

그렇다면 작가가 공간적 배경으로 삼고 있는 서울은 과연 어떠한 곳인가. "서울은 모든 욕망의 집결지"라는 한 작중인물의 말에서도 단적으로 드러나듯이 서울은 바로 뭇사람들이 불빛에 모여드는 부나비처럼 출세와 성공을 찾아 전국 곳곳에서 모여드는 곳이다. 물론 지금처럼 공룡같이 비정상적으로 커진 도시는 아니었을 터이지만 이 무렵의 서울은 여전히 욕망과 출세의 본거지임에 틀림없다. 이렇게 사람들이 많이 몰려 사는 만큼 그들이 겪는 좌절과 절망 또한 적지 않을 것이다.

이 작품에 등장하는 세 젊은이들도 예외가 되지 않는다. 그들은 한결같이 삶의 방향을 잃어 버렸거나 삶의 터전에 뿌리를 내리지 못한 사람들이다. 화자이며 주인공인 '나'는 시골 출신으로 육군사관학교에 지원하였다가 낙방하고 군대에 갔다 온 다음 지금은 구청 병사계에서 일하고 있는 말단 공무원이다. 가난뱅이 냄새가 물씬 풍기는 다른 작중인물은 월부로 책을 파는 외판원이다. 그의 아내는 급성 뇌막염으로 죽고, 병원 실험용으로 그 시체를 팔아 얻은 돈으로 지금 포장마차에서 술을 퍼마시고 있다. 마침내 그는 여관에서 스스로 목숨을 끊기에 이른다. 돗수 높은 안경을 끼고 있는 '안'이라는 또 다른 작중인물도 대학원에 다니고 있다고는 하지만 그의 말을 액면 그대로 믿기에는 수상쩍은 구석이 적지 않다. 가난뱅이 외판원이 죽은 다음 두 작중인물은 겨우 스물다섯 살밖에 되지 않았는데도 갑자기 '너무 늙어버린 것 같은' 느낌을 떨구어 버릴 수가 없다.

　이 작품 곳곳에는 1960년대 특유의 우수와 절망감 그리고 허무주의가 짙게 깔려 있다. 이 작품을 읽고 있노라면 실존주의자들이 입버릇처럼 말하는 '황량한 우주 속에 내던져진 비극적 인간 실존'을 떠올리게 된다. 그런데 이러한 주제를 형상화하는 데에 있어 그 배경은 그야말로 안성맞춤이다. 1964년의 겨울은 그 암울한 이 무렵의 정신적 불모 상황을 상징적으로 잘 보여준다. 서울이라는 공간적 배경도 대도시가 으레 그러하듯이 황량하고 비인간적인 분위기를 자아내는 데에 아주 효과적이다.

　어떤 의미에서 소설은 인간성을 탐구하는 장르인 만큼 소설에서 작중인물이 차지하는 비중은 자못 크다. 등장인물이 없는 연극을 생각할 수 없듯이 작중인물이 없는 소설은 상상할 수 없다. 구체적 배경에서 작중인물들이 벌이는 사건을 줄거리로 엮어 놓은 것이 바로 소설이다. 작가가 얼마나 흥미로운 작중인물을 창조해 내느냐에 따라 작품의 성패가 달려 있다고 하여도 크게 틀리지 않다. 다른 구성 요소를 떠나 오직 작중인물 하나만으로도 독자들의 기억에 남는 작품을 문학사에서 얼마든지 찾아볼 수 있다.

그런데 작중인물에서 가장 중요한 것은 성격이기 때문에 이론가들은 흔히 '작중인물'이라는 말과 '성격'이라는 말을 거의 같은 뜻으로 쓴다. 작중인물은 곧 성격이고 성격은 곧 작중인물이라는 것이다. 작가가 작중인물들에 성격을 부여하는 것을 '성격 형성'이나 '성격 묘사'라고 부른다. 동기유발은 성격 형성에서 무엇보다도 중요하다. 작중인물의 행위는 반드시 그럴듯한 내적 요인에서 비롯되어야 한다. 그렇지 않으면 그의 행동은 신빙성이 없을 뿐더러 마치 배우가 과잉 연기를 할 때처럼 여간 어색하게 보이지 않을 것이다.

작중인물의 성격을 묘사하는 데에는 직접적 방법과 간접적 방법의 두 가지가 있다. 직접적 방법에서는 작가가 직접 나서서 작중인물의 성격을 표현하거나 묘사한다. 현진건의 소설 「B사감과 러브레터」는 이러한 방법을 보여주는 좋은 본보기이다.

> C여학교에서 교원 겸 기숙사 사감 노릇을 하고 있는 B여사라면 딱 장대요 독신주의자요 차진 야소꾼으로 유명하다. 사십에 가까운 노처녀인 그는 주근깨 투성이 얼굴이 처녀다운 맛이란 약에 쓰려도 찾을 수 없을 뿐 아니라, 시들고 거칠고 마르고 누렇게 뜬 품이 곰팡 슬은 굴비를 생각나게 한다.
>
> 여러 겹 주름이 잡힌 훨렁 벗겨진 이마라든지, 숱이 적어서 법대로 쪽찌거나 틀어 올리지를 못하고 엉성하게 그냥 빗겨 넘긴 머리고리가 뒤통수에 염소똥만하게 붙은 것이라든지, 벌써 늙어가는 자취를 감출 길이 없었다. 뾰족한 입을 앙당물고 돋보기 너머로 쌀쌀한 눈이 노릴 때엔 기숙생들이 오싹하고 몸서리를 칠이만큼 그는 엄격하고 매서웠다.

위 인용문에는 주인공 B사감의 겉모습과 인상이 아주 실감나게 드러난다. '딱장대'(성질이 사납고 딱딱한 사람)나 '야소꾼'(예수를 믿는 사람, 기독교 신자)처럼 오늘날의 젊은 독자들이 쉽게 알아차리기 힘든 몇몇 표현에도 불구하고 이 두 단락만 읽어도 독자들은 마치 그녀의 모습을 직접 눈앞에 두고 보는 듯하다. 주근깨 투성이의 얼굴에 곰팡이가 난 굴비처럼 거칠고 누런 안색, 이마의 주름살, 볼썽사납게 머리 뒤통수에 붙어 있는 머리, 그리고 뒤틀린 입 따위는 바로 한결같이 히스테리 심한 노처녀의 모습 바로 그것이다.

그런데 작가가 이렇게 주인공의 겉모습 묘사에 무게를 두는 까닭은 어디까지나 그녀의 성격을 부각시키기 위하여서이다. 생김새대로 논다는 말도 있지만 거의 대부분의 사람에게 겉모습과 성격은 서로 맞아떨어지는 경우가 적지 않다. 그 생김새로 보면 이 소설의 주인공은 부드러움과는 거리가 먼 매우 괴팍한 성격의 소유자임에 틀림없다. 그녀의 성격에 대하여 화자는 맨 마지막 문장에서 "기숙생들이 오싹하고 몸서리를 칠이만큼 그(녀)는 엄격하고 매서웠다"라고 적고 있다. 학생들 가운데 누구인가가 남학생한테서 연애 편지를 받기라도 하는 날이면 기숙사 사감은 그녀를 불러 닦달질을 한다. 그 문제 학생을 '잡아먹을 듯이' 노려보는가 하면, 말을 할 때에도 마치 '콱 무는 듯이' 말을 내뱉거나 '소리를 빽' 하고 지르기 일쑤이다. 화자는 사감이 마침내 그 문제의 학생을 "미주알고주알 깨고 파며 어르고 볶아서 넉넉히 십 년 감수를 시킨다"라고 말한다.

더구나 작가의 이러한 성격 형성은 주인공의 위선적이고 이중적인 성격을 드러내는 데에도 아주 걸맞다. 그녀가 그토록 연애 편지를 싫어하고 남성에 대하여 알레르기적 반응을 보이는 것도 따지고 보면 남에게 호감을 주지 못하는 자신의 겉모습 때문이다. 그녀는 학생들에게 "사내란 믿지 못할 것, 우리 여성을 잡아먹으려는 마귀인 것"이라고 말하는가 하면, "연애가 자유이니 신성이니 하는 것은 모두 악마가 지여낸 소리인 것"이라고 말한다. 그런가 하면 이렇게 열을 올리며 한참 말을 늘어 놓다가 갑자기 마룻바닥에 무릎을 꿇고 눈물까지 글썽거리면서 하나님에게 "악마의 유혹에 떨어지려는 어린양을 구해 달라"고 기도하곤 한다. 한 마디로 기숙사 사감은 심리학적으로 좀더 깊이 연구해 볼 만한 작중인물이다. 분명히 그녀에게는 단순한 질투나 열등감을 넘어 성적 억압에서 비롯되는 여러 병적 증후를 찾아볼 수 있기 때문이다.

이렇게 작중인물의 겉모습을 유난히 강조하여 성격을 묘사하는 것은 우리나라 고전 소설 작가들이 흔히 쓰는 기법이다. 실제로 이 기법에 있어 현진건은 고전 소설에서 큰 영향을 받은 듯하다. 작중인물의 겉모습을 지나칠 만큼 자세하게 그리고 아주 과장하여 묘사하는 기법은 우리 고전 소설에서 쉽게 찾아볼 수 있다. 가령 『장화홍련전』에서 장화와 홍련의 계모를 묘사하는 부분이 그러하다. 이 고전 소설에서 아직 이름이 밝혀지지 않은 작가는 계모 허씨에 대하여 이렇게 적는다.

그 용모로 말할진대, 두 볼은 한 자가 넘고 눈은 퉁방울 같고 코는 질병 같고 입은 메기 같고 머리털은 돼지털 같고 키는 장승만하고 소리는 이리 소리 같고 허리는 두 아름이나 되는 것이 게다가 곰배팔이요 수종다리에 쌍언청이를 겸하였고 그 주둥이를 썰어 내면 열 사발은 되겠고 얽기는 콩멍석같으니, 그 생김새는 차마 바로 보기가 어려운 중에 그 심사가 더욱 불량하여 남의 못할 노릇은 골라 가며 행하니, 집에 두기 일시가 난감하더라.

이러한 예는 『장화홍련전』에만 그치지 않고 더 나아가 『심청전』이나 『흥부전』과 같은 고전 소설에서도 마찬가지로 나타난다. 가령 『심청전』에서 뺑덕어멈을 묘사하는 부분이나 『흥부전』에서

놀부를 묘사하는 부분이 그러하다. 「B사감과 러브레터」에서 기숙사 사감의 묘사와 위 인용문에서 허씨에 대한 묘사는 우연의 일치라기에는 너무나 닮은 점이 많다.

한편 간접적 성격 형성이란 작가가 직접 나서지 않고 작중인물의 성격을 넌지시 드러내는 방법이다. 가령 작가는 작중인물이 하는 말의 내용이나 말투를 통하여 그의 성격을 보여줄 수 있다. 일상생활에서와 마찬가지로 소설에서도 등장인물이 말하는 것을 보면 그 사람의 됨됨이를 미루어 짐작할 수 있기 때문이다. 행동에도 버릇이 있듯이 말에도 말버릇이라는 것이 있다. 특히 동양에서는 '언용'(言容)이나 '언모'(言貌)라고 하여 말씨와 얼굴 모습을 따로 떼어 생각하지 않고 하나로 보았던 것이다. 또한 작중인물의 행동거지에서도 그의 성격을 엿볼 수 있다. 언뜻 대수롭지 않게 보이는 작은 행동 하나에서 그의 숨겨진 성격을 캐는 열쇠를 찾을 수도 있다. 그런가 하면 특정한 인물에 대한 다른 작중인물들의 말을 통하여서도 작가는 성격을 묘사할 수 있다. 물론 다른 작중인물들의 말을 액면 그대로 믿을 바는 못되지만 그 인물의 성격을 알아내는 데에 도움이 되는 것은 사실이다.

사랑을 고백할 때에 은근히 하는 것이 더 효과적이듯이 작중인물들의 성격을 보여주는 데에 있어서도 직접적 방법보다는 간접적 방법이 훨씬 더 바람직하다. 작중인물의 복잡하고 미묘한 심리를 작가가 직접 나서서 묘사하는 데에는 한계가 있다. 작중인물의 행동보다 심리에 치중하는 작품일수록 성격 형성이 암시적으로 이루어지는 경우가 많다. 독자들이 주어진 몇 가지 단서를 기초로 작중인물들의 성격을 추측할 때에 작품의 의미는 한결 더 풍부해질 것이다.

소설에 등장인물이 사람이 아닌 동물이나 무생물이 되는 경우도 가끔 있다. 예를 들어 황순원의 「달과 발과」라는 작품에서는 민물게가 주인공으로 나온다. 그의 또다른 작품 「목넘이마을의 개」에서도 사람들이 나오기는 하지만 역시 주인공은 제목 그대로 개이고 사람들은 단지 보조 인물로서 나올 따름이다. 물론 이렇게 동물이나 무생물이 중요한 작중인물로 등장한다고 하여 인간의 삶과 아무런 관계가 없다고 볼 수만은 없다. 이 두 작품을 민물게와 개의 이야기로만 읽는 것은 곧 동물만이 등장한다고 하여 이솝 우화를 동물 이야기로만 읽는 것과 크게 다름없다. 비록 사람 대신에 동물이 작중인물로 나오더라도 작가는 동물의 행태를 빌려 인간의 삶을 그리고 있다.

이 세상에 살고 있는 사람들마다 제각기 성격이 다르듯이 소설에 등장하는 작중인물들의 성격도 저마다 다르다. 영국의 소설가 E. M. 포스터는 소설의 작중인물을 성격이 단순하냐 복잡하냐에 따라 크게 '평면적 인물'과 '원형적 인물'의 두 갈래로 나눈 적이 있다. 여기에서 평면적 인물이란 한두 가지 고정된 특성만을 가지고 있는 비교적 단순한 사람을 말하고, 원형적 인물이란 성격이 복잡하여 쉽게 무엇이라고 단정짓기 어려운 사람을 가리킨다. 한편 이야기가 진행되는 동안 성격이 바뀌느냐 그렇지 않고 원래의 성격 그대로 남아 있느냐에 따라 작중인물은 '정적(靜的) 인물'과 '동적(動的) 인물'로 나누기도 한다. 정적 인물이란 작품의 처음부터 끝까지 성격이 이렇다 할 만하게 달라지지 않고 한 상태 그대로 남아 있는 사람을 가리킨다. 동적 인물이란 이와는 반대로 이야기가 진행됨에 따라 성격이 발전하고 변모하는 사람을 말한다.

그런데 여기에서 한 가지 짚고 넘어가야 할 것은 이 두 갈래의 인물 사이에는 얼마든지 그 중간 형태가 있을 수 있다는 점이다. 작중인물을 오직 이 두 갈래로만 나누는 것은 마치 정치 신념이나 태도를 극우와 극좌, 보수와 진보로만 나누는 것과 다름없다. 중도 우파니 중도 좌파니 하는 표현이나, 보수적 진보니 진보적 보수니 하는 표현은 한결같이 극단적인 정치 신념을 뛰어넘어 그 중간 어디에서 답을 찾으려는 태도이다. 마찬가지로 원형적 인물이나 동적 인물만이 훌륭하고 평면적 인물이나 정적 인물은 그렇지 않다는 생각도 옳지 않다. 작중인물의 성격은 어디까지나 작품에서의 역할과 기능에 따라서 결정될 뿐 성격의 복잡성이나 변모 유무에 따라서 결정되지 않기 때문이다.

성격과 함께 플롯은 소설의 구성 요소 가운데에서 가장 중요한 요소이다. 소설의 뼈대에 해당하는 플롯은 건물로 치면 골조와 같고 우리 몸으로 치면 골격과 같다. 어떤 의미에서 나머지 구성 요소들은 플롯에 도움을 주는 부수적 요소라고 할 수 있다. 만약 소설에서 플롯이 없다면 배경은 한낱 텅 빈 무대에 지나지 않고, 작중인물 또한 생명이 없는 허수아비에 지나지 않는다. 비극과 관련하여 아리스토텔레스가 일찍이 플롯을 '비극의 영혼'이라고 불렀던 것을 보면 문학 작품에서 플롯이 차지하는 비중이 얼마나 큰지 쉽게 짐작하고도 남는다.

물론 플롯이 없는 소설이 전혀 없는 것도 아니다. 모더니즘 계열의 소설에서는 리얼리즘 계열의 소설에서 흔히 볼 수 있는 치밀한 플롯은 찾아보기 어렵다. 비교적 최근에 들어와 아일랜드 태생의 프랑스 작가 사뮈엘 베케트나, 알랭 로브-그리예와 같은 프랑스의 누보로망 작가들은 일부러 플롯 없는 소설을 쓴다. 이러한 경향은 특히 포스트모더니즘 작가로 부르는 소설가들한테서 한결 더 두드러지게 나타난다. 그러나 이들 작가들의 작품에서조차도 플롯이 완전히 사라져 버린 것은 아니고, 다만 전통적인 작가들과는 전혀 다르게 플롯을 쓰고 있을 따름이다.

그런가 하면 이와는 달리 지나칠 만큼 플롯에 기대는 소설도 있다. 탐정 소설과 스파이 소설을 비롯한 서부개척 소설·로망스·공상과학 소설·탐험 소설 따위가 바로 그러하다. 이 소설 장르는 작중인물의 성격 묘사를 비롯한 소설의 다른 구성 요소에는 별다른 관심을 보이지 않은 채 오직 플롯의 진행에만 관심을 기울인다. 이러한 소설 장르들이 그동안 흔히 대중 문학이라고 낙인 찍인 채 순수 문학가들한테서 따돌림을 받아 온 까닭도 바로 그 때문이다. 이 소설들은 일부러 플롯을 복잡하게 만들어서 독자들의 호기심을 자극하려고 한다.

흔히 플롯을 스토리와 같은 뜻으로 사용하지만 이 두 용어는 엄밀히 가려서 쓸 필요가 있다. 스토리는 단순히 사건을 연대기로 적어 놓은 이야기 줄거리를 말한다. 한편 플롯은 사건의 줄거리뿐만 아니라 작가가 예술적 구도에 따라 사건을 선택하고 배열하고 조직한다. 쉽게 말해서 스토리가 "무슨 사건이 일어나는가?"라는 문제에 관심을 둔다면, 플롯은 "어떻게 사건이 일어나는가?"라는 문제에 초점을 맞춘다. 그러니까 플롯에서는 무엇보다도 원인과 결과의 관계가 중요하다. 즉 플롯은 작품에 어떤 구조나 패턴을 가져다준다.

플롯과 스토리를 구별하기 위하여 앞에서 말한 E. M. 포스터는 재미난 예를 든다. "왕이 죽고 왕비가 죽었다"라고 하면 스토리가 되지만, "왕이 죽자 왕비는 슬퍼서 죽었다"라고 하면 플롯이 된다는 것이다. 왕이 먼저 죽고 그 다음에 왕비가 죽었다고 말하는 것은 어디까지나 연대기에 따른 사건 배열이다. 여기에서는 누가 먼저 죽고 누가 나중에 죽는다는 사건의 순서만 드러나 있을 뿐 도대체 왜 왕비가 죽었는지, 왕비의 죽음은 왕의 죽음과 어떠한 관련이 있는지는 전혀 드러나지 않는다. 그러나 두번째 예에서 남편의 죽음에 비통과 절망을 느낀 나머지 왕비가 죽었다고 말하는 것은 단순히 사건의 순서에 그치지 않고 인과 관계까지 밝히고 있다. 이렇듯 스토리는 오직 독자의 호기심만을 불러일으키지만 플롯은 독자에게 호기심은 물론이고 지능과 기억력까지 요구한다.

1920년대와 1930년대에 걸쳐 러시아에서 크게 유행한 문학 이론인 형식주의에서는 '슈제트'(플롯)와 '파블라'(스토리)를 서로 엄격하게 구별하려고 하였다. 러시아 형식주의자들에게 이 두 가지의 차이는 하늘과 땅만큼이나 아주 크다. 스토리냐 플롯이냐에 따라 문학이 될 수도 있고 문학이 되지 않을 수도 있기 때문이다. 문학 그 자체보다는 오히려 문학성을 더 높이 여기는 그들은 스토리가 작품의 원자재에 지나지 않는다면 플롯은 원자재를 사용하여 만들어 놓은 하나의 예술 작품이라고 말한다. 비유적으로 말하자면 진흙이나 강철이 스토리라면 진흙이나 강철을 재료로 삼아 만들어 낸 조각품은 플롯인 셈이다.

작중인물에서 성격이 주춧돌과 같은 구실을 하듯이 플롯에서는 행동이 그러한 구실을 한다. 플롯은 바로 작중인물의 행동과 그 행동이 만들어 내는 사건에서 비롯한다. 그런데 소설에서 사건은 단순히 신체적이거나 물리적인 것만을 가리키지 않는다. 눈으로 직접 볼 수 없는 정신적 현상이나 심리적 현상도 아주 중요한 사건이다. 가령 작중인물의 머리에 번개처럼 갑자기 스쳐가는 어떤 직관이나 통찰도 현실에서 발생할 수 있는 구체적이고 물리적인 현상들에 못지않게 중요한 사건이다. 앞의 사건을 외적 사건이라고 부른다면 뒤의 사건을 내적 사건이라고 부를 수 있을 것이다. 소설에서는 외적 사건에 못지않게 내적 사건이 매우 중요하다.

그런데 소설에서 행동은 다름아닌 작중인물의 갈등에서 생겨난다. 만약 갈등이 없다면 어떠한 행동도 일어날 수가 없다. 말하자면 소설에서 갈등은 작중인물들이 행동하는 데 없어서는 안 될 원동력이라고 할 수 있다. 가솔린이 없이 자동차가 앞으로 나아갈 수 없듯이 소설의 작중인물들은 갈등 없이는 어떠한 행동도 할 수 없다. 갈등에 따라 플롯은 흔히 1) 발단, 2) 전개, 3) 위기, 4) 절정, 그리고 5) 해결 따위 모두 다섯 단계에 걸쳐 진행한다. 물론 이 다섯 단계는 엄격하게 지켜지지 않을 때도 있다. 가령 어떤 작품에서는 이 다섯 단계 가운데 한두 가지를 생략하거나 그 순서를 서로 뒤바꿔 놓을 때가 있다. 또 어떤 때에는 아예 발단 단계와 결말 단계를 생략해 버릴 때도 없지 않다.

플롯의 진행 단계를 좀더 잘 이해하기 위하여서는 작품에서 구체적인 예를 들어보는 것이 좋을 것 같다. 최인훈의 소설『광장』은 그 좋은 본보기가 된다. 이 작품은 분단 현실을 설득력 있게 그렸다고 하여 발표 무렵부터 큰 화제를 모았는데, 플롯 단계를 비교적 충실하게 따른다. 구성면에서 이 소설의 형태는 조금 특이하다. 현재 사건이 작품의 시작 부분과 끝 부분을 차지하고, 그 사이사이에 주인공이 자신의 과거 삶을 회상하는 장면이 삽입되어 있어 마치 샌드위치와 같은 형식을 따르고 있다. 물론 작가는 현재 사건을 시작과 끝 부분뿐만 아니라 작품 곳곳에서 다루고 있어 엄격히 말하면 샌드위치 속에 또다른 샌드위치가 들어 있기도 하다. 그러나 이 작품에서 가장 뼈대가 되는 플롯은 한국전쟁 중 포로로 잡힌 주인공 이명준이 포로 교환 협정에 따라 제3국을 택하여 지금 타고르호를 타고 인도로 가기까지의 주인공의 과거 행적이다. 작품의 거의 대부분을 차지하는 그의 과거 행적은 일단 회상 장면으로 들어가서는 비교적 연대기적으로 진행된다.

고아와 다를 바 없는 이명준이 아버지의 옛 친구 집에 얹혀 대학을 다니는 장면은 이 소설에서 발단 단계에 속한다. 철학을 전공하는 그는 대학 생활에 별다른 흥미를 느끼지 못하고 독서와 명상에 깊이 빠진다. 대학 신문에 시를 발표하는 것을 보면 문학에도 깊은 관심을 보이는 듯하다. '달걀 속 노른자위 같은 삶'이라는 표현처럼 이 무렵 그의 세계관은 다분히 관념적인 데가 많다. 그가 가깝게 지내는 사람이래야 주인집 아들 변태식과 고고학자이며 여행가인 정선생이 고작이다. 한편 "밀실만 푸짐하고 광장이 죽은 곳"이라는 그의 말에서도 잘 드러나 있듯이 이명준은 해방 후 남한 현실에 적지 않은 불만을 느낀다.

이명준이 주인집 딸 변영미의 소개로 강윤애를 만나고, 해방과 더불어 월북한 아버지가 최근 대남 방송에 나온다는 이유로 경찰서에 불려가 심한 모욕과 구타를 당하면서 플롯은 도입 단계에서 벗어나 전개 단계에 접어든다. 이 작품의 화자는 "경찰서에 두 번 다녀온 지금 그의 삶의 가락은 아주 무너지고 말았다"고 적는다. 이처럼 이 사건은 이명준의 삶에 획을 긋는 큰 전환점이 된다. 그 후 그는 인천에 있는 강윤애를 찾아가 그녀의 집에 머문다. 이 무렵 강윤애와 처음으로 육체적 관계를 갖지만 그녀의 이상스런 태도에 큰 실망을 느낀다. 그는 선창가 목로 주점에서 술을 마시거나 부둣가를 할 일 없이 배회하면서 시간을 보낸다.

이 소설에서 위기 단계는 이명준이 인천에서 밀수선을 타고 북쪽으로 넘어가면서 시작한다. 월북하면서 그는 '때묻지 않은 새로운 광장'으로 가는 것이라고 자못 들떠 있다. 월북한 다음 그는 곧 평양에 있는 노동신문사 편집부에서 기자로 일한다. 그러나 막상 이명준이 북녘에서 만난 것은 '잿빛 공화국'이었다. 그가 거리에서 보게 되는 것은 '혁명의 공화국에 사는 열기 띤 시민의 얼굴'이 아니라 한결같이 '맥빠진 얼굴'뿐이다. 더구나 이름 있는 혁명가라고 자랑스럽게 여기던 아버지조차 한낱 '혁명쟁이'에 지나지 않는다는 사실을 깨닫고 그는 큰 환멸을 느낀다. '호랑이굴에 스스로 걸어 들어온' 자신을 저주하지만 이제 어떻게 할 도리가 없다. 이제 그에게 남아 있는 희망이라고는 부상을 입고 병원에 입원하여 있던 중 우연히 만난 발레리나 은혜뿐이다. 그녀야말로 이명준이 이제 이른 '마지막 광장'이다. 그러나 그녀마저도 자신을 속이고 예술단을 따라 모스크바로 떠나가자 이명준은 말할 수 없이 절망한다.

한국전쟁이 일어나고 이명준이 정치보위부원 자격으로 서울에 다시 내려오면서 이 소설은 절정 단계로 접어든다. 그는 스파이 노릇을 하다 붙잡혀 온 변태식을 고문하고 변태식과 결혼한 강윤애를 다시 만난다. 전세가 불리해지자 이명준은 낙동강 전선으로 배치를 받고, 바로 여기에서 뜻밖에도 은혜를 다시 만나게 된다. 전쟁과 함께 모스크바에서 돌아온 그녀는 간호병으로 지원하여 낙동강 전선에 배치되었던 것이다. 거의 날마다 그들은 동굴 속에서 만나 마지막 사랑을 불태운다. 은혜는 이명준에게 그의 아기를 임신한 사실을 털어 놓은 지 얼마 안 되어 낙동강 전투에서 그만 사망하고, 이명준은 곧 남쪽의 포로가 되어 거제도 수용소에 갇힌다. 휴전 협정과 함께 포로 송환이 이루어지자 그는 '만화보다도 더 초라한' 조국을 버리고 제3국에서 새로운 삶을 시작하기로 결심한다.

이 작품에서 해결 부분은 이명준이 동료 석방 포로들과 함께 타고르호를 타고 인도로 가는 장면부터 시작한다. 이 배에서 그는 선장과 포로 사이에서 통역관 노릇을 한다. 홍콩에 상륙하는 문제를 두고 동료 석방 포로들과 마찰을 빚기도 한다. 그러나 무엇보다도 그를 괴롭히는 것은 항구를 떠날 때부터 그의 뒤를 좇고 있는 갈매기 두 마리이다. 점차 그는 이 갈매기가 다름아닌 은혜, 그리고 자신과 은혜 사이에서 잉태한 딸이라는 환상을 갖는다. 목적지에 거의 다다를 무렵 그는 마침내 남지나해 바닷물 속에 뛰어들어 스스로 목숨을 끊는다.

플롯은 흔히 중심 플롯과 보조 플롯의 두 갈래로 나눈다. 중심 플롯이란 소설에서 가장 핵심적 구실을 하는 플롯을 말하고, 보조 플롯은 중심 플롯을 도와주는 구실을 한다. 연극 배우로 치자면 중심 플롯은 스포트 라이트를 가장 많이 받는 주연 배우, 보조 플롯은 주연 배우를 도와주는 조연 배우이다. 방금 예로 든 『광장』에는 중심 플롯 하나만을 다룰 뿐 이렇다 할 만한 보조 플롯을 지니고 있지 않다. 변태식이나 변영미와 관련한 사건을 보조 플롯으로 볼 수도 있을 터이지만 독립된 플롯으로 보기에는 아무래도 사건이 빈약하다.

일본 식민지에서 벗어난 직후의 사회현실을 잘 보여주고 있다는 평가를 받아 온 염상섭의 「두 파산」은 두 개의 플롯을 지닌 대표적인 작품 가운데 하나이다. 이 작품에서 중심 플롯은 정례 어머니를 둘러싼 것이고 보조 플롯은 김옥임을 둘러싼 것이다. 정례 어머니는 한때 동경 유학까지 한 인텔리로서 윤리 의식을 가지고 사는 평범한 중산층 여성이다. 은행에 집을 담보로 잡히고 얻은 돈으로 그녀는 학교 근처에 문방구 가게를 연다. 그러나 남한테 빌려 쓴 돈의 이자에다 가게도 생각대로 잘 안 되는 탓에 정례 어머니는 경제적으로 큰 어려움을 겪는다. 땅을 팔아 가까스로 택시 사업을 벌인 남편의 사업도 안 되기는 마찬가지이다. 마침내 정례 어머니의 가게는 일제 때 시골 국민학교 교장을 지냈다는 고리대금업자 손에 넘어가고 만다. 말하자면 그녀는 파산하는 것이다.

한편 정례 어머니와는 소학교 적부터 동창이고 동경 유학까지 함께 한 인텔리 여성 김옥임은 한때는 도지사 남편을 두고 남부럽지 않게 살았다. 그러나 해방과 더불어 남편이 반민자(反民者)로 몰리게 된 데다가 몇 년째 중풍으로 앓아 누워 있게 되면서 가세가 점차 기울기 시작하였다. 그리하여 이 세상에서 돈밖에는 믿을 것이 없다고 생각한 나머지 옥임은 지나치게 돈에만 집착하게 된다. '빚놀이에 눈이 벌게 다니는' 그녀에게 옛 친구와의 우정이나 의리가 눈에 들어올 리 없다. 더구나 "세도 좋은 젊은 서방을 믿고 그 떼세루 남의 돈을 무쪽같이 떼먹으려드나부다마는……" 하고 말하는 것을 보면 옥임은 정례 어머니에 대하여 강한 시기와 질투를 느끼는 듯하다. 마침내 그녀는 "난 돈밖에 몰라. 내일 모레면 거리로 나앉게 된 년이 체면은 뭐구, 우정은 다 뭐냐?" 하고 말하면서 남들이 지켜보는 길거리에서 정례 어머니에게 큰 창피와 모욕을 준다. 한 마디로 지금 옥임은 한때 셰익스피어 원서를 끼고 다니고 헨릭 입센의 『인형의 집』에 깊이 빠져 있던 인물과는 너무나 거리가 멀다.

그러나 이 소설에서 중심 플롯과 보조 플롯은 작품의 끝부분에 이르러 파산이라는 같은 주제에 이른다. 즉 정례 어머니는 경제적으로 큰 손해를 보지만 옥임 또한 무사하지만은 않다. 다시 말해서 정례네 식구들이 물질적·경제적 파산을 겪는다면, 옥임은 정신적·심리적 파산을 겪는다. 물질적 파산이건 정신적 파산이건, 경제적 파산이건 심리적 파산이건 둘 다 파산임에는 틀림없다. 어떤 의미에서는 정신적·심리적 파산이 물질적·경제적 파산보다 그 피해가 한결 더 크다고 할 것이다. 작가가 이 작품에 '두 파산'이라는 제목을 붙인 까닭을 이제 알 만하다. 고리대금업을 하고 부당한 방법으로 남의 가게를 빼앗다시피 하는 교장 선생까지 계산에 넣는다면 이 작품에서 작가는 결국 '두 파산'이 아니라 '세 파산'을 다루고 있는 셈이다. 그러나 그 교장 선생도 결국 옥임과 마찬가지로 정신적·심리적 파산자이고 보면 작가의 말대로 두 파산으로 보아도 좋을 것 같다.

　　소설의 또 다른 구성 요소인 시점은 작가가 이야기를 전달하는 방법과 관련 있다. 작가가 누구의 관점에서 이야기를 독자에게 전달하는가 하는 문제가 바로 시점이다. 시점은 소설 작품에서 이야기를 구성하는 작중인물·대화·행동·배경·사건·주제 따위를 통제한다. 그렇기 때문에 소설이 문학사의 무대에 본격적으로 등장한 다음 작가들은 물론이고 비평가들까지도 시점에 대하여 무척 깊은 관심을 보여 왔다. 소설의 기교를 말할 때마다 늘 약방의 감초처럼 빠지지 않는 것도 바로 이 시점이었다.

　　그런데 화자를 둘러싼 문제는 시점에서 비롯된다. 이야기를 전달하는 화자가 과연 누구인가? 그는 얼마나 많은 정보를 알고 있는가? 독자들은 그가 전달하는 이야기를 액면 그대로 믿고 받아들일 수 있는가? 화자가 작가의 역할을 대신 떠맡고 있는가, 아니면 작가와는 비교적 무관하게 독립적인가? 작가는 작중인물 가운데 한 사람을 화자로 내세우는가, 아니면 사건과는 아무런 관계 없는 인물을 화자로 내세우는가? 그리고 화자는 오직 한 사람에 만 그치는가, 아니면 한 사람 이상인가? 이러한 물음은 한결같이 화자의 역할과 기능을 이해하는 데에 있어 아주 중요하다.

여기에서 한 가지 눈여겨보아야 할 것은 화자와 저자는 서로 다르다는 점이다. 시에서는 화자를 영어로 '퍼소우너'라고 부른다. 이 말은 본디 '가면'이라는 그리스어에서 나온 말이다. 비록 시인 이 1인칭 화자로 시에 직접 등장하더라도 그는 어디까지나 가면 을 쓰고 위장한 형태로 나온다는 것이다. 그러므로 시의 화자를 시인 자신으로 혼동하여서는 안 된다. 사정은 소설의 경우에서도 마찬가지이다. 시와 같이 소설에서도 화자는 저자 자신이라기보 다는 가면을 쓰고 위장한 저자로 보는 편이 훨씬 더 맞다. 남성 작가들이 '나'라는 1인칭 화자를 쓰면서도 그 화자는 남성이 아니 라 여성인 때가 더러 있다. 마찬가지로 여성 작가의 작품에 나오 는 1인칭 화자도 여성이 아니라 남성인 경우가 적지 않다.

작가가 어떤 시점에서 이야기를 하느냐에 따라 작품의 의미가 달라진다. 이 점을 좀더 쉽게 이해하기 위하여서는 잠시 영화를 생각해 보는 것이 좋을 것 같다. 똑같은 장면이라도 카메라의 앵 글을 달리하여 얼마든지 여러 방법으로 찍을 수 있다. 어떤 앵글 로 찍느냐에 따라 그 장면은 관중들에게 서로 다른 효과를 준다. 심지어 두 등장인물이 간단한 대화를 나누는 때에도 카메라 앵글 을 어느 각도로 그리고 어떻게 잡느냐에 따라 그 인물에 대한 관 중의 반응이 달라질 수 있다. 카메라 앵글처럼 소설의 시점도 상 황에 따라 서로 다른 효과를 만들어 낼 수 있다. 그런데 작가가 어떠한 시점을 선택하는가는 전적으로 작품의 성격, 그리고 그가 독자에게 주려고 하는 효과나 목적에 달려 있다.

시점이 얼마나 중요한 구실을 하는가는 문학사를 통하여 작가 들이 한 작품을 시점만 달리하여 여러 번에 걸쳐 고쳐 쓴 것만 보아도 잘 알 수 있다. 가령 모더니즘 계열의 독일 작가 프란츠

카프카가 『성』을 쓸 적에 처음 원고에서는 1인칭 시점으로 하였다가 책으로 출간할 때에 가서 'K'라는 3인칭 시점으로 바꾸어 놓은 것은 잘 알려진 사실이다. 진 리스라는 영국 여류 소설가는 『드넓은 사가소 바다』를 시점을 달리하여 모두 세 번이나 고쳐 썼다고 전해진다. 몇몇 우리나라 작가들도 처음에는 1인칭 시점으로 작품을 썼다가 나중에 3인칭 시점으로 고쳐 놓았거나, 이와는 반대로 3인칭 시점으로 하였다가 1인칭 시점으로 고쳐 놓았다고 밝힌 바 있다.

시점은 일반적으로 1인칭 시점과 3인칭 시점의 두 갈래로 크게 나눈다. 그동안 2인칭 시점을 사용한 소설이 전혀 없었던 것은 아니다. 가령 클로드 시몽이나 미셸 뷔토르와 같은 몇몇 프랑스 작가들이 2인칭 시점을 시도한 적이 있다. 프랑스 문학에서 큰 영향을 받은 우리나라 작가 유서로도 『지극히 작은 자 하나』에서 2인칭 시점으로 소설을 썼다. 그러나 엄격한 의미에서 2인칭 시점으로 소설을 쓴다는 것은 사실 불가능하다. 그것은 마치 나의 눈이 아닌 상대방의 눈으로 사물을 바라보는 것과 같기 때문이다. 2인칭 소설은 어디까지나 전통적인 시점에 불만을 느낀 몇몇 작가들이 서술 관점을 실험해 본 것에 지나지 않으며, 설령 실험에 성공하였다고 하더라도 극히 예외적인 경우에 머물러 있다. 그러므로 소설에서 시점은 역시 1인칭 시점과 3인칭 시점의 두 갈래로 보아야 할 것이다.

1인칭 시점 소설에서 화자는 '나' 또는 '우리'라는 인물로 나타나 독자들에게 이야기를 전달한다. 이 시점을 두고 '1인칭 서술자 시점'이라고 부른다. 이 방법은 작중인물이나 주인공의 내면 세계를 드러내는 데에 가장 효과적이다. 또한 화자는 자신이 경험하였거나 잘 알고 있는 바를 직접 독자들에게 전달하기 때문에 훨씬 현장감을 높이고 직접성을 높일 수 있다는 이점도 있다. 그러므로 3인칭 시점 소설과 비교하여 이 시점 소설에서는 독자와의 감정 이입이 한결 자연스럽게 일어난다. 독자들은 작품을 읽으면서 마치 자신이 주인공이라도 된 듯 사건에 깊이 빠져든다.

그런데 1인칭 시점은 화자가 이야기에 얼마나 참여하느냐에 따라 다시 세 가지로 나눈다. 첫번째는 1인칭 화자가 작품의 주인공이고, 주인공이 곧 화자의 구실까지 하는 경우이다. 그러니까 화자는 다름아닌 자신의 이야기를 독자들에게 들려 주는 셈이다. 1인칭 시점의 소설이 자서전이나 전기, 편지나 일기 형식을 취하는 것은 바로 그 때문이다. 때로 1인칭 시점을 쓰는 소설은 신앙 고백과 같은 성격을 띤다.

토속적인 서정성을 지닌 농촌 소설이라는 꼬리표가 늘 붙어 다니는 김유정의 「동백꽃」은 이러한 경우를 보여주는 좋은 본보기이다. 작가는 이야기에 직접 나타나지 않고 대신 이름이 밝혀지지 않은 '나'라는 1인칭 화자를 등장시켜 이야기를 서술한다.

오늘도 또 우리 수탉이 막 쫓기었다. 내가 점심을 먹고 나무를 하러 갈 양으로 나올 때이었다. 산으로 올라서려니까 등 뒤에서 푸드득 하고 닭의 횃소리가 야단이다. 깜짝 놀라서 고개를 돌려보니 아니나 다르랴, 두 놈이 또 얼리었다.

위 인용문에서 '나'로 등장하는 1인칭 화자는 이야기를 전달하는 서술자뿐만 아니라 주인공의 구실도 함께 한다. 다시 말해서 주인공인 '나'가 직접 자신의 이야기를 독자들에게 들려 주는 것이다. 언뜻 보면 '나'라는 한 개인보다는 '우리'라는 한 집단이 화자인 것 같다. 그러나 '우리 수탉'의 그 '우리'는 '나' 대신에 흔히 쓰는 우리말 언어 관습 탓에 비롯한 것일 뿐 이 소설은 어디까지나 '나'가 화자이다. 사춘기에 접어든 마름집 딸 점순은 '나'에게 관심을 보이지만 아직 성에 눈을 뜨지 않은 '나'는 아직 눈치를 채지 못한다. 오히려 그녀의 호의를 귀찮게 여기면서 행여 점순이 아버지의 눈에 거슬려 자기 집안식구들이 내쫓기지나 않을까 걱정할 따름이다. 그러나 '나'가 호의를 거절하면 할수록 점순이는 틈만 나면 닭싸움을 시키는 등 더욱 '나'의 관심을 끌려고 한다. 시골 풍경을 배경으로 펼쳐지는 젊은 남녀의 미묘한 심리적 갈등은 한결같이 '나'의 의식을 통하여서만 독자들에게 전달된다.

비교적 최근에 나온 작품 가운데 장정일의 『아담이 눈 뜰 때』는 1인칭 서술자 시점을 효과적으로 구사하는 대표적인 작품 가운데 하나이다. 이 작품은 고등학교를 갓 졸업한 한 젊은이가 갖가지 방황을 통하여 점차 삶의 방향을 모색해 가는 과정을 그린 성장 소설이다. 저 태초에 아담이 이브와 함께 금단의 과일을 따먹고 지식에 눈을 뜬 것처럼 이 작품의 주인공도 갖가지 경험을 통하여 세상에 눈을 뜬다. 성장 소설들이 흔히 그러하듯이 이 작품도 1인칭 화자 '나'가 등장하여 자신의 과거 경험을 독자들에게 직접 전달하는 형식을 취한다.

내 나이 열아홉 살, 그때 내가 가장 가지고 싶었던 것은 타자기와 뭉크 화집과 카세트 라디오에 연결하여 레코드를 들을 수 있게 하는 턴테이블이었다. 단지, 그것들만이 열아홉 살 때 내가 이 세상으로부터 얻고자 원하는, 전부의 것이었다. 그러나 내 소망은 너무나 소박하여 내가 국립 서울대학교에 입학하기를 원하는 어머님의 소망이나, 커서 삼성 라이온스에 입단하기를 꿈꾸는 어린 사촌동생의 소망보다 차라리 더, 어렵게만 느껴졌다.

작품의 첫머리에서 따온 이 인용문에서도 잘 드러나 있듯이 '나'는 이 소설의 화자의 역할을 맡고 있는 동시에 주인공의 역할도 함께 떠맡는다. 이 소설은 일종의 고백체 형식을 취하고 있는 만큼 '나'라는 1인칭 서술자 시점은 주인공의 겉에 드러난 행동을 보여주는 데에는 물론이고 내면 세계를 드러내는 데에 있어서도 그야말로 안성맞춤이다. 「동백꽃」에서는 작가가 설령 3인칭 시점을 사용하였다고 하더라도 크게 문제가 되지 않을 터이지만, 『아담이 눈 뜰 때』에서 작가가 만약 3인칭 시점을 사용하였더라면 그 감흥은 지금보다 훨씬 줄어들었을 것이다. 화자가 '내 열아홉 살의 초상'이라고 부르는 이 이야기는 오직 1인칭 서술자 시점으로 서술할 때에 가장 효과적이다.

한편 1인칭 서술 방법에는 화자가 한 작중인물로서 사건에 참여하되 주인공으로서의 역할은 하지 않는 방법도 있다. '1인칭 참여자 시점'의 화자는 어떤 때는 사건에 직접 참여하기도 하고 또 어떤 때는 방관자나 관찰자로서 이야기를 비교적 객관적으로 서술하기도 하면서 작품의 안과 밖을 자유롭게 드나든다.

전영택의 「화수분」에서 이러한 예를 찾아볼 수 있다. 이 작품에서 서술자는 물론 '나' 또는 '우리'라는 1인칭 화자로서 자신의 집에서 행랑살이 하는 화수분네 식구들이 겪는 비참한 삶을 서술한다. '나'는 자기가 직접 본 것, 아내를 통하여 들은 것, 그리고 동대문 밖에 시집가서 살고 있는 여동생을 통하여 간접적으로 들은 것 따위를 토대로 화수분을 둘러싼 이야기를 전개한다.

그러나 이 소설에서 '나'는 단순히 화수분네 식구들의 이야기를 독자들에게 전달하는 구실만을 하지는 않는다. 때로는 화수분과 관련한 사건에 직접 작중인물로서 참여하기도 한다. 가령 '나'는 화수분의 아내에게 왜 간밤에 그녀의 남편이 크게 소리 내어 울었는지 그 사연을 묻는다. 화수분의 형이 발을 다쳤을 때에 '나'는 화수분이 시골로 내려가 형의 농사 일을 도와 주도록 허락한다. 그런가 하면 '나'는 화수분 아내의 부탁을 받고 화수분에게 보내는 편지를 써서 부쳐 주기도 한다. 이렇듯 이 장면에서 '나'는 화자 이상의 역할을 하고 있음에 틀림없다.

그런데 1인칭 참여자 시점에서는 화자의 역할을 어떻게 볼 것인가의 문제가 남는다. 물론 1인칭 서술자 시점과는 달리 1인칭 참여자 시점에서는 화자가 주인공과 관련한 사건에서 보조적인 역할을 하는 것이 사실이다. 그러나 때로 화자는 주인공에 못지 않게 중요한 역할을 하는 경우가 있다. 「화수분」의 경우만 하더라도 얼핏 '나'는 작중인물로서는 그렇게 중요한 역할을 떠맡고 있는 것처럼 보이지 않을는지 모른다. 그러나 조금 지나치다 싶다고 할지 모르지만 어떤 의미에서 이 작품의 주인공은 화수분이 아니라 바로 1인칭 화자 '나'라고 하여도 크게 틀리지 않을 것 같다.

비록 가난하고 무식할망정 화수분이 자식과 아내 그리고 형에 대하여 깊은 애정을 가지고 있는 데에 '나'는 큰 감명을 받는 듯하다. 더구나 화수분 부부가 어느 고개 밑에서 서로 몸을 부둥켜안은 채 추위에 얼어 죽었다는 소식을 듣고 적지 않은 충격을 받는다. "동생 S에게 비로소 화수분의 소식을 듣고 우리는 놀랐다"는 화자의 말을 눈여겨볼 필요가 있다. 이러한 점에서 본다면 이 작품은 어디까지나 '나'의 이야기이고, 화수분과 그의 식구들이 겪는 비극은 '나'의 인식 변화 과정에서 오직 촉매 역할을 맡고 있을 따름이다. 작품이 처음 시작될 때만 하여도 '나'는 오직 자신의 집안식구들에만 관심을 두는 조금 이기적인 인물로 그려져 있다. 그러나 작품이 진행되면서 점차 '나'는 동료 인간에 대하여서도 관심을 보이기 시작한다. 화자의 이러한 태도는 가령 화수분의 아내가 어린아이를 업고 남편을 찾아 떠난 날 밤 "나는 자면서 잘 갔나, 얼어 죽지나 않았나 하는 생각이 났다"하고 말하는 데에서도 잘 드러난다. 그렇다면 이 소설의 주제는 죽음을 뛰어넘는 부부의 사랑이라는 차원을 넘어 동료 인간에 대한 동정과 이해라는 좀더 높은 차원으로 넓어지는 셈이다. 김동인이 일찍이 전영택을 두고 '예각으로 본 인생관을 인도주의에 연결한 작가'라고 말한 까닭을 이제 알 만하다.

1인칭 시점의 세번째 갈래는 화자가 직접 본 사건이나 남한테 전하여 들은 이야기를 단순히 독자들에게 전달하는 방법이다. 사건과 화자의 거리로 보면 이 서술 방법에서는 사건과 화자 사이의 거리가 가장 멀리 떨어져 있다. 이 방법은 흔히 '1인칭 관찰자 시점'이라고 부른다. 여기에서 화자는 다만 사건의 목격자에 지나지 않을 뿐 주인공은커녕 보조적인 작중인물로서도 등장하지 않는다. 그러니까 화자는 사건에는 전혀 개입하지 않고 오직 이야기를 말하는 전달자의 구실밖에는 하지 않는다. 흔히 '액자 소설'이라고 부르는 소설에서 이 시점이 많이 쓰인다.

 김동리의 「무녀도」는 이러한 시점을 보여주는 아주 좋은 본보기가 될 것 같다. 이 작품은 제목 그대로 한밤중에 한 무녀가 강가에서 굿을 벌이는 모습을 그린 그림 한 폭에 대한 묘사로 시작한다.

> 뒤에 물러 누운 어둑어둑한 산, 앞으로 폭이 넓게 흐르는 검은 강물, 산마루로 들판으로 검은 강물 위로 모두 쏟아져 내릴 듯한 파아란 별들, 바야흐로 숨이 고비에 찬, 이슥한 밤중이다. 강가 모랫벌에 큰 차일을 치고 차일 속엔 마을 여인들이 자욱히 앉아 무당의 시나윗 가락에 취해 있다. 그녀들의 얼굴들은 분명히 슬픈 홍분과 새벽이 가까와 온 듯한 피곤에 젖어 있다. 무당은 바야흐로 청승에 자지러져 뼈도 살도 없는 혼령으로 화한 듯 가벼이 쾌자 자락을 날리며 돌아간다……

 이 무녀도가 그려진 것은 '나'라는 화자가 이 세상에 아직 태어나기 훨씬 전의 일이다. 좀더 정확히 말하자면 이 그림은 화자의 아버지가 결혼하던 해에 나귀를 타고 찾아 온 한 귀머거리 소녀가 그린 것이다. 이 그림과 함께 할아버지한테서 전해 들은 이야기를 토대로 '나'는 모화라는 무당과 그녀의 집안식구들이 몰락해 가는 과정을 한 편의 수채화처럼 아름답게 그려 낸다. 이 작품은 한국의 토속 신앙이 서구의 기독교와 부딪혀 빚어 내는 비극을 다루었는데, '나'는 작품 첫부분에만 잠깐 나올 뿐 이야기가 진행하는 동안에는 한 번도 그 모습을 드러내지 않는다. 모화 집안의 비극과는 시간적으로나 공간적으로 멀리 떨어진 만큼 '나'는 비교적 초연하게 이 이야기를 객관적으로 서술할 수 있을 것이다.

「무녀도」와 비슷한 방법을 사용하는 작품으로 김동인의 「광화사」를 꼽을 수 있다. 「광염 소나타」와 함께 유미주의 냄새가 짙게 풍기는 이 예술가 소설에서도 김동인은 1인칭 관찰자 시점을 사용한다. 이 작품에서 작가는 '여'(余)라는 한자어를 쓰고 있지만 이 말은 바로 '나'를 뜻하는 한자어에 지나지 않는다. '여'는 인왕산에 산책을 나왔다가 소나무 틈에 흐르는 샘을 하나 발견하고 거기에서 어떤 예술적 영감을 받는다. "저 샘물을 두고 한 개 이야기를 꾸미어 볼 수가 없을까?" 하고 생각하고는 그는 인왕산 기슭을 배경으로 솔거라는 한 화공의 이야기를 지어낸다. 이 작품에서 작가는 예술가란 이 세상에서 저주 받은 사람이며 예술을 위하여서라면 무엇이든지 다 바쳐야 한다는 예술지상주의적 예술관을 유감없이 보여 준다.

「광화사」가 「무녀도」와 다른 부분이 있다면 '여'는 남한테 전해 들은 이야기를 서술하는 것이 아니라 상상력을 구사하여 자신이 직접 꾸며 낸 이야기를 서술한다는 점이다. 이렇게 화자가 이야기를 만들 수 있는 까닭은 그 자신이 작품을 쓰는 소설가이기 때문일 것이다. 「무녀도」의 화자는 아직 나이어린 소년인 반면 「광화사」의 화자는 여러 정황으로 미루어 보아 작가임에 틀림없다. 또한 작품의 중간과 맨마지막 부분에 이르러 화자가 다시 한 번 등장하여 지금까지 서술한 이야기에 대하여 언급하는 부분에서도 「광화사」는 「무녀도」와는 다르다. 작품의 끝머리에서 화자는 "늙은 화공이여. 그대의 슬쓸한 인생을 여(余)는 조상하노라. ……우러러보매 여름의 석양은 벌써 백악 위에서 춤추고, 이 천고의 계곡을 산새가 남북으로 난다"라고 끝을 맺는다. 그러니까 작품의 처음과 끝에 화자가 등장하고 그 사이에 솔거의 이야기가 삽입되어 있어 이 소설은 마치 샌드위치와 같은 구성을 지니고 있는 셈이다.

한편 3인칭 서술 화법은 1인칭 서술 화법과는 여러 면에서 다르다. 이 서술 방법에서 작가는 화자를 오직 3인칭으로만 언급한다. 이 때에 화자는 이야기에 나오는 모든 등장인물을 그 이름으로 일컫거나 '그'나 '그녀' 또는 '그들'과 같은 3인칭 인칭대명사로 일컫는다. 화자가 늘 이야기 안에 놓여 있는 1인칭 시점에서와는 달리 3인칭 시점에서는 화자는 언제나 이야기 밖에 놓여 있다. 1인칭 시점에서 얻을 수 있는 직접성이나 현장감이 떨어지는 대신 3인칭 시점에서는 작가가 자유롭게 사건을 펼칠 수 있다는 이점이 있다. 서양에서나 동양에서나 지금까지 소설가들은 1인칭 시점보다는 3인칭 시점을 더 즐겨 써 왔다.

3인칭 시점도 크게 '전지적 시점'과 '제한적 시점'의 두 갈래가 있다. 전지적 시점이란 말 그대로 화자가 전지전능한 신과 같은 입장에서 이야기를 아무런 구애 없이 마음대로 서술하는 방법을 가리킨다. 화자는 작중인물의 행동과 사건에 대하여 모든 정보를 가지고 있다. 심지어는 작중인물이 무엇을 생각하고 느끼는지까지도 다 알고 있다. 더구나 전지적 화자는 신처럼 시간과 공간을 뛰어넘어 마음대로 옮겨다닐 수 있을 뿐만 아니라, 한 작중인물에서 다른 작중인물로 쉽게 옮길 수도 있다. 그는 작중인물들의 말과 행동 그리고 의식 상태를 아주 자유롭게 서술하기도 한다. 화자가 어디까지나 인간인 이상 이렇게 한 화자가 모든 것을 다 꿰뚫어 본다는 사실은 실제 현실에서는 도저히 있을 수 없는 일이다. 그렇지만 독자들은 이것을 소설의 한 관습으로 자연스럽게 받아들인다. 그런데 같은 전지적 화자라도 그 역할은 가지가지이다. 어떤 화자는 작품에 개입하여 장황하게 설교를 늘어 놓는가 하면, 또 어떤 화자는 될 수 있는대로 주관적 논평이나 가치 판단을 배제한 채 오직 객관적 사실만을 기술하려고 애쓴다.

흔히 우리나라 최초의 근대 장편소설로 손꼽히는 이광수의 『무정』은 이러한 시점을 보여 주는 아주 좋은 본보기이다. 모두 126장으로 되어 있는 이 작품에서 작가는 그 첫머리를 이렇게 시작한다.

경성학교 영어 교사 이형식은 오후 두 시에 사년급 영어 시간을 마치고 내리쬐는 유월 볕에 땀을 흘리면서 안동 김 장로의 집으로 간다. 김 장로의 딸 선형이가 명년에 미국 유학을 가기 위하여 영어를 준비할 차로 이형식을 매일 한 시간씩 가정교사로 초빙하여 오늘 오후 세 시부터 수업을 시작하게 되었음이다.

'나'나 '우리'라는 1인칭 대명사가 가끔 튀어나오기는 하지만 이 작품은 원칙적으로 3인칭 전지적 시점을 사용하는 소설이다. 이 작품에서 20세기 초엽 신청년을 대표하는 경성학교 영어 교사 이형식의 행동을 서술하는 사람은 3인칭 전지적 화자이다. 이 화자는 작품의 뒤 어디엔가에 숨어 있을 뿐 좀처럼 그 모습을 드러내지 않는다. 이 소설의 화자는 주인공 이형식만이 아니고 다른 작중인물들의 행동·감정·생각 따위를 종횡무진으로 보여 준다. 예를 들어 삼랑진에서 수재민을 위한 자선 음악회를 연 다음 화자는 "이 때에 네 사람의 가슴 속에는 똑같은 '나 할 일'이 번개같이 지나간다. 너와 나라는 차별이 없이 온통 한몸, 한마음이 된 듯하였다"고 말한다. 이렇게 그가 형식·선영·영채·병욱 네 작중인물의 마음 속을 훤히 들여다 볼 수 있는 것은 전지전능한 신이 아니고는 도저히 할 수 없을 노릇이다. 작품 끝머리에 이르러 지금까지 등장하였던 작중인물들을 한사람씩 열거하면서 그들의 근황을 요약해 주는 장면에서 화자의 전지적 시점은 훨씬 분명해진다.

더구나 이 소설에서는 3인칭 화자가 개입한다. 독자들은 작품 곳곳에서 화자의 존재를 마치 피부로 느끼는 듯하다. "혹 독자 여러분이 기억하시는지 모르거니와 형식이가 사랑하던 이희경 군은 아까운 재주를 품고 조세(早世)하였고……"와 같이 어떤 때에는 독자의 어깨를 툭툭 치면서 독자의 주의를 환기시킨다. 그런가 하면 홍수 때문에 하루 아침에 재산을 모두 잃어버린 가난한 농부들에 대하여 "그대로 내어 버려 두면 마침내 북해도의 '아이누'나 다름없는 종자가 되고 말 것 같다. 저들에게 힘을 주어야 하겠다. 지식을 주어야 하겠다. 그리하여서 생활의 근거를 완전하게 하여 주어야 하겠다"라고 말하는 등 화자는 때로 자신의 의견을 피력하기도 한다. 또한 "아아, 우리 땅은 날로 아름다워진다. 우리의 연약하던 팔뚝에는 날로 힘이 오르고 우리의 어둡던 정신에는 날로 빛이 난다. 우리는 마침내 남과 같이 번쩍하게 된 것이로다" 하고 말하면서 평소의 화자답지 않게 감정을 헤프게 늘어놓기도 한다. 그런데 작가가 소설을 통하여 계몽주의적 주장을 펴는 데에 있어 이 전지적 시점은 아주 안성맞춤이다.

한편 제한적 시점에서 화자는 3인칭 시점으로 이야기를 전달하면서도 한 작중인물이 보고 듣고 느끼고 경험한 바에만 국한하여 서술한다. 이 시점에서는 말하자면 화자를 신의 위치에서 인간의 위치로 끌어내린다. 화자는 어디까지나 인간의 능력 안에서 이야기를 전개하려는 방법이다. 이렇게 화자로 선택된 작중인물은 흔히 '초점'이나 '거울' 또는 '의식의 중심'이라고 부른다. 모든 사건과 행동은 오직 이 작중인물의 의식과 인식을 통하여서만 독자들에게 전달될 따름이다. 그러므로 3인칭 제한적 시점은 극단적인 두 서술 방법, 그러니까 3인칭 전지적 시점과 1인칭 시점을 서로 절충시키려는 방법으로 볼 수 있다.

이문열의 『사람의 아들』은 비교적 이 갈래에 가까운 시점을 구사하고 있는 작품이다. 이문열을 문단의 반열에 올려 놓는 데에 크게 이바지한 이 소설에서 화자는 3인칭 시점을 사용하면서도 남경호 경사라는 한 작중인물을 의식의 중심으로 삼는다. 한때 신앙에 깊이 빠져 있으면서도 내세의 구원에 앞서 현세의 구원이 더 절실하다는 사실을 깨닫고 신학교를 그만두는 민요섭, 민요섭을 스승처럼 열심히 따르지만 그의 '창백하고 양피지 냄새나는 관념의 신'에 실망하고 마침내 그를 죽이는 과격한 행동주의자 조동팔과 관련한 모든 이야기는 오직 남경사의 눈과 입을 통하여 독자들에게 전달된다.

남경호 경사는 처음에는 살인 사건 수사를 맡은 담당 수사관으로서밖에는 이 사건에 별다른 관심이 없다. 그러나 사건에 깊이 빠지면 빠질수록 '기묘한 열정'에 사로잡힌다. 다시 말해서 남경사는 점차 이 사건에 수사관 이상의 깊은 관심을 보일 뿐만 아니라 그 이상의 역할을 떠맡고 있는 것이다. 이러한 태도에 대하여 3인칭 화자는 "남경사는 거의 수사관의 직업 의식과는 무관한 어떤 종류의 열정으로 그 사건에 몰두해 들어갔다"고 적고 있다. 작품 첫머리에서 조금 지루하다 싶을 만큼 작가가 남경사에 대한 이야기를 먼저 길게 늘어 놓은 것은 의식의 중심인 그의 위상과 결코 무관하지 않은 듯하다. 한 마디로 독자들은 남경사의 의식을 통하지 않고서는 민요섭과 조동팔 그리고 아하스 페르츠에 관한 이야기를 제대로 알기 어렵다.

이 작품에는 민요섭·조동팔과 관련한 중심 플롯 말고도 또다른 플롯이 있다. 아하스 페르츠에 관한 플롯이 바로 그것이다. 단순히 보조 플롯이라고 부르기에는 이 플롯은 중심 플롯에 못지않게 큰 비중을 차지하고 있다. 그 내용으로 보나 작가가 할애하고 있는 지면으로 보나 작가는 고대 로마 시대의 이 인물에 관한 플롯에 자못 큰 무게를 둔다. 아하스 페르츠는 예수 그리스도와 같은 시대에 살던 사람으로 자신의 종족이 믿던 신을 버리고 새로운 신을 찾아 방황한 인물이다. 민요섭은 노트에 그의 일대기를 소설 형식으로 적어 놓는다. 작품의 뒷부분에서 3인칭 화자는 민요섭의 글을 바탕으로 조동팔이 쓴 「쿠아란타리아서(書)」를 일종의 경전 형식으로 소개한다. 그런데 이 두 기록은 남경사가 사건을 수사하는 과정에서 수사 자료로서 입수하게 된 것들이다. 이 소설은 남경사가 이 자료를 읽고 그 내용을 그대로 독자에게 다시 전하는 형식을 취하고 있다.

1인칭 시점이건 3인칭 시점이건 간에 작가는 한 소설에서 한 시점을 일관성 있게 사용하여야 한다는 것이 소설 작법의 일반적인 규칙이다. 특히 헨리 제임스와 같은 미국 소설가는 시점의 일관성을 유난히도 강조한 사람이다. 그러나 한 작품 안에서 서로 다른 시점을 쓰는 작가들도 간혹 눈에 띈다. 1인칭 시점을 사용하되 화자를 한 사람에만 국한시키지 않고 여러 사람을 사용하는 경우가 그 하나이다.

조세희의 「난장이가 쏘아올린 작은 공」은 1인칭 시점을 사용하면서도 화자를 서로 번갈아가며 바꾸는 가장 대표적인 작품 가운데 하나이다. 1970년대에 개발과 산업화라는 이름 아래 고통받고 신음하는 소외 계층의 삶을 본격적으로 다루었다고 하여 발표 때부터 문단에서 큰 주목을 받았던 작품이다. 이 소설은 그 구성에서 볼 때에 모두 세 부분으로 나누어져 있다. 그런데 무척 흥미롭게도 각각의 부분마다 이야기를 서술하는 화자가 제각기 달라진다. 이 작품의 맨 첫번째 부분은 이렇게 시작한다.

사람들은 아버지를 난장이라고 불렀다. 사람들은 옳게 보았다. 아버지는 난장이였다. 불행하게도 사람들은 아버지를 보는 것 하나만 옳았다. 그 밖의 것들은 하나도 옳지 않았다. 나는 아버지·어머니·영호·영희, 그리고 나를 포함한 다섯 식구의 모든 것을 걸고 그들이 옳지 않다는 것을 언제나 말할 수 있다.

윗점을 찍어 보인 '나'는 다름아닌 난장이 김불이의 큰 아들인 영수이다. 그러니까 독자들은 난장이 집안식구들의 이야기는 어디까지나 영수의 입을 통하여서만 알 수 있다. 그러나 두번째 부분에서는 사정이 달라진다.

나는 방죽가 풀숲에 엎드려 있었다. 온몸이 이슬에 젖어 축축했다. 조금만 움직이면 잡초에 맺힌 이슬방울이 나의 몸에 떨어졌다. 한밤을 나는 방죽가 풀숲에 엎드려 새웠다. 아무것도 볼 수 없었다.

위 인용문에 윗점을 찍어 보인 '나'는 영수가 아니라 난장이 집안의 둘째아들 영호이다. 그는 지금 집 근처 방죽가 풀숲에 엎드려 어디론가 집을 나가 버린 누이동생 영희를 기다리고 있다. 사람들은 집에서 나간 영희를 두고 비행접시를 타고온 외계인들이 태워갔다고 말하지만 그는 이 소문은 터무니없는 것이라며 믿지 않는다. 이렇게 1인칭 화자 '나'는 갑자기 영수의 동생 '영호'로 바뀌는 것이다. 세번째 부분에 이르러 이번에는 다시 1인칭 화자가 영수와 영호의 누이동생 영희로 바뀐다.

거실에 걸려 있는 부엉이가 네 번 울었다. 이렇게 긴 밤을 새워 보기는 처음이다. 한 밤에 비하면 지금까지의 나의 열일곱 해는 얼마나 긴 것인가. 그러나 큰오빠가 셈해본, 우리 선조 대대로의 세월에 비하면 열일곱 해는 아무것도 아니다.

역시 윗점을 찍어 보인 '나'는 다름아닌 난장이 집안의 외동딸 영희이다. 재개발 지역의 철거민 아파트 입주권을 사 모아 떼돈을 버는 한 사내와 지금 동거 중에 있다. 사내가 깊은 잠에 떨어져 있는 동안 영희는 입주권을 몰래 훔쳐 도망치려고 한다.
그런데 「난장이가 쏘아올린 작은 공」에서 작가가 사용하는 복

수 시점 기법은 난장이 집안식구들이 겪는 고통과 절망, '사랑이 없는 욕망만 갖고 있는' 자본주의 사회의 모순과 병폐, 그리고 이 사회의 상표와 다름없는 비인간성을 드러내는 데에 그야말로 안성맞춤이다. 작가는 이러한 갖가지 모습을 하나의 관점으로써만 보여 주는 것이 아니라 하나 이상의 여러 관점으로 보여 주려고 한다. 만약 작가가 오직 하나의 관점으로만 이야기를 전달한다면 자칫 특정한 계층 편에 서서 소설을 쓰고 있다는 느낌을 가져다 주게 될는지도 모른다. 이 작품처럼 자본주의 사회의 부조리를 비판하려는 분명한 목표를 가지고 쓴 소설에서는 더더욱 그러할 것이다. 그러나 작가가 하나 이상의 여러 관점을 구사하여 이야기를 이끌어 간다면 그러한 위험성은 훨씬 줄어들게 된다. 물론 이 작품에서 세 1인칭 화자는 어디까지나 난장이 집안식구들로서 한결같이 자본주의의 그늘 밑에서 소외받는 사람들에 지나지 않는다. 그렇다고 하더라도 한 화자의 관점에서 사건을 다루는 것보다는 더 큰 다양성과 입체성을 얻을 수 있다.

이 점과 관련하여 앞에서 인용한 "불행하게도 사람들은 아버지를 보는 것 하나만 옳았다. 그 밖의 것들은 하나도 옳지 않았다"는 말을 다시 한번 찬찬히 눈여겨보는 것이 좋을 것 같다. 사람들은 난장이 집안의 가장인 김불이를 오직 난장이라는 잣대로써만 재려고 할 뿐 그의 사람 됨됨이나 그가 느끼는 희망과 절망에 대하여서는 재려고 하지 않는다는 것이다. 가령 난장이라고 하면 사람들은 곧 서커스를 떠올릴지 모른다. 실제로 어느 날 그는 꼽추 한 사람을 집에 데리고 서커스 일을 하겠다고 말하기도 한다. 그러나 그는 난장이로만 볼 수 없는 사람이다. 틈이 날 때마다 책을 읽는 것도 그러하고 '지옥에 살면서 천국을 생각하는' 것도 그러하다. 하다못해 사람들은 '김불이'라는 이름이 갖고 있는 그 '아픈 바람의 뜻'을 제대로 알 리 없다. 마찬가지로 한 화자가 보고 말하는 것도 어느 한 사실은 옳을는지 몰라도 다른 사실은 그를 수도 있을 것이다.

두말 할 나위 없이 이것은 미국의 현대 소설가 윌리엄 포크너를 비롯한 모더니즘 작가들이 처음 시도한 서술 기법이다. 『고함과 분노』와 『내 죽으며 누워 있을 때』 그리고 『압살롬, 압살롬!』과 같은 작품에서 포크너는 한 사람 이상의 1인칭 화자를 등장시킨다. 이러한 복수 시점은 파블로 피카소가 사실주의 화법에 반기를 들고 입체 화법을 시도한 것과 궤를 같이한다. 삶이란 일정한 시간과 공간에서만 보아서는 그 모습을 제대로 파악할 수 없다는 전제 아래 입체파 화가들과 모더니즘 작가들은 삶의 모습을 한꺼번에 여러 각도에서 보려고 한다. 때로 그들의 작품에 사람이나 사물의 형상이 일그러지거나 뒤틀려 나타나는 것은 바로 이러한 까닭 때문이다. 그들에게 '입체파'라는 꼬리표가 붙어다니는 것도 바로 그 때문이다. 모더니즘 작가들은 사실주의 작가들보다도 삶의 모습을 한결 더 균형있게 드러 내는 데에 성공을 거둔 듯하다.

또한 어떤 소설가들은 1인칭 시점과 3인칭 시점을 서로 섞어 쓰기도 한다. 『무정』에서 이광수가 3인칭 전지적 시점과 함께 1인칭 화자를 사용한 까닭은 서술 기법에서 아직 서툰 탓으로 돌릴 수도 있지만, 작가가 일부러 이 두 시점을 혼합하여 쓴 예도 적지 않다. 그런가 하면 3인칭 제한 시점을 극단적으로 밀고 나간 것이 흔히 '내적 독백'이라고 부르는 시점이다. 우리나라 작가들의 작품에서 이 기법의 예도 그렇게 힘들이지 않고 쉽게 찾을 수 있다.

이렇게 작가들이 시점이나 서술 방법에 무척 큰 관심을 기울이는 것은 어느 시점 어느 방법을 구사하느냐에 따라 그 의미가 달라지기 때문이다. 기법은 단순한 기법으로 그치지 않고 작품의 다른 요소에 직접 또는 간접적으로 큰 영향을 미친다. 특히 기교나 형식이 작품의 주제나 내용에 미치는 영향은 자못 크다. 그리

하여 몇몇 이론가들이 작품에서 작가가 사용하는 기교나 형식을
곧 내용이요 주제라고 결론짓는 것도 바로 그 때문이다.

제 5 장

희곡이란 무엇인가

희곡의 장르적 특성을 쉽게 이해하려면 무엇보다도 먼저 '극'(劇)이라는 한자어를 살펴보는 것이 좋을 것 같다. 이 글자를 찬찬히 뜯어보면 호랑이(虎)와 돼지(豚)가 칼(刀)을 들고 심하게 싸우고 있는 모습을 나타낸 것이다. 산 짐승인 호랑이와 집짐승인 돼지가 서로 싸운다는 것부터가 어딘지 이치에 들어맞지 않는다. 만약 산짐승인 호랑이가 집짐승인 돼지와 서로 싸움을 벌인다면 그것이야말로 가히 '극적' 사건이라고 할 만하다. 게다가 이빨로 물어뜯거나 머리로 치고받으며 싸운다면 몰라도 사람도 아닌 동물이 칼싸움한다는 것도 상식에 맞지 않다. 그러므로 이 '극'이라는 한자어에는 일상생활에서 흔히 있을 수 없는 것을 꾸며낸다는 뜻과 함께 역동적 행동과 갈등이나 대립이라는 뜻이 함축되어 있음을 알 수 있다.

실제로 일상 대화 가운데에서도 사람들은 '극적'이니 '연극적'이니 하는 말을 자주 쓴다. 마치 연극을 보는 것처럼 감격적이고 긴장감을 주는 일을 두고 흔히 사람들은 '극적'이라고 말하곤 한다. 가령 남한과 북한에 떨어져 살던 한 이산 가족이 우여곡절 끝에 서로 만나게 되었을 때에 '극적 상봉'이라는 표현을 쓴다. 어부가 며칠 동안 바다에 표류하다가 구사일생으로 살아 남을 때에나, 광부가 며칠 동안 갱 속에 갇혀 있다가 가까스로 구출되었을 때에도 '극적 구출'이라는 표현을 쓴다. 한편 누군가가 감정을 조금 과장하여 표현하거나 말이나 행동을 꾸며 내어 남을 속이려고 들면 금방 "그 사람 다분히 연극적인 데가 있어"하고 말하기도 한다.

흥미롭게도 이러한 사정은 서양의 경우에도 크게 다르지 않다. 서양 사람들도 걸핏하면 '극적 장면'이니 '연극적 행동'이니 하는 용어를 즐겨 쓴다. 연극을 가리키는 말을 영어로는 '드라마', 프랑스어로는 '드람', 그리고 독일어로는 '드라마티쉬'라고 한다. 그런데 이 말은 한결같이 그리스어 '드란'에서 갈라져 나온 말이다. 이

'드란'이라는 말에는 '행동'이나 '행위'라는 뜻이 있다. 텔레비전 드라마에 등장하는 배우는 '탤렌트'라고 부르면서도 유독 연극 배우만은 '액터'(남자 배우) 또는 '액트리스'(여자 배우)라고 부르는 것도 이와 같은 맥락에서 이해할 수 있을 것이다. 결국 동양에서나 서양에서나 극이란 말은 연극의 본질이라고 할 수 있는 역동적 행위와 아주 밀접하게 연관되어 있다.

한편 영어 문화권에서는 연극을 '플레이'라고 부르고 독일 문화권에서는 '슈필'이라고 부르는 것도 여간 예사롭지가 않다. 두말할 나위 없이 이 두 말은 모두 '놀이'를 뜻한다. 문화사가인 요한 호이징하는 동물과 구별되는 인간의 속성을 다름아닌 놀이에 대한 본능에서 찾는다. 흔히 '유희 본능'이라고 부르는 것이 바로 그것이다. 어떤 문학 장르보다도 희곡은 놀이에 대한 인간 본능을 유감없이 충족시켜 준다. 이러한 점에서 보자면 놀이가 곧 연극이요 연극이 곧 놀이라고 하여도 크게 틀리지 않을 것 같다. 놀이에 대한 본능은 단순히 놀이를 행하는 사람뿐만 아니라 그것을 구경하는 관객에게도 마찬가지로 나타난다.

이렇듯 놀이에서 시작한 연극은 원시 종교에 그 뿌리를 두고 있다. 물론 이러한 현상은 시와 같은 문학 장르의 경우도 마찬가지이지만 특히 연극에서 한결 더 두드러지게 드러난다. 농경과 관련한 제천 의식이나 축제에서 행하던 노래와 춤이 연극의 모태가 된다는 것은 세계 연극사를 통하여 이미 널리 알려진 사실이다. 연극은 원시 시대에 수렵·어업·농경 생활과 관련한 행사나 의식에서 처음 비롯하였다. 고대인들은 한해 농사가 잘 되거나 고기를 많이 잡게 하여 달라고 신에게 빌면서 노래를 부르고 춤을 추었다. 역병이나 재앙을 몰아내려고 지내는 굿이나 풍농과 풍어를 비는 굿은 그러한 예에 속한다. 고대인들은 쟁기로 땅을 뒤집어 엎고 씨앗을 뿌리는 시늉을 하는가 하면, 식물의 키가 높게 자라게 하여 달라고 하늘을 향하여 펄쩍 뛰면서 춤을 추었다.

조금 어려운 말이지만 이러한 것을 문화 인류학에서는 유감주술(類感呪術)이라고 부른다. 연극과 유감주술 행위와는 뗄래야 뗄 수 없을 만큼 서로 아주 깊이 연관되어 있다.

이러한 현상은 중세기에 와서도 크게 달라지지 않는다. 흔히 중세기를 종교의 시대라고 부를 만큼 종교는 이 무렵 가장 핵심적인 구실을 하였다. 이 무렵의 연극이 주로 기독교와 연관되어 있으리라는 것은 쉽게 짐작하고도 남는다. 기독교 성인들의 전설에 기초를 둔 기적극을 비롯하여 성경 이야기를 축하하는 신비극, 그리고 도덕적·윤리적 교훈을 다루는 도덕극이 크게 성행하였다. 오늘날의 기준으로 본다면 초라하기 그지없는 형태를 취하고 있었지만 이러한 극이 르네상스 시대에 이르러 연극이 찬란한 꽃을 피우는 데에 있어 더할 나위 없이 좋은 밑거름이 되었다.

서양뿐만 아니라 우리나라에서도 일찍이 풍요와 다산을 비는 종교적 제의가 성행하였다. 중국 사람이 쓴 역사서에는 우리 선조들은 추수가 끝나는 10월이 되면 한곳에 모여 "함께 일어나고 서로 따르며, 땅을 낮게 밟고 높이 밟아 손발을 서로 맞춘다"(其舞數十人 俱起相隨 踏地低昻 手足相應)라고 적혀 있다. 이러한 행동은 두말 할 나위 없이 풍년이 든 것을 신에게 감사하고 다음해에도 곡식이 잘 자라게 해 달라고 비는 일종의 유감주술적 행위임에 틀림없다. 부여의 영고나 고구려의 동맹, 예의 무천 따위와 같은 제천 행사나 국중 대회는 한결같이 나라의 안녕을 비는 행사인 동시에 한해 농사가 잘 되도록 비는 풍농굿과 같은 성격을 띠었다.

희곡 문학의 특성

다시 한 번 말하지만 고대 그리스 시대에는 문학 하면 곧 시를 가리키는 것과 다름없었다. 이 무렵 문학 하면 곧 시, 시 하면 곧 문학이라는 등식이 성립하였다. 그렇다고 하여 산문이 전혀 쓰이지 않은 것은 물론 아니다. 다만 이 무렵 사람들은 과학 법칙이나 법률을 기록하는 등 주로 일상생활과 관련한 일에서만 산문을 사용하였다. 시에는 서정시와 서사시 그리고 극시의 세 갈래가 있었고, 이 세 갈래의 시가 각각 분화하여 오늘날의 문학 장르가 되었다. 좀더 구체적으로 말해서 오늘날의 시는 서정시에서, 소설은 서사시에서 갈라져 나왔다. 그리고 연극은 바로 극시가 발전하여 생겨난 장르이다.

한 어머니한테서 태어난 자식들의 얼굴이 서로 비슷하듯이 연극도 시나 소설과 유사점을 지닌다. 언어를 매체로 삼는 만큼 이 세 문학 장르는 한결같이 언어의 특성을 효과적으로 사용한다. 다시 말해서 극작가는 언어를 단순히 정보를 전달하거나 의사 소통을 수행하는 것 이상의 수단으로 쓰는 데에서 시인이나 소설가와 비슷하다. 시인이나 소설가와 마찬가지로 극작가는 언어의 의미와 소리를 최대한으로 이용하려고 한다. 극작가에게도 언어는 수단에 못지않게 목적의 기능을 지닌다.

연극은 시 장르와는 비슷한 점이 적지 않다. 18세기까지만 하더라도 연극은 거의 대부분 운문의 형태를 취하고 있었다는 점을 염두에 두는 것이 좋을 것 같다. 현대 독자들은 윌리엄 셰익스피어의 작품이 산문으로 씌어진 것으로 생각하고 있지만 실제로 몇몇 장면을 빼 놓고는 시 형식으로 되어 있다. 작중인물들이 주고받는 대사는 압운을 밟지 않았을 뿐 오보약강격의 운을 밟는다. 극작가들이 산문으로 희곡을 쓰기 시작한 것은 비교적 최근에 들어와서의 일이다. 20세기에 들어와서도 몇몇 작가들은 여전히 운문으로 희곡을 쓰기도 하는데, 이 장르를 시극이라고 부른다. 예를 들어 미국 태생의 영국 시인 T. S. 엘리엇은 시극을 몇 편 지어 그런 대로 성공을 거두었다. 그는 시극을 통하여 산문 희곡이 무대 공연 과정에서 잃어버린 시 정신을 다시 되찾으려고 하였던 것이다.

연극은 무엇보다도 저자가 직접 작품에 등장하지 않는다는 점에서 시와 아주 비슷한 데가 있다. 시에서 1인칭 화자를 영어로 '퍼소우너'라고 부른다. 이 말은 본디 '가면'을 뜻하는 그리스어 '페르소나'에서 갈라져 나온 말이다. 시인은 비록 시 작품에 '나'라는 1인칭 화자로 나타나기는 하지만 늘 가면을 쓰고 나타난다는 뜻이다. 그러므로 시의 화자와 시인 자신을 동일한 사람으로 생각하여서는 안 된다. 시에 등장하는 화자는 시인과 일치하지만 대개의 경우 실제 시인과는 다르다. 이러한 현상은 가령 여성 시인의 작품에 남성 화자가 등장하는 경우나, 이와는 반대로 남성 시인이 쓴 작품에 여성 화자가 등장하는 경우에 단적으로 드러난다.

연극에서도 등장인물을 '드라마티스 페르소나'라고 부른다. 이 용어를 글자 그대로 옮긴다면 '연극 가면'이다. 고대 그리스 시대에 배우들이 무대에 등장할 때에는 늘 가면을 쓰고 등장한 탓에 붙여진 이름이다. 시에서와 마찬가지로 연극에서도 어느 한 작중 인물의 대사는 저자 자신의 말이라기보다는 오히려 그 자체로서 독자적인 극적 구성물로 보는 편이 더 옳다. 우리가 아직도 머리 속에 기억하고 있는 유명한 연극 대사들은 한결같이 그 자체가 생명력을 지닌 문학적 표현들이다.

그러나 연극은 역시 시 장르보다는 소설 장르와 한결 더 깊은 관계를 맺고 있다. 비유적으로 말해서 연극과 시의 관계가 팔촌 뻘쯤 되는 친척이라면, 연극과 소설의 관계는 사촌뻘쯤 되는 친척이다. 무엇보다도 희곡은 소설과 마찬가지로 산문 형식으로 표현하는 문학 장르이다. 물론 운문 형식을 취하는 희곡이 전혀 없는 것은 아니지만 운문 희곡은 운문 소설과 마찬가지로 어디까지나 예외적인 경우에 지나지 않는다. 희곡은 소설과 더불어 가장 대표적인 산문 문학으로 손꼽힌다.

극작가는 소설가와 마찬가지로 줄거리를 지닌 '이야기'를 전달하는 역할을 한다. 소설에서나 희곡에서나 이야기는 작품에서 가장 중요한 뼈대를 이룬다. 그러므로 소설의 구성 요소는 희곡의 경우에도 사실상 거의 그대로 적용된다. 극작가의 임무는 소설가처럼 인간의 행동을 재현하는 것이고, 따라서 플롯은 희곡의 구성 원리가 될 뿐만 아니라 극적 효과를 가져 오는 중요한 원천이 되기도 한다. 작중인물이나 성격, 배경 따위에 있어서도 사정은 크게 달라지지 않는다. 소설 작품을 연극 각본으로 각색하여 무대 위에서 공연하고, 연극의 내용을 소설 형식으로 쉽게 재구성한다는 사실에서도 이 두 장르의 관계를 쉽게 미루어 짐작할 수 있다.

한편 희곡은 다른 장르와의 공통점이나 유사점에 못지않게 큰 차이점이 있다. 시가 이미지를 통하여 강렬한 감정을 표현하는 데에 초점을 맞춘다면, 희곡은 등장인물의 행동을 묘사하는 데에 초점을 맞춘다. 시가 다분히 주관적인 문학 장르인 반면, 희곡은 소설처럼 객관적인 문학 장르이다. 물리적인 길이에 있어서도 희곡과 시 사이에는 큰 차이가 있다. 아무리 짧은 단막극이라고 하더라도 희곡은 시보다는 훨씬 분량이 많다. 희곡은 소설과도 큰 차이가 있다. 극작가는 소설가와 비교해볼 때에 여러 면에서 큰 제약을 받는다. 가령 극작가는 소설가처럼 자기 목소리로 직접 청중에게 말할 수 없다. 물론 극작가에게 이러한 한계를 극복할 수 있는 장치가 전혀 없는 것은 아니다. 몇몇 극작가들은 프롤로그나 에필로그 또는 합창을 통하여 직접 무대에 나선다. 또 어떤 극작가들은 희곡 작품에 긴 서문을 붙이거나 무대 지시문을 활용하기도 한다. 그럼에도 극작가는 오직 등장인물들의 행동과 대화를 통하여서만 모든 것을 전달할 따름이다. 이와는 달리 소설가는 대화뿐만 아니라 지문을 통하여 마음대로 사건과 인물을 묘사하고 서술할 수 있는 이점을 지닌다.

　더구나 극작가는 작중인물의 성격을 다양한 측면에서 보여 주거나 배경과 환경을 자유롭게 설정하는 데에도 큰 제한을 받는다. 작중인물들의 심적 상태·생각·감정 따위의 말로 직접 표현하기 어려운 내적 경험을 전달하는 데에 이르러서 극작가는 아예 두 손을 들 수밖에 없다. 물론 무대 지시문을 통하여서나 작중인물의 독백이나 방백을 통하여 이 문제를 어느 정도 해결할 수도 있지만 그 효과는 시나 소설의 그것과는 비교도 안 될 만큼 훨씬 적다.

　극작가가 겪는 어려움은 비단 이것만이 아니다. 그는 시간과 공간에서 큰 제약을 받는다. 무엇보다도 제한된 시간 안에서 그리고 무대의 물리적 한계 안에서 모든 일을 처리하다 보니 그는 작중인물 수를 제한하여야 한다. 희곡에서는 기껏하여야 몇십 명의 작중인물이 등장한다. 바로 이 점에서 희곡은 영화의 대본인 시나리오와는 크게 다르다. 시나리오에서는 작가의 창작 의도에 따라서 얼마든지 작중인물들을 등장시킬 수 있다. 어떤 시나리오에서는 적게는 수십 명에서 많게는 수백 명, 수천 명이 등장하기도 한다. 또한 극작가는 장면을 자유롭게 전환하고 시간의 추이를 뚜렷하게 보여주는 데에 큰 어려움을 겪는다. 한정된 무대 위에 실제로 일어나지 않는 사건을 서술하는 데에도 마찬가지이다. 시인들에게 시적 자유를 부여해 주듯이 극작가들한테도 연극적 관습을 폭넓게 허용해 주는 것은 바로 이러한 까닭에서이다. 만약 이러한 연극적 관습이 없다면 극작가들이 관객에게 실재에 대한 환상을 가져다 주기가 무척 어려울 것이다.

　그런가 하면 극작가는 관객에게 모든 것을 한번에 보여 주어야 하는 어려움이 따른다. 연극을 감상하는 관객은 시나 소설을 읽는 독자와는 그 성격이 근본적으로 다르다. 활자 매체를 통하여 작품을 읽는 독자는 사실상 얼굴 없는 익명의 군중이다. 더구나 그들은 편리한 시간에 시나 소설을 읽을 수 있다. 만약 한번 읽어서 그 뜻을 충분히 이해할 수 없다면 앞 부분으로 다시 돌아갈 수도 있고, 경우에 따라서는 작품 전체를 두번 세번 거듭 읽을 수도 있다. 훌륭한 작품이라면 마치 고전 음악을 감상하듯이 독자들은 실제로 여러 번에 걸쳐 작품을 읽게 될 것이다.

그러나 연극 관객의 경우에는 사정이 다르다. 연극의 관객은 한두 시간 동안 무대에서 상연하는 작품을 보기 위하여 여러 장소에서 모인 사람들이다. 시나 소설을 읽는 독자들과 비교해 본다면 그들은 아주 구체적인 집단이다. 우리의 삶도 일회적이지만 그들이 관람하는 연극도 일회적이다. 관객은 오직 한번밖에 연극을 볼 수 없기 때문이다. 시나 소설을 읽는 독자처럼 연극의 관객은 기억을 새롭게 하기 위하여 앞 장면으로 다시 되돌아갈 수 없다. 물론 연극 역시 한번 이상 관람할 수도 있지만 연극평을 쓰는 연극 비평가나 작품을 연구하는 사람을 빼 놓고는 한 작품을 여러 번에 걸쳐 감상하는 관객은 극히 드물다. 무대의 막이 내리는 순간 모든 것은 그 자체로서 완결되어야 하고 관객의 기억 속에 남아야 한다. 그러므로 극작가는 미진한 부분이나 애매모호한 부분이 전혀 없이 관객이 한번 보고 작품을 모두 이해할 수 있도록 작품을 쓰지 않으면 안 된다.

한편 희곡이 본질적으로 안고 있는 여러 가지 제약이나 한계는 언제나 부정적으로 작용하지는 않는다. 때로는 독이 약이 될 수 있듯이 극작가의 역량에 따라서는 이러한 제약이 오히려 이점으로 작용할 수도 있다. 예를 들어 극작가는 극적 효과를 높이기 위하여 플롯을 소설보다 한결 더 선명하게 드러내야 한다는 장점이 있다. 연극은 갈등과 해결, 반전과 발견을 소설보다 한결 분명하게 보여 주어야 하고, 따라서 그만큼 관객에게 더 큰 극적 긴장감을 가져다 준다. 또한 극작가는 등장인물들의 성격 변모를 충분히 재현하기 힘들다고 하지만, 오히려 이러한 제약 때문에 특정한 상황에서 그들의 말과 행동을 좀더 구체적으로 그릴 수 있다. 연극 관객은 극작가의 말을 통하여 간접적으로 등장인물들의 성격을 파악하는 것이 아니라 직접 관찰을 통하여 그것을 파악한다.

한편 대사는 극작가에게 더할 나위 없이 소중한 요소이다. 극중 대사야말로 그한테는 금강석처럼 귀중한 보배요 재산이다. 등장인물들이 서로 주고받는 대화나 독백 또는 방백을 충분히 활용하여 극작가는 소설가보다 훨씬 더 박진감 있는 사건을 전개할 수 있다. 물론 소설가도 대화를 효과적으로 사용할 수 있다. 가령 20세기 미국 소설가 어니스트 헤밍웨이 같은 작가는 사건을 기술하고 장면을 묘사하는 것보다는 오히려 작중인물들이 주고받는 대화를 많이 구사한 것으로 유명하다. 그러나 극작가와 비교할 때에 소설가는 대화를 사용하는 데에 제약을 받지 않을 수 없다. 소설의 대화는 비록 살아 있는 사람들이 주고받는 것이라고는 하지만 활자 매체로 통하여 독자들에게 전달되므로 그 생명력을 잃어 버리게 마련이다. 그러나 등장인물들의 입에서 직접 나오는 구어체의 연극 대사야말로 깨끗한 시냇물에 뛰노는 물고기처럼 생동감이 흘러 넘쳐 살아 숨쉬는 언어이다.

또한 희곡은 시간을 사용하는 방법에서도 다른 문학 장르와 큰 차이가 있다. 소설이 모든 사건을 과거 시제로 표현한다면 희곡은 모든 사건을 현재 시제, 좀더 정확히 말해서 현재 진행형으로 표현한다. 물론 소설도 현재 시제를 사용하는 경우가 없지 않지만 그것은 어디까지나 예외에 속한다. 그러나 희곡에서는 심지어 과거에 일어난 사건조차도 늘 현재 시제로 표현한다. 아무리 과거에 이미 일어난 사건, 또는 앞으로 미래에 일어날 사건이더라도 일단 무대 위에서는 현재에서 일어나는 것으로 다루어진다. 예를 들어 화랑도들의 삶을 다루는 유치진의 『원술랑』은 신라가 당(唐)나라의 힘을 빌려 고구려와 백제를 합병한 통일 삼국 시대를 시간적 배경으로 삼고 있다. 그러니까 이 작품은 줄잡아 셈하여도 천삼백 여년 전에 일어난 사건을 다루고 있다. 이렇게 먼 옛날에 일어난 사건이건만 무대 위에서는 언제나 생생한 현재 사건으로 관객의 눈앞에 펼쳐진다.

한 마디로 희곡이나 연극은 여러 예술 장르 가운데에서도 인간의 삶과 가장 가까운 장르이다. 시나 소설만 하여도 삶과 직접 맞닿아 있다고 보기 어렵다. 시나 소설 작품을 제대로 이해하기 위하여서는 정신 활동을 필요로 한다. 그러나 희곡이나 연극에서는 정신 활동의 중개가 없어도 직접 삶의 모습을 피부로 느끼고 호흡할 수 있다. 셰익스피어가 일찍이 인간의 삶을 연극에 견준 것도 이러한 맥락에서 이해할 수 있다. 희곡과 연극은 삶의 현장에 뿌리를 박은 채 삶의 모습을 직접 표현하는 예술이다. 이러한 점에서 연극이란 무대 위에 실제 인생을 그대로 옮겨 놓은 것이라고 하여도 크게 틀리지 않는다.

희곡 장르의 특성을 좀더 잘 이해하기 위하여서는 채만식의 희곡 작품 「당랑의 전설」을 한 예로 들어 보는 것이 좋을 것 같다. 채만식이 희곡을 썼다고 하면 아마 고개를 갸우뚱하는 사람이 있을런지 모른다. 그는 한국 소설사에서 리얼리즘의 기틀을 마련한 작가로 높이 평가받는 소설가로서 확고한 위치를 굳혔고 희곡에도 아주 깊은 관심을 보였다. 1927년에 「가죽 버선」이라는 희곡을 처음 발표한 이후 그는 「화물 자동차」·「시님과 새장사」·「두부」·「코 떼인 지사」·「목침 맞은 사또」·「역사」를 비롯한 희곡 작품을 많이 썼다. 희곡에 대한 관심은 소설 집필을 그만 둘 때까지 계속되었다.

채만식은 「당랑의 전설」을 처음에는 소설 형식을 빌려 쓰려고 하였지만 결국에는 희곡 형식을 택하였다. 이 점에 대하여 그는 "반드시 희곡을 쓰고 싶었다느니보다는 제재가 마침 소설로는 불편한 점이 있기로, 전험(前驗)에 따라 적시(赤是) 이 형식을 빌린 것"이라고 밝힌 적이 있다. 「심봉사」라는 그의 희곡은 아예 단편소설로 발표하였다가 나중에 다시 희곡으로 개작한 작품이다. 그렇다면 「당랑의 전설」에서 소설의 형식을 빌려 표현하기에는 '불편'하고 희곡의 형식을 빌려 표현하기에는 '편리한' 점이란 과연 무엇이었을까?

이 작품에서 채만식은 일본 식민지 시대 시골 읍을 배경으로 어느 소지주의 몰락을 다룬다. 자작 영농을 겸한 소지주인 박진사는 한때 호남 지방에서 그런대로 남부럽지 않게 살아 왔으나 삼대에 이르는 대가족을 거느리고 사는 살림에 근래에 들어와 가세가 말이 아니게 기울었다. 남의 빚을 얻어 쓰고 갚지 못하여 논과 밭은 벌써 남의 손으로 넘어가고, 살고 있던 집마저 저당에 잡혀 있다. 마침내는 집달리한테 집안 세간마저 경매 처분당하는 신세가 된다.

그런데 이 작품에서 채만식은 한 집안이 몰락해 가는 과정보다는 그 몰락에 대하여 주인공이 보이는 반응에 초점을 맞춘다. 마지막 장면에서 박진사가 도끼를 들어 베틀을 내리찍는 행동에서도 잘 드러나듯이 주인공은 어쩔 수 없는 이유이라고는 하지만 집안의 몰락을 차마 받아들일 수 없다. 많은 식솔을 거느린 가장으로서 그는 어떻게 해서든지 세간이 경매되는 것만은 막아야 한다. 그러나 그것이 뜻대로 되지 않았을 때에 그의 충격은 실로 감당하기 어려울 만큼 대단하였다. 만약 작가가 이 사건을 소설 형식을 빌려 형상화하였다면 주인공이 느끼는 충격, 그리고 그 충격에서 비롯하는 긴장감과 박진감은 지금보다 한결 덜하였을 것이다. 사건이 가져다 주는 강렬한 인상과 극적 효과는 소설보다는 희곡에서 좀더 쉽게 얻을 수 있기 때문이다.

또한 이 작품에서 사건이 과거 시제가 아닌 현재 시제로 표현된 것도 희곡만이 지닐 수 있는 큰 장점 가운데 하나이다. 작가는 우리나라가 일본 식민지의 굴레에서 아직 벗어나기 훨씬 전 1920

년대를 시간적 배경으로 삼는다. 그러나 무대 위에서 공연할 경우 이 작품은 언제나 현재에 일어나는 것과 똑같은 현장감과 직접성을 얻을 수 있는 이점을 누린다.

더구나 숭늉처럼 구수한 전라도 사투리는 이 작품의 흥취를 한결 돋구어 준다. 가령 "넬 모리믄 뭍놈들을 끌구 와서 죄다 모두 팔아 넹긴다믄서?"라든지, "다 가치 지팽딱지는 붙었으믄서두 두 주치는 먹으라고 허구, 광에다 둔 독에치는 손두 못대게 허구"라든지, "그 논 한 섬직이는 참, 떼답으루 논두 좋으려니와 느이 징조할아버님 대버틈 물려 내려오는 논이란다"라는 대사에서는 시골 아낙네들의 체취가 물씬 풍기는 듯하다. 소설 형식 가지고서는 작가는 아마 대화의 묘미를 이렇게 효과적으로 살려 내지 못하였을 것이다.

희곡과 연극

지금까지 '희곡'이라는 말과 '연극'이라는 말을 서로 구분하지 않고 막연하게 뒤섞어 써 왔지만 이 두 용어는 엄밀히 나누어 쓸 필요가 있다. 이 두 용어를 혼동하여 쓰는 것은 마치 고래와 상어를 구별하지 않고 다같이 물고기라고 부르는 것과 같다. 이 두 동물은 다같이 바닷물 속에 사는 생물이면서도 하나는 포유류에 속하고 다른 하나는 난태생에 속한다. 다시 말해서 고래와 상어는 서로 겉모습은 비슷하지만 계통은 전혀 다른 동물이다. 서양에서는 '드라마'라는 한 낱말로 희곡과 연극을 함께 가리키지만 우리 말에서는 이 두 용어가 서로 엄연히 나누어져 있다. 흥미롭게도 이웃나라 중국에서는 '희곡'이라는 말은 단순히 '놀이'라는 뜻으로만 쓰고 문학 장르로서의 희곡은 '희극'(戱劇)이라고 부른다.

희곡은 시나 소설과 마찬가지로 활자를 매체로 삼는 문학 장르이다. 독자들이 읽을 수 있도록 책의 형태로 인쇄되어 있어서 희곡은 다른 문학 장르와 크게 다르지 않다. 시와 소설 그리고 희곡을 '3대 문학 장르'라고 부르는 까닭이 바로 여기에 있다. 만약 희곡이 시나 소설과 차이가 있다면 씌어진 목적이 서로 다른 점이다. 두말 할 나위 없이 희곡은 반드시 무대 위에서 공연을 목적으로 씌어진다. 물론 어떤 희곡은 시나 소설처럼 읽는 문학 작품으로 존재하기도 한다. 흔히 '레제드라마'나 '클로짓 드라마'라고 부르는 희곡이 바로 그러하다. 레제드라마는 문자 그대로 읽을거리인 희곡이다. 요한 볼프강 괴테를 비롯하여 19세기 영국 시인이며 극작가인 찰스 앨저넌 스윈번, 그리고 벨기에 태생의 프랑스 작가 에밀 베르에랑 등이 읽기 위한 희곡 작품을 썼다. 이러한 희곡은 까마득히 먼 기원전 4세기까지 그 역사를 거슬러 올라간다. 고대 그리스 시대 아나그노스티코이와 세네카는 처음부터 무대 상연을 무시한 채 읽을거리로 희곡을 썼던 것이다.

그러나 극작가는 거의 대개가 무대 공연을 염두에 두고 희곡을 쓴다. 이렇게 무대 공연을 염두에 두고 쓴 희곡을 '뷔넨드라마'라고 부른다. 거의 대부분의 희곡은 원칙적으로 무대 상연을 전제로 하기 때문에 뷔넨드라마에 속한다. 레제드라마와 뷔넨드라마 중간에 속하는 희곡이 바로 '부흐드라마'이다. 아예 처음부터 읽을거리로서만 염두에 두고 쓴 레제드라마와는 달리 부흐드라마는 어쩔 수 없는 사정으로 출간 당시에는 무대에서 상연하지 않고 일정한 시기에 이르러서야 공연하는 희곡이다. 그러나 부흐드라마도 궁극적으로는 무대에서 공연한다는 점에서 넓은 의미에서는 뷔넨드라마에 속한다고 하여도 크게 틀리지 않을 것 같다. 흔히 어떤 이론가들은 시나리오와 마찬가지로 희곡을 '준(準)문학'이라고 부른다. 이렇게 '준'이라고 표를 붙이는 것은 엄밀한 의미에서의 순수 문학과 구별짓기 위해서이다.

그러나 연극은 희곡과는 달리 문학 장르의 테두리를 훨씬 벗어난다. 희곡은 엄연히 문학의 범주에 속하지만 연극은 문학의 범주에 속하지 않는다. 어떤 이론가는 연극을 '우리 눈 앞에서 걷고 말하는 문학'이라고 정의내린 적이 있다. 그러나 이것은 연극에 대한 정확한 정의로 보기는 어렵다. 연극이 '우리 눈 앞에서 걷고 말하는' 예술 장르임에는 틀림없지만 엄격한 의미에서 문학은 아니기 때문이다. 문학은 어디까지나 연극을 이루는 한 구성 요소에 지나지 않는다.

희곡이 독자들이 활자 매체를 통하여 눈으로 '읽는' 문학 장르라면, 연극은 관객이 직접 눈으로 '보는' 예술 장르이다. 연극을 공연하는 극장을 가리키는 몇몇 서양어를 보면 이 점이 한결 분명해진다. 극장을 영어로는 '시어터', 프랑스어로는 '테아트르'라고 부른다. 그런데 이 말은 '본다' 또는 '구경한다'라는 뜻을 지닌 그리스어 '테아트론'에 뿌리를 두고 있다. 이왕 어원 이야기가 나왔으니 말이지만 요즘 들어 텔레비전과 함께 영상 매체의 총아로 떠오르고 있는 '비디오'라는 말도 따지고 보면 '본다'는 라틴어에서 갈라져 나온 말이다. 비디오처럼 연극도 관객이 눈으로 직접 관람하는 예술이다.

그런데 여기에서 한 가지 눈여겨보아야 할 것은 '본다'는 것과 '읽는다'는 것에는 다같이 시각 행위이면서도 서로 질적 차이가 있다는 점이다. 무엇을 '본다'는 것은 단순히 시각을 통한 지각 행위이지만, 무엇을 '읽는다'는 것은 시각 행위뿐만 아니라 지적 능력을 필요로 하는 행위이다. 문학 작품을 읽을 때에 '마음의 눈'으로 읽는다고 하는 까닭이 바로 여기에 있다. 물론 그렇다고 하여 결코 연극을 '육체의 눈'으로만 관람하지는 않는다. 다만 문학과 비교하여 연극은 좀더 감각적 특성이 강하다는 말이다. 요즈음 문학의 위기니 문학의 죽음이니 하는 말을 심심치 않게 듣는다. 라디오·텔레비전·영화·비디오·컴퓨터·CD롬과 같은 전자 영상매체가 등장하면서 활자 매체인 문학의 그 존재 이유가 크게 위협받고 있다는 것이다. 그러나 문제는 얼핏 보이는 것처럼 그렇게 심각하지는 않다. 왜냐하면 문학은 전자영상 매체와는 다른 고유한 특성을 지니기 때문이다. 문학은 영상 매체에게 '양도할 수 없는' 어떤 권리를 지니고 있다.

희곡과 연극의 관계는 마치 시나리오와 영화와도 같다. 물론 희곡과 시나리오, 연극과 영화에는 적지 않은 차이가 있긴 하다. 그러나 적어도 그것이 궁극적으로 추구하는 목적에서 보면 이 두 예술 분야는 서로 비슷한 데가 많다. 시나리오가 영화를 만들기 위한 준비 단계라면, 희곡은 곧 연극을 만들기 위한 준비 단계에 해당한다. 올챙이 단계를 거치지 않고는 개구리로 자랄 수 없듯이 희곡과 시나리오 단계를 거치지 않고서는 연극과 영화는 만들어질 수 없다. 대본과 연출, 작가와 배우, 창작과 해석, 이론과 실제, 언어 텍스트와 행동 텍스트 따위와 관련한 문제들은 한결같이 희곡과 연극의 관계에서 비롯하는 문제들이다.

일본의 저명한 소설가이며 극작가인 키쿠지 캉(菊池寬)은 언젠가 무대에 상연할 수 없는 희곡을 담배를 피울 수 없는 담뱃대에 견준 적이 있다. 담배를 피우는 데에 사용할 수 없는 담뱃대가 아무런 쓸모가 없듯이 무대에서 공연할 수 없는 희곡도 아무런 쓸모가 없다는 말이다. 그러나 이 비유는 그렇게 적절한 것처럼 보이지 않는다. 담배를 피울 수 없는 담뱃대는 기껏하여야 장식품이나 골동품으로서밖에는 쓸모가 없을 터이지만 희곡은 그 자체로서도 아주 중요한 의미가 있기 때문이다. 희곡과 연극의 관계를 차라리 작곡가의 작품과 연주, 건축 설계도와 건축물에 견주는 것이 더 좋을 듯하다. 작곡가가 작곡한 음악은 연주가가 연주하거나 성악가가 노래로 부를 때에 비로소 작곡가의 의도를 구현할 수 있지만 악보 그 자체도 큰 의미를 지닌다. 마찬가지로 건축가가 설계한 도면 또한 완성된 건축물에 못지않게 그 자체가 지니는 의미가 크다.

희곡과 연극의 관계를 좀더 쉽게 이해하려면 이 둘의 기원이나 발상을 잠시 살펴 보는 것이 좋다. 흔히 언어를 매개로 삼는 희곡은 노래에서 비롯되었다고 일컫는다. 종교 의식 때에 사람들이 노래를 부르던 것이 발전하여 시가 되고 희곡이 되었다는 이론이다. 그러니까 이 이론에 따르면 인간의 언어가 희곡의 모태가 되는 셈이다. 한편 신체 동작을 주로 매체로 삼는 연극은 춤에서 비롯된 것으로 본다. 이 이론에서는 언어보다는 오히려 인간의 행위를 더 중요하게 여긴다. 연극의 기원이나 발생을 말할 때마다 학자들이 약방의 감초처럼 자주 언급하는 '로고스 발생설'이니 '미모스 발생설'이니 하는 것은 바로 이것을 두고 이르는 말이다.

예술은 흔히 표현 방법과 매체에 따라 시간 예술과 공간 예술의 두 갈래로 나뉜다. 희곡은 두 말할 나위 없이 시나 소설처럼 시간 예술에 속한다. 페인트나 대리석 또는 진흙과 같은 공간적 자료를 사용하는 공간 예술과는 달리, 희곡은 음악처럼 낱말이나 소리와 같은 시간적 자료에 기댄다. 그림이나 조각 또는 건축은 거의 한눈에 감상할 수 있지만 희곡을 읽는 데에는 음악을 감상할 때처럼 꽤 많은 시간이 필요하다. 다시 말해서 다른 문학 장르처럼 희곡은 원칙적으로 공간보다는 오히려 시간의 관점에서 작용한다.

그런데 연극은 시간 예술로 범주화할 것인가 아니면 공간 예술로 범주화할 것인가 하는 문제가 그렇게 단순하지 않다. 물론 춤동작도 언어나 소리처럼 분명 시간적 자료이다. 희곡을 읽거나 음악을 듣는 것처럼 연극을 관람하는 데에도 많은 시간이 필요하기 때문이다. 그러나 건축물이나 조각품처럼 연극은 일정한 공간을 차지하고 있고 공간 안에서 이루어진다는 점에서 공간 예술이라고 볼 수 있다. 새로도 분류하기 어렵고 쥐로도 분류하기 어려운 박쥐처럼 연극은 딱부러지게 순수한 시간 예술로도 볼 수 없고 그렇다고 순수한 공간 예술로도 볼 수 없다. 차라리 시간 예술인 동시에 공간 예술이라고 보는 편이 더 옳을 것 같다.

이렇듯 연극은 희곡과 함께 예술의 테두리에 속해 있으면서도 그 종류에 있어서는 서로 다르다. 희곡은 문학 예술이라고 부르지만 연극은 무대 예술이나 공연 예술이라고 부르는 이유가 바로 여기에 있다. 연극은 희곡을 대본으로 삼아 무대에서 공연할 때에 비로소 존재 이유를 지닌다. 마당이나 노천에서 연극을 공연하는 경우도 있지만, 이때에도 마당이나 노천은 넓은 의미에서의 극장 무대에 해당한다. 본디 연극은 노천에서 공연하였고 무대를 건물 안으로 옮겨 온 것은 비교적 최근의 일이다.

더구나 연극은 영화와 마찬가지로 종합 예술에 속한다. 산소와 수소가 결합하여 물이 되듯이 성격이 서로 다른 예술 분야가 결합하여 한 편의 연극을 만들어 낸다. 두말 할 나위 없이 연극에는 문학을 비롯하여 음악·무용·무대 장치·조명·의상·미술 따위의 여러 예술적 요소가 함께 어우려져 있다. 시인이 시를 쓸 때에 언어의 음악성을 염두에 두듯이 극작가는 희곡을 쓸 때에 늘 연극의 종합예술적 성격을 염두에 둔다. 그러므로 독자들은 희곡 작품을 읽을 때에 시나 소설을 읽을 때보다도 상상력을 한결 더 많이 발휘할 필요가 있다. 마음의 눈은 물론이고 시각과 청각과 촉각, 심지어는 후각과 미각의 눈까지도 활짝 열어 놓지 않으면 안 된다.

공간 예술적 측면이 강하고 종합 예술에 속하는 연극에서는 무엇보다도 배우와 무대 그리고 관객이 필수적이다. 이 요소 가운데 어느 하나만 없어도 연극이 될 수 없다. 만약 희곡을 동작과 대사로 연행하는 배우가 없다면 아예 연극은 성립할 수도 없을 것이다. 흔히 배우는 희곡을 내용과 몸짓으로 옮겨 놓는 사람으로 생각하지만, 배우는 극작가와 동등한 인격체인 동시에 희곡의 의미를 구현시키는 예술가이다. 또한 시장이 서는 장터이건 강변의 모래 사장이건 아무리 초라하고 보잘것없는 무대일망정 배우가 연행할 공간이 없다면 연극은 이루어질 수 없다. 연극은 반드시 극장의 화려한 무대에서 공연할 필요는 없고, 상황에 따라서는 노천이나 야외 극장도 얼마든지 훌륭한 무대가 될 수 있다. 마찬가지로 아무리 훌륭한 연극이라도 그것을 관람하는 관객이 없다면 아무런 쓸모가 없을 것이다. 이렇듯 배우와 무대와 관객은 연극이 성립되기 위하여서 꼭 갖추어야 할 기본 요소이다. 그리하여 이 세 가지를 두고 연극의 3대 요소라고 부른다. 물론 무대장치나 조명도 필요하고 음악도 필요하겠지만 그것들은 이 세 요소와 비교한다면 어디까지나 부수적인 것에 지나지 않는다.

이와 관련하여 여기에서 잠시 희곡의 '3일치 법칙'을 살펴보는 것이 좋을 것 같다. 17세기 프랑스의 시인이며 비평가인 니콜라스 부알로가 처음 정한 것으로 일컫는 3일치 법칙이란 희곡 구성을 규정짓는 법칙으로 1) 행위의 일치, 2) 시간의 일치, 그리고 3) 장소의 일치를 말한다. 이 법칙은 고전주의 극작가라면 꼭 지켜야 할 황금률과 같은 것이었다. 질서와 규범과 격식을 무엇보다도 높이 여기는 고전주의자들이고 보면 희곡 창작에 이러한 규칙을 정하여 놓은 것은 어쩌면 당연한 일처럼 보인다. 그리하여 코르네유·몰리에르·라신과 같은 극작가들이 이 법칙에 따라 작품을 썼다. 고대 그리스 시대에는 시간의 일치와 행동의 일치의 두 법칙밖에는 없었던 것이 르네상스 시대에 이르러 장소의 법칙 하나가 더 추가되어 3법칙이 되었던 것이다.

행위의 일치에 따르면 등장인물의 모든 행동은 단일한 줄거리 안에서 일어나야 한다. 아울러 사건은 작가의 의도나 주제에서 크게 벗어나서는 안 된다. 시간의 일치는 사건이 일어나는 시간을 규정한다. 극작가가 어떤 삶의 문제를 다루든지 사건은 반드시 하룻동안 안에 일어나는 것이어야 한다. 그리고 장소의 일치란 사건이 일어나는 장소가 한 지역에 국한되어야 함을 뜻한다. 그러나 이 3일치 법칙은 극작가들에게는 거추장스럽기 짝이 없었다. 그리하여 독일의 극작자이며 비평가인 고트홀트 레싱이 이 법칙의 오류를 처음 말한 이후 적지 않은 극작가들이 이 법칙을 거부하기 시작하였다. 윌리엄 셰익스피어는 시간과 장소의 일치를 무시하였고, 그와 거의 같은 시대에 활약한 스페인의 극작가 펠릭스 로페 데 베가도 이 법칙을 무시한 채 희곡을 썼다. 프랑스 계몽 시대의 대표적인 사상가 볼테르가 이 3일치 법칙을 무시하고 작품을 썼다고 하여 셰익스피어와 로페 데 베가를 '무식한 극작가들'이라고 비난한 것은 너무나 유명하다. 문학적 관습이나 규범을 몹시 싫어하던 낭만주의자들한테는 이 법칙이 마치 발목에 묶인 족쇄처럼 귀찮게 여겨졌다. 그들은 이 법칙이 오히려 창작 행위를 위축시키는 역기능이 된다고 생각하였던 것이다.

고전주의 전통에 속하는 극작가들이라고 하여 모두가 다 이 3일치 법칙을 존중한 것은 아니다. 실제로 이 법칙을 달갑게 여기지 않은 극작가들도 적지 않았다. 가령 몰리에르는 연극에는 관객을 즐겁게 해 주는 규칙 말고는 어떠한 규칙도 있을 수 없다고 말하였다. 괴테도 3일치 법칙이란 분명한 효과가 있을 때에만 지킬 가치가 있다고 말하였다. 예술과 관련한 법칙들이 으레 그러하듯이 단순히 법칙을 위한 법칙은 별다른 의미를 지니기 어렵고, 이것은 3일치 법칙의 경우도 예외는 아니다. 다른 예술 법칙과 마찬가지로 이 법칙도 탄력성 있게 지킬 때에 비로소 그 의미를 지닌다.

현대 희곡에서 이 3일치 법칙은 자칫 공룡처럼 없어진 것으로 생각하기 쉽다. 그러나 이 법칙은 지금까지도 그 유용성을 모두 잃은 것은 아니다. 이 가운데에서도 특히 행위의 일치는 극작가라면 누구나 다 받아들여야 하는 법칙이다. 연극이 인간 행동을 일관성 있게 모방하는 예술로 남아 있는 한, 그리고 연극이 여전히 무대 예술로서의 위치를 지키고 있는 한 극작가가 이 법칙의 테두리를 벗어난 채 작업하기란 좀처럼 어렵다. 현대 극작가 가운데에서 노르웨이의 작가 헨릭 입센은 이 법칙을 그 나름대로 새롭게 해석하여 큰 성과를 이룩하기도 하였다.

'위기의 예술'로서의 희곡

서양에서 희곡 이론을 처음으로 체계화한 아리스토텔레스는 일찍이 『시학』에서 비극을 인간 행동의 모방이라는 관점에서 정의한 적이 있다. 그에 따르면 비극은 '진지하고 완전하며 일정한 규모를 지닌 행동의 모방'일 뿐만 아니라 '행동의 형식으로 행동을 모방하는 것'이다. 그런데 이 정의는 비단 비극에만 그치지 않고 희곡 일반에도 마찬가지로 적용된다. 시나 소설과 같은 문학 장르와 비교하여 희곡은 등장인물들의 구체적인 행동에 한결 더 초점을 맞춘다. 소설을 흔히 장(章) 단위로 나누듯이 희곡에서는 막(幕)과 장(場)의 단위로 나눈다. 서양에서는 이 막을 '액트'나 '악트'라고 부른다. 이 말이 '행동'이나 '행위'를 뜻함은 두말 할 나위가 없다. 앞에서 이미 밝혔지만 연극 배우를 '액터'니 '악토르'니 하고 부르는 것도 이와 같은 맥락에서 이해할 수 있을 것이다.

이렇듯 행동과 모방은 희곡을 희곡으로서 규정하는 가장 중요한 특성이다. 등장인물의 행동은 사건을 만들어 내고, 사건은 다름아닌 갈등에서 비롯한다. 갈등은 희곡에서 플롯이라는 집을 짓는 데 있어 마치 주춧돌과 같은 구실을 한다. 주춧돌 없이 튼튼한 집을 지을 수 없듯이 갈등 없이는 박진감 있는 플롯을 만들어 낼 수 없다. 희곡에서 얻게 되는 극적 긴장감도 따지고 보면 이 갈등에서 생겨난다. 희곡의 본질은 바로 갈등이라는 말은 바로 이를 두고 이르는 것이다. 심지어는 전통적인 의미의 플롯을 지니고 있지 않은 현대 실험극에서조차 갈등을 완전히 무시할 수는 없다. 겉으로 분명하게 드러나 있지 않을 뿐 여기에서도 갈등은 여전히 존재한다. 갈등은 플롯을 비롯하여 등장인물의 성격이나 대사의 중심부에 위치해 있다.

물론 소설에서도 갈등은 아주 중요하다. 그러나 희곡에서는 그 갈등이 소설에서보다 훨씬 더 간결하고 옹골차다. 경우에 따라서는 이러한 갈등이 지나치다 싶을 만큼 강조되어 나타나기도 한다. 소설만 하더라도 그 갈등은 산만하고 느슨할 뿐더러 누적되어 드러난다. 다시 말해서 소설의 독자들은 마치 벌들이 꽃에서 꿀을 조금씩 모으듯이 작품의 기본 패턴을 찾아가는 과정에서 갈등을 조금씩 조금씩 깨닫게 된다. 그러나 희곡을 읽는 독자들이나 연극을 관람하는 관객은 먹이를 실어나르는 개미처럼 통째로 한꺼번에 갈등을 파악한다. 더구나 희곡에서 갈등은 삶의 위기에서 비롯한다. 삶의 벼랑 끝에 서 있는 것과 같은 위기 상황에 희곡의 갈등은 그 뿌리를 내린다. 가령 갑자기 몰아닥친 불운과 재앙, 억제할 수 없을 만큼 솟아오르는 욕망, 회오리 바람처럼 불어오는 운명의 소용돌이, 하늘을 찌를 듯이 용솟음치는 의지 따위가 위기 상황을 만들어 낸다. 희곡을 두고 왜 '위기의 예술'이라고 부르는지 그 까닭을 이제 알 만하다.

그런데 희곡에서 갈등은 크게 내적 갈등과 외적 갈등의 두 갈래로 나눈다. 내적 갈등이란 주인공이 자기 자신과 겪는 갈등을 말한다. 외적 갈등이란 주인공과 다른 등장인물, 또는 주인공과 외부의 어떤 힘 사이에서 일어나는 갈등을 가리킨다. 여기에서 외부의 힘은 자연이나 사회적 조건이 될 수도 있고, 어떤 초월적인 힘이 될 수도 있다. 그런가 하면 그것은 거대한 괴물이나 외계인처럼 초인간적인 존재가 될 수도 있다. 한편 갈등은 개인과 개인 사이에서뿐만 아니라 개인과 집단, 또는 집단과 집단 사이에서도 일어난다. 그렇다면 희곡에서 갈등은 1) 개인과 개인, 2) 개인과 자기 자신, 3) 개인과 외부의 힘, 4) 집단과 집단, 5) 집단과 개인, 6) 집단과 외부의 힘 따위 모두 여섯 가지가 되는 셈이다.

갈등에서 중심적 역할을 하는 인물은 '프로타고니스트'라고 부른다. 프로타고니스트란 본디 초기 그리스 극에서 가장 중요한 역을 맡는 첫번째 배우를 가리키는 말이었다. 한편 프로타고니스트에 맞서 싸우는 인물은 '안타고니스트'라고 부른다. 역시 그리스 극에서 두번째로 중요한 배우를 가리키는 말이었다. 우리말로 프로타고니스트는 주동 인물이나 주역, 안타고니스트는 반동 인물이나 대역이라고 한다. 희곡에서 사건은 서로 대립하는 이 두 세력 사이의 팽팽한 긴장에서 생겨난다. 이 용어의 뿌리를 캐어 보면 그 뜻이 훨씬 명확해진다. 이 두 용어는 다름아닌 '아곤'(싸움, 투쟁)이라는 그리스어에서 갈라져 나온 말이다. 그리스 극에서 두 등장인물이 각각 합창단의 도움을 받아 토론을 벌이는 논쟁 부분을 두고 아곤이라고 불렀던 것이다. 그러니까 주동 인물과 반동 인물은 갈등의 주체로서 싸움이나 투쟁에 참여하는 사람을 뜻한다.

앞에서 이미 말한 유치진의 『원술랑』을 한 예로 들어보는 것이 좋을 것 같다. 신라는 당나라의 힘을 빌려 고구려와 백제를 통일하였지만 뜻밖에도 이번에는 당나라가 신라마저 넘보게 되면서 큰 위기를 맞는다. 당나라가 고구려와 백제의 옛 도읍에 도독부라는 관청까지 두고 신라를 공격해 오고, 신라는 온 국민의 뜻을 모아 적군을 무찌르려고 안간힘을 쓰고 있다. 그런데 작가가 이 작품에서 관심을 가지고 있는 것은 신라와 당나라 사이의 갈등이 아니다. 그보다는 오히려 신라 군대 안에서 일어나는 갈등에 한결 깊은 관심을 가지고 있다. 구체적으로 말해서 김유신 장군과 그의 아들 원술 사이의 갈등이 바로 그것이다. 이 두 인물 사이에는 마치 활시위처럼 팽팽한 갈등이 일어난다.

이 갈등은 당나라 군사와 싸우다가 죽은 것으로만 알았던 원술이 살아서 돌아오면서 시작된다. 적의 꾀임에 빠져 포위당한 나머지 많은 동료와 부하들을 잃고 원술은 가까스로 목숨을 건져 돌아온다. 그러나 김유신은 아들이 살아서 돌아온 것을 조금도 달갑지 않게 생각할 뿐만 아니라 오히려 원술을 크게 나무란다. 그러니까 이 작품에서 주동인물은 작가가 제목으로 사용하고 있는 화랑 원술이고, 반동인물은 그의 아버지 김유신 장군이다.

장군: 네가 무어냐 말이다!
원술: (머뭇거리며) 이 나라의 화랑올시다.
장군: 그러면 화랑의 다섯 가지 신조를 알겠구나.
원술: 예.
장군: 외어 보아라.
원술: 예?
장군: 외라거든 외어 보아!
월술: 나라에 충성하고, 부모께 효도하고, 싸움에 나아가 물러 나지 않고, 동무를 사귀되 신의로써 하고, 산 것을 함부로 죽이지 않는다 하였습니다.
장군: 분명, 싸움에 나아가 물러나지를 않는다 하였것다!
원술: 예.
장군: 그럼 죽지 않고 왜 살아 왔느냐? 네가 떠날 때 내가 너에게 이른 말이 있지 않느냐? 자고(自古)로 화랑에게는 죽음은 있어도 패전을 있을 수 없다고.

계속하여 김유신은 원술에게 '임전무퇴'(臨戰無退)의 화랑 정신을 지키지 않은 채 싸움터에서 패하고 살아 온 까닭을 묻는다. 그 까닭에 대하여 원술은 적이 무서워서도 아니고 목숨이 아까워서도 아니며 이 세상에 미련이 있어서도 아니라고 밝힌다. 그가 이렇게 살아서 돌아온 것은 바로 "다시 일어설 기회를 노리기 위해서"라고 대답한다. 이 말을 듣고 김유신은 불호령을 내리지만 원술의 태도도 만만하지 않다.

장군: (추상 같은 소리로) 에이, 비겁한 녀석 같으니! 옆에서 전우
들이 죽어 넘어지는 꼴을 보고 어찌 뻔뻔스럽게……

원술: 장수란 물러날 때와 싸울 때를 알아야 한다고 하지 않습니까?
하잘것없이 죽느니보다 살아 뒷일을 도모함이 현명한 일이라
고 생각했습니다.

장군: 구구한 변병 듣기 싫다. 변명이란 떳떳하지 못한 인간만이 하
는 소리다. (원술이 차고 있는 칼을 빼어) 이것은 적의 목을
베라고 내가 너에게 준 칼일 게다. 내 앞에서 이 칼로 단박에
죽어라. 네놈은 우리 가문을 더럽혔음은 물론, 빛나는 화랑의
체면을 훼손하였고, 거룩한 이 나라의 이름을 망친 놈이다.
냉큼 이 칼을 거꾸로 물고 죽지 못하겠느냐?

위 인용문에서도 잘 드러나 있듯이 김유신과 그 아들 원술이
전쟁에 임하는 태도는 아주 다르다. 즉 김유신은 군인이 일단 싸
움터에 나아가면 끝까지 물러나지 않고 죽을 각오로 나라를 지켜
야 한다고 생각한다. 더구나 그 군인이 다름아닌 화랑이고 보면
더할 나위가 없을 것이다. 화랑은 어떠한 상황에도 세속 오계를
반드시 실천에 옮겨야 한다는 것이 김유신의 입장이다. 이렇듯
그에게 있어 이 화랑 정신이야말로 죽음보다도 더 값진 것이다.
아들의 죽음을 슬퍼하는 부인에게 "우리 원술이가 이 나라의 화
랑답게 번듯하게 죽었다 하니, 이 위에 더 큰 자랑이 어디 있겠
소?" 하고 말하는 데에서도 그의 태도를 쉽게 읽을 수 있다.

그러나 원술의 태도는 아버지의 그것과는 전혀 다르다. 원술에
게는 아무 실속 없이 형식만을 따르는 것은 바람직하지 않다. 그
에게는 실리 없는 명분은 속빈 강정과 같다. 물론 화랑으로서의
본분을 지켜야 할 터이지만 그것은 실리가 있을 때에만 의미를
지닌다. 하잘것없이 목숨을 버리는 것보다는 차라리 살아서 후일
을 도모하는 편이 훨씬 더 현명한 일이라고 그는 생각하는 것이
다. 아버지와 어머니께 문안 드리라는 문지기에게 "당나라 장수

고간의 모가지를 베어 들고 와서 뵈어야지” 하고 말한다든지, “이놈의 고간 녀석! 이번에야말로 우리 신라 화랑의 의기를 보여주고 말테다” 하고 말하는 것을 보면 원술은 화랑의 계율을 모두 저버린 것도 아니다. 다만 임전무퇴의 화랑 정신을 몸소 실행에 옮길 적절한 때를 기다리고 있을 따름이다. 그렇다면 이렇게 원술이 싸움터에서 살아 돌아온 것은 시쳇말로 ‘작전상 후퇴’에 지나지 않는 셈이다.

원술이 담릉과 함께 경주로 다시 돌아온 것도 사실은 자신의 형 삼광과 상의하여 군사를 다시 모으기 위하여서이다. 또한 원술이 적한테 패하고 적진에 뛰어들어 죽으려고 하는 것을 막은 것은 담릉이었다. 담릉은 그의 말고삐를 붙잡고 끝까지 놓지 않았던 것이다. 심지어는 한낱 보잘것없는 어린 소녀 진달래가 당나라 군사에게 참혹하게 희생된 아버지와 어머니의 원수를 갚기 위하여 싸움터에 가겠다고 말하자 그녀의 부탁을 마다하지 않고 함께 데리고 가기로 약속하는 데에서도 원술의 적개심이 어떠한지를 쉽게 가늠할 수 있다. “나는 그분의 눈에서 범하지 못할 위력을 느꼈지요. 그 위력은 나라를 지극히 사랑하는 이라야 가질 수 있는 뜨거운 정이었지요”라는 진달래의 말에는 나이어린 소녀가 미모의 청년에 대하여 품고 있는 애틋한 애정 이상의 뜻이 담겨 있다. 그러므로 신라를 사랑하는 원술의 마음은 진달래의 말대로 김유신에 못지않게 아주 극진하다고 할 것이다.

궁극적으로 이 작품은 서로 대립하는 두 개의 가치관이나 세계관 사이의 갈등을 다룬다. 김유신은 대의 명분을 중시하는 반면, 원술은 명분보다는 실리를 앞세운다. 이 두 사람 사이의 갈등에서 명분론과 실리론, 이상주의와 현실주의가 마치 전기 스파크처럼 불꽃을 튀기며 충돌하는 것을 본다. 명분이 앞서는가, 아니면 실리가 앞서는가는 체면을 중시하는 동양의 문화권에서 아주 옛부터 끊임없이 지속되어 온 문제 가운데 하나이다. 그것은 지금까지도 해결되지 않은 채 여전히 숙제로 남아 있다. 흔히 기성 세대가 명분을 소중하게 여긴다면, 젊은 세대는 오히려 실리를 앞세운다. 김유신과 원술의 경우도 예외는 아니다.

희곡의 구성 요소

희곡에서는 어떤 문학 장르보다도 구성이 중요하다. 극적 효과를 얻기 위하여서는 무엇보다도 짜임새가 탄탄하여야 한다. 희곡이 어떻게 구성되어 있는가를 보기 위하여서는 다시 한번 아리스토텔레스로 돌아가는 것이 좋다. 『시학』에서 그는 희곡의 구성 요소로 모두 여섯 가지를 든다. 1) 디아노이아, 2) 오프시스, 3) 멜로포이아, 4) 미토스, 5) 에토스, 그리고 6) 렉시스가 바로 그것이다. 여기에서 미토스·에토스·디아노이아는 모방의 대상에 해당하고, 렉시스와 멜로포이아는 모방의 수단에 해당한다. 그리고 오프시스는 모방의 양식과 연관되어 있다. 이 여섯 가지 요소가 마치 교향악처럼 함께 어우러져 한 편의 희곡, 더 나아가 한 편의 연극을 만들어 낸다. 다른 문학 장르와 비교하여 이렇게 그 구성 요소가 많다는 것은 희곡이 가지는 장점인 동시에 약점이기도 하다.

디아노이아란 극작가가 희곡에서 표현하는 생각이나 사상을 말한다. 지은이의 생각과 사상을 표현한다는 점에서는 희곡은 여느 문학 장르와 크게 다르지 않다. 이들 장르와 마찬가지로 희곡도 삶의 경험을 형상화하는 과정에서 작가의 생각이나 사상을 전달한다. 다만 이 세 장르 사이에 차이가 있다면 희곡은 삶의 경험을 극적으로 보여준다는 점이다. 다른 문학 장르에서도 마찬가지이지만 특히 희곡에서는 작가의 사상이 겉으로 드러나면 문학 작품으로서는 성공을 거두기 어렵다. 사나운 독수리가 발톱을 감추듯이 작가도 사상을 드러내지 않고 감추면 감출수록 그 예술적 효과는 훨씬 커지게 마련이다. 사회 문제를 고발하고 그 해결을 제시하는 주제극이나 문제극, 그리고 극작가가 자신의 사상을 내세우는 관념극은 독자나 관객에게 좀처럼 감흥을 주기 힘들다. 어떤 명시적 교훈이나 정치적·사회적 메시지를 얻기 위하여서라면 그들은 굳이 희곡을 읽거나 연극을 관람할 필요가 없을 것이다. 그러한 것들은 예술 작품이 아닌 다른 곳에서도 얼마든지 얻을 수 있을 것이다.

차범석의 『고구마』는 조금 지나치다 싶을 만큼 극작가의 사상을 겉으로 드러내는 작품 가운데 하나이다. 이 작품의 줄거리를 대강 살펴보면 어느 시골 마을에 살고 있는 은순이는 국민학교를 졸업한 다음 집안 형편 탓에 중학교에 진학하지 못하고 집에서 농사일을 돕고 있다. 그런데 겨울 방학이 시작되자 서울에서 대학생들이 이 마을에 찾아와 야학을 열어 은순이와 같이 상급 학교에 가지 못한 소년·소녀들에게 공부를 가르친다. 은순이는 부모 몰래 야학을 다니고, 이 사실을 안 은순이 아버지는 야학에 다니지 못하도록 한다. 이때 야학 교사인 오영택이 찾아와 아버지를 설득한다.

> 영택: (차차 열띤 어조로)……여러분께서는 한 줄의 글보다는 한 줌의 쌀이 더 필요하다고 하시겠죠! 하지만, 그건 갈증 났을 때 일시적으로 목을 축여 주는 냉수에 불과합니다. 우리가 남들처럼 잘 살 수 있는 길은, 먼저 우리 자신이 알고, 우리 자신이 자각하고, 우리 자신이 자신을 가지는 것입니다.
>
> 아버지: (차차 동화되어 가는 듯 천천히 돌아앉으며) 자신? 자신이 뭐요?
>
> 영택: 믿음이죠! 우리도 남들 못지않게 잘 살 수 있다는 자신 말입니다. 우리 조상이 가난했으니까 우리도 그렇게밖에 못산다는 게 지금까지의 생각이었지만, 지금은 그게 아닙니다. 그러나,

아무리 잘 살려 해도 배우지 않으면 잘 살 수 없습니다.

어머니 : (눈물이 글썽해지며) 배우지 않으면……

영택 : 그렇습니다. 우리는 지금까지 무식했기에 잘 사는 길을 몰랐지요. 그러나, 배우면 됩니다. 교실이 없으면 마당에 가마니를 깔고라도 배워 가면……

마침내 오영택은 은순이 아버지를 설득하기에 이른다. 마지막 장면에서 은순이 아버지가 은순이 어머니한데 "바람이 찬데 어서 건넌방으로 모시고, 고구마나 삶아요" 하고 말하는 것을 보면 은순이가 야학에 계속 다녀도 좋다는 것을 넌지시 암시하는 듯하다. "아는 것이 힘"이라는 메시지를 전달하는 『고구마』에서는 계몽주의적인 냄새가 물씬 풍긴다. 이 작품을 읽노라면 마치 개화기 시대 이광수의 『무정』이나 『흙』, 또는 심훈의 『상록수』와 같은 계몽 소설을 읽는 듯한 느낌이 든다. 물론 계몽적 성격을 지닌 문학 작품이 나쁘다는 것은 아니지만, 이러한 작품에서는 그렇지 않은 작품보다 예술적 감흥이 한결 떨어진다.

오프시스는 스펙타클, 즉 무대에 필요한 여러 장치를 가리킨다. 무대 장치에는 배경 장면·의상·소도구·조명·음향 효과 따위가 포함된다. 무대 장치를 사용하는 데에 있어서도 극작가마다 시대마다 제각기 다르다. 가령 사실주의 전통의 연극에서는 무대를 사실적으로, 다시 말해서 현실에 대한 환상을 가져다 줄 수 있도록 현실을 있는 그대로 묘사하려고 애쓴다. 그러나 이와는 달리 현대극에서는 사실성을 무시하고 상징적으로 무대 장치를 설치하려는 경향이 두드러지게 나타난다. 현대 극 가운데에서도 독일 극작가 베르톨트 브레히트의 서사극은 눈길을 끌기에 충분하다. 감정 이입을 통한 환상을 막기 위하여 그는 일부러 조명 기구를 노출시키고 남녀 등장인물의 의상을 바꾸는 등 반사실주의적 무대 장치에 주력한다. 연극을 통하여 사회를 변혁시키려는 분명한 정치적 목표를 염두에 두고 있는 까닭이다. 무대 장치의 사실성 여부와는 관계 없이 현대에 내려오면 올수록 스펙타클은 전자 영상 매체에 힘입어 훨씬 더 웅장하고 정교하게 된다.

멜로포이아는 희곡에서 사용하는 율동과 노래를 말한다. 옛날로 거슬러 올라가면 갈수록 극에서 율동과 노래가 차지하는 비중이 무척 컸다. 서양의 극은 물론이고 동양의 극도 바로 노래와 율동에 그 뿌리를 박고 있다. 특히 우리의 소중한 문화 유산인 탈춤에서는 등장인물이 대사를 말하는 것에 못지않게 춤을 추고 노래를 부르는 것이 큰 비중을 차지하였다. 그러나 현대로 올수록 음악이나 율동이 차지하는 비중이 전보다 훨씬 적어진다. 현대극에서 그것은 필수적인 요소라고는 할 수 없을는지 몰라도 원숭이 꼬리나 맹장처럼 없어도 되는 것이라고 볼 수 없다. 율동과 노래는 희곡이 추구하는 리듬과 조화의 형태로 여전히 남아 있기 때문이다.

몇몇 극작가들은 아직도 희곡에 노래를 끼워 넣어 극적 효과를 얻기도 한다. 한국 현대 희곡사에서 첫 장을 장식한 김우진에서부터 희곡을 본격적인 문학 장르로 한 단계 올려 놓는 데에 크게 이바지한 이근삼에 이르기까지 노래를 효과적인 구성 요소로 삼는다. 가령 김우진은 「산돼지」제2막에서 노래를 집어 넣어 그런 대로 성공을 거두었다. "밝은 낮도 밤중같이 감옥은 어둡구나 / 귀신 놈의 두 눈깔이 아아아아아 / 아아아아 철창에서 엿보네"로 시작하는, 최영순이 부르는 노래는 병실의 어둠 속에서 자못 구슬프게 들린다. 바로 이 노래가 계속되는 동안 장면이 최원봉이 누워 있는 병실에서 한 겨울의 들판으로 바뀌고, 시간도 현재에서 갑자년 동학군이 활동하던 30년 전 과거로 되돌아간다. 이 노래는 현실 장면에서 몽환 장면으로 옮겨오는 데에 아주 효과적이다.

김우진이 비극적 효과를 자아내기 위하여 노래를 사용한다면,

이근삼은 『꿈 먹고 물 마시고』 「미련한 팔자대감」과 같은 작품에서 희극적 효과를 자아내기 위하여 노래를 사용한다. 우연히 한 아파트에 살게 된 세 젊은이가 겪는 현실과 이상의 갈등을 다루는 앞의 작품에서 작가는 무려 일곱 번에 걸쳐 노래를 끼워 넣는다. 세 등장인물만이 노래를 부르는 것이 아니라 심지어는 설명역으로 등장하는 인물까지 노래를 부른다. 때로는 등장인물이 혼자서 노래를 부르는가 하면, 어떤 때에는 세 사람이 합창으로 부르기도 한다. 뒤의 작품에서 작가는 '병마대왕 찬가'·'사랑의 노래'·'굿의 노래'·'나병 소귀(小鬼)의 노래'·'나병 박멸의 노래' 따위의 합창과 '나병 소귀 애가'의 독창을 삽입한다. 그런데 작가는 흔히 주제를 표현하는 수단으로 노래를 사용하기 때문에 그의 작품은 뮤지컬과 같은 효과를 얻는다. 사실 희곡의 한 구성 요소로서의 노래와 율동이 극단적으로 발전한 것이 바로 뮤지컬이요 오페라이다.

렉시스란 문자 그대로 극작가가 희곡에서 사용하는 언어를 가리킨다. 희곡은 물론 연극에서도 언어가 차지하는 비중은 무척 크다. 희곡에서는 문자 언어를 사용하고 연극에서는 음성 언어를 사용한다는 점을 빼 놓고는 희곡과 연극은 한결같이 언어에 기댄다. 그런데 희곡에서는 언어를 크게 해설과 서사 텍스트 그리고 무대 지시문의 세 갈래로 나눈다. 해설은 희곡의 맨 첫머리에서 등장인물들을 소개하는 부분이다. 서사 텍스트란 등장인물들이 서로 주고받는 대사를 말하고, 무대 지시문은 문자 그대로 극작가가 무대 공연에 필요한 여러 사항을 지시하는 글이다. 이 셋 가운데에서 대사가 가장 중요한 구실을 함은 두말 할 나위가 없을 것이다. 이를테면 무대 지시문이 백과사전에 나열된 항목과 같다면, 대사는 침을 튀기며 토론을 벌이는 열띤 논쟁과 같다.

희곡에서 대사는 대화와 독백 그리고 방백의 세 갈래로 다시 나눈다. 대화란 바로 등장인물이 서로 주고받는 말이다. 독백은 무대 위에 아무런 응답자가 없이 등장인물이 혼자 하는 말이다. 등장인물이 머리 속에서 생각하는 바를 관객을 위하여 크게 소리 내어 말하고 있는 것으로 볼 수 있다. 한편 방백은 관객이 들을 수 있으나 무대 위의 다른 등장인물에게는 들리지 않는다는 약속 아래 한 등장인물이 자기의 의도와 생각을 말하는 수법을 말한다. 특히 방백은 현재 무대 위에서 일어나고 있는 행동에 대하여 언급하는 데에 자주 쓰인다. 이밖에 프롤로그와 에필로그도 넓은 의미에서는 대사에 포함시킬 수도 있다. 그런데 이러한 대사는 될 수 있는 대로 경제적이어야 하고 상황에 걸맞아야 하며 속도 감이 있어야 한다. 시간적으로나 공간적으로 큰 제한을 받고 있는 희곡에서는 언어를 효율적으로 사용하여야 하기 때문이다.

한편 극작가는 무대 지시문에서 무대 공연에 필요한 여러 지침을 준다. 이 무대 지시문은 다시 장면 지시문과 연출 지시문으로 나눈다. 장면 지시문은 사건이 일어나는 시간적·공간적 배경이나 소도구 따위에 대하여 설명한다. 한편 연출가를 위한 노트라고 할 수 있는 연출 지시문은 주로 연출과 관련한 지침으로 등장인물들의 행동, 표정, 몸짓, 기분 상태, 그들의 등장과 퇴장에 관한 정보를 준다.

그런데 여기에서 한 가지 짚고 넘어갈 것은 무대 지시문이 지금과 같은 형태로 좀더 정교하게 다듬어진 것은 비교적 최근에 와서의 일이라는 점이다. 옛날의 희곡에는 무대 지시문이란 것이 거의 없다시피 하였다. 잘 알려진 바와 같이 윌리엄 셰익스피어만 하더라도 극작가에 그치지 않고 극장의 주주로서 때로는 연기자로서도 직접 활약하였다. 그렇기 때문에 그는 희곡에 무대 지시문을 자세히 달 필요가 없었고, 어떤 때에는 아예 무시해 버리기까지 하였다. 연기자나 연출자가 무대에서 필요한 사항을 잘 알고 있는 이상 그러한 것이 없어도 연극을 공연하는 데에 아무런 지장이 없었기 때문이다. 그러나 현대에 들어와 사회 구조에 걸맞게 연극이 분업화하면서 극작가와 연출가 그리고 배우가 제각기 서로 다른 역할을 맡기 시작하였다. 이제 극작가는 무대 지시문을 꼭 달지 않으면 안 되게 되었다.

흔히 한국 최초의 희극 작품으로 일컫는 조중환의 「병자 삼인」에서 그 구체적인 예를 찾아보는 것이 좋을 것 같다. 막의 구별 없이 모두 4장으로 구성되어 있는 이 작품은 여교사 이옥자의 집에서 첫 장면이 시작된다.

　　무대에는 이옥자의 집 방안이요, 그 부엌에는 밥 짓는 제구와 소반 그릇 등들이 널려 있는데, 부엌에서는 이옥자의 남편 되는 정필수가 불도 들이지 아니하는 아궁이에서, 밥을 짓느라고 부채질을 하고 있다.

정필수: 아이참, 세상도 괴악하고. 강원도 시골 구석에서 국으로 가　　　　만히 있어서, 농사나 하고 들어옵디었드면 좋을 것을 이게　　　　무슨 팔자란 말이오. 서울을 올라올 제, 우리 내외가 손목을　　　　마주 잡고 와서 무슨 큰 수나 생길 줄 알고, 물을 쥐어먹으　　　　면서 내외가 학교를 다니다가, 막 이 올에 졸업이라고 하　　　　여서 어떤 학교 교사 시험을 치르었더니, 운수가 불행하느라　　　　구 마누라는 급제를 하여서 교사가 되고, 나는 낙제를 하여　　　　서 그 학교 하인이 되었으니 이런 몰골이 어데 있나……(하　　　　며 중얼거리고 앉아 있는데 쌀집 주인 여편네 업동 어머니　　　　가 달음질하며 문을 열고 들어오며)
업동 모: 아이고 무얼 하시오. 서방님이 부엌에서 밥을 다 지시네.　　　　(하며 들어오는데, 정필수는 창피하고 부끄러워 어찌할 줄　　　　모르다가 시침을 뚝 떼며)
정필수: 응, 업동 어멈인가. 오늘은 우리 마누라란 사람이 학교에 가　　　　서 입대까지 아니 오네그려. 그래서 헐 수 없이 지금 내가　　　　밥을 짓는 연습을 하고 있는 중일세, 그러나 자네네 집 쌀은　　　　왜 그렇게 문내가 나나, 응.

업동 모 : 그럴 리가 있나요. 언제든지 댁에 가져오는 쌀은 상상미로
가져오는데요.

위 인용문에서 "아이참, 세상도 괴악하고……"하고 정필수가
맨처음 하는 대사는 대화가 아니라 독백에 속한다. 어느 특정한
등장인물한테 하는 말이 아니고 어디까지나 혼자서 중얼거리는
까닭이다. 말하자면 그는 지금 자신의 딱한 신세를 한탄하고 있
다. 아내는 교원 시험에 합격하여 어느 여자고등학교의 교사가
되고 그 자신은 아내가 교사로 있는 학교에서 급사로 일하고 있
을 뿐더러, 집에 와서도 밥을 짓는 등 집안 살림을 도맡아서 하여
야 하니 남편 체면이 이만저만이 아니다. 부엌에서 밥을 짓는 정
필수의 모습을 보고 업동 어머니가 "아이고 무얼 하시오……"하
고 말하는 부분부터 본격적으로 대화가 시작된다. 이것을 시작으
로 정필수와 업동 어머니 사이에 얼마 동안 대화가 계속되고, 그
녀가 퇴장한 다음 이옥자가 등장하면서부터 부부는 대화를 계속
한다. 얼마 후 다시 여학교의 촉탁 의사 하계순과 그의 아내 공소
사가 찾아오자 이번에는 네 사람이 서로 대화를 주고받는다.

위 인용문에서 "무대에는 이옥자의 집 방안이요……"하고 시
작하는 맨첫머리 부분, 그리고 등장인물의 대사 다음에 괄호 안
에 적혀 있는 부분이 바로 무대 지시문이다. 대사 앞에 나온 비교
적 긴 문장은 장면 지시문인데 여기에서 작가는 무대를 설정하
고, 장면에 관한 지시를 내린다. 가령 여교사 이옥자의 집 방안과
부엌은 사건이 벌어질 무대로 설정하고, 부엌에는 여러 가지 살
림 도구가 여기저기 널려 있도록 지시한다. 한편 정필수와 업동
어머니의 대사 다음에 괄호 안에 적어 놓은 부분은 감독 지시문
에 해당한다. 이 지시문에서 작가는 연출자에게 이러이러하게 연
출하라고 지시한다. 위 인용문에서 작가는 쌀가게 주인 업동 어
머니가 외상값을 받으러 이옥자의 집에 등장하는 모습, 정필수가

아내 대신 밥을 지으려고 부엌 아궁이에 부채질을 하다가 그녀에게 들켜 어쩔줄 모르는 모습을 기술한다.

에토스란 등장인물들의 성격을 말한다. 고대 그리스 시대의 철학자 헤라클레이토스는 성격이 곧 운명이라고 말한 적이 있지만 성격은 희곡에서 플롯 다음으로 중요한 구성 요소이다. 앞에서도 말하였듯이 소설가와 비교하여 극작가는 등장인물의 성격을 직접 묘사할 수 없는 한계가 있다. 그렇지만 다른 한편으로는 배우가 관객 앞에 직접 등장하는 이점이 있기도 하다. 등장인물이 관객 앞에 실제로 등장하는 것만큼 성격 형성에 도움이 되는 것도 아마 없을 것이다.

극작가는 주로 등장인물들이 서로 주고받는 대사를 통하여 그들의 성격을 묘사한다. 한 등장인물은 자신이나 다른 등장인물에 대하여 말하는 내용, 그리고 그 대사를 말하는 말투를 통하여 성격을 드러낸다. 방금 앞에서 예로 든 「병자 삼인」에서 정필수가 업동 어머니와 나누는 대화에는 비록 어렴풋하게나마 그의 성격이 드러나 있다. 그는 우유부단하고 나약한 성격의 소유자일 뿐만 아니라 귀머거리 행세를 하며 꾀병을 부리는 데에서도 드러나듯이 음흉한 성격의 소유자이다. 위 인용문에서는 나와 있지 않지만 이옥자는 남편과는 달리 성격이 거칠고 난폭하며 의심이 많다. 자기 아내를 두고 정필수가 혼잣말로 "계집이라고 계집인지 계모인지 모르지"라고 말하는 것을 보면 이옥자가 남편을 어떻게 대하는지 쉽게 짐작할 수 있을 것이다. 우리 나라처럼 전통적인 가부장 사회에서는 좀처럼 보기 드문 여성임에 틀림없다.

또한 극작가는 등장인물들이 행동하는 모습을 통하여 그들의 성격을 드러낸다. 예를 들어 앞에서 주제와 관련하여 언급한 차범석의 『고구마』는 등장인물의 성격이 행동을 통하여 비교적 잘 드러나는 작품이다. 시골 농부로 등장하는 은순의 아버지가 보여 주는 행동거지에서는 완고한 성격을 읽을 수 있고, 그의 아내가 보여주는 행동에서는 어질고 순한 성격을 읽을 수 있다. 은순은 명랑하면서도 조금 고집이 센 인물로 부각되어 있는가 하면, 대학생 오영택은 나이답지 않게 성실한 인물로 부각되어 있다. 물론 작가는 등장인물을 소개하면서 아예 그들에게 성격을 부여하고 있지만 그러한 설명이 아니라고 하더라도 실제 행동에서 그들의 성격이 그대로 드러난다.

그런가 하면 극작가는 무대 지시문을 통하여서도 등장인물들의 성격을 드러내기도 한다. 가령 채만식의 「당랑의 전설」은 이러한 경우를 보여주는 좋은 예일 것이다. 박진사의 아내 고씨에 대하여 작가는 무대 지시문에서 "본 바탕은 그러나 유복하고 덕스러우며 겸해서 고생에 찌들지 않고 곱게 늙어 그의 독특한 황당포 치마 적삼이 보기조차 민망할 만큼, 귀골 태를 숨기지 못한다"라고 밝힌다. 고씨의 첫째며느리 최씨에 대하여서는 "부대한 몸집허며 여럿 중에서 누구보다도 유덕한 얼굴이나 약간 우둔한 편"이라고, 둘째며느리 김씨에 대하여서는 "날렵한 몸피와 강파른 얼굴이 완구이 히스테리를 지니어 보인다"라고 적는다. 또한 고씨의 딸 소저에 대하여서는 작가는 "얇다란 바탕에 좁은 이마 등 성미가 몹시 박절스런 모습"이라고 말한다. 한편 작가는 박진사에 대하여서는 "장자 원석과 비슷하니 왜소한 체집이나 딸 소저가 많이 닮았듯이, 성미 괄괄하고 괴팍스러 보이는 얼굴"이라고 적고 있다.

그러나 희곡의 여섯 가지 요소 가운데에서 무엇보다도 가장 중요한 구실을 하는 것은 역시 미토스이다. 미토스란 희곡의 플롯을 말한다. 아리스토텔레스가 플롯을 두고 '비극의 영혼'이라고 부를 만큼 플롯은 희곡에서 가장 핵심적인 역할을 한다. 앞에서 갈등과 위기에 대하여 말하였지만 플롯에서 무엇보다도 중요한 구실을 하는 것이 바로 갈등이다. 갈등은 플롯을 진행시키는 원동력이라고 할 수 있다. 기관차가 없이 기차가 움직일 수 없듯이 희곡에서 갈등 없이는 플롯이 앞으로 나아갈 수가 없다. 그런데 소설의 플롯이 대체로 일직선적 방향으로 진행한다면, 희곡은 피라미드형으로 진행한다.

옛날부터 이론가들은 희곡의 플롯을 매듭을 묶고 푸는 일에 견주곤 하였다. 갈등이 극에 달하는 정점을 중심으로 그 최고점에 올라가는 것이 매듭을 묶는 과정에 해당한다면, 정점에서 내려가는 것은 곧 매듭을 푸는 과정에 해당한다. 해결이나 종국 또는 대단원을 뜻하는 프랑스어 '데누망'의 뿌리를 캐어 들어가 보면 다름아닌 '매듭을 푼다'라는 라틴어와 만나게 된다. 그렇다면 연극의 기본 갈등은 매듭을 매고 그것을 다시 푸는 작업과 크게 다르지 않다. 궁극적으로 희곡은 갈등이 만들어 내고 그 갈등을 해결하는 과정을 다루는 셈이다. 이러한 플롯의 구성은 장막극에서는 물론이고 단막극에서도 마찬가지로 적용된다.

희곡에서 플롯은 흔히 극적 구성이라고 부르는 단계로 발전한다. 그런데 이 극적 구성은 3부 구성과 5부 구성의 두 갈래로 나눈다. 3부 구성이란 시작과 중간 그리고 끝의 세 단계로 되어 있는 것을 말한다. 아리스토텔레스가 일찍이 『시학』에서 비극은 시작과 중간과 끝을 지닌다고 말하였을 때의 그 구성이 바로 이 갈래에 속한다. 이 구조에 따르면 1) 주동 인물이나 세력이 상반되는 반동 인물이나 세력과 부딪쳐, 2) 이 두 인물이나 세력 사이에 갈등과 긴장이 일어나고 상승하여 최고의 위기 상태에 이르고, 3) 이 정점에 도달한 다음 두 인물이나 세력이 어떤 식으로든지 해결을 보게 된다. 주로 3막으로 된 현대극이 바로 '도입 → 분규 → 해결'의 3부 구성으로 되어 있다.

한편 5부 구성에서는 플롯이 1) 발단, 2) 전개, 3) 절정, 4) 반전, 그리고 5) 종결의 다섯 단계로 발전한다. 도입이라고도 부르는 이 발단 단계에서 극작가는 극 전체의 분위기를 조성하고 배경을 설정하며 등장인물들을 소개한다. 앞으로 일어날 사건을 미리 예고하거나, 막이 오르기 전에 이미 일어난 사건처럼 극을 이해하는 데에 필요하다고 생각하는 사실에 대한 정보를 제공해 주기도 한다. 분규나 전개라고 하는 두번째 단계에서는 주동인물과 반동인물의 갈등이 상승하여 긴장과 흥분이 높아지는 단계이다. 분규라는 용어에서도 잘 드러나 있듯이 이 단계에서 사건은 본격적으로 복잡하게 얽히고 설킨다. 절정은 갈등이 최고조에 달하는 단계로서 사건은 이제 더 이상 앞으로 진전할 수가 없는 정점이다. 절정이나 정점보다는 오히려 영어로 '클라이맥스'라고 하면 그 의미가 곧 떠오를 것이다. 바로 이 단계를 분수령으로 사건이 바뀌기 때문에 전환점이라고도 부른다. 반전이나 역전으로도 부르는 하강에서는 사건이 내리막길에 접어들면서 수습 국면을 맞는다. 여기에서는 그 동안 서로 대립하던 두 힘의 균형이 깨뜨려지고 해결을 향하여 치닫는다. 그리고 파국 또는 대단원으로 부르는 종결은 모든 사건을 해결하고 마무리짓는 마지막 단계이다.

19세기 독일의 이론가 구스타프 프라이타크는 『희곡의 기술』에서 처음으로 플롯 구성을 도식으로 만들었다. 이것이 그 유명한 '프라이타크 피라미드'로 알려진 법칙이다. 피라미드라고 부르는 것은 그 유명한 이집트의 무덤처럼 이등변 삼각형 모양을 하고 있는 까닭이다.

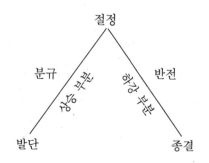

엘리자베스 시대 비극을 기준으로 삼은 탓에 프라이타크는 플롯이 모두 다섯 단계로 발전한다고 보았다. 그런데 체계적인 모든 도식이 으레 그러하듯이 이 도식에도 문제가 없지 않다. 가령 희곡의 구성이 반드시 이등변 삼각형의 피라미드 모양을 하고 있지 않는 경우도 적지 않다. 어떤 극에서는 상승 부분이 하강 부분보다 더 긴가 하면, 또 어떤 극에서는 이와는 반대로 하강 부분이 상승 부분보다 더 길다. 다시 말해서 이등변 삼각형보다는 오히려 두 변의 길이가 서로 다른 부등변 삼각형 모양인 경우가 더 많다.

더구나 모든 희곡이 다 5막의 형태를 갖추고 있지는 않은 탓에 프라이타크 도식은 단막극이나 3막극의 희곡 작품에는 잘 들어맞지 않는다. 심지어는 5막 극에서조차도 들어맞지 않는 때가 가끔 있다. 그렇지만 프라이타크 도식은 희곡의 기본 구성을 이해하는 데에 있어 아주 편리한 출발점이 된다. 그 동안 이 도식이 비극뿐만 아니라 희극의 구성, 더 나아가 장편소설이나 단편소설의 구성을 설명하는 데에도 널리 사용된 것은 바로 이러한 까닭 때문일 것이다.

1962년에 국립극단이 공연하여 큰 관심과 화제를 모았던 차범석의 『산불』은 희곡의 5부 구성을 보여주는 좋은 예이다. 한국전쟁이 일어나고 빨치산이 극성을 부리던 1950년대 초를 시간적 배경으로, 소백산맥 줄기에 자리잡은 산골 마을을 공간적으로 배경으로 삼고 있는 이 작품은 모두 5막 3장으로 구성된 본격적인 장막 희곡이다. 장막 희곡답게 등장인물의 수도 많고 사건도 비교적 복잡하게 짜여 있다. 1막부터 5막까지 각각의 막은 대략 발단 ⟶ 전개 ⟶ 절정 ⟶ 반전 ⟶ 종결에 해당한다.

이 작품에서 발단 단계인 제1막은 마을 아낙네들이 자위대의 협박에 못이겨 공비에게 줄 곡식을 거두는 장면으로 시작한다. 해방 후 줄곧 인민군과 국군이 번갈아가며 들어 온 탓에 젊은 사내들은 거의 모두 죽임을 당하거나 도망을 가고 이 마을에 남아 있는 사람들이라고는 온통 아낙네들뿐이다. 사내라고 하여야 젖 먹이와 귀머거리 늙은이 한 사람 뿐이다. 이렇게 이 마을에 과부 밖에 없다는 사실은 앞으로의 사건 진행에 중요한 계기가 된다. 또한 이 첫번째 막에는 빨치산에서 도망쳐 나온 공비 규복을 비롯한 한두 사람을 빼고는 앞으로 등장하게 될 인물들이 거의 다 나온다. 더구나 과거에 인민군한테 협조하였느냐 국군에 협력하였느냐는 문제를 두고 마을 아낙네들 사이에 큰 말다툼이 벌어진다. 이 말다툼은 앞으로 일어나게 될 사건을 예고할 뿐만 아니라 갈등과 분규의 단서를 준다. 극이 계속되는 동안 까마귀떼들이 유난히 짖어대는 것도 눈여겨볼 대목이다. 두말 할 나위없이 앞으로 어떤 불길한 일이 벌어질 것이라는 징조가 되는 까닭이다.

작가는 제 2 막에서 바로 앞의 막에서 도입한 사건을 본격적으로 전개한다. 군국한테 남편을 잃고 청상 과부가 된 사월은 역시 과부가 된 친구 점례의 방에서 또 다른 과부 쌀례네와 함께 바느질을 하며 신세 한탄을 늘어 놓는다. 몇 해 동안 남편 없이 혼자 살아 온 자신의 처지를 솔직히 털어 놓는다. "나는 정말이지 이대로는 못살 것 같아! 자식이고 부모고 없어! 우선 내가 살고 봐야지!"하는 말에서 그녀가 성에 굶주린 채 얼마나 외롭고 쓸쓸한 삶을 살고 있는지 잘 알 수 있다. 쌀례네가 야경을 서기 위하여 방에서 나간 다음 이번에는 아직 시집을 가지 않은 끝순이가 나타나 곧 산골 마을을 떠나 대도시로 갈 것이라고 밝힌다. 제 2 막의 끝부분에서 교원 노릇을 하다 공산군에 속아 공비가 된 규복이 천왕봉에서 내려와 점례네 부엌에 나타나면서 사건은 한결 더 복잡한 양상으로 발전한다.

2 막에서 시작한 전개 단계는 3 막으로 이어진다. 3 막 1 장에서 점례는 규복을 집 뒤켠 대나무 밭 움막 속에 숨겨 주고 남몰래 밥을 날라다 준다. 사월에 못지않게 그 동안 성에 굶주려 온 그녀

는 규복과 육체적 관계를 갖는다. 3막 2장에서 규복은 점례에게 단순한 육체적 관계를 넘어 그동안 잃었던 사랑의 의미를 깨닫게 되었다고 고백하기에 이른다. 또한 그는 점례에게 어디론가 함께 도망치자고 제안하기도 한다. 그러나 도민증이 없이는 한 발자국도 도망갈 수 없다는 사실을 잘 알고 있는 점례는 그에게 경찰에 자수하여 새로운 삶을 시작할 것을 권유한다. 그러자 규복은 며칠만 더 생각할 수 있는 기회를 달라고 부탁한다. 두 사람이 포옹하고 있는 동안 갑자기 이상한 소리가 나자 점례가 서둘러 대밭을 나오면서 2장이 끝을 맺는다.

이 작품에서 절정 단계는 다름아닌 3막 3장이다. 눈빛에 광기마저 띤 채 사월은 어린애를 두고라도 집 나갈 결심을 할 만큼 절박한 지경에 있다. 이 문제를 두고 친정어머니와 한바탕 말다툼을 벌이기까지 한다. 점례가 젊은 남자를 대밭에 숨겨 놓고 있다는 사실을 사월이 눈치채면서 사건은 전환점을 맞는다. 점례는 그녀에게 모든 것을 털어 놓지 않을 수 없다. 이제 두 과부가 번갈아가면서 규복과 관계를 갖는 장면에 이르러 사건은 최고조에 달한다.

제4막에서 사월이 규복의 아이를 임신하면서 사건은 반전하기 시작한다. 사월의 어머니 최씨는 딸이 아픈 것으로 알고 있지만 사월이 임신하였다는 사실을 모르는 동네 사람은 아무도 없다. 사월의 처지를 누구보다도 잘 알고 있는 점례는 그녀에게 규복을 데리고 어디론가 도망갈 것을 제안하지만 사월은 그 제안을 거절한다. 규복은 규복대로 이제 더 이상 짐승 같은 삶을 살 수 없다고 생각한다. 마침내 그는 "울 안에 갇힌 채로 가져다 준 먹이나 먹고 억지로 붙여 준 암컷과 자는 돼지! 나는 사람이 아니라 짐승이 되고 말았어! 돼지야!"라고 절망을 털어 놓기에 이른다. 지금껏 두 과부한테 이용만 당하였다고 생각하는 그는 이제 국군이 공비 소탕 작전을 펼치기에 앞서 자수하기로 마음먹는다. 그러나 점례한테서 사월이 자신의 아이를 임신하였다는 소식을 듣고 크게 놀란다.

그리고 제5막은 극적 갈등이 모두 해소되는 단계이다. 하늘에서는 비행기가 폭탄을 떨어뜨리고 산에서는 기관총 소리가 요란하게 들리는 가운데 사월의 임신과 관련한 소문을 두고 사월의 어머니는 점례 어머니와 한바탕 싸움을 벌인다. 바로 이때 완전 무장한 국군이 등장하여 점례의 시어머니 양씨를 데려간다. 얼마되지 않아 곧 총소리가 요란하게 들리며 멀리 산 아래쪽에서 연기가 피어오른다. 공비를 토벌하기 위하여 국군이 산에 불을 지른 것이다. 사병이 나타나 대대적으로 공비를 소탕하기 위하여 점례네 대밭에 불을 지르자 움막에서 뛰쳐나온 규복은 사병이 쏜 총에 맞고 의식을 잃는다. 막다른 골목에 다다른 사월은 양잿물을 마시고 스스로 목숨을 끊는다. 두 사람의 죽음과 함께 이 작품은 마침내 대단원의 막을 내리는 것이다.

희곡의 갈래

희곡은 그 외형적 형식에 따라 크게 단막극, 중막극 그리고 장막극의 세 갈래로 나뉜다. 희곡의 막을 영어나 프랑스어로는 '액트'나 '악트'라고 하지만 독일어로는 '아우프쭝'이라고 부른다. 그런데 이 '아우프쭝'이라는 말은 커틴 따위를 '끌어올린다'는 뜻을 지니고 있다. 무대에 설치한 커틴이 올라가는 것과 극적 행위를 구분하는 막이 거의 같은 의미로 쓰이는 탓에 붙여진 이름이다. 본디 고대 그리스 연극에서는 막의 구별이 전혀 없었고, 로마 시대에 와서야 비로소 막의 개념이 처음 도입되었다. 그 후 막은 희곡 장르만의 한 관습으로 굳어져 버렸다. 소설의 기준으로 보자면 단막극은 단편소설에, 중막극은 중편소설에, 그리고 5막극은 장편소설에 해당하는 셈이다.

단막극이란 글자 그대로 단 하나의 막을 가지고 있는 극을 말한다. 서양에서 단막극을 본격적으로 사용하기 시작한 것은 19세기 말엽에 이르러서이다. 단막극은 자연주의자들이 말하는 '삶의 단면'을 다루는 데에 있어 안성맞춤이다. 단막극은 막이 하나밖에 없는 탓에 막 대신에 장으로만 표시하는 것이 보통이다. 가령 앞에서 예로 든 조중환의 「병자 삼인」이나 유치진의 「조국」은 모두 1막으로 되어 있는 단막극이다. 1920년대 토월회가 공연하여 호평을 받은 바 있는 박승희의 풍자극 「이 대감 망할 대감」, 고달픈 어부들의 삶을 그린 함세덕의 「산허구리」, 극작가의 사상과 관련하여 앞에서 예로 든 차범석의 「고구마」와 같은 작품들은 아예 장의 구별도 하지 않는 단막극이다. 우리나라 극작가 가운데에서 이근삼은 보기 드물게 단막극을 많이 썼다. 예를 들어 데뷔작 「원고지」를 비롯하여 「대왕은 죽기를 거부했다」, 「거룩한 직업」, 「향교의 손님」 따위는 그의 대표적인 단막극 작품으로 꼽힌다.

단막극과 장막극의 중간 형태인 중막극은 흔히 세 막을 지니고 있는 극을 가리킨다. 서양에서 이 3막극은 근대극의 기틀을 마련한 노르웨이의 극작가 헨릭 입센이 『인형의 집』을 발표한 후 많은 현대 극작가들이 즐겨 써 온 극 형태이다. 우리나라에서는 앞에서 언급한 김우진이 1926년에 「산돼지」와 「이승녀」를 발표하면서 3막극이 본격적인 궤도에 올랐다. 역시 앞에서 예로 든 채만식의 「당랑의 전설」도 3막극의 형태를 취하고 있다.

장막극은 다섯 개의 막을 지니고 있는 극을 말한다. 서양에서는 르네상스 시대와 고전주의 시대에 걸쳐 5막극이 크게 성행하였다. 우리나라에서는 유치진이 1935년에 동아일보에 『소』를 연재하면서 본격적으로 씌어지기 시작하였다. 그후 그는 『자명고』와 『원술랑』과 같은 역사적 사실에서 소재를 빌려 온 장막극을 쓰기도 하였다. 앞에서 희곡의 구성과 관련하여 예로 든 차범석의 『산불』도 대표적인 장막극에 속한다.

　그렇다고 모든 극이 다 1막이나 3막 또는 5막의 형태를 취하고 있는 것은 물론 아니다. 경우에 따라서는 2막극이나 4막극도 얼마든지 있을 수 있다. 실제로 유치진의 처녀 희곡 작품 「토막」은 2막으로 된 작품이고, 「통곡」과 「푸른 성인」은 4막극으로 된 작품이다. 이근삼의 「꿈 마시고 물 마시고」는 비록 단막극의 형태를 취하고 있지만 그 분량으로 보면 중막극이나 장막극에 해당한다.

　한편 희곡은 그 내용에 따라서 비극과 희극 그리고 비희극의 세 갈래로 나눈다. 비극을 영어로 '트래지디'라고 하는데 이 말의 뿌리를 거슬러 올라가 보면 엉뚱하게도 '트라고이디아'라는 그리스어와 만나게 된다. '트라고스'(염소)와 '오이디아'(노래)가 서로 결합한 이 그리스어는 글자 그대로 '염소의 노래'라는 뜻이다. 농업의 신 디오니소스를 제사지내는 축제 때 그리스 사람들은 바로 염소를 잡아 제물로 바치면서 노래를 불렀기 때문이라고 한다. 디오니소스 축제 때 코러스 단원들이 염소 가죽을 뒤집어 쓰고 노래를 부른 탓에 그러한 이름이 붙었다고도 하고, 전쟁이 끝난 다음 그리스 사람들은 죽은 사람들의 수만큼 산양을 죽인 탓에 그러한 이름이 붙었다고도 한다. 또 다른 이론가들은 비극을 상연할 때에 상품으로 염소를 나누어 준 까닭에 그렇게 불렀다고 말하는 학자도 있다. 그런가 하면 또 어떤 이론가들은 어딘지 모르게 슬프게 보이는 산양의 모습과, 유달리 비통한 소리를 내며 우는 산양의 울음소리에 주목하여 인간의 운명도 마치 양의 운명처럼 불행한 까닭에 그러한 이름이 붙게 되었다고 말하기도 한다. 그 까닭이야 어찌 되었든 비극이 염소나 양과 연관되어 있는 것만은 틀림없다. 염소나 양은 모든 동물 가운데에서 가장 성욕이 강하고, 따라서 새끼를 가장 많이 낳는 동물로 알려져 있다.

비극은 흔히 주인공이 죽거나 어떤 결정적인 파국이나 불행으로 끝을 맺는 극을 가리킨다. 사건의 결말이 비극적으로 끝나면 일단 비극의 갈래에 넣는다. 그런데 비극적 결말을 가져오는 까닭도 가지가지이다. 가령 그리스 비극에서는 개인의 자유 의지로써는 어찌할 수 없는 어떤 운명에 의하여 비극적 결말에 이른다. 그리스 극을 운명극이라고 부르는 것은 바로 이러한 까닭에서이다. 그러나 다분히 스토아주의적인 태도를 취하는 그리스 비극의 주인공들은 운명을 받아들이면서도 반드시 그것이 옳다고 생각하지는 않는 것 같다. 스토아주의는 자유 의지를 받아들일 때에 비로소 가능하다. 그렇다면 그리스 비극을 단순히 운명극으로 보는 데에는 한계가 있다. 한편 르네상스 시대의 비극은 성격극이라고 부르는데 주인공의 성격적 결함 때문에 주인공은 파국을 맞는다. 그런가 하면 근대에 이르러 비극의 주인공은 사회적 환경이나 불합리한 가족 제도 또는 그릇된 도덕관 때문에 불행을 겪는다. 그렇기 때문에 근대 비극은 흔히 환경극이라고 부른다.

그러나 좀더 깊이 생각해 보면 비극은 비극적 파국이나 결말 이상의 깊은 의미를 지닌다. 다시 말해서 비극은 단순히 슬픈 것과는 구분되어야 한다. 고도의 인간 정신을 표현하는 비극에서 개인은 삶의 궁극적 의미와 맞부딪치게 된다. 비극은 흔히 삶의 의미에 호소하는 보편타당한 의미를 지닌다. 희극보다 왜 비극을 훨씬 더 높이 평가하는지 그 까닭을 이제 알 만하다. 더구나 비극의 주인공에게는 재앙과 불행 가운데에서도 한 줄기 빛이 비친다. 비극에서는 주인공의 죽음이나 파멸 다음에는 새로운 질서가 탄생한다는 것을 비록 어렴풋하게나마 암시해 준다. 또한 비극은 공포와 연민의 감정에 따른 정화 작용을 통하여 인간의 생리적 긴장뿐만 아니라 심리적·사회적 긴장까지도 풀어 주는 구실을 한다.

봉건 제도가 아직 맹위를 떨치던 시대의 전통적인 비극에서는 영웅이나 왕후장상과 같은 상류 계급에 속한 사람들이 주로 주인 공으로 등장하였다. 그리스 비극의 주인공들이 일부러 굽이 높은 신을 신고 머리를 길게 늘어뜨리고 옷을 부풀려 입었던 것도 알고 보면 상류 계급에 걸맞는 위엄과 권위를 나타내기 위하여서였다. 그러나 왕권주의가 막을 내리고 자유와 평등의 깃발을 내세우는 민주주의 시대에 이르러 평민이나 소시민이 오히려 비극의 주인공으로 등장한다. '차 한 잔의 비극'이라는 말도 있지만 현대의 비극은 주로 일상과 관련한 것들이 대부분을 차지하고 있다. 『인형의 집』에서 노라가 집을 뛰쳐나가는 사건은 오이디푸스 왕이 테베 왕국에서 추방당하는 사건에 못지않게 아주 큰 의미를 지닌다.

천승세의 『만선』은 가장 대표적인 비극 작품 가운데 하나이다. 1964년 국립극장에서 주최한 현상 모집에서 뽑힌 이 작품은 모두 3막 6장으로 되어 있다. 이 작품에서 작가는 바다를 터전으로 삶을 꾸려나가는 어부들이 겪는 고통과 절망을 구수한 토속적인 언어로 보여 준다. 줄거리를 대강 살펴보면 늘 만선을 꿈꾸며 험난한 바다와 싸우는 주인공 곰치는 고기떼를 발견하고 좋아하지만 선주에 빚진 돈 때문에 배가 묶인다. 아주 불리한 조건으로 겨우 다시 배를 빌려 고기잡이에 나서지만 만선은커녕 아들 도삼과 딸의 애인 연철을 잃고 만다. 이미 다 큰 아들들을 셋씩이나 잃은 데다 도삼까지 잃어버린 곰치의 아내 구포댁은 그 충격으로 그만 정신이상자가 된다. 그녀는 아직 걷지도 못하는 마지막 남은 어린 아들을 빈 배에 태워 멀리 육지로 떠나 보낸다. 선주의 하수인인 범쇠에 몸을 더럽힌 곰치의 딸 슬슬이는 목을 매어 스스로 목숨을 끊는다.

한 등장인물의 말대로 곰치는 그야말로 '만선에 미친' 사람이다. "만선이 아니면 노 잡지 말라"는 할아버지의 말을 평생 동안 굳게 믿고 살아 온 그이고 보면 이것은 어쩌면 당연하다. 만선에 대한 꿈을 떠나서는 그의 삶은 잠시도 의미를 지니지 못한다. 그러나 곰치의 욕망은 현실의 두터운 벽에 늘 갇혀 있을 뿐 어떠한 형태로든 결코 실현되지 않는다. 그의 꿈은 늘 현실의 거친 파도에 부딪혀 산산조각이 나고 마는 것이다. 그런데 주인공 곰치의 비극은 인간이면 누구나 다 겪게 되는 비극으로서 인간 조건에서 비롯한다고 하여도 크게 틀리지 않는다. 작가가 제목으로 삼고 있을 뿐만 아니라 작품 곳곳에서 마치 민요의 후렴처럼 자주 되풀이하여 쓰고 있는 '만선'(滿船)이라는 말은 인간의 근원적 욕망을 뜻한다. 삶의 배는 영원히 채워지지 않고 늘 망망대해에서 외롭게 떠돌 따름이다. 시간의 쇠사슬에 얽매여 있는 인간은 누구나 다 곰치처럼 좌절과 절망을 일용할 양식으로 삼고 살지 않으면 안 되게 마련이다.

희극은 본질적으로 비극과는 다르다. 등장인물의 사회적 지위를 비롯하여 소재·플롯·문장 스타일·효과 따위에 있어 희극은 비극과 큰 차이를 보인다. 비극이 철학적 성격을 띤다면 희극은 사회적 성격이 강하다. 비극이 실제보다 더 나은 인간을 보여 주려고 한다면, 희극은 실제보다 못한 인간을 보여 주려고 한다. 비극에서와는 다르게 희극에서는 일상생활에서 흔히 볼 수 있는 평범한 인물들이 주인공으로 등장한다. 가볍고 익살스런 사건을 통하여 희극은 인간의 어리석음과 모순과 약점을 꼬집을 뿐만 아니라, 경직된 사회 규범과 불합리한 인습을 조롱하고 매도하기도 한다. 희극은 무엇보다도 사건이 해피엔딩으로 끝나는 데에 특징이 있다.

코메디라는 영어의 뿌리를 살펴보면 그 의미가 훨씬 분명해진다. 이 말은 '코모스'(행렬)와 '오이디아'(노래)가 결합된 '코모이디아'라는 그리스어에서 생겨난 말이다. '코모스'는 행렬이 아니라 '촌락'이라고 말하는 학자들도 있다. 이 주장에 따른다면 코모이디아는 '행렬의 노래'가 아니라 '촌락의 노래'가 되는 셈이다. 행렬의 노래를 뜻하건 촌락의 노래를 뜻하건 희극이 축제에 모인 군중과 연관되어 있다는 것만은 틀림없다. 기원전 5세기경 고대 그리스 시대 디오니소스 축제 때 군중들은 행렬을 지어 마을을 돌아다니며 노래를 부르고 춤을 추고 우스운 농담을 주고 받았다. 이렇게 자유분방하고 때로는 난잡하기 그지없는 행위에 바로 희극은 그 뿌리를 내렸던 것이다.

사건이 불행한 결말로 끝나면 비극이 되듯이 사건이 행복한 결말로 끝나면 일단 희극으로 보아도 거의 틀림없다. 삶의 즐거운 면을 내용으로 삼는 탓에 해학과 골계미가 흘러 넘친다. 비극과 비교해 볼 때에 희극은 삶을 긍정하는 태도가 훨씬 두드러지게 드러난다. 이탈리아의 시인 알리기에리 단테의 그 유명한 『신곡』은 원래 제목대로 한다면 '신의 희극'이다. 중세기의 세계관을 대표할 만큼 거룩한 분위기가 감도는 종교 서사시를 두고 희극이라고 부른 까닭이 언뜻 이해가 가지 않을는지도 모른다. 그러나 단테는 지옥과 연옥을 거쳐 천국에 이르는 과정을 보여줌으로써 궁극적으로 삶을 긍정하고 있으므로 이 작품은 희극이 될 수 있을지언정 비극이 될 수는 없는 것이다.

오영진의 『맹진사댁 경사』는 가장 대표적인 희극 작품 가운데 하나로 손꼽힌다. 『시집가는 날』이라는 시나리오와 영화로 우리에게 더욱 잘 알려진 이 희극은 우리나라 전래 민담에서 소재를 취해 온 작품이다. 돈을 주고 벼슬을 산 맹진사는 딸 갑분을 지체 높은 집안에 시집 보내어 신분 상승을 꾀한 나머지 선도 보지 않고 김판서댁 아들 김미언과 서둘러 혼약을 맺는다. 그러나 신랑감이 절름발이라는 소문을 듣고 그는 딸을 피신시키고 그 대신 하녀 입분을 그에게 시집 보낼 계략을 꾸민다. 그런데 놀랍게도 막상 혼례를 치르려고 나타난 미언은 절름발이기는커녕 팔다리가 멀쩡한 젊은이로 밝혀진다. 미언을 두고 참봉이 "그 눈은 샛별같이 빛나서 재기가 영롱하며, 그 코는 장부의 기상이 용솟음치며,

그 사지는 싱싱한 나머지 철퇴같이 억세며, 그 체격의 간드러진 맵시 또한 하늘의 선인 군자인 양 늠름한 풍채, 도무지 듣던 소문과는 왹 딴판이니, 장차 이 일의 조치를 어찌하시리요?"하고 말하는 것을 보면 그의 됨됨이를 곧 알 수 있다. 맹진사는 혼례식을 미루고 갑분을 데려오려고 하지만 뜻대로 되지 않고, 어쩔 수 없이 입분을 미언과 혼례를 올리도록 한다. 더구나 맹진사는 갑분을 하인 삼돌에게 시집 보내지 않으면 안 되는 딱한 처지에 놓여 있다.

맹진사의 딸이 끝내 미언과 혼례를 치루지 못하는 것을 보면 이 작품은 희극보다는 오히려 비극처럼 보일지도 모른다. 그러나 이 작품은 등장인물의 설정을 비롯하여 분위기와 언어 그리고 결말 따위에 있어서 여러 가지 희극적 요소를 지니고 있다. 사건이 결혼으로 끝이 난다는 점은 접어두고라도 이 작품에는 해학과 풍자가 흘러 넘친다. 사회적 신분의 높다란 장벽을 무너뜨리고 입분이 미언과 결혼하고 갑분이 삼돌과 결혼한다는 것은 새로운 질서에 대한 약속이요 희망이다. 봉건주의의 쇠사슬이 풀리는 소리에서 새로운 세계가 다가오는 것을 듣는다. 더구나 작가는 이 작품에서 인간의 탐욕과 위선 그리고 허세의 가면을 여지없이 벗겨 버린다. 우리나라 민담에 나오는 혹부리 영감처럼 맹진사는 신분 상승을 노리다가 오히려 전보다도 못한 신분으로 떨어지는 결과를 가져온다.

한편 비극에서 시작하여 희극으로 끝나거나 이와는 반대로 희극에서 시작하여 비극으로 끝나는 극도 적지 않다. 이러한 갈래에 속하는 극을 희비극이나 비희극이라고 부른다. 그러나 좀더 엄격히 말한다면 비희극이 비극적 요소가 얼마간 가미된 희극을 가리키는 반면, 희비극은 희극적 요소가 조금 가미되었지만 본질적으로는 비극의 범주에 들어가는 극을 말한다. 그러므로 이 두 극을 서로 혼동하는 것은 마치 생화학과 화생물학을 혼동하는 것과 크게 다르지 않다. 생화학은 화학의 한 분과 학문이지만 화생물학은 생물학의 한 분과 학문이다. 그러나 희비극과 비희극을 그렇게 엄격하게 나누지 않고 그냥 희비극이라는 용어를 쓰는 것이 보통이다.

　우리나라의 위대한 민속 유산 가운데 하나인 탈춤은 이러한 희비극적 성격을 뚜렷하게 보여주는 대표적인 극이다. 탈춤은 글자 그대로 얼굴에 탈을 쓴 채 춤을 추고 노래를 부르며 대사를 말하는 극이다. 그 내용은 주로 양반을 조롱하고 승려를 매도하며 남성중심적인 가부장 제도를 비판하는 것이다. 그리고 그 형식은 해학과 익살이 주조를 이룬다. 가령 양주 별산대놀이에서 할미가 남편의 구박을 받고 참다 못하여 스스로 목숨을 끊자 신할아비는 "어이! 어이! 어이! 내가 우는 게냐? 노래를 하는 게냐 알 수 없구나" 하고 통곡하는 장면이 나온다. 그런데 바로 이 독백에서 탈춤의 희비극적 성격을 읽을 수 있다. 더구나 더러 예외가 없는 것은 아니지만 끝부분에 이르러 등장인물 가운데 한 사람이 죽어 장례를 치르거나 진오귀굿을 벌이는 장면에 이르러서는 이러한 특성은 **훨씬** 더 뚜렷하게 드러난다. 한 마디로 탈춤은 본질적으로는 희극의 특성을 지니지만 비극적 성격도 함께 지니고 있는 극이라고 할 수 있을 것이다.

제 6 장

문학 비평이란 무엇인가

문학 비평만큼 따가운 눈총을 받으며 자라 온 문학 장르도 아마 찾아보기 쉽지 않다. 문학 장르의 장손이라고 할 만한 시는 지나치다 싶을 만큼 귀여움을 한몸에 받으며 자랐고, 소설과 희곡 또한 적자(嫡子)로서 융숭한 대접을 톡톡히 받고 자라났다. 그러나 첩의 자식으로 태어나 감히 아버지를 아버지라고 부르지 못하고 형을 형이라고 부르지 못하며 자라난 홍길동처럼, 문학 비평은 그동안 적자 장르에 눌려 서자(庶子) 대접을 받으며 자라났다. 시나 소설 또는 희곡과 같은 순문학 장르와 구별하기 위하여 문학 비평을 '준'(準)문학 장르나 '의사'(擬似) 문학 장르로 홀대하는 이론가들이 있는가 하면, 심지어 문학 비평을 숫제 문학 장르에서 제외시켜 버리자고 말하는 이론가들도 있는가 하면 아예 문학 비평이 필요 없다는 비평 무용론을 펼치거나, 비평이 문학을 감상하는 데에 오히려 걸림돌이 된다는 비평 유해론을 말하는 사람들도 적지 않다. 말하자면 문학 비평은 그동안 순문학 장르 집에 얹혀 질시와 천대 속에 눈칫밥을 먹으며 잔뼈가 굵어졌던 것이다.

　가령 보수당 정치가로서 수상까지 지낸 19세기 영국 작가 벤저민 디스레일리는 비평가란 예술가가 되려고 하다가 실패한 사람이라고 말한 적이 있다. 군인이 되지 못하면 정탐꾼이 되듯이 예술가가 되지 못하면 비평가가 된다는 19세기 프랑스 소설가 귀스타브 플로베르의 말이라든지, 시인이나 역사가 또는 전기 작가가 되려고 하다가 재능이 부족한 것이 드러나면 비평가가 된다는 영국 낭만주의 시인 새뮤얼 코울리지의 말도 비평가를 업신여기는 말이다. 또 비평가의 말을 믿기보다는 차라리 12월에 장미꽃을 찾는 편이 더 낫다는 조지 고든 바이런의 말에도, 비평가보다는 차라리 배우가 되라는 윈스턴 처칠의 말에도 한결같이 비평가를 대수롭지 않게 여기는 권위 의식이 들어 있다.

　18세기 영국의 시인 알릭산더 포우프가 비평을 두고 '뮤즈신의 하녀'라고 부른 것도 같은 맥락에서 이해할 수 있을 것이다. 시인을 뮤즈신의 영감을 받은 사람이라고 흔히 일컫듯이 시인과 뮤즈신은 같은 차원에서 대접을 받는다. 그러나 비평가는 뮤즈신의 시중이나 드는 하녀처럼 시인이나 소설가를 도와주는 구실밖에는 할 수 없다는 말일 것이다. 이보다 한술 더 떠서 19세기 러시아의 극작가이며 소설가인 안톤 체호프는 비평가를 소 꼬리에 귀찮게 달라붙는 쇠파리에 견주었다. 서양에서는 물론이고 동양에서도 문호로서 숭앙받는 괴테조차 비평가들 두고 "저 개를 내쫓아라. 저놈은 비평가이니까" 하고 말한 적이 있다. 비평가를 쇠파리나 개와 같은 동물에 견줄 정도이고 보면 비평가의 체면이 말이 아니다. 문학사를 통하여 이러한 본보기는 일일이 들 수 없을 만큼 많다.

그런데 비평가나 비평 행위를 이렇게 얕잡아 보는 사람들은 거의 대개가 작품을 쓰는 작가들이었다. 작가들은 흔히 비평가가 자신의 작품에 대하여 어떤 부정적인 가치 평가나 판단을 내리는 것을 못견뎌 한다. 비평가의 비판에 귀를 기울이기는커녕 그들은 오히려 비평가의 무능과 악의에 화살을 돌리기 일쑤이다. 제임스 조이스가 『율리시스』를 출간하였을 때에 칼 구스타프 융이 이 작품을 비판한 적이 있다. 이에 대하여 조이스는 자신과는 아무 이해 관계 없는 융이 왜 자기를 욕하는지 모르겠다고 불평을 늘어놓았다고 한다. 조이스는 문학 작품에 대한 평가와 개인에 대한 평가가 전혀 다른 것이라는 사실을 받아들이려고 하지 않는다. 이러한 태도는 비단 조이스한테만 그치지 않고 다른 작가들한테서도 마찬가지로 쉽게 찾아볼 수 있다. 이렇듯 문학 비평에 대한 불신이나 반감은 그 뿌리가 꽤 깊은 것 같다.

그러나 현대를 두고 '비평의 시대'라고 부를 만큼 20세기 들어 사정은 전혀 달라지기 시작하였다. 봉건 시대에서 민주주의 시대로 옮겨 오면서 푸대접을 받던 서자가 적자에 못지않게 대접을 받게 되었듯이, 문학 비평도 이제 서자로서의 신분에서 벗어나 문학 장르에서 명실공히 적자의 위치를 굳혔다. 어떤 의미에서 비평은 시나 소설 또는 희곡 같은 장르를 제치고 문학 장르의 총 아로서 군림하기에 이르렀던 것이다.

독서와 비평 행위

20세기에 들어와 과학과 기술이 눈부시게 발달한 것처럼 문학 비평도 그것에 못지않게 크게 발전하였다. 특히 최근 들어 갖가지 비평 이론과 방법이 대두되어 가히 백가쟁명 시대를 맞고 있다. 문학 비평은 단순히 작품을 감상하고 이해하는 것을 도와주는 단계를 뛰어넘어 이제는 그 자체로서 분명한 존재 이유를 지니게 되었다. 더구나 문학 비평이나 이론은 그 자체로서 이미 예술의 반열에 올라와 있을 뿐만 아니라 이제 독자적인 학문으로서도 그 위치를 확고히 하였다.

그러나 문학 이론이나 비평이 독자적인 위치를 차지하고 있는 것만큼 그것에 대한 불만이나 우려의 목소리 또한 만만하지 않다. 특히 학구 비평에 대한 비판과 도전은 날이 갈수록 높아만 가는 것 같다. 몇몇 비평가들은 독자들이 아무런 선입견이나 편견 없이 작품을 직접 대하여야 하며, 그렇게 할 때에야 비로소 문학 작품에 순수하고도 자발적인 '참다운' 반응을 보일 수 있다고 주장한다. 그들의 태도는 오로지 개인적 직관을 통하여서만 구원을 받을 수 있다고 굳게 믿고 있는 퀘이커 교도들을 떠올리게 한다.

가령 미국의 소설가이며 비평가인 수전 손택은 현대 서구의 학구적 문학 비평을 정면으로 공격하는 대표적인 사람 가운데 하나이다. 그녀는 문학 비평이 마치 왕위를 찬탈한 사람처럼 이제 문학 작품의 자리를 대신 차지하게 되었다고 불평을 털어 놓는다.

그녀에 따르면 비평 행위는 궁극적으로는 예술을 통제하고 관리하려는 의도를 지니고 있으며, 그 방법에 있어서는 예술 작품을 내용으로 환원하고 해석함으로써 형식적 측면을 도외시하는 결과를 가져온다고 한다. 학구 비평이란 기껏하여야 '메마른 지적 작업'에 지나지 않는다는 것이다. 그리하여 손택은 문학 비평이나 해석을 문학의 공해물로 본다. 자동차의 배기통이 뿜어내는 매연이나 공장 굴뚝에서 뿜는 연기와 크게 다르지 않다는 것이다. 매연과 연기가 우리 몸에 해로운 공해물이듯이 비평도 문학 작품을 감상하고 이해하는 데에 오히려 걸림돌이 된다는 말이다. 그러므로 우리에게 필요한 것은 예술의 해석학이 아니라 오히려 '예술의 에로틱학'이라고 결론짓는다.

이와는 약간 다른 맥락에서이지만 또 다른 미국 비평가이자 소설가인 레슬리 피들러의 태도도 이와 크게 다르지 않다. 손택이 '예술의 에로틱학'을 내세운 것처럼 그는 문학 작품에 대한 반응으로 이른바 '예술의 환희학'을 내세운다. 그에 따르면 전통적인 비평은 거의 예외 없이 엘리트주의적이고 학구적 성격을 띠고 있다. 일반 독자들은 고도로 세련된 비평이나 해석을 원하지 않으며, 오히려 감성적인 문학 작품이나 공포 소설 또는 음란물같이 대중문화적인 작품들을 훨씬 더 좋아한다는 것이다. 대다수의 일반 독자들이 원하는 것은 "합리성의 한계, 에고의 경계선, 의식의 부담으로부터의 일시적 해방, 특권을 부여받은 정신 착란의 순간"이다. 그리하여 피들러는 만약 비평이 한 문학 작품을 평가한다면 교훈이나 즐거움보다는 오히려 환희를 그 평가 기준으로 삼아야 할 것이라고 말한다.

손택이나 피들러의 주장은 지나친 비평 행위를 경계하고 내용지향적 비평에서 형식지향적 비평에 관심을 갖는다는 점에서는 참으로 옳다. 그들의 주장대로 작품을 즐기지 않고 너무 지나치게 분석 행위에만 매달리는 것은 마땅히 경계하여야만 한다. 비평하기에 앞서 문학 작품을 읽고 그것에 대하여 개인적이고 자발적인 반응을 보이는 것이야말로 문학을 감상하고 이해하는 첫걸음이기 때문이다. 올챙이 단계를 거치지 않고 개구리가 될 수 없듯이 문학 비평도 작품이 먼저 앞서지 않고서는 존재할 수 없다. 미국 태생의 영국 시인이며 비평가인 T. S. 엘리엇이 일찍이 문학 작품과는 달라서 문학 비평은 자기 목적성을 지니고 있지 않다고 말한 것도 바로 그 때문이다. 문학 작품은 얼마든지 홀로 설 수 있지만 불행하게도 비평은 그러하지 못하다는 것이다.

그러나 좀더 찬찬히 살펴보면 손택과 피들러의 주장에는 적지 않이 무리가 있다. 비평 행위가 예술 작품을 '빈곤하게' 만든다고 말한다거나, 비평가들이나 문학 연구가들의 업적을 '해로운' 것으로 보는 데에는 문제가 없지 않다. 19세기 영국의 비평가 매슈 아놀드는 일찍이 비평을 "이 세상에서 알려지고 생각된 최상의 것을 배우고 전파하려는 사심 없는 노력"이라고 정의내린 바 있다. 적어도 이 정의에 따르면 비평가란 이 세상에서 알려지고 생각된 최상의 것을 배우고 전파하는 데에 사심 없는 노력을 아끼지 않는 사람이라 할 수 있을 것이다. 그러나 이러한 정의는 비평가를 지나치게 높이 평가한 것임에 틀림없다. 비평이나 비평가를 이렇게 융숭하게 대접하는 것은 어디까지나 19세기 휴머니즘에서나 찾아볼 수 있다. 잘 알려진 바와 같이 아놀드는 문학을 비롯한 문화를 이 무렵 속물에게 교양을 주는 수단으로 삼으려고 하였다. 그렇기 때문에 그는 비평가에게 문화의 수호자라는 큰 임무를 떠맡겼던 것이다.

문학 비평은 피아노 반주와 같다. 성악가는 피아노 반주 없이도 얼마든지 노래를 부를 수 있지만 피아노 반주가 무익한 것은 결코 아니다. 반주자는 성악가의 노래를 빈곤하게 만들거나 그 노래에 해가 되지는 않는다. 오히려 피아니스트는 반주를 함으로써 성악가의 노래를 한층 더 아름답게 만들어 줄 수 있다. 이번에는 문학 비평가들이나 문학 연구가들을 등산의 길잡이에 견줄 수도 있다. 길잡이가 정상에 오르려는 사람들에게 도움을 줄 수 있듯이, 비평가도 문학 작품을 읽는 독자들에게 도움을 줄 수 있다. 올바른 문학 비평이라면 독서 행위를 위축시키거나 그 행위에 나쁜 영향을 끼치기는커녕 오히려 텍스트와의 관계를 밝혀 주는 구실을 하게 될 것이다.

몇몇 작가들은 물론이고 심지어 일반 독자들까지도 문학 비평이라는 말만 들으면 금방 얼굴을 찌푸린다. 그러나 직업적인 비평가들이건 일반 독자들이건 간에 아무런 사심 없이 문학 작품을 읽는 것은 사실 불가능하다. 얼핏 '순진하게' 작품을 읽는 것처럼 보일지 모르지만 실제로는 어떤 방식으로든지 비평에 기대게 마련이다. 그렇다면 작품을 읽고 나서 어떤 가치 평가를 내리는 독자들은 비록 묵시적이나마 비평 행위에 참여하고 있는 셈이다. 문학 작품에 보이는 지극히 단순한 반응조차도 좀더 찬찬히 뜯어보면 어떤 이론적 입장을 취하고 있기 일쑤이다.

예를 들어 어느 독자가 책 한 권을 읽고 난 다음 '참으로 재미없는 책'이라고 판단을 내렸을 때에 그는 흥미나 오락이라는 기준에 따라 그 작품을 평가하고 있다. 인간의 일과 관련한 모든 일에서 그러하듯이 작품을 읽는 데에도 우리는 가치 판단에서 결코 벗어날 수 없다. 더구나 문학 작품을 아무리 자발적으로 순수하게 읽는다고 하더라도 자기도 모르는 사이에 다른 문학 이론가들이나 비평가들이 오래 전부터 사용해 온 용어나 개념을 쓰고 있는지도 모른다. 마치 일상 생활에서 사용하는 언어처럼 문학 개념이나 용어도 처음에는 아무리 전문적이고 낯설게 보이더라도 자꾸 쓰다 보면 어느 사이에 상식적인 말이 되어 버린다. 조금 과장하여 말하자면 모든 독서는 곧 비평 행위이고, 모든 독자는 곧 비평가라고 하여도 크게 틀리지 않을 것 같다. 그러므로 문학 작품을 읽는 것은 어떠한 유형이건 비평 행위를 수행하는 것이다.

다만 문제는 얼마나 의식적으로 그리고 얼마나 효과적으로 이 일을 하고 있는가 하는 데에 달려 있을 따름이다.

창작과 비평

비평을 둘러싼 여러 문제 가운데에서도 창조성과 관련한 문제는 첫번째 손가락에 꼽힌다. 비평은 시나 소설 또는 희곡처럼 창작인가? 이 물음에 대하여 적지 않은 사람들이 그동안 부정적으로 대답해 왔다. 즉 비평은 어느 모로 보아도 창작이라고 보기 힘들며 시나 소설 또는 희곡과 같은 위치를 지니고 있지 않다는 것이다. 그들에 따르면 비평은 시간적으로도 그 중요성이 창작에 늘 뒤진다. 실제로 비평 행위는 문학 작품이 먼저 씌어진 다음에서야 비로소 가능하다. 그것은 작곡가의 음악 없이 성악가가 노래를 부르거나 연주가가 연주를 할 수 없는 것과 같다. "문학 작품이 끝난 곳에서 비평이 시작한다"라는 말은 바로 이 점을 지적한 말이다. 발생학적 구조주의자들이 즐겨 쓰는 비유를 빌려 말한다면 창작은 곧 비평의 아버지에 해당하고 비평은 창작의 아들에 해당하는 셈이다.

또한 그 중요성으로 보아도 비평보다는 문학 작품이 훨씬 앞서는 듯하다. 앞에서 포우프의 말을 언급하였지만 창작이 뮤즈신이고 비평은 뮤즈신을 시중드는 시녀와 다름없다는 태도는 생각보다 훨씬 널리 퍼져 있는 듯하다. 말하자면 비평은 창작이라는 숙주에 붙어서 그로부터 영양분을 얻어 먹고 살고 있는 천덕꾸러기 기생물에 지나지 않는 것이다. 작가를 비롯한 많은 사람들이 지금까지 비평을 깔보거나 업신여긴 것도 따지고 보면 비평이 창작처럼 작가의 상상력에서 생겨난 것으로 생각하지 않기 때문이다. 시나 소설 또는 희곡 작품은 예술에 들어가는 반면, 비평은 과학에 들어간다고 보는 생각이 바로 그러하다.

이렇게 비평을 창작과 엄격히 구별하는 문학가 가운데에서도 T. S. 엘리엇은 가장 눈길을 끈다. 그는 이른바 '창조적 비평'이란 있을 수 없다고 잘라 말한다. 문학 비평은 자기 목적성이 없다는 데에 바로 그 특성이 있다는 것이다. 자기목적성이라는 말이 조금 어렵게 들릴는지 모르지만 이 말을 순수한 우리 토박이말로 고치면 쉽게 이해할 수가 있을 것이다. 이 말을 젊은이들이 자주 쓰는 시쳇말로 바꾸어 놓으면 '홀로 설 수 없다'가 된다. 시나 소설 또는 희곡과 같은 문학 작품은 얼마든지 홀로 설 수 있지만 비평은 그러하지 못하다는 말이다. 실제로 문학 작품을 읽기에 앞서 문학 비평을 먼저 읽는 독자는 아마 좀처럼 찾아보기 힘들 것이다. 문학 작품을 설명하고 독자들의 취향을 바로잡아 주는 것이 비평가가 맡아야 할 임무라고 엘리엇은 말한다.

그러나 비평을 단순히 창작이라는 주인 마님을 섬기는 하녀로 보거나 숙주에 붙어 사는 기생물로 보는 데에는 적지 않은 무리가 따른다. 그렇다고 비평을 창작과 같은 위치에 두려는 것은 물론 아니다. 이 둘 사이에는 서로 분명한 차이가 있다. 두말 할 나위 없이 비평은 무엇보다도 그 기능이나 역할에 있어 창작과는 크게 다르다. 시나 소설 또는 희곡은 작가가 상상력을 토대로 삶의 경험을 예술적으로 형상화한 문학 작품이다. 싸늘한 머리보다는 따뜻한 가슴에 호소하는 문학 작품은 독자들에게 삶의 경험을 깊고 넓게 해 주는 구실을 한다. 한편 비평은 이러한 문학 작품을 독자들이 쉽게 이해할 수 있도록 분석하고 해석하는 작업이다. 지금까지 많은 이론가들이 걸핏하면 창작과 비평을 예술·비예술의 잣대로써 재려 해 온 것도 그 때문이다.

창작을 지나치게 높은 위치에 두려는 나머지 비평을 실제 이하로 깎아내리는 것도 올바른 태도가 아니다. 비평과 창작의 관계는 숙주와 기생자의 관계보다는 오히려 악어와 악어새 또는 콩과 뿌리혹박테리아의 그것에 견주는 것이 더 옳을 것 같다. 말하자면 비평과 창작은 서로 공생 관계를 맺는다. 어느 한쪽이 해를 끼치거나 덕을 보기보다는 서로가 도움을 주고 도움을 받기 때문이다. 한 마디로 문학 작품과 비평은 상호배타적 관계보다는 오히려 상호보완적 관계를 맺고 있다는 사실을 깨달을 필요가 있다.

창조성은 비단 시나 소설 또는 희곡을 창작할 때에만 발휘하는 것은 아니다. 문학 작품을 비평하는 행위에서도 얼마든지 창조성을 발휘할 수 있다. 정도의 차이는 있을 터이지만 인간의 모든 행위에는 다 그 나름대로 창조성이 있다. 심지어 어린아이가 장난감을 가지고 노는 데에도 창조성을 엿볼 수 있다. 그러므로 독창적이라는 잣대로 창작과 비평을 구별지으려고 하는 것은 그렇게 바람직하지 않다.

19세기 영국의 낭만주의 시인 윌리엄 워즈워스는 아무리 우수꽝스럽고 보잘것없는 창작이라고 하더라도 비평보다는 훨씬 낫다고 말한 적이 있다. 제 아무리 보잘것 없어도 창작은 독자들에게 해를 끼치는 법이 없지만 비평은 그렇지 못하다는 것이 그가 내세운 이유이다. 그러나 독자에게 끼치는 해독으로 말하자면 창작이나 비평이나 크게 다르지 않다. 플라톤에서 시작하여 청교도들을 거쳐 현대의 몇몇 독재자들에 이르기까지 적지 않은 사람들이 문학 작품을 의혹의 눈길로 바라보았던 것이다. 어떤 작품이 특히 청소년 독자들에게 얼마나 해독이 되는 것인가는 그동안 간행물 윤리위원회가 내린 몇몇 결정에서도 훌륭히 입증된다. 더구나 보잘것없는 창작보다는 오히려 잘 씌어진 한 편의 비평문에서 한결 훌륭한 창조성을 찾을 수 있을 것이다. 매슈 아놀드가 왜 비평이 '인간 정신의 자유로운 활동'이라고 힘주어 말하였는지 그 까닭을 알 만하다.

비평 행위에 창조성이 필요한 것처럼 창작 행위에도 비평적 능력이 필요하다. 비평적 재능이 없다면 아마 어느 누구도 작품다운 작품을 창조해 낼 수 없을 것이다. 흔히 작가를 혼돈에서 질서를, 무질서에서 조화와 균형을 만들어 내는 사람이라고 일컫는다. 그것은 조각난 헝겊을 가지고 누비이불을 만들어 내는 것과 같다. 적어도 이 점에서 작가는 신의 역할을 톡톡히 떠맡는 셈이다. 작가가 무질서하고 혼돈스런 삶의 경험을 선택하고 조직하고 배열하여 한 편의 문학 작품으로 재구성하는 것이야말로 다름아닌 비평적 능력이다. 그러므로 창조적 능력과 비평적 능력은 서로 상반되는 것이 아니라 동전의 앞뒤 면처럼 같은 것이라고 하여도 크게 틀리지 않는다.

창작이 나아갈 길을 제시해 준다는 점에서도 비평은 창조성을 지닌다고 할 만하다. 앞에서 말한 엘리엇은 독자의 취향을 바로잡는다는 데에서 비평의 기능을 찾았는데 그것은 작가한테도 마찬가지로 적용할 수 있다. 비평가가 작품을 창작하는 작가들에게 나침판 같은 구실을 한 예를 문학사에서 어렵지 않게 찾아볼 수 있다. 흔히 미국 현대 비평의 수준을 한 단계 올려 놓은 사람으로 평가받는 라이오널 트릴링이 비평을 두고 '가장 문명한 작업'이라고 부른 까닭이 바로 여기에 있다.

창조적 비평에 관한 문제는 최근에 들어와 부쩍 눈길을 끌고 있는 듯하다. 이러한 현상은 포스트구조주의 비평가들, 그 가운데에서도 특히 해체주의자들로 알려진 비평가들한테서 뚜렷하게 드러난다 그들은 한결같이 한편으로는 학구 비평을 신랄하게 비판하는 반면, 다른 한편으로는 목에 힘을 주어 비평의 창조성을 주장한다. 그들은 문학 비평도 시나 소설 또는 희곡처럼 창작에 지나지 않는다고 말한다. 그들에 따르면 비평은 이제 '제 2 의 창작'의 테두리를 넘어 명실공히 '제 1 의 창작'과 어깨를 나란히 한다. 최근의 전위 비평 이론에서는 서독과 동독을 가로막던 베를린 장벽이 무너진 것처럼 창작과 비평 사이에 놓여 있던 높다란 장벽이 허물어져 버린 것으로 본다. 그리하여 미국의 한 비평가는 비평을 '시의 한 갈래', 비평가를 '공인받지 못한 시인'이라고 부르기에 이르렀다.

이렇게 비평의 창조성을 높이 사려는 태도는 그 뿌리가 꽤 깊다. 흔히 세기말이라고 부르는 19세기 말엽에 활약한 몇몇 비평가들은 이 문제에 깊은 관심을 가지고 있었다. 그리하여 흔히 '아름다움의 사도'라고 부르는 예술지상주의자 오스카 와일드는 비평이야말로 창작 가운데에서도 창작이라고 말하기에 이른다. 비교적 최근에는 제네바학파로 부르는 비평가들이 목소리가 조금 나즈막하기는 하지만 역시 창조적 비평을 주창하였다. 이 비평 이론을 미국에 널리 알리는 데에 크게 이바지한 J. 힐리스 밀러에 따르면 비평가란 작가의 의식 세계를 자신의 의식 세계에 그대로 옮겨 놓으려고 하는 사람이고, 그렇기 때문에 작가에 못지않게 그 나름대로 정신적 모험을 추구한다. 그가 비평을 '문학의 문학'이라고 부르는 것도 바로 그 까닭이다. 이러한 태도는 비록 비평에 대한 태도는 전혀 다르지만 롤랑 바르트와 같은 비평가한테서도 쉽게 찾아볼 수 있다.

비평을 지나치게 깎아내리려고 하는 것도 문제이지만 무턱대고 비평을 높게 보려는 것도 문제이다. 비평가가 비평 행위에서 상상력이나 창조성을 발휘하는 것은 틀림없다. 문학 비평이 문학 장르의 한 갈래로 독립된 위상을 차지하고 있다는 것도 의심할 여지가 없다. 그렇다고 비평이 문학 작품과 같은 차원에 있는 것은 아니다. 비평은 비평으로서의 몫이 따로 있고, 시나 소설 또는 희곡은 문학 작품으로서의 몫이 따로 있기 때문이다.

비평의 기능과 임무

문학 비평이 어떠한 기능과 임무를 맡는가를 좀더 쉽게 알기 위하여서는 '비평'이라는 말의 뿌리를 잠시 더듬어 보는 것이 좋을 것 같다. 비평을 뜻하는 영어 크리티시즘은 바로 '크리티테스'라는 그리스어에서 생겨났다. 본디 이 그리스어는 '잘라서 떼어놓다' 또는 '결정짓다'라는 뜻을 지닌다. 그러니까 비평이라는 말에는 좋은 것과 나쁜 것, 옳은 것과 옳지 않은 것을 서로 구별지어 따로 떼어놓으려는 서슬 푸른 권위가 들어 있는 셈이다.

그런데 이 '비평'이라는 말이 '위기'와 같은 뿌리에서 생겨났다고 한다면 아마 고개를 갸우뚱할 사람이 적지 않을 것이다. 요즈음 비평과 관련하여 자주 쓰는 '위기'라는 말은 알고 보면 '비평'과 같은 뿌리에서 생겨난 말이다. 실제로 영어나 프랑스어에서 비평(크리티시즘, 크리티크)이라는 말과 위기(크라이시스, 크리즈)라는 말은 같은 어원에서 갈라져 나왔다. '크라이시스'라는 영어 낱말을 '크리티컬'이라는 형용사형로 바꾸어 놓으면 그 뜻이 훨씬 분명해진다. 영어 사전을 찾아보면 이 형용사형에는 비평과 관련한 뜻 말고도 난데없이 '위기에 처한'이나 '아슬아슬한'이라는 뜻이 나온다. 특히 의학에서는 더 이상 살아 남을 가망이 없는 위독한 환자를 두고 '크리티컬'이라는 용어를 쓴다. 무슨 일이든 판단하여 선택하여야 할 긴박한 순간에 놓여 있을 때가 바로 위기이다. 그리고 비평은 이러한 위기에 직면하여 내리는 어떤 결정이요 판단이다.

문학 비평은 크게 세 가지 기능을 맡는다. 첫째는 문학 작품을 해석하는 것이고 둘째는 그것을 분석하는 것이다. 또한 문학 작품에 대하여 어떤 가치 판단을 내리는 기능을 지닌다. 한편 문학 비평은 문학 작품에 얽매이지 않고 문학 비평에 관한 일반 이론을 수립하는 데에도 깊은 관심을 보이기도 한다. 흔히 비평 이론이라고 하는 분야가 바로 그것이다. 구체적인 작품을 분석하고 해석하고 평가를 내리는 비평을 실제 비평이라고 부르고, 비평 이론에만 관심을 기울이는 비평을 이론 비평이라고 부른다.

최근 들어 이론 비평이 차지하는 몫이 실제 비평에 못지않게 자 못 크다. 그리하여 어떤 이론가는 '비평의 시대'에서 이제 '이론의 시대'로 옮겨 왔다고 말하기도 한다. 실제 쪽에 무게를 두든 아니 면 이론 쪽에 무게를 두든지 비평은 궁극적으로 독자가 작품을 좀더 잘 이해할 수 있도록 도와 주는 데에 목적이 있다.

그런데 이러한 기능과 역할을 하는 데에 있어 문학 비평은 될 수 있는 대로 비평가의 주관성을 배제하고 객관성과 엄밀성을 유 지하려고 한다. 지금까지 몇몇 이론가들이 비평을 예술보다는 과 학의 차원에 두려고 한 까닭도 알고 보면 이 점과 연관되어 있다. 비평은 엄밀한 의미에서의 과학은 아니라고 할지라도 적어도 객 관성과 엄정성을 추구하려고 한다는 점에서는 어느 정도 과학적 특징을 지닌다고 할 수 있다.

같은 실제 비평이라고 하더라도 해석과 분석 그리고 가치 평가 의 세 기능 가운데에서 어느 쪽에 더 큰 무게를 두느냐에 따라 다시 판단 비평과 학구 비평의 두 갈래로 나눈다. 흔히 저널리즘 비평이나 리뷰 비평이라고도 부르는 판단 비평에서는 문학 작품 을 해석하고 분석하는 일보다는 그 작품의 가치를 판단하는 데에 훨씬 큰 관심을 둔다. 판단 비평가들은 매일마다 홍수처럼 쏟아 져 나오는 많은 작품 가운데에서 독자들이 꼭 읽을 만한 가치가 있다고 생각하는 작품을 추려 낸다. 한편 학구 비평에서는 문학 작품의 가치를 판단하는 일보다는 오히려 작품의 의미를 해석하 고 분석하는 일에 초점을 맞춘다. 문학 작품을 분류하고 문학사 의 관점에서 기술하는 것도 학구 비평의 몫이다. 그러므로 학구 비평은 예술의 영역보다는 오히려 학문의 영역에 더 가깝다.

문학 작품에 대하여 가치 평가를 내리는 데에 있어서도 비평가 들의 태도는 저마다 다르다. 가령 어떤 비평가들은 일정한 객관 적인 규칙을 미리 정해 놓고 오직 그 기준에 따라 문학 작품을 평가한다. 가령 조셉 애디슨이 존 밀턴이 『실락원』에서 아리스토텔레스가 정한 비극의 구성 요소를 잘 지키지 않았다고 비판한 것이라든지, 18세기 프랑스 계몽주의의 대부격인 볼테르가 3일치 법칙을 지키지 않았다고 하여 윌리엄 셰익스피어의 작품을 '술주정뱅이의 공상에서 빚어진' 것이라고 혹평한 것은 오직 객관적 기준에 따라서 작품을 평가하였기 때문이다.

이러한 비평적 태도를 절대주의 비평이라고 부른다. 이 비평 방법에서는 작품을 평가할 때에 객관적 잣대를 쓰는 탓에 어느 비평가가 보아도 똑같은 결론에 이르지 않을 수 없게 마련이다. 고전주의나 리얼리즘 전통에 속하는 비평은 거의 대개가 이 갈래에 들어간다. 19세기 이폴리트-아돌프 텐과 같은 결정론자들과 과학주의 비평가들은 인종·환경·시대를 평가 기준을 삼고, 20세기에 들어와 다시 고개를 든 신고전주의 비평에서는 전통과 역사성을 평가 기준으로 삼는다.

객관주의 비평의 한계는 사회주의 리얼리즘에 이르러 가장 두드러지게 드러난다. 칼 마르크스와 프리드리히 엥겔스의 변증법적 유물론에 기초를 두고 있는 이 비평에서는 작가가 독자들에게 계급 투쟁 의식을 얼마나 잘 불어넣는가 하는 기준에 따라서만 문학 작품을 평가하려고 한다. 사회주의 리얼리즘에서는 계급성의 잣대 말고도 당파성·인민성·이념성·전형성 따위의 평가 기준을 더 내세운다. 문학을 사회주의 혁명을 완수하기 위한 무기로 간주하는 사회주의자들이고 보면 그것은 어쩌면 당연한 것처럼 보인다.

우리나라도 사정은 크게 다르지 않다. 1920년대를 전후하여 한때 신경향파 문학이 성난 파도처럼 우리 문단을 휩쓸고 지나갔다. 최서해가 『조선문단』에 처음 발표한 「기아와 살육」은 흔히 이러한 경향을 보여 주는 가장 대표적인 작품으로 꼽힌다. 이 작품은 한 가난한 막노동자가 가난에 시달리다 사회에 반항하는 이야기를 다룬다. 주인공 경수는 아이를 낳고 앓는 아내를 병원에 입원시키지만 치료비를 낼 수 없다. 그리하여 그는 일년 동안 의사 집에서 머슴살이를 하기로 한다. 그러나 참담한 생활에 지쳐 마침내 그는 미치광이가 되고 만다. "모두 죽여라……이놈의 세상을 부시자. 복마전 같은 이놈의 세상을 부시자. 모두 죽여라" 하고 외치면서 식칼을 들어 식구들을 모두 죽인다. 곧이어 집밖으로 뛰쳐나간 주인공은 닥치는 대로 사람을 찌르고 물건을 부수어 버리다가 마침내 경찰이 쏜 총에 맞아 죽는다. 이 작품에 대하여 김기진은 "이것은 대단히 좋은 작품이다. 가히 존경할 만한 작품"이라고 칭찬을 아끼지 않는다.

신경향파 문학은 곧이어 좀더 조직적인 계급 문학으로 발전한다. 1925년에 '조선 프롤레타리아 예술동맹'(KAPF)이라는 단체가 결성되면서 몇몇 작가들은 단순히 빈궁이나 소박한 반항의 수준을 넘어 계급 문제를 본격적인 문학의 주제로 다루었고, 비평가들은 오직 이 계급성을 작품 평가 기준으로 삼았다. 김기진과 함께 이 문학 운동을 주도한 박영희는 "무산계급 문학의 문사는 문학에만 머무르고 있는 것이 아니라 계급 그것과 생사를 같이하지 않으면 아니 될 제3선상에서 있는 투사"라고 아예 못박고 있다. 이 계급 문학론은 1935년 조선 프롤레타리아 예술동맹이 해체될 때까지 문학을 비롯한 예술 분야에 크나큰 영향을 끼쳤다.

그러나 이 계급 문학론은 그 호응에 못지않게 그에 대한 비판 또한 만만하지 않았다. 지나치게 계급 의식을 강조한 나머지 문학의 예술적 측면을 거의 도외시하다시피 하였다. 이 문제에 관련하여 김동인은 "계급 공기며 계급 음료수라는 것이 존재할 가능성이 없는 것과 마찬가지로 계급 문학이라는 것도 존재치 못할 것"이라고 말하였다. 김동인과는 다르게 계몽주의 문학에 앞장선 이광수까지도 "나는 계급 문학이라는 말에 대하여 그다지 큰 흥미를 가지지 아니합니다.……나는 계급을 초월한 예술의 존재를 믿습니다" 하고 말할 정도였다. 심지어는 이 문학론에 앞장

선 박영희까지도 "얻은 것은 이데올로기며 상실한 것은 예술 자신"이라는 유명한 말을 남긴 채 마침내 계급 문학 운동에 등을 돌려 버렸던 것이다.

한편 주관주의 비평에서는 무엇보다도 비평가의 주관적 기준을 평가 기준으로 삼는다. 주관주의 비평가들은 비평 기준이 비평가와 작품의 밖에 있지 않고 오히려 그 안에 있다고 본다. 그렇기 때문에 이 비평에서는 무엇보다도 비평가 개인의 취향·기분·주장·이해 관계·세계관 따위가 작품을 평가하는 데에 크게 영향을 끼치게 마련이다. 이 비평은 개인의 직관과 상상력을 높이 여기는 낭만주의 전통에서 성행하였다.

주관주의 비평 가운데에서도 인상주의 비평은 눈여겨볼 만하다. 이 비평을 주도한 19세기 영국의 비평가 월터 페이터는 비평가가 갖추어야 할 능력은 지력이 아니라 오히려 감동력이라고 주장하였다. 예술 작품이 비평가와 어떠한 관계를 맺고 있는가? 예술 작품이 비평가한테 실제로 어떠한 효과를 일으키는가? 쾌감을 가져다 주는가 그렇지 않은가? 만약 쾌감을 가져다 준다면 그 쾌감은 과연 어떤 종류의 것이며 어떠한 정도인가? 페이터에 따르면 인상 비평가라면 마땅히 이러한 물음에 진지하게 답하지 않으면 안 된다. 19세기와 20세기에 걸쳐 활약한 프랑스 작가 아나톨 프랑스가 비평을 문학 작품이라는 우주를 탐색하는 '감수성 많은 비평가의 영혼의 모험'에 견준 것도 이러한 맥락에서 이해할 수 있을 것 같다. 그렇다면 비평이란 비평가가 작품을 빌려 자신의 견해를 밝혀 놓은 것에 지나지 않는다. 창조적 비평이라는 것도 결국 따지고 보면 인상주의 비평을 극단적으로 밀고 나간 것이라고 할 수 있다.

객관주의 비평의 화강암과 주관주의 비평의 수렁 사이에서 균형을 찾으려는 것이 상대주의 비평이다. 상대주의 비평은 일정한 법칙을 평가 기준으로 삼으면서도 그 기준을 절대적인 것으로 보지 않는다. 그 평가 기준은 사정에 따라서 얼마든지 달라질 수 있다. 또한 상대주의 비평은 비평가가 작품에서 받은 주관적 인상을 높이 여기되 될 수 있는 대로 그 인상을 객관적 법칙으로 만들려고 한다. 한편으로는 비평을 인상적 수준에서 과학적 수준으로 끌어올리려고 하는가 하면, 다른 한편으로는 절대성의 권위를 누그러뜨리려고 한다. 바꾸어 말해서 객관주의 비평과 주관주의 비평의 한계를 극복하면서 두 비평의 장점을 받아들이려고 하는 것이다. 새쪽에 속하였다 쥐쪽에 속하였다 하는 박쥐처럼 기회주의적이라는 비판을 받기도 하지만 상대주의 비평은 가장 온건한 방법이라고 할 수 있다.

문학 비평과 연구 방법론

문학 비평이 효과적인 구실을 하기 위하여서는 좀더 체계적일 필요가 있다. 어느 한 작품이 좋거나 나쁘다고 판단하는 인상 비평의 수준을 뛰어넘어 그 자체로서 체계와 법칙을 만들어야 한다. 비평이 단순히 문학이나 예술의 테두리를 넘어 학문으로 대접받는 까닭이 바로 여기에 있다. 르네 웰렉과 오스틴 워런의 말대로 문학 연구는 엄밀한 의미에서의 과학은 아니라고 하더라도 적어도 그 원칙과 방법에 있어서만은 과학적 객관성과 엄격성을 유지하지 않으면 안 된다.

그렇다면 문학 작품을 좀더 체계적으로 그리고 좀더 효율적으로 이해하고 연구하기 위하여서는 어떠한 비평 방법을 사용할 수 있을까? 다시 말해서 문학 작품에 접근하는 비평 방법에는 어떠한 것들이 있을까? 이 물음에 대하여 미국 문학 이론가 M. H. 에이브럼스의 이론은 편리한 출발점을 마련해 준다. 고전이 되다시피 한 책 『거울과 등불』에서 그는 문학 비평가나 연구가가 관심을 가져야 할 비평 방법을 다음과 같이 삼각형의 도식을 그려 설명한다.

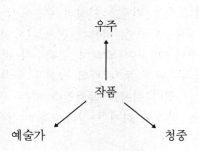

삼각형 한 가운데에 놓여 있는 '작품'은 두말 할 나위 없이 문학 작품을 비롯한 예술 생산품을 가리킨다. 예술 작품은 어디까지나 인간이 말들어 내는 산물인 만큼 여기에 '예술가'가 빠질 수 없다. 예술 작품은 이미 존재해 있는 어떤 소재에 기대지 않을 수 없다. 인간의 행위이건 관념과 감정이건 또는 물질적 사물이건 비물질적인 본질이건 모든 작품은 어떤 소재와 관련을 맺지 않을 수 없다. 작품의 소재에 해당하는 부분이 바로 '우주'이다. 마지막으로 '청중'이란 예술 작품이 염두에 두고 있는 관객이나 독자를 말한다. 그러니까 예술 작품을 감상하는 사람들은 모두 다 이 범주에 들어가게 마련이다.

에이브럼스는 이 네 가지 항목에 각각 네 가지 비평 방법을 대입시킨다. 1) 객관 이론, 2) 모방 이론, 3) 표현 이론, 그리고 4) 실용 이론이 바로 그것이다. 이 네 가지 이론은 비평가들이나 문학 연구가들이라면 마땅히 주의를 기울여야 하는 기본적인 비평 방법이라는 것이다. 그에 따르면 위 도식에서 작품은 객관 이론과 관련되어 있고, 우주는 모방 이론과 관련되어 있다. 예술가는 표현 이론과 관련되어 있는가 하면, 청중은 실용 이론과 연관되어 있다. 그런데 여기에서 한 가지 눈여겨보아야 할 것은 에이브럼스가 이 네 가지 각각의 이론을 단수로 취급하지 않고 복수로 취급한다는 점이다. 가령 '모방 이론'의 경우 우리말 어법에 따라 단수로 표기하였지만 실제로는 '모방 이론들'이라고 되어 있다. 그러니까 그는 같은 모방 이론 안에도 여러 갈래가 있다는 것을 시사하고 있는 것이다.

이렇듯 에이브럼스의 도식은 서로 대립되는 두 개의 짝으로 이루어져 있다. 모방 이론은 객관 이론과 짝을 이루고, 실용 이론은 표현 이론과 짝을 이룬다. 에이브럼스의 갈래에 따르면 모방 이론이란 예술이 우주나 자연 또는 삶의 실재를 흉내내거나 반영한다고 보는 예술 이론을 말한다. 한편 객관 이론이란 예술이 실재를 흉내내거나 반영하기보다는 오히려 그 자체의 자족적인 실재를 투사한다고 보는 이론을 가리킨다. 원칙적으로 예술 작품을 모든 작품 외적 굴레에서 해방시키고 오직 내적 관련성에서만 판단하려는 비평 방법이 바로 여기에 들어간다. 에이브럼스가 모방 이론을 거울에, 객관 이론을 램프에 각각 견주는 것은 바로 이러한 까닭에서이다.

실용 이론은 예술이 기능적 구실을 담당한다고 보는 이론이다. 가령 예술은 독자들에게 삶에 대한 지식을 가르쳐 준다든지, 도덕적 가치를 불어넣어 준다든지, 또는 어떤 일을 실천에 옮기도록 설득한다든지 하는 역할을 한다는 것이다. 그런가 하면 표현 이론은 예술 작품을 창작하는 예술가와 창작 과정에 주목하는 이론이다. 이 이론에 따르면 예술 작품이란 어디까지나 예술가의 사상과 감정을 표현하는 수단에 지나지 않는다.

그런데 엄밀히 따지고 보면 에이브럼스의 분류 방법에는 문제가 없지 않다. 그는 일정한 기준에 따르지 않고 서로 다른 두 가지 기준에 따라서 문학 이론을 나누고 있기 때문이다. 이 네 가지 범주 가운데에서 오직 모방 이론과 객관 이론만이 본격적인 의미에서의 문학 비평 방법에 들어간다. 실용 이론과 표현 이론은 비평 방법보다는 오히려 문학의 기능이나 역할과 더 깊이 연관되어 있다. 에이브럼스가 제목으로 사용하고 있는 '거울과 등불'은 바로 이 두 문학 비평 방법을 가리킨다.

따라서 네 가지 요소는 그대로 두되 에이브럼스와는 달리 각각의 요소에 기본적인 비평 방법을 대입하는 편이 더 옳을 것 같다. 가령 우주에 주의를 기울이는 이론은 사회학적 비평 방법으로, 예술가를 중시하는 이론은 역사 비평 방법으로 분류할 수 있다. 마찬가지로 작품에 주로 눈을 돌리는 방법을 형식주의 비평 방법으로, 청중을 강조하는 비평을 독자지향 비평 방법으로 분류할 수 있을 것이다. 또한 문학 전통에서 보면 우주에 주목하는 비평은 고전주의나 리얼리즘, 예술가에 주목하는 비평은 낭만주의, 작품에 주목하는 비평은 모더니즘, 그리고 청중에 주목하는 비평은 포스트모더니즘과 연관되어 있다고 하여도 크게 틀리지 않을 것 같다.

더구나 안타깝게도 에이브럼스의 도식에는 문학을 비롯한 예술을 표현하는 수단인 매체가 들어갈 자리가 없다. 가령 음악에서는 소리가, 미술에서는 페인트나 물감이, 조각에는 대리석이나 금속이, 그리고 문학에서는 언어가 각각 그 매체에 해당한다. 그러나 이 도식에는 이러한 매체가 모두 빠져 있다. 문학의 경우만 하더라도 특히 최근에 나타난 문학 이론이나 비평에서 언어가 차지하는 몫은 자못 크다. 이 점을 염두에 둔다면 이 도식은 큰 한계를 지닌다. 그러므로 이 도식은 여러 비평 방법을 두루 설명하기에 적절한 틀이라고 보기 어렵다.

이러한 한계를 극복하기 위하여 미국의 커뮤니케이션 이론가 아서 에이서 버거는 에이브럼스의 네 요소에 '매체'를 삽입하여 모두 다섯 요소로 만든다. 그러니까 에이브럼스의 삼각형은 사각형으로 그 모습을 바꾸는 셈이다.

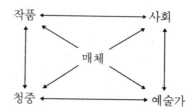

이 도식에서는 '매체'가 사각형의 한가운데에 자리잡고 있다. 그만큼 매체가 중요하다는 것을 보여준다. 좀더 구체성을 주기 위하여 버거는 '우주'라는 용어 대신에 '사회'라는 용어를 사용하고 있을 뿐 매체를 빼고 나면 이 도식은 사실상 에이브럼스의 그 것과 크게 다르지 않다. 실제로 버거는 에이브럼스의 네 비평 이론을 그대로 받아들인 채 다만 매체를 하나 더 덧붙이고 있을 따름이다. 문학의 경우 그 매체인 언어에 주목하는 이론은 구조주의와 포스트구조주의가 될 것이다.

한편 영국의 문학 이론가 레이먼 셀던은 로만 야콥슨의 그 유명한 의사 소통 도식을 기초로 삼아 도식을 그린다. 잘 알려진 바와 같이 20세기 초엽 러시아 형식주의를 이끌고 프라하 언어학파에서 주도적인 역할을 한 야콥슨은 언어를 통한 의사 소통을 다음과 같은 도식으로 설명한 적이 있다.

문 맥
발신자 ——▶ 메시지 ——▶ 수신자
접 촉
기 호

이 도식에서 '발신자'는 '수신자'에게 '메시지'를 보낸다. 그런데 메시지가 메시지로서의 구실을 하기 위하여서는 발신자와 수신자는 그들이 모두가 다 잘 알고 있는 '기호'를 사용하여야 한다. 메시지에는 그것과 관련한 '문맥'이 필요하다. 또한 메시지는 말이나 글자와 같은 매개체, 곧 '접촉'을 통하여 전달된다. 한 사람이 친구에게 전화를 걸거나 전보로 전갈을 보내는 과정을 머리 속에 그려 보면 이 도식을 좀더 쉽게 이해할 수 있을 것이다.

야콥슨의 도식은 어디까지나 언어를 통한 의사 소통을 보여주기 위한 것이지만 이 도식을 문학에 적용할 수도 있다. 문학도 의사 소통의 한 가지임에 틀림없기 때문이다. 두말 할 나위 없이 문학에서 발신사와 수신자에 해당하는 사람은 작가와 독자가 될 것이고, 메시지는 작품이 될 것이다. 작품이 씌어진 역사적 시간과 사회적 공간이 문학의 문맥에 해당한다. 그리고 문학은 언어 예술인 만큼 기호는 마땅히 언어가 될 것이다. 그리하여 셀던은 각각의 항목에 문학과 관련된 용어를 대치시켜 다음과 같이 도식을 다시 그린다.

	문맥	
작가	작품	독자
	기호	

그런데 야콥슨의 도식에서와는 달리 이 도식에서는 접촉이 빠져 있다. 희곡을 상연하는 연극이나 시를 '공연하는' 퍼포먼스 시를 빼 놓고는 문학에서는 으레 활자 매체를 접촉으로 삼고 있는 까닭이다. 적어도 문학에서는 굳이 '접촉'과 '기호'를 구별할 필요가 없다.

셀던은 이번에는 각각의 요소에 요즈음 들어 부쩍 주목을 받기 시작한 문학 비평 방법을 대입시킨다. 다섯 가지 요소에 해당하는 현대 비평 방법은 다음과 같다.

	마르크스주의적	
낭만적-휴머니즘적	형식주의적	독자반응적
	구조주의적	

그러나 셀던의 도식은 현대의 문학 이론나 비평 방법을 거의 모두 포함하고 있다시피 하면서도 몇몇 중요한 점에서 한계를 지닌다. 무엇보다도 먼저 작가에 초점을 맞추는 비평 방법을 '낭만적-휴머니즘적' 방법으로 보는 데에는 적지 않은 무리가 있는 듯하다. 왜냐하면 낭만주의와 휴머니즘은 이론이라기보다는 서로 대립되는 이론이기 때문이다. **M. H.** 에이브럼스와 르네 웰렉을 비롯한 몇몇 비평가들은 그동안 낭만주의가 보편적 진리를 존중하고 공동사회에 대한 예술가의 책임을 강조하기 때문에 휴머니즘적이고 낙관주의적 특성을 지닌다고 보았다. 그러나 최근 들어 해체주의자들을 비롯한 몇몇 이론가들은 낭만주의를 휴머니즘적보다는 오히려 반휴머니즘적이라고 규정짓는다. 가령 힐리스 밀러와 해럴드 블룸 그리고 모스 펙컴과 같은 비평가들은 낭만주의자들의 의도보다는 그 논리적 결과에 주목하여 낭만주의가 허무주의적이라고 말한다. 휴머니즘은 낭만주의보다는 그것에 앞서 나타난 고전주의와 더 밀접하게 연관되어 있다고 보는 편이 한결 더 옳을 것 같다.

또한 문맥을 중시하는 비평 방법을 단순히 '마르크스주의적' 방법으로 여긴다는 점에서도 셀던의 도식은 문제가 있다. 작품을 둘러싸고 있는 사회적 문맥을 강조하는 비평 방법은 비단 마르크스주의 방법에만 그치지 않는다. 칼 마르크스와 프리드리히 엥겔스의 변증법적 유물론을 문학 이론에 들여온 마르크스주의 비평 방법은 문학 작품에서 사회적 상황을 중시하는 이론의 한 갈래에 지나지 않는다. 그런가 하면 기호에 주목하는 비평 방법은 구조주의와 연관되어 있을 뿐만 아니라, 구조주의의 한계를 비판하면서 논리적으로 발전하였다고 볼 수 있는 포스트구조주의와도 연관되어 있다.

이 점을 염두에 두고 셀던의 도식을 다음과 같이 약간 바꾸어 보는 것이 좋을 것 같다.

사회학적 비평

역사 비평   형식주의 비평   독자반응 비평

(포스트)구조주의 비평

위 도식에는 심리주의 비평 방법과 신화 비평 방법이 빠져 있을 뿐 사실상 중요한 문학 비평 방법이 거의 대부분 망라되어 있다. 그러나 엄밀히 따져 보면 이 두 비평 방법도 이 도식에서 완전히 빠져 있는 것도 아니다. 심리주의 비평은 넓은 의미에서 역사 비평이나 독자반응 비평 방법에 포함시킬 수 있고, 신화 비평 방법 또한 좀더 넓은 의미에서의 사회학적 비평 방법이나 구조주의 비평 방법에 포섭시켜도 크게 틀리지 않기 때문이다.

모든 문학 연구 방법론 가운데에서 가장 오래된 방법이라고 할 수 있는 역사 비평 방법은 그 스펙트럼이 가장 넓다. 통시성과 조금이라도 관련되어 있는 것은 일단 이 비평 방법으로 볼 수 있기 때문이다. 그러나 이 비평 방법은 작품에 표현되어 있는 작가의 삶과 정신에 초점을 맞춘다. 가령 작가의 전기를 연구하는 전기 비평을 비롯하여 언어의 변천 과정을 연구하는 언어 비평, 그리고 문학 형태를 연구하는 장르 비평이 여기에 속한다. 특히 이 비평 방법에는 텍스트의 변천 과정을 연구하는 원본 비평이 들어 있다.

지금까지 많은 비평가들이나 문학 연구가들은 바로 이 방법론에 따라 작품을 분석하고 해석해 왔다. 많은 이론가들이 이 방법을 '전통적 비평 방법'이라고 부르는 것은 바로 그 때문이다. 비평적 상상력이 결여되어 있다든지, 문학 작품을 해석하는 데에 상식적인 수준에 머물러 있다든지, 심리학이나 인류학 또는 기호학과 같은 최근에 대두된 학문에 관심을 두지 않는 점을 들어 적지 않은 이론가들이 그동안 역사 비평 방법을 비판해 왔다. 그러나 역사 비평 방법의 이러한 특성은 약점이 아니라 오히려 장점이라고 하는 편이 더 옳을 듯하다. 유행을 타지 않는 만큼 이 방법은 문학 비평에 학문적 엄격성을 가져다주기 때문이다. 단순히 전통적이고 오래 되었다고 하여 역사 비평 방법을 케케묵은 낡은 방법론이라고 볼 수만은 없다. 문학을 연구하는 모든 방법은 사실 이 방법론에서 출발하지 않으면 안 된다. 주춧돌이 단단하지 않고서 튼튼한 집을 지을 수 없듯이 역사 비평 방법에 굳건히 기대하지 않고서는 어떠한 문학 연구도 결코 완전하다고 할 수 없을 것이다.

흔히 이론가들은 역사 비평 방법을 문학 비평의 영역보다는 학문의 영역으로 여긴다. 이 비평 방법을 사용하는 비평가들은 문학 작품을 분석하는 작업보다는 오히려 다른 비평가들이 작품을 해석하고 평가할 수 있도록 길을 열어 놓기 때문이다. 문학 작품이 생산된 역사적 맥락에 큰 관심을 갖는 역사 비평가들은 문학 작품이 당대에 가지고 있던 의미와 가치를 재창조하려는 데에 중요한 목표를 둔다.

역사 비평가들은 문학 작품이 현재 독자들에게 지니는 의미를 설명하기보다는 오히려 독자가 그 작품이 씌어진 무렵에 작품이 어떠한 의미를 지니고 있었는가를 깨닫도록 해 준다. 한 마디로 문학 연구가들은 무엇보다도 문학 작품과 관련된 역사적 사실이나 자료를 제공해 주는 반면, 문학 비평가들은 문학 연구가들이 마련해 주는 역사적 사실이나 자료를 바탕으로 문학 작품을 해석하고 분석하고 그 작품에 가치 평가를 내린다. 그러나 이 두 영역은 얼핏 보는 것처럼 상호배타적 관계를 맺고 있다기보다는 오히려 상호보완적 관계를 맺고 있다고 할 수 있다.

역사 비평 방법에 대한 반작용으로 나온 형식주의 비평 방법은 될 수 있는 대로 작가의 삶이나 정신을 배제한 채 문학 작품 그 자체에만 관심을 두려고 한다. 저자의 의도를 밝혀 내는 것을 비평의 가장 중요한 목표로 삼는 역사 비평에 형식주의자들은 '의도의 오류'라고 낙인을 찍어 버린다. 그런가 하면 문학 작품에 대하여 독자들이 보이는 심리적 반응을 '영향의 오류'라고 낙인을 찍기도 한다. 다시 말해서 작품의 내용보다는 작품의 형식에 더 관심을 기울인다. 이 비평 방법에 '형식주의'라는 꼬리표가 붙게 된 것도 내용을 무시한 채 지나치게 형식에만 관심을 기울였기 때문이다. 그러니까 처음에는 몇몇 이론가들이 이 비평 방법을 얕잡아 보거나 빈정대기 위하여 사용하였던 표현이 마침내 이 이론을 가리키는 용어로 굳어져 버렸던 것이다.

1910년대 러시아 혁명을 전후하여 일어난 러시아 형식주의, 그리고 그것과는 별도로 미국에서 자생적으로 발전한 신비평이 가장 대표적인 형식주의 비평 방법으로 손꼽힌다. 특히 1930년대부터 1960년대에 이르기까지 미국을 중심으로 영미 문학권에서 크게 유행한 신비평은 오귀스트 로댕의 「생각하는 사람」이나 레오나르도 다빈치의 「모나리자」 또는 아마데우스 모차르트의 교향곡처럼 문학 작품을 하나의 구체적인 실체로 받아들이려고 한다. 이처럼 형식주의 비평가는 문학 작품을 저자의 의도나 심리 상태 또는 저자나 독자의 가치나 신념을 배제한 채 객관적으로 그 의미를 분석하려고 한다. 이 비평 방법에 흔히 '존재론적 비평 방법'이나 '객관적 비평 방법'이라는 꼬리표가 붙어다니는 까닭이 바로 여기에 있다.

1970년대 들어 본격적으로 나타난 독자반응 비평은 무엇보다도 문학 작품을 읽는 독자의 경험을 중시한다. 두말 할 나위없이 이 비평 방법은 에드문트 후설이 주창한 현대 철학의 한 분야인 현상학에서 무척 큰 영향을 받고 있다. 후설을 비롯한 현상학자들에 따르면 모든 대상은 우리가 그것을 우리의 의식에 기록할 때에만 비로소 존재하고 의미를 지닐 수 있다. 한 현상학 비평가의 말대로 문학 작품의 의미는 인쇄된 지면에 있지 않고 오직 독자의 의식에만 존재할 따름이다. 만약 독자의 의식이 존재하지 않는다면 인쇄된 지면이란 기껏해야 흰 종이와 검은 잉크에 지나지 않는다는 것이다. 현상학자들과 마찬가지로 독자반응 비평가들도 문학을 결과가 아니라 역동적인 과정으로 본다. 어느 한 문학 작품은 독자가 작품을 읽는 동안 일어나는 하나의 사건이다. 이러한 상황에서 독자는 이제 상품을 소비하는 소비자의 위치에서 상품을 만들어 내는 생산자의 위치로 격상되었다. 그러므로 독자는 문학 작품의 의미를 만들어 내는 데에 있어 역동적인 참여자가 되지 않으면 안 된다.

이렇듯 독자반응 비평에서는 독자의 심리적 영향을 아주 중요하게 다룬다. 형식주의는 될 수 있는 대로 저자의 의도와 함께 저자의 심리적 영향을 멀리하려고 하지만, 독자반응 비평은 오히려 그것을 작품을 해석하고 분석하는 데에 없어서는 안 될 요소로 간주한다. 적어도 이러한 점에서 독자비평 방법은 형식주의에 대한 비판이요 반작용이라고 하여도 틀리지 않을 것 같다. 그렇다면 문학 비평 방법은 작가를 높이 여기는 역사 비평 방법에서 텍스트를 중시하는 형식주의 비평 방법으로 옮아오고, 이번에는 다시 형식주의 비평 방법에서 독자의 경험을 중시하는 독자반응 비평 방법으로 옮아 온 셈이다. 로만 야콥슨의 의사 소통 도식으로 설명하자면 이 과정은 '발신자 ⟶ 메시지 ⟶ 수신자'의 의사 소통 과정을 그대로 옮겨 놓은 것과 같다.

사회학적 비평 방법은 문학 작품을 둘러싸고 있는 사회적·역사적 맥락에 깊은 관심을 갖는다. 이 비평 방법은 물고기가 물을 떠나서는 한 순간도 살 수 없듯이 문학도 사회적·역사적 환경과 상황을 떠나서는 존재할 수 없다는 전제에 굳건한 기초를 둔다. 사회학적 비평 방법은 그 개념이나 용어를 상당 부분 사회학에서 빌려 온 것만 보더라도 사회학과는 아주 깊이 연관되어 있다. 다른 비평 방법을 '역사'니 '형식주의'니 또는 '(포스트)구조주의'니 하고 부르면서도 유독 이 비평 방법만은 '사회학적'이라고 부르는 까닭도 바로 여기에 있다. 사회학적 비평가들은 문학이 사회 현실을 어떻게 반영하는가, 문학은 사회적 상호작용을 어떻게 보여 주는가에 큰 관심을 갖는다. 넓게는 예술 사회학, 좁게는 문학 사회학의 영역이 바로 사회학적 비평 방법에 속한다. 이 갈래의 비평 방법은 무엇보다도 문학과 사회 사이의 유기적 관련성을 밝혀 내려고 한다.

사회학적 비평 방법 가운데에서도 마르크스주의 비평 방법은 가장 주목받을 만하다. 글자 그대로 칼 마르크스와 프리드리히 엥겔스의 사회·경제 이론을 문학에 도입하는 이 비평 방법은 궁극적으로는 문학을 실천성의 관점에서 본다. 단순히 문학적 요소에 만족하는 형식주의 비평가들과는 달리 마르크스주의 비평가들은 작가의 세계관을 드러내는 데에 관심을 갖는다. 텍스트를 역사적 맥락에 놓고 작가의 세계관을 밝혀 냄으로써 작가의 이데올로기가 어떻게 피지배 계급에 속한 사람들을 통제하고 억압하는지 보여 주려고 한다. 마르크스주의 비평가들은 이러한 분석을 통하여 궁극적으로 사회를 변혁시키고 혁명을 통하여 계급 없는 이상주의 사회를 만들려는 것이다. 한편 가부장 제도의 남성중심주의를 타파하자는 기치를 내세우는 페미니즘도 넓은 의미에서의 마르크스주의 비평 방법의 한 갈래에 넣을 수 있다.

통시성을 강조하는 역사 비평 방법과는 달리 구조주의는 무엇보다도 문학 작품에서 공시성을 중시한다. 이 비평 방법은 작품의 의미를 만들어 내기 위하여 작가가 사용하는 언어에 주목한다. 특히 페르디낭 드 소쉬르의 일반 언어학과 클로드 레비-스트로스의 구조 인류학에서 큰 영향을 받은 구조주의 비평 방법은 문학의 구조가 언어의 그것과 아주 비슷하다는 전제 아래 문학 작품에서 추상적인 일반 법칙을 찾아 내려고 한다. 구조주의 비평가들은 텍스트가 무엇을 의미하는가보다는 텍스트가 어떻게 의미를 만들어 내는가에 한결 더 큰 관심을 갖는다. 그들은 한결같이 구체적인 작품의 의미(파롤)보다는 오히려 전반적 구조나 체계(랑그)를 밝혀 내려고 한다. 구조주의 비평 방법은 구조주의 서사학에 이르러 가장 찬란한 빛을 발한다. 롤랑 바르트와 츠베탕 토도로브 그리고 제라르 주네트와 같은 몇몇 구조주의 이론가들은 문학 작품에 문법의 모델을 적용하여 이른바 '서사 문법'을 만드는 데에 초점을 맞춘다.

포스트구조주의는 한편으로는 구조주의를 논리적으로 발전시키면서 다른 한편으로는 그 한계를 극복하려는 비평 방법이라고 할 수 있다. 구조주의에 깊이 뿌리를 박고 있으면서도 포스트구조주의는 몇몇 중요한 점에서 구조주의와는 큰 차이를 보인다. 언어학에 크게 기대는 구조주의는 객관적 지식을 만들어 낼 수 있다는 굳은 믿음을 가지고 있다. 만약 우리가 정확하게 관찰하고 체계적으로 자료를 모으고 논리적으로 추론할 수만 있다면, 언어와 이 세계에 대한 만족할 만한 결론에 이를 수 있다는 것이다. 한편 궁극적으로 철학에 크게 기대는 포스트구조주의는 구조주의의 이러한 믿음에 깊은 회의를 보인다. 객관적 사실이란 존재하지 않고 오직 그것에 대한 해석만이 존재한다는 프리드리히 니체의 주장을 설득력 있게 받아들이는 포스트구조주의는 어떤 확고한 진리나 지식을 얻을 수 있다고는 생각하지 않는다. 다시 말해서 포스트구조주의는 구조주의의 과학적 방법을 순진한 것으로 보면서 이 세상에서 어느 것도 확실히 알 수 없다는 것에 일종의 마조히즘적인 지적 쾌락을 느끼는 듯하다.

이 두 이론의 차이점은 언어에 대한 태도에서도 뚜렷하게 드러난다. 구조주의가 언어를 통하지 않고서는 실재에 도달할 수 없다고 말하는 반면, 포스트구조주의는 언어의 기능에 깊은 회의를 보인다. 전자가 언어를 투명한 매체로 여긴다면, 후자는 언어를 불투명한 매체로 여긴다. 포스트구조주의에 따르면 언어의 의미란 마치 농부가 논에 모내기를 하듯이 가즈런히 심는 것이 아니라, 밭에 씨앗을 흩뿌리듯이 여기저기 '산종'할 따름이다. 또한 언어는 항상 수사성에 의하여 '오염'되지 않을 수 없다. 한 마디로 언어적 불안을 첨예하게 느끼는 포스트구조주의는 언어의 지시성에 파산 선고를 내린다.

모든 비평 방법론 가운데에서 가장 뒤늦게 태어난 포스트구조주의 비평 방법은 엄격한 의미에서는 문학 연구 방법론이라고 보기 어렵다. 왜냐하면 포스트구조주의는 서구의 형이상학이나 전통적인 역사 이론 또는 종래의 정신분석 이론에 의문을 던지기 때문에 문학보다 넓은 인문과학이나 사회과학의 영역에 속한다. 자크 데리다가 주창한 해체주의를 비롯하여, 지그문트 프로이트의 정신분석 이론을 페르디낭 드 소쉬르의 언어학 이론에 접목하는 자크 라캉의 신정신분석 이론, 그리고 전통적인 역사 이론에 대한 회의에서 출발한 미셸 푸코의 신역사 이론 따위가 모두 포스트구조의의 우산 속에 들어간다.

포스트구조주의 가운데에서도 데리다의 해체주의는 특히 눈길을 끈다. 미국 예일대학 비교문학과를 중심으로 몇몇 문학 이론가들이 이 이론을 문학 연구에 들여와 비평 방법론으로서 적지 않은 성과를 이루었기 때문이다. 구조주의 비평 방법이 이항 대립을 찾아내는 일에 깊은 관심을 가지고 있다면, 해체주의는 이러한 이항 대립의 기반을 무너뜨리는 일에 큰 관심을 가지고 있다. 비평 방법으로서의 해체는 텍스트를 '그 자체의 본의에 어긋나게' 읽으려고 한다. 말하자면 텍스트의 의식적 차원보다는 오히려 텍스트의 억압된 무의식 차원을 밝혀 내는 데에 주력한다. 해체주의는 텍스트가 그럴싸하게 꾸며대거나 미처 깨닫지 못하는 부분에 초점을 맞춘다. 그렇게 함으로써 텍스트의 의미가 얼마나 가변적이고 불완전한가를 보여 주려고 한다.

이 점과 관련하여 데리다의 이론을 문학 연구 방법론으로 만드는 데에 크게 이바지한 미국의 이론가 바버러 존슨은 "한 텍스트의 해체는 임의적인 의심이나 일방적인 파괴에 의하여 이루어지지 않고, 텍스트 안에서 서로 모순되는 의미 작용의 힘을 조심스럽게 성가시게 함으로써 이루어진다"라고 말한다. 한편 예일학파 한 멤버인 J. 힐리스 밀러는 "해체는 텍스트가 이미 의식 또는 무의식적으로 기반을 붕괴시켰다는 점을 보여줌으로써 건축물이 기초하고 있는 바로 그 기반을 붕괴시킨다"라고 주장한다. 그런데 그들의 이러한 주장은 해체주의란 "눈에 보이지 않는 것을 눈에 보이도록 만들려고 하는 데에 그 목표가 있다"라는 데리다의 말을 달리 표현한 것에 지나지 않는다.

휴머니즘 전통에 서 있는 몇몇 문학 비평가들이나 연구가들은 흔히 구조주의와 포스트구조주의에 '비휴머니즘'이나 '반휴머니즘'이라는 낙인을 찍는다. 저자의 의미를 평가절하하고 텍스트의 절대적 의미를 받아들이려고 하지 않는 점에서 그들의 주장이 전혀 근거 없는 것은 아니다. 그러나 이러한 주장은 상당히 과장되어 있는 것 또한 부정할 수 없다. 인간과 그의 산물을 종래와는 전혀 다른 관점에서 새롭게 보려고 한다는 점에서 이 두 이론이나 비평 방법은 오히려 휴머니즘적이라고 할 수 있을 것이다. 어찌 되었든 긍정적이든 부정적이든 구조주의와 포스트구조주의 비평 방법은 종래의 문학 연구 방향을 획기적으로 바꾸어 놓았다는 평가를 받는다. 이 두 비평 방법 이후 문학 비평가들이나 연구가들은 이제 문학 작품을 전처럼 그렇게 '자연스럽게' 보는 일이 거의 불가능하게 되었다. 그 어느 때보다도 문학을 해석하고 분석하는 일에 자의식을 느끼지 않으면 안 되었던 것이다.

인간의 외면 세계에 관심을 두는 사회학적 비평 방법과는 달리 심리주의 비평 방법은 오히려 인간의 내면 세계에 눈을 돌린다. 심리주의 비평 방법 가운데에서도 프로이트의 정신분석 이론은 가장 핵심적 위치를 차지한다. 그는 인간이 행동하고 생각하고 느끼는 데에 무의식이 크게 작용한다는 점을 처음으로 밝혀 내었다. 프로이트 이론을 받아들이는 심리주의 비평가들은 문학 작품을 작가의 무의식이 겉으로 표현된 것으로 본다. 프로이트가 꿈을 해석하는 데에 썼던 정신분석 방법을 문학 작품에 들여와 그들은 작가의 숨겨진 동기나 억압된 욕망, 그리고 위장된 소망 따위를 파헤치는 데에 주력한다. 이러한 작업을 하는 데에 있어 오이디푸스 콤플렉스는 가장 중요한 범주로 기능한다.

프로이트의 정신분석 이론이 심리주의 비평 방법의 핵심을 이룬다면, 칼 구스타프 융의 분석 심리학은 신화 비평 방법의 핵심을 이룬다. 흔히 '원형 비평'이라는 이름으로 더 잘 알려져 있는 이 비평 방법은 문학 작품에 표현되어 있는 보편적인 인간 경험을 다룬다. 융은 인간이 사회적 공간이나 역사적 시간을 넘어서 어떤 보편적 경험을 공유하고 있다고 본다. 이 세계에 살고 있는 모든 사람들이 어떤 신화나 이야기에 대하여 똑같은 반응을 보이는 것은, 모든 사람들이 그 신화나 이야기를 알고 있기 때문이 아니라, 인류의 기억 속에 집단 무의식이 깊게 자리잡고 있기 때문이라는 것이다. 까마득히 먼 과거에까지 거슬러 올라가는 이러한 기억들은 원형, 곧 반복되는 인간 경험의 패턴이나 이미지의 형태로 흔히 나타난다. 그러니까 신화 비평가들은 문학 작품에 드러나 있는 집단 무의식을 찾아 내는 데에 목표를 둔다. 그러나 이 비평 방법은 마르크스주의 비평 방법처럼 환원법적이라는 데에 그 한계가 있다. 모든 길이 다 로마로 통하듯이 신화 비평 방법에서는 모든 문학 작품이 한두 가지 패턴이나 원형으로 환원되게 마련이다.

　그런데 이렇게 다양한 비평 방법들은 상호배타적인 관계에 있지 않고 상호보완적인 관계를 맺고 있다. 가령 심리주의 비평 방법은 저자의 무의식적 동기를 추적하려고 할 때에 역사 비평 방법에 아주 가깝다. 만약 심리주의 비평 방법이 독자의 반응에 초점을 맞춘다면 독자반응 비평 방법에 속할 것이다. 인간 행동의 구조적 측면에 중점을 두는 심리주의 비평 방법은 구조주의 비평 방법과도 연관을 맺는다. 케니스 버크의 이론에서도 볼 수 있듯이 심지어 심리주의 비평 방법은 때때로 사회학적 비평 방법과 결합을 모색하기도 한다. 사회학적 비평 방법에서도 사정은 크게 달라지지 않는다. 이 비평 방법의 테두리에는 작가와 독자 그리고 작품과 관련한 문제들이 거의 모두 들어간다. 남성한테 억압받는 여성들의 문제를 다룬다는 점에서 페미니즘 비평 방법은 넓게는 사회학적 비평 방법, 좁게는 마르크스주의 비평 방법에 속한다. 그러나 남성과 여성 사이에 존재하는 '폭력적' 계급 질서를 해체시키려고 한다는 점에서는 포스트구조주의의 울타리에 넣어도 크게 무리가 없다.

　또한 지금까지 적지 않은 이론가들이 신화 비평 방법을 심리주의 비평 방법의 테두리나 사회학적 비평 방법의 테두리 안에서 논의해 왔다. 인간의 보편적 경험을 다루는 만큼 신화는 인간의 심리적 측면이나 사회적 측면과는 아주 깊이 연관되어 있기 때문이다. 한편 루이 알튀세와 뤼시엥 골드만 그리고 피에르 마슈레에게서도 볼 수 있듯이 마르크스주의 이론은 종종 구조주의와 손을 잡기도 한다. 얼핏 모순어법처럼 보일지 모르지만 '구조주의적 마르크스주의'라는 용어는 바로 이러한 시도를 가리키는 표현이다. 그런가 하면 흔히 '별난 부부'니 '적과의 동침'이니 하는 조롱을 받기도 하지만 해체주의는 때로는 마르크스주의와 손을 잡기도 한다. 이렇듯 비평가의 태도나 관점에 따라 한 비평 이론은 얼마든지 다른 비평 방법에 속할 수 있다.

문학 비평과 다원주의

그렇다면 이 많은 비평 방법 가운데에서 비평가는 어느 방법을 골라야 할까? 과연 어느 방법이 문학 작품을 분석하고 해석하는 데에 가장 '좋은' 연장 구실을 할 수 있을까? 이 물음에 선뜻 답하지 못하고 망설이는 사람이 많을 것이다. 어떤 비평가들은 작가에 주목하여 역사 비평 방법을 고를는지도 모르고, 어떤 비평가들은 작품에 주목하여 형식주의 비평 방법을 고를는지도 모른다. 또 어떤 비평가들은 작가의 내면 세계나 외면 세계에 주목한 나머지 심리주의나 사회학적 비평 방법이 작품을 분석하는 데에 가장 쓸모 있는 연장이라고 생각할는지도 모른다. 그런가 하면 또 어떤 비평가들은 인간의 보편적 경험이나 강조하여 신화 비평 방법을 받아들이거나, 아니면 언어에 주목하여 (포스트)구조주의 비평 방법을 고르게 될는지도 모른다. 사람들의 취향이 저마다 다르듯이 특정한 비평 방법을 고르는 데에도 저마다 다를 것이다. 그런데 유독 어느 한 비평 방법을 고르는 데에는 아마 비평가의 문학관과 세계관이 크게 작용할 것이다.

여기에서 한 가지 분명한 것은 어느 비평 방법을 고르든 오직 한 가지 방법만으로 결코 충분하지 않다는 점이다. 음식을 한 가지만 섭취하는 것이 몸에 해롭듯이 비평 방법도 어느 한 가지만 고집하면 문학 작품을 균형있게 읽어 낼 수가 없다. 다른 비유를 들어 표현한다면 잣대 하나로 모든 물건을 다 잴 수는 없는 것처럼, 문학 작품을 분석하고 해석하는 데에도 오직 한 가지 비평 방법을 가지고서는 문학 작품을 제대로 읽어 낼 수 없다. 다른 인간사에서도 매한가지이지만 문학 비평에서도 다원주의나 전체주의는 큰 미덕을 지닌다. 결론적으로 말해서 가장 훌륭한 비평은 절충주의적 태도를 취하는 비평이다. 문학을 구성하는 어느 한 요소에만 관심을 두는 대신 예술적 상황의 모든 요소를 두루 고려 대상으로 삼는 비평 방법이야말로 가장 바람직하다. 지구에서 달을 바라볼 때에 어느 한쪽의 모습밖에는 바라볼 수 없듯이 특정한 어느 한 비평 방법만으로는 문학 작품의 한 측면밖에는 바라볼 수 없기 때문이다.

문학 작품을 분석하고 해석할 때에 비평가들이나 문학 연구가들은 쓸모 있다고 생각하는 비평 방법이라면 어느 것이나 사용하여야 한다. 비평가가 특정한 문학적 이데올로기나 세계관에 얽매일 때에 문학 작품을 보는 시야는 그만큼 좁아지지 않을 수 없다. 비평가란 결국 문학 작품에서 자기가 살고 있는 역사적 시간과 사회적 공간에 알맞는 '살아 있는' 의미를 캐내는 사람이고, 이러한 임무를 이룩하기 위하여서는 반드시 다원적인 비평 방법을 사용하지 않으면 안 될 것이다.

특히 다의적(多義的)이고 복합적인 작품을 분석하고 해석하는 데에는 다원주의적 비평 방법이야말로 꼭 필요하다. 이러한 특성을 지니는 작품일수록 비평가들은 하나 이상의 여러 비평 방법을 사용하여 그 의미를 밝혀 낼 필요가 있다. 모든 문학 작품은 그것이 읽히는 각각의 시대마다 새롭게 '다시 태어난다'는 말도 있지만, 다의적인 작품만큼 갖가지 비평 방법을 도입할 때마다 새롭게 다시 태어나는 작품도 아마 찾아보기 드물 것이다.

다원주의적 비평 방법을 제대로 이해하기 위하여 최인훈의 대표작이라고 할 만한 『광장』에서 그 구체적인 본보기를 찾아보는 것이 좋을 것 같다. 남북한의 분단 현실을 처음 본격적으로 다루었다고 하여 발표할 때부터 이 작품은 '기념비적 작품'으로 문단에서 큰 주목을 받았다. 작가는 이 작품에 실린 한 서문에서 다음과 같이 말한 적이 있다.

인간은 광장에 나서지 않고는 살지 못한다.……그러면서도 한편으로 인간은 밀실로 물러서지 않고는 살지 못하는 동물이다.……사람들이 자기의 밀실로부터 광장으로 나오는 골목은 저마다 다르다. 광장에 이르는 골목은 무수히 많다.……그가 밟아온 길은 그처럼 갖가지다. 어느 사람의 노정이 더 훌륭한가 라느니 하는 소리는 당치 않다.……어떤 경로로 광장에 이르렀건 그 경로는 문제될 것이 없다. 다만 그 길을 얼마나 열심히 보고 얼마나 열심히 사랑했느냐에 있다.

위 인용문에서 최인훈은 바로 비평의 다원주의를 말하고 있다고 하여도 크게 틀리지 않는다. 밀실에서 광장에 이르는 길이 '무수히' 많듯이 『광장』을 분석하고 해석하는 접근 방법 또한 무수히 많게 마련이다. 광장에 이르기까지 누구의 노정이 더 '훌륭한가' 하는 것을 말하는 것이 가당치 않은 것처럼, 특정한 어느 한 비평 방법만이 옳다고 주장하는 것 또한 가당치 않다. 어떤 길을 밟아 광장에 이르렀건 그 경로가 '문제될' 것이 없듯이, 어떤 비평 방법으로써 작품을 분석하고 해석하였는지는 전혀 문제가 되지 않는다. 다만 문제는 광장에 이르는 길을 얼마나 '열심히' 보고 사랑하였느냐에 달려 있듯이, 비평가가 얼마나 많은 애정을 가지고 작품을 읽었느냐에 달려 있을 따름이다.

『광장』을 분석하고 해석하는 데에 거의 모든 비평 방법을 두루 동원할 수 있을 것 같다. 여러 의미를 내포하고 있는 탓에 이 작품은 어떠한 접근 방법을 들이대더라도 비교적 잘 들어맞는다. 가령 역사 비평 방법을 적용할 수 있는가 하면 형식주의 비평 방법을 적용할 수 있다. 심리주의 비평 방법, 사회학적 비평 방법 그리고 신화 비평 방법도 이 작품 속에 숨어 있는 의미를 캐내는 훌륭한 연구 방법론이 될 수 있다. 이밖에도 최근 들어 부쩍 관심을 모으고 있는 구조주의와 포스트구조주의 비평 방법까지도 꽤 쓸모 있는 도구가 될 수 있다. 그렇기 때문에 이 작품은 여러 비평 방법이 서로 만나는 공간, 말하자면 '비평의 광장'에 해당하는 셈이다.

『광장』에서 역사 비평 방법은 작가의 삶이 이 작품에 끼친 영향 관계를 밝혀 내는 전기 비평에서 출발한다. 이 소설에는 작가가 살아 온 삶의 궤적이 아주 강하게 새겨져 있다. 작가는 흔히 원고지 위에 피를 쏟아 놓는다는 말도 있지만 최인훈은 이 작품을 쓰면서 원고지 위에 자신의 피를 많이 쏟아 놓은 듯하다. 1936년에 함경북도 회령에서 태어난 그는 아홉 살 때 이곳에서 해방을 맞았다. 공산 정권의 압박에 못이겨 그의 가족은 함경남도 원산으로 옮겨 왔으며, 그가 고등학교 이 학년 때 한국전쟁이 일어났다. 원산에서 부산을 거쳐 목포에 삶의 터전을 옮긴 그는 임시 수도 부산에서 서울대학교 법과대학에 입학하지만 졸업을 한 학기 앞두고 중퇴하고 말았다. 1957년에 대학을 그만두자마자 곧 군에 입대한 그는 전방과 후방에서 통역 장교, 정훈 장교, 보도 장교로서 무려 칠 년 동안 군에서 복무하였다. 군에 몸담고 있는 동안 그는 4·19 학생혁명과 5·16 군사혁명을 겪었다.

최인훈에 관한 이러한 몇 가지 전기적 사실만 가지고서도 독자들은 『광장』을 이해하는 데에 큰 도움을 받을 수 있다. 무엇보다도 그가 일본 식민지 시대의 군국주의 사회에서 유년 시절을 보냈고, 소년 시절에는 공산주의 사회에서 보냈으며, 자유 민주주의 사회에서 청년기 이후를 보냈다는 사실은 여간 예사롭지 않다. 북한과 남한에서 살면서 최인훈은 남쪽과 북쪽 양쪽의 이념적 실체를 잇달아 몸소 겪었다. 그의 경험은 남한과 북한의 이념을 단순히 독서를 통하여 간접적으로나 관념적으로 경험한 작가들과는 근본적으로 다르다. 『광장』의 마지막 부분에서 화자(話者)는 "유럽 사람들의 믿음에서, 헤겔의 철학이 달콤한 아편이요 씻어낼 수 없는 독소가 된 것처럼, 이명준에게 있어서, 스탈린주의 사회에서 살아 보았다는 겪음은 지울 수 없는 것이었다"라고 말한다. 주인공에 대한 이 말은 작가의 경우에도 그대로 적용된다고 할 수 있다. 고등학교 시절까지 북한의 공산주의 사회에서 살았던 것은 그에게는 실로 '지울 수 없는' 체험이었을 것이다.

북한에서의 경험이 『광장』의 밑바탕이 되었을 것은 조금도 의심할 여지가 없다. 이 점에 대하여 최인훈은 "내가 해방 후에 이북에서 넘어왔기 때문에 이북의 정치 체제를 그나마 경험했고, 또 1960년까지 남한에서 상당히 극적인 생활 경험을 가졌기 때문에 그런 것들을 압축해서 작품을 하나 써 보았으면 좋겠다는 생각을 늘 가지고 있다가 내놓은 것이 그 작품"이었다고 말한 적이 있다. 작가는 또 다른 글에서도 "『광장』은 4·19 이후의 분위기와 내가 1945년부터 1950년까지 북한에서 생활했기 때문에 쓸 수 있었던 소설이었다.……직접적인 생활의 경험과 1960년대까지 10년 동안의 생각이 어우러져서 내가 살고 있는 이 시간과 공간의 의미에 대해 생각해 본 결과가 『광장』"이라고 밝히고 있다. 한 마디로 『광장』의 주인공 이명준은 어떤 면에서는 작가의 분신이라고 하여도 지나치지 않다.

최인훈의 『광장』은 원본 비평가들한테도 무척 흥미로운 작품이다. 그는 1960년 초판본에서 시작하여 1994년에 나온 전집판의 제3판에 이르기까지 이 작품을 무려 일곱 번에 걸쳐 다시 고쳐 썼다. 그러므로 이 작품의 텍스트는 모두 일곱 가지의 판본이 있는 셈이다. 좀더 구체적으로 말하자면 1) 1960년 11월에 종합 잡지 『새벽』에 처음 발표한 텍스트, 2) 1961년 2월에 정향사에서 간행한 단행본 텍스트, 3) 1968년 1월에 신구문화사에서 '현대한국문학전집' 제16권으로 간행한 텍스트, 4) 1973년 8월에 민음사에서 간행한 단행본 텍스트, 5) 1976년 8월에 문학과지성사에서 '최인훈 전집'의 제1권으로 간행한 초판 텍스트, 6) 1989년 6월에 나온 문학과지성사 전집의 제2판 텍스트, 그리고 7) 1994년 8월에 나온 문학과지성사 전집의 제3판 텍스트 따위가 바로 그것이다. 한국 문학사는 물론이고 세계 문학사를 통하여서도 최인훈처럼 한 텍스트를 이렇게 일곱 차례나 걸쳐 고쳐 쓴 일은 그 유례를 찾아보기 드물다. 『광장』은 개작 그 하나만 가지고도 한국 문학사에서 아주 독특한 위치를 차지하고 있다.

『광장』에서 최인훈이 다시 고쳐 쓴 정도나 종류는 판본마다 제각기 다르다. 가령 『새벽』지에 실린 텍스트를 그 이듬해 정향사에서 단행본으로 간행할 때에 200자 원고지로 600여장의 분량밖에는 되지 않던 것을 800여장의 분량으로 늘려 놓았으니 가히 환골 탈태라고 할 만하다. 어떤 텍스트에서는 작품의 의미에 변화를 가져올 만큼 대폭적으로 수정하고 개작하였는가 하면, 다른 텍스트에서는 부분적인 수정과 개작에 그치고 말았다. 이러한 수정과 개작 과정을 통하여 작가는 작품의 양적인 면에서는 말할 것도 없거니와 질적인 면에서도 아주 중요한 변화를 꾀하였다. 『새벽』지 텍스트와 전집판의 제3판 텍스트 사이에는 꽤 거리가 있음을 볼 수 있다. 그러므로 초판과 개정판 사이에 이른바 '양자 도약'이 일어났다고 하여도 그렇게 지나치지 않을 것이다. 그리고 수정이나 개작 작업을 면밀히 살펴봄으로써 작가의 의도가 어떻게 굴절하고 변모하였는지를 밝혀 내는 것이 바로 원본 비평가의 몫이다.

형식주의 비평 방법 또한 『광장』을 분석하고 해석하는 데에 더할 나위 없이 좋은 연장 구실을 한다. 이 비평 방법에 따라 이 작품을 접근하려는 비평가들이라면 아마 이 작품에서 작가가 주로 사용하는 모티프·구성·상징·이미지 따위를 면밀히 분석하여 이 작품에 숨어 있는 주제를 파악하려고 할 것이다. 최인훈은 이 작품에서 주인공이 겪는 지리적 여정을 핵심적인 모티프로 삼는다. 이명준은 "갈빗대가 버그러지도록 뿌듯한 보람을 품고 살고 싶다"라고 고백하는데 이러한 바램은 바로 지리적 여정을 통하여 얻게 된다. 그런데 주인공의 여정은 단순히 지리적으로 한 곳에서 다른 곳으로 옮겨다닌다는 것만을 뜻하지 않는다. 그것은 곧 삶의 의미를 찾기 위한 정신적 여행이요 심리적 여정을 뜻한다.

『광장』에서 지리적·심리적 여정을 통하여 이명준이 그토록 얻고자 하는 것은 삶에 대한 새로운 인식이나 통찰이다. 좀더 구체적으로 말해서 그는 삶의 본질을 찾기 위하여 끊임없이 헤매고 다닌다. 삶이란 과연 무엇인가? 그리고 어떻게 사는 것이 삶다운 삶을 사는 것일까? 이것이 바로 이명준이 여정을 통하여 끊임없이 추구하는 물음이다. 대학에서 철학을 전공하던 시절 그는 무엇보다도 "누리와 삶에 대한 어떤 그럴싸한 맺음말"을 얻으려고 애쓴다. 그는 "사람이 무엇 때문에 살며, 어떻게 살아야 보람을 가지고 살 수 있는지를 알아야 한다"라고 생각한다. 학교를 그만둔 다음 이러한 추구는 관념성과 추상성에서 벗어나 좀더 구체적이고 실천적이 된다. 남한과 북한에서 겪는 갖가지 경험을 통하여 그는 삶의 실존적 의미를 조금씩 깨닫기 시작한다. 삶의 비극적 의미를 깨닫는가 하면, 진정한 자아가 얼마나 중요한 지를 깨닫고, 또한 외견과 실재 사이에 존재하는 엄청난 거리를 깨닫는다.

최인훈은 이러한 형이상학적인 주제를 다루는 데에 구체적이고 감각적인 상징이나 이미지를 핵심적인 장치로 사용한다. 이 작품에서 그가 즐겨 쓰는 상징이나 이미지 가운데에서도 물이나 바다는 눈길을 끈다. 작품의 첫머리부터 작품의 끝부분에 이르기까지 물은 가장 지배적인 상징이나 이미지로 작용한다. 그런데 물은 바다나 강 그리고 그 위에서 항해하는 배와 깊이 연관되어 있기도 하다. 이 작품에서 현재 사건은 한결같이 바다 위 타고르호 선상에서 일어난다. 주인공이 끊임없이 회상하는 갖가지 과거 경험은 마치 샌드위치처럼 동지나 바다와 남지나 바다를 항해하는 사이 사이에 끼워져 있을 따름이다. 더구나 최인훈은 은혜의 몸을 바다나 바닷물과 관련시킨다. 은혜가 자신의 아이를 임신하였다는 말을 듣고 이명준은 벌떡 일어나 앉아 그녀의 배에 입술을 갖다대고 '짭사한 바닷물 맛'을 느낀다.

두 말할 나위 없이 바다나 강은 항해와 밀접하게 연관되어 있고, 항해는 삶의 여정과 깊이 연관되어 있다. 삶을 나그네길에 견주는 것이나 항해에 빗대어 말하는 것은 이제는 실오라기가 훤히 들여다 보일 만큼 닳고 닳은 진부한 비유가 되어버렸지만 그것은 삶의 과정을 아주 실감나게 보여 준다. 출발점과 종착지가 있는 것이라든지, 갖가지 위험이 여기저기 도사리고 있는 것이라든지, 여정을 떠나기에 앞서 불안과 함께 환상을 가지는 것이라든지 삶의 여정은 여러 점에서 항해와 많이 닮아 있다. 서구 문학의 효시로 흔히 일컫는 호메로스의 『일리어드』나 『오디세이아』가 항해와 관련된 이야기를 다루고 있음은 결코 우연한 일이 아니다.

『광장』을 심리주의 비평 방법으로 접근하는 것은 크게 두 갈래로 나눈다. 이 작품에 투사된 작가의 심리에 주의를 기울이는 것이 그 하나요, 작품에 나타난 정신분석적 요소를 밝혀 내는 것이 다른 하나이다. 어린 시절부터 청년 시절에 이르기까지 최인훈은 회령·원산·부산·목포·서울 등 이곳저곳을, 그것도 자신의 선택이 아닌 타율에 따라 옮겨 다니며 살아야만 하였다. 작가는 그가 '지리적 통과 의례'라고도 부르는 이 과정에 무척 많은 시간을 보내야 하였다. 특히 고등학교 시절 원산항에서 해군 함정(LST)을 타고 월남한 경험은 그에게 지울 수 없는 '정신적 부담'을 안겨 주었음에 틀림없다. 조그마한 읍의 주민 전체에 해당하는 많은 피난민들이 배 한 척에 타고 부산으로 탈출하다시피 피난온 경험에 대하여 그는 자신에게 "아직도 정식화하지 못할 만큼 굉장한 응어리를 만들어 준 것 같다"라고 말한 적이 있다. 여기에서 최인훈이 말하는 '굉장한 응어리'란 곧 프로이트를 비롯한 정신분석학자들이 말하는 심리적 외상(外傷)과 크게 다르지 않다.

이러한 심리적 외상은 한 개인에게 평생을 두고 직접 또는 간접적으로 부정적인 영향을 끼치게 마련이다. 이러한 외상은 최인훈의 작품에서 피난민 의식이나 고향 상실 또는 고아 의식이라는 형태로 나타나고, 다시 그것은 삶에 대한 위기 의식으로까지 이어진다.

이렇게 작품에 투영된 작가의 심리적 측면을 살피는 것에 못지 않게 정신분석적 틀로써 작품의 심리적 요소를 밝혀 내는 것도 아주 의미 있는 일이다. 실제로는 '개인적인 욕망'이니 '터부의 벽'이니 '순결 콤플렉스'니 '사디즘 충동'이니, 또는 '카타르시스'니 하는 용어를 자주 쓰는 것을 보아도 잘 알 수 있듯이 최인훈은 이 작품에서 정신분석 이론에 깊은 관심을 보인다. 가령 그는 이명준을 오이디푸스 콤플렉스를 지니고 있는 인물로 그린다. 얼핏 이 주장은 터무니없어 보일지 모르지만 상징적인 차원에서 보면 이명준은 심한 오이디푸스 콤플렉스를 겪고 있음이 드러난다. 물론 어머니를 일찍 여읜 탓에 북한에서 만난 여성 은혜가 어머니로서의 역할을 떠맡는다.

『광장』의 정신분석적 측면은 무엇보다도 지그문트 프로이트가 말하는 '제2의 정신 지형학'에서 찾아볼 수 있다. 이 작품에 등장하는 세 작중인물들은 프로이트가 이드(본능) · 에고(자아) · 수퍼에고(초자아)라고 부르는 심리 영역을 각각 상징적으로 보여준다. 좀더 구체적으로 말해서 은혜는 이드를, 강윤애는 수퍼에고를, 그리고 이명준은 에고를 각각 상징하는 인물이다. 이러한 관점에서 본다면 이 세 사람은 각각 독립된 인물이라기보다는 오히려 인간의 정신 영역을 이루는 세 요소에 지나지 않는 셈이다. 작품의 한 장면에서 이명준은 헤어졌다가 우연히 다시 만나는 은혜를 두고 "서로, 부모미생전 먼 옛날에 잃어버렸던 자기의 반쪽이라는 걸 분명히 몸으로 안다. 자기 몸이 아니고서야 이렇게 사랑스러울 리 없다"라고 생각한다. 여기에서 '자기의 반쪽'이라는 표현은 지금 논의하고 있는 관점에서 보면 큰 의미를 지닌다. 또한 이 작품에서 중요한 모티프로 등장하는 광장과 밀실의 개념도 정신분석적 관점에서 본다면 이드와 수퍼에고를 각각 상징한다고도 볼 수 있다. 이밖에도 소망 실현으로서의 꿈이나, 죽음의 상징성, 또는 주인공이 보여 주는 죽음의 본능 따위에서도 이 작품의 정신분석적 특성이 드러난다.

심리주의 비평 방법이 작가나 작품의 내면 세계에 관심을 보인다면, 사회학적 비평 방법은 작가나 작품의 외적 세계에 더 큰 관심을 기울인다. 북한과 남한의 정치 체제를 몸소 겪은 작가이고 보면 최인훈이 이 작품에서 남북의 분단 문제에 남다른 관심을 보여 온 것은 어쩌면 지극히 당연하다. '문학은 제4의 정부'라는 신념을 가지고 작품을 써 왔다고 밝힐 만큼 그는 그동안 정치나 사회 문제에 깊은 관심을 보였다. 사회학적 관점에서 이 작품을 접근하는 일은 편의상 크게 두 가지로 나누어 볼 수 있다. 하나는 작품 외적 문제에 눈을 돌리는 것이고, 다른 하나는 작품 내적 문제에 초점을 맞추는 것이다.

여기에서 작품 외적 문제란 이 작품의 생산과 분배 그리고 소비와 관련한 문제를 말한다. 좀더 구체적으로 말해서 최인훈은 어떠한 과정을 거쳐 이 작품을 발표하였는가? 어떠한 과정과 절차를 거쳐 단행본으로 발간하였는가? 이 소설을 '현대한국문학전집'의 일부로 간행한 신구문화사는 접어두고라도 어떻게 하여 정향사·민음사·문학과지성사의 세 출판사에서 출간되었는가? 작품을 처음 발표한 지 무려 35년이 지난 지금까지 과연 얼마나 되는 부수의 책이 팔렸는가? 그리고 이 소설의 독자는 과연 어떠한 사회 계층에 속한 사람들인가? 이러한 문제들이 바로 이 비평 방법에 들어간다. 또한 작가가 이 작품을 어떠한 사회적·정치적·문화적 분위기에서 창작하였는가 하는 문제도 여기에 포함시킬 수 있다. 사실 작품의 외적 문제를 다루는 것은 문학 비평가의 몫이라기보다는 오히려 문학 사회학자의 몫에 더 가깝다. 서구의 경우를 보더라도 이 분야에서는 주로 문학 사회학자들의 업적이 눈에 띄게 두드러진다.

한편 작품 내적 문제에 접근한다는 것은 이 작품의 내용이나 주제를 사회와 관련지어 다루는 것을 뜻한다. 두 말할 나위 없이 여기에서는 사회학적 측면에서 작품의 내용을 분석하는 것이 큰 비중을 차지한다. 이 문제와 관련하여 『광장』에서 무엇보다도 먼저 눈길을 끄는 것은 이 작품이 한반도의 분단 상황을 다루고 있다는 점이다. 두말 할 나위 없이 이 분단 현실을 가져온 장본인은 다름아닌 강대국의 냉전 논리였다. 최인훈이 『회색인』에서 '마(魔)의 38선'이라고 부르는 군사분계선은 당사국인 남쪽이나 북쪽의 의사와는 아무런 관계 없이 오직 미국과 소련의 합의에 따라서 갈라졌기 때문이다. 이렇듯 한반도는 제2차 세계대전의 종식과 더불어 시작된 냉전 체제를 보여 주는 가장 좋은 본보기로 꼽힌다.

『광장』은 이러한 한반도의 비극적 분단 상황을 소설 작품으로 형상화해 내는 데에 비교적 성공을 거둔 작품이다. 이명준은 얼핏 보면 비정치적이고 탈정치적인 태도를 취하는 것 같지만 실제로는 어느 누구보다도 분단 현실을 깊이 깨닫고 있는 인물이다. 그가 정치에 무관심한 척하는 것은 어디까지나 속임수에 지나지 않는다. 주인공의 정치 의식에 대하여 "정치는 경멸하고 있다. 그 경멸이 실은 강한 관심과 아버지 일 때문에 그런 모양으로 나타난 줄은 알고 있다"라고 이 소설의 화자가 말하는 것을 보면 그는 결코 정치적으로 무관심하다고 할 수 없다. 또한 이명준은 한반도의 분단 상황을 깨닫고 있을 뿐만 아니라 이러한 상황을 몸소 겪고자 한다. 비록 개인적인 동기가 작용하지 않은 것은 아니지만 위험을 무릅쓰고 북한에 넘어가는 행위에서도 그것은 훌륭히 입증된다.

사회학적 비평 방법의 한 갈래인 마르크스주의 문학 이론으로 『광장』을 분석해 보는 것도 아주 흥미롭다. 변증법적 유물론에 뿌리를 박고 있는 마르크스주의 문학 이론은 자본주의 사회의 모순과 병폐를 폭로함으로써 삶을 개선시키고 사회 변혁을 가져오는 것을 가장 중요한 목표로 삼는다. 혁명가와 마찬가지로 문학가들도 '예술 일꾼'으로서 계급 없는 사회주의 사회를 건설하는 데에 이바지하도록 요구받는다. 물론 이 작품에서는 사회주의 사회를 비판하는 데에 좀더 무게가 실려 있지만 자본주의 사회에 대한 비판 또한 사회주의 사회에 대한 것 못지않게 자못 신랄하다. 이명준을 비롯하여 그가 존경해 마지않는 대학교수 정선생이나, 주인공이 얹혀 지내는 변성제네 집안식구들은 한결같이 자본주의 삶에 깊이 빠져 있는 타락한 부르주아들이다. 한편 넓은 의미에서 마르크스주의 문학 이론에 속하는 페미니즘도 이 작품을 분석하는 좋은 도구가 될 수 있을 것 같다. 이 소설에서 여성은 남성중심주의의 가부장 제도 아래에서 억압을 받은 채 여전히 '타자'(他者)의 위치에 머물러 있다.

　『광장』을 신화 비평 방법으로 접근하는 것은 무엇보다도 먼저 여행이나 여정이라는 신화적 모티프나 패턴을 찾는 일에서 출발한다. 처음부터 끝까지 이 작품에 나타나는 기본적인 모티프는 추구나 추적의 원형과 아주 깊이 연관되어 있다. 말하자면 최인훈은 이 신화적 원형을 주춧돌로 삼아 『광장』이라는 집을 짓는다. 신화적 주인공들이 으레 그러하듯이 이명준도 길거리에서 겪는 고통과 시련을 통하여 끊임없이 삶의 의미를 찾는다. 갖가지 경험을 겪는 과정에서 정신적으로 성숙한 성인으로 바뀐다는 점에서 그는 신화의 주인공들을 떠올리게 한다. 신화의 주인공들처럼 이명준도 '분리 ⟶ 변형 ⟶ 귀환'이라는 신화적 패턴을 밟음으로써 성인이 되기 위한 입문(入門) 과정을 거치고 있는 것이다.

『광장』에서 구성의 뼈대를 이루는 추구나 추적의 원형은 특히 '아버지의 탐색'이라는 신화적 모티프와 아주 밀접하게 연관되어 있다. 서양 문학 전통에서 아들이 집을 나간 아버지를 찾기 위하여 험난한 길을 떠나는 것은 중요한 신화적 모티프 가운데 하나이다. 가령 이 모티프는 흔히 서구 문학의 효시로 일컫는 호메로스의 서사시 『오디세이아』에서도 찾아볼 수 있다. 서구 문학에서나 동양 문학에서나 비교적 일관되게 나타나는 이 신화적 모티프는 『광장』에서도 쉽게 찾아볼 수 있다. 신화의 주인공처럼 이명준도 아버지의 보호나 훈육 없이 오직 홀어머니 밑에서 자라난다. 그렇다고 하여 그에게 아버지가 생존해 있지 않다는 말은 물론 아니다. 그의 아버지는 비록 만날 수는 없을망정 북한에 엄연히 살아 남아 있기 때문이다. 아버지를 만나고 싶은 생각도 아마 그가 월북하게 되는 이유 가운데 하나일 것이다.

한편 『광장』에서 최인훈은 비록 간접적이기는 하지만 '희생양'과 관련된 신화적 모티프를 쓰기도 한다. 서구의 신화에서 희생양은 아주 중요한 모티프 가운데 하나이고, 그것은 문학 작품에서 중요한 주제가 되었다. 이명준도 어떤 의미에서는 희생양과 같은 상징적 의미를 지닌다. 남한의 자유 민주주의 이데올로기와 북한의 사회주의 이데올로기의 갈등에서 그는 방황하다가 결국 죽음을 맞는다. 그러니까 그는 이데올로기의 대립에서 오는 긴장을 풀기 위하여 바쳐진 제물이라고 할 수 있다. 물론 그는 공동사회가 강요하여 죽음을 택한 것이 아니라 어디까지나 자유 의지에 따라 죽음을 택한다. 그러나 사회가 그의 죽음에 전혀 책임이 없지는 않다. 자살 행위도 궁극적으로는 사회적 행위에 지나지 않는다는 프랑스 사회학자 에밀 뒤르켐의 말을 떠올리는 것이 좋을 것이다.

『광장』은 이번에는 구조주의 비평 방법을 들이대도 썩 잘 들어맞는다. '광장'과 '밀실'에서도 잘 드러나듯이 이 작품은 구조주의의 기본 개념인 이항 대립에 기초를 두고 있다. 이항 대립을 알지 않고서는 이 작품을 제대로 이해할 수 없다고 하여도 그렇게 틀린 말이 아닐 것 같다. 왜냐하면 이 작품은 이항 대립에 기초한 대칭 구조에 크게 기대고 있기 때문이다. 공간적·시간적 배경으로 보면 이항 대립은 '과거/현재', '남한/북한', '육지/타고르호', '한반도/지나해' 따위가 된다. 정치 체제나 이념으로 보면 '자유민주주의/공산주의'의 형태로 나타나고, 작중인물로 보면 '윤애/은혜'와 '어머니/딸'의 형태로 나타난다.

더구나 프랑스의 이론가 제라르 주네트의 서사 이론의 틀로써 『광장』을 분석해 보는 것도 무척 흥미롭고 유익한 구조주의 비평 방법이다. 주네트는 문학 작품의 모든 이야기가 문장, 그 가운데에서도 특히 동사나 술부를 늘여 놓은 것에 지나지 않는다는 전제에 서사 이론의 근거를 둔다. 그에 따르면 호메로스의 『오디세이아』는 "율리시스가 고향 이타카로 돌아오다"라는 문장을 늘여 놓은 작품이고, 마르셀 프루스트의 『잃어버린 시간을 찾아서』는 "마르셀이 작가가 되다"라는 문장을 늘여 놓은 작품이다. 그렇다면 『광장』은 곧 "이명준이 배를 타고 중립국으로 가는 도중 바닷물 속에 뛰어들어 스스로 목숨을 끊는다"라는 문장을 늘여 놓게 된 작품이라고 볼 수 있을 것이다.

주네트는 동사에서 주로 사용하는 문법 범주를 사용하여 레시(디스쿠르)를 크게 1) '시'(時), 2) '법'(法), 그리고 3) '태'(態)의 세 갈래로 나눈다. 여기서 시와 법은 레시와 이스투아르 사이의 관계에서 일어나는 반면, 태는 나라시옹과 레시 그리고 나라시옹과 이스투아르 사이의 두 관계에서 일어난다. 좀더 구체적으로 말해서 시란 레시와 이스투아르, 그러니까 플롯과 스토리 사이의 시간 관계를 가리킨다. 법이란 현실을 모방하거나 재현하는 형태와 정도를 말한다. 법에는 영국이나 미국의 이론가들이 흔히 '시점'이나 '관점'이라고 부르는 요소 가운데에서 특히 '비전의 중심'과 연관된 문제가 들어 있다. 그리고 태란 서술 주체와 그가 전달하는 이야기 사이의 관계를 말하고, 여기에서는 특히 화자와 관련된 문제가 주로 관심의 대상이 된다.

최인훈이 『광장』을 발표한 것은 해체주의를 비롯한 포스트구조주의가 서구에서 본격적으로 나오기 훨씬 앞서서의 일이다. 이 작품을 처음 발표한 1960년 초만 하더라도 우리나라에서는 물론이고 심지어 서구에서도 '해체주의'나 '포스트구조주의'라는 용어가 아직 쓰이지 않았다. 이 비평 방법이 우리나라에 처음 소개된 것이 1980년대 초엽이고, 1980년 중엽 들어서야 본격적으로 논의되기 시작하였다. 그러니까 『광장』의 출간과 이 비평 방법 사이에는 무려 25여년이라는 시간이 벌어져 있는 셈이다. 그런데도 『광장』을 포스트구조주의 비평 방법으로 접근할 수 있는 여지는 많은 듯하다.

최인훈의 예술관은 여러 점에서 포스트구조의자들의 그것을 떠올리게 한다. 가령 언어에 대한 태도만 보아도 그러하다. 어느 작가보다도 그는 언어의 힘에 깊은 회의를 느낀다. 말하자면 그는 언어에 대한 신용을 모두 잃어버렸다. 언어를 불완전한 매체로 보는 태도는 그것을 일종의 '약식 장부'로 여기는 데에서도 잘 드러난다. 언어로 표현된 것만 가지고서는 현실을 충분히 알아볼 수 없다는 것이다. 그런가 하면 삶의 실재에 대하여서도 그는 무척 회의적이다. 그에 따르면 인간의 삶이란 "동상이나 성상처럼 고체형으로 밖에 있지도 않고, 그렇다고 형문이나 '미사'처럼 안에 있는 것도 아니고, 그렇다 마치 주식 시장의 장세표처럼 벌써부터 '움직이는 질서'의 형태로만 존재한다." 이렇듯 인간의 삶과 그것을 표현하는 매체인 언어가 한결같이 불안정한 상태에 있다면, 문학 예술은 어쩔 수 없이 가변적이고 비결정적인 특성을 지니지 않을 수 없게 마련이다. 더욱이 "무엇을 표현한다는 것은 무엇을 나타내지 않는다는 작업과 함께 이루어진다"라는 말에서도 최인훈의 포스트구조주의적 태도가 뚜렷하게 드러난다. 이 말은 여러 면에서 포스트구조주의자들이 흔히 말하는 '증후적 독서' 이론을 떠올리기에 충분하다.

해체주의 비평가들은 얼핏 대수롭지 않은 것처럼 보이는 것들을 예사롭게 그냥 보아넘기지 않는다. 왜냐하면 댐에 뚫려 있는 작은 틈바구니가 댐 전체를 무너뜨릴 수 있듯이 이 사소한 부분이 텍스트의 기반을 무너뜨릴 수도 있기 때문이다. 텍스트에서 무심코 흘려 버린 작가의 말 한 마디가, 무의식의 두꺼운 벽을 뚫고 새어나온 실수 하나가, 또는 필요 이상으로 힘주어 말하거나 애써 얼버무리려는 문장 하나가 해체주의 비평가들한테는 작품 전체를 무너뜨리는 지렛대가 될 수도 있다. 『광장』의 첫부분에서 화자는 남달리 삶의 의미에 깊은 관심을 보이는 주인공 이명준의 삶과 관련하여 "대수롭지 않은 일들이 그 대수롭지 않음의 테두리에서 문득 걸어나오면서, 놀라운 섬뜩함으로 맞서오는 것을 알고 있다"라고 말한다. 해체주의 비평가들은 바로 크고 거창한 것보다는 이렇게 작고 '대수롭지 않은' 것에 눈길을 돌린다. 그리고 이 '대수롭지 않은' 것을 지렛대로 삼아 그들은 텍스트가 기초하고 있는 기반 전체를 무너뜨리려고 한다. 해체는 파괴와는 분명히 다르지만 적어도 텍스트의 기반을 무너뜨리려고 한다는 점에서는 이 두 용어는 서로 무관하지만은 않은 듯하다.

『광장』에서 최인훈은 무엇보다도 이항 대립의 폭력적 계급을 해체하려고 한다. 이러한 시도는 작품에서 별로 대수롭지 않게 보이는 곳에서 찾아볼 수 있다. 해체주의적 관점은 지금까지 당연스럽게 받아들인 해석을 뒤집어엎는다. 가령 전집판 이전의 텍스트를 기준으로 삼는다면 제3국으로 가는 도중 이명준의 의식을 사로잡고 있는 것이 흔히 갈매기가 표상하는 윤애와 은혜라고 일컫고 있지만 변영미 또한 그들에 못지않게 아주 중요한 구실을 한다는 점을 밝힐 수 있다. 또한 이명준이 윤애보다는 은혜를 훨씬 더 사랑하고 있는 것처럼 보이지만 실제로는 반드시 그러하지만도 않다는 점을 밝혀낼 수도 있다. 그런가 하면 이 작품에서 얼핏 작가는 양비론적으로 남한과 북한을 함께 비판하는 듯하지만 좀더 꼼꼼히 읽어 보면 그러하지만도 않은 것 같다. 적어도 무의식적으로 그는 북한 쪽보다는 남한 쪽을 은근히 더 지지하는 듯하다.

프랑스 이론가 자크 라캉의 정신분석의 틀을 빌려 『광장』을 분석해 보는 것도 흥미로운 포스트구조주의 비평 방법 가운데 하나이다. 자크 데리다의 해체주의가 텍스트의 무의식이나 틈바구니를 찾아 내어 이항대립적 계급 질서를 무너뜨리려는 데에 목적을 둔다면, 라캉의 정신분석 이론은 문학 작품에서 시니피에(기의)보다는 시니피앙(기표)이 훨씬 더 중요하다는 점을 보여 주는 데에 목적을 둔다. 라캉은 19세기 미국 작가 에드거 앨런 포우의 작품 「도둑맞은 편지」에 관한 분석에서 작중인물의 중복이나 장면의 반복 또는 중복된 이미지 따위에 주목하여 문학 작품에서 시니피에는 끊임없이 되풀이 한다는 점을 보여 주었다.

『광장』에서도 사정은 크게 달라지지 않아서 이 작품에서도 '반복 강압'이나 그것과 연관된 요소를 비교적 쉽게 찾아볼 수 있다. 가령 이명준이 서울 S경찰서 사찰계에 불려가 혹독하게 심문을 받는 장면은 뒷날 그가 같은 장소에서 변태식을 심문하는 장면을 거의 그대로 되풀이한다. 타고르호 선상에서 홍콩에 상륙하는 문제로 이명준이 동료 포로들한테서 봉변을 당하는 장면은, 남만주의 조선인 꼴호즈 취재 기사 문제로 그가 평양에서 노동신문사 편집부 기자들 앞에서 자아 비판을 받는 장면을 떠올리게 한다. 그런가 하면 이명준이 월북한 다음 아버지를 찾아가 북한에 대한 불만을 털어놓는 장면은, 그가 남한에 살던 시절 정선생을 찾아가 남한에 대한 불만을 털어놓는 장면을 되풀이한 것과 다름없다.

『광장』에서도 시니피에보다는 시니피앙, 텍스트의 의미보다는 텍스트 그 자체가 한결 더 중요하다는 사실을 밝혀 낼 수 있다. 시니피에는 마치 '주식 시장의 장세표'처럼 늘 가변적이고 불안정한 상태에 놓여 있다. 비록 묵시적으로 드러나 있기는 하지만 언어는 본질적으로 비유적이고, 인간은 바로 이 비유적 언어로 자신을 정의하지 않으면 안 된다. 이 분석은 무엇보다도 한 시니피에가 항상 다른 시니피앙으로서 작용한다는 사실을 잘 보여 준다. 그리고 언어 체계 안에서 이러한 순환 과정은 끊임없이 이어지게 마련이다. "언어를 떠나서는 어떤 절대적인 것도 결코 존재하지 않는다"라는 라캉의 명제나, "텍스트를 벗어나서는 아무것도 존재하지 않는다"라는 데리다의 그 유명한 명제도 결국 이러한 맥락에서 이해할 수 있을 것 같다.

제 7 장

문학 사조란 무엇인가

문학 작품이란 한 시대에 유행하는 시대 의상과 같아서 그것이 씌어진 무렵의 시대적 특성을 비교적 충실히 반영한다. 특히 그것은 같은 시대의 세계관이나 시대 정신과는 뗄래야 뗄 수 없을 만큼 아주 깊이 연관되어 있다. 어느 한 문학 작품을 자세히 들여다 보면 그 속에는 당대를 휩쓸던 세계관이나 시대 정신이 거의 고스란히 담겨져 있게 마련이다. 바로 이러한 점에서 문학은 그 시대의 거울이라고 불러도 크게 틀리지 않을 것 같다. 문학 연구가들은 이러한 현상을 기술하기 위하여 흔히 '문학 전통'이니 '문학 사조'니 하는 용어를 쓴다. 모든 문학 작품은 한결같이 어느 특정한 전통이나 사조에 속해 있게 마련이다. 물론 이러한 틀에 딱 들어맞지 않는 작품도 없지 않지만 대부분의 문학 작품들은 고대 바다 생물의 모습을 간직하고 있는 조개 화석처럼 그것이 씌어진 시대의 모습을 비교적 잘 간직하고 있다.

서구 문화는 서로 극단적으로 대립하는 두 전통에 그 뿌리를 두고 있다. 고대 그리스 시대와 로마 시대의 문명, 그리고 유태교와 기독교에 바탕을 둔 문명이 바로 그것이다. 이 두 전통은 흔히 헬레니즘과 헤브라이즘이라는 이름으로 우리에게 더 잘 알려져 있다. 그런데 이 두 전통은 세계관에서 본질적으로 큰 차이가 있다. 한 마디로 앞의 문명이 인간중심적인 세계관을 보여 준다면, 뒤의 문명은 신중심적인 세계관을 보여 준다. 물론 그리스 신화나 로마 신화에서도 신을 중요하게 다루고 있지만 이들 신화에 나타나는 신은 기독교의 유일신과는 크게 다르다. 인간과 마찬가지로 희로애락의 감정에 쉽게 휩쓸리는가 하면 사랑과 질투와 시기에 불타기도 한다. 그렇기 때문에 그것은 초월적 존재보다는 오히려 우리 인간에 더 가깝다. 프리드리히 니체는 일찍이 『비극의 탄생』에서 인간의 충동을 디오니소스적 충동과 아폴로적 충동의 두 가지로 나눈 적이 있다. 그런데 이 두 충동도 넓은 의미에서는 헬레니즘과 헤브라이즘의 맥락에서 이해할 수 있을 것이다.

서구의 문학 전통이나 문학 사조 또한 헬레니즘과 헤브라이즘을 두 축으로 발전해 왔다. 마치 시계추의 진자 운동처럼 서구 문학은 끊임없이 이 두 전통 사이를 오가며 발전을 거듭하였다. 역사적 퍼스펙티브에서 보면 헬레니즘이 먼저 꽃을 피웠고 그 다음에 헤브라이즘이 찬란히 꽃을 피웠다. 헬레니즘이 대략 기원전 1세기에서 기원후 1세기에 걸쳐 극한점에 이르렀다가 점차 쇠퇴하고 기원후 1세기부터는 헤브라이즘이 대신 그 자리를 떠맡기 시작하였다. 그러나 이 두 전통은 특정한 어느 한 시대에만 나타난다기보다 오히려 여러 시대에 걸쳐 편재적으로 나타난다고 보는 편이 훨씬 더 옳다. 그렇다면 문학 전통이나 문학 사조는 헬레니즘과 헤브라이즘이 서로 엇갈려 발전해 온 것과 마찬가지이다. 어떤 이론가는 이렇게 교차반복적으로 되풀이하는 문학 전통이나 사조를 바닷물이 해안 쪽으로 밀려 왔다가 다시 바다 쪽으로 밀려 나가는 것에 견준 적이 있다. 조수의 밀물과 썰물처럼 문학 전통이나 사조도 끊임없이 진자 운동을 거듭하기 때문이다.

그런데 여기에서 한 가지 눈여겨볼 것은 문학 전통이나 사조가 엇갈려 반복한다고 하여 앞의 그것을 그대로 되풀이하지는 않는다는 점이다. 바다 쪽으로 멀리 밀려 나갔던 바닷물은 다시 해안 쪽으로 밀려 들어오지만 그것은 이전의 바닷물과는 서로 같다고 보기 어렵다. 넓게 보면 반복 행위처럼 보일지 모르지만 좀더 시야를 좁혀 보면 이 두 바닷물 사이에는 적지 않은 차이가 있다. 수사학에서 자주 쓰는 용어를 빌려 말한다면 문학 전통이나 사조는 일종의 점증법과 같다. 비슷하거나 동일한 표현을 계속 되풀이하면서도 되풀이할 때마다 그 의미를 조금씩 덧보태는 수사법 말이다. 문학 전통이나 사조도 시대에 따라 그리고 장소에 따라 되풀이할 때마다 그 의미가 조금씩 달라진다.

한편 서로 대립적인 두 전통이나 사조 사이에는 늘 긴장이나 갈등이 있고, 바로 이 갈등이나 긴장에서 예술을 창조하는 역동적인 힘이 생겨난다는 사실을 가슴에 새기는 것이 좋을 것 같다. 소설에서 갈등이 작중인물의 행동을 유발하듯이 문학을 비롯한 예술을 창조해 내는 데에 있어서도 긴장과 갈등은 원동력과 같은 구실을 한다.

문학은 근대에 이르러서야 비로소 종교의 굴레로부터 벗어나 그 나름대로 독자적인 존재 이유를 부여받는다. 중세까지만 하더라도 문학은 기껏하여야 종교의 시녀 역할밖에는 하지 못하였다. 그러나 17세기에 이르러 문학이 종교의 쇠사슬을 끊어 버리고 홀로섬에 따라 문학 전통이나 사조도 비로소 제 모습을 갖추게 되었다. 근대적 의미의 문학 전통이나 문학 사조는 그 시기를 아무리 일찍 잡아도 17세기를 넘기 어렵다는 것이 일반적인 정설이다. 고전주의가 본격적인 문학 전통이나 사조로서 처음 모습을 갖추기 시작한 것도 바로 그 무렵이다. 고전주의를 시작으로 그후 낭만주의, 리얼리즘, 모더니즘, 그리고 최근 들어 부쩍 뭇사람들의 입에 자주 오르내리고 있는 포스트모더니즘 따위가 줄줄이 그 모습을 드러낸다. 그런데 고전주의와 리얼리즘 사이, 낭만주의와 모더니즘 사이에는 루드비히 비트겐슈타인이 말하는 '가족의 유사성'을 쉽게 찾아볼 수 있다. 리얼리즘에서는 고전주의의 얼굴이 어른거리고, 모더니즘의 얼굴에는 낭만주의를 닮은 데가 많다. 앞에서 문학 전통이나 문학 사조가 발전해 온 궤적을 시계추의 진자 운동에 견준 것도 바로 그 때문이다.

고전주의

문학 전통이나 문학 사조에서 가히 장손이라고 일컬을 수 있는 고전주의는 17세기 중엽에서 19세기에 이르기까지 대략 한 세기 반에 걸쳐 서구를 휩쓴 문예 운동이다. 고전주의는 바로 앞서 풍미한 르네상스 문학과 밀접한 관련을 맺고 있다. 그런데 르네상스 문학과 고전주의의 관계는 언뜻 보이는 것처럼 그렇게 간단하지만은 않다. 고전주의는 한편으로는 르네상스의 정신을 이어받으면서도 다른 한편으로는 그것을 받아들이지 않기 때문이다. 르네상스 시대에는 문학에서 법칙이나 규범을 높이 여겼고, 이러한 태도는 고전주의에 와서도 크게 달라지지 않는다. 한편 르네상스 시대의 문학이 개성적이고 열정적인 개인을 존중한 반면, 고전주의에서는 사회적 동물로서의 인간에 더 많은 무게를 실었다. 기교나 스타일에 있어서도 장식적이고 실험적인 것을 좋아한 르네상스 문학과는 달리 고전주의 문학은 단순하면서도 소박한 것을 좋아하였다. 적어도 이러한 점에서 보면 고전주의는 바로 르네상스 문학의 계승일 뿐더러 그것에 대한 비판이요 그 대안이라고 할 수 있다. 르네상스 시대의 비평은 고전적이지만 실제 작품에 나타나는 경향은 낭만적이라고 일컫는 것은 바로 그 때문이다.

앞에서 말하였듯이 문학 전통과 사조에는 당대의 사회적·정치적 현실이 잘 드러나 있다. 문학은 주제와 기교 그리고 스타일에 있어서 역사적 요인의 영향을 받지 않을 수 없기 때문이다. 고전주의가 최고조에 달한 16세기 말엽과 17세기 초엽이라면 프랑스에서는 절대왕권 제도가 극한점에 달한 시기였다. 귀족 계급과 상인 계급이 서로 대립하는 것을 틈타 루이 14세는 절대적 권력을 휘둘렀다. "짐(朕)은 곧 국가"라는 그 유명한 명제는 바로 루이 14세의 절대 왕권을 잘 보여 주는 말이다.

이러한 사정은 영국에도 크게 달라지지 않는다. 17세기 중엽 청교도 혁명의 내란이 일어나고 올리버 크롬웰이 잠시 정권을 잡지만 곧 실패로 끝나고 1660년에 왕정이 다시 복고된다. 이러한 역사적 상황에서 전통적인 권위나 의무가 그 어느 때보다도 절실히 요구되었다. 한편 이 무렵 귀족 계급이 점차 몰락하면서 중산층이 큰 세력을 얻기도 하였다. 철학적인 측면에서는 존 로크의 경험론적 합리주의는 고전주의가 꽃을 피우는 훌륭한 밑거름이 되었다.

고전주의를 좀더 쉽게 이해하기 위하여서는 무엇보다도 먼저 이 말의 어원을 살펴보는 것이 좋을 것 같다. 고전주의를 뜻하는 영어의 뿌리를 캐어 들어가 보면 뜻밖에도 '클라시스'라는 라틴어와 만나게 된다. 이 클라시스라는 말은 본디 고대 로마 시대 6계급 가운데에서 제 1 계급에 속한 시민을 가리키는 말이었다. 이 클라시스 계급은 모든 시민 가운데에서도 국가에 세금을 가장 많이 내는 사람들로서 이 무렵 가장 주도적인 역할을 한 계급이었다. 지금도 영어로 클래스라고 하면 '등급'이나 '종류'라는 뜻 말고도 흔히 '최고급'이나 '일류' 또는 '가장 좋은 것'을 뜻한다.

그런데 이 '클라시스'라는 말을 문학에서 처음 쓰기 시작한 것은 기원후 2세기경에 이르러서라고 한다. 문법학자 아울루스 겔리우스는 평민 대중을 상대로 하는 작가와 귀족 계급을 상대로 하는 작가를 엄격히 나누어 전자를 '프롤레타리우스 작가', 후자를 '클라시쿠스 작가'라고 불렀다. 귀족 계급을 상대로 하는 만큼 클라시쿠스 작가들은 프롤레타리우스 작가들과 비교해 볼 때에 문학적 가치가 한결 높은 작품을 창작하였고 따라서 수입도 월등히 높은 편이었다. 그러니까 클라시쿠스 작가란 곧 일급 작가를 가리키는 말과 크게 다름없었다.

지금도 '클래식'이라고 하면 후세 사람들의 모범이 될 만한 가치를 지닌 훌륭한 예술 작품을 가리킨다. 가령 음악에서도 클래식 음악은 경음악과는 달리 아주 융숭한 대접을 받는다. 클래식 음악 하면 곧 화려한 무대와 값비싼 연주장을 떠올리게 한다. 기타 하나를 들고 길거리 아무에서나 노래를 부르는 팝송 가수나 싸구려 술집에서 유행가를 부르는 대중 가수와 비교해 보면 연미복을 걸친 클래식 가수는 너무나 큰 대조를 보인다. 무용에서도 고전 무용이라고 하면 화려한 무용복을 차려 입은 발레리나의 모습을 떠올리거나 전통 의상을 입은 국악인의 모습을 쉽게 떠올리게 된다. 미술에서도 클래식 미술은 대중을 주로 상대로 하는 팝 아트와 대조되는 고급스런 작품을 가리킨다. 이것은 건축 예술에서도 크게 다르지 않아서 클래식 건축은 모더니즘 건축에서는 볼 수 없는 중후한 맛을 준다. 예술 분야뿐만이 아니라 옷이라도 고전 의상이라면 좀처럼 유행을 타지 않는 전통적 의상을 말하고, 아름다움이라도 고전미라고 하면 좀처럼 싫증나지 않는 전아하고 세련된 아름다움을 가리킨다.

이렇게 특정한 계급, 특정한 작가를 가리키던 클라시스나 클라시쿠스라는 말은 본래의 뜻을 잃어 버리고 점차 다른 뜻으로 쓰이게 되었다. 특히 이 말은 다른 문학 작품의 전범이나 모델이 될 수 있는 훌륭한 작품을 가리키는 말로 쓰이기 시작하였다. 그런데 17세기와 18세기의 작가들은 문학의 전범을 다름아닌 고대 그리스 시대와 로마 시대의 고전 문학에서 찾으려고 하였다. 고전주의를 한 마디로 표현하다면 그것은 고대 그리스 시대와 로마 시대의 탁월한 문학을 다시 찾으려는 전통이나 사조를 말한다. 17세기와 18세기에 활약한 고전주의자들에게 흔히 '신고전주의자'라는 꼬리표가 늘 붙어 다니는 것은 바로 그 때문이다. 고전주의자들의 관점에서 보면 고대 그리스 시대와 로마 시대의 문학이야말로 문학사를 통하여 가장 찬란한 금자탑에 해당한다.

고전주의는 무엇보다도 이성 그리고 그 이성에서 시작하는 합리성을 높이 여긴다. 18세기를 흔히 '이성의 시대'라고 부르는 것만 보아도 고전주의에서 이성이 차지하는 몫이 어떠한지를 쉽게 짐작할 수 있다. 프랑스 고전주의에 앞장 선 니콜라스 부알로는 작가들에게 "이성을 사랑하라. 작품은 언제나 이성에서만 그 빛과 가치를 얻어 오지 않으면 안 된다"라고 말한다. 부알로의 명제를 그대로 받아들이는 고전주의자들은 문학에서 이성을 그들이 추구하여야 할 최대 목표로 삼았다. 여기에서 이성이란 인간의 보편적 상식을 말한다. 보통 사람들의 상식에 크게 어긋나지 않는 것은 모두 다 이성의 테두리에 들어간다.

이렇듯 이성과 합리성을 중시하는 고전주의자들은 급진적 혁신이나 실험성을 거부하고 전통주의적이고 보수주의적인 태도를 취하였다. 예술에서 극단적인 것을 피하는 고전주의자들은 무엇보다도 중용을 가장 큰 미덕으로 삼았다. 프랑스의 고전주의 작가 몰리에르는 한 작품에서 "완전한 이성은 극단적인 것을 모두 피하고 분수에 맞는 총명함을 요구한다"라고 말한다. 절제, 균형, 질서, 조화, 양식 따위는 고전주의자들이 가장 높이 여기는 덕목이다. 이러한 특성은 얼핏 보면 문학 작품의 형식에만 머물어 있는 것 같다. 실제로 고전주의자들은 균형 잡힌 형식, 어느 한쪽으로 치우치지 않는 조화와 통제의 형식을 아주 중요하게 생각하였다. 그러나 이러한 특성은 형식에 못지않게 내용에서도 마찬가지로 엿볼 수 있다. 즉 고전주의자들은 문학의 내용에 있어서도 어느 한 극단에 치우치지 말고 중용을 지킬 것을 주장하였던 것이다.

더구나 고전주의자들은 문학을 창조가 아닌 기술로 보았다. 예술적 영감(靈感)에 깊은 회의를 보이는 그들은 예술이라는 말이 갈라져 나온 원래의 뜻에 충실하려고 하였다. 서구 문학사를 통하여 호메로스나 셰익스피어와 같이 타고난 재능을 가진 문학가들이 전혀 없는 것은 아니나 그러한 경우는 아주 드물며 이제는 그러한 작가들을 기대하기란 어렵게 되었다고 고전주의자들은 생각하였다. 고전주의자들의 관점에서 보면 문학가들에게는 천부적인 재능에 못지않게 후천적인 노력이 필요하다. 작가들은 정교한 물건을 만들어 내는 기술자나 장인과 같아서 끊임없이 자신의 기술을 갈고 닦지 않으면 안 된다. 고대 그리스 시대와 로마 시대의 작가들이 이미 검증한 기술과 방법을 사용함으로써 훌륭한 예술 작품을 창작할 수 있다고 생각하였다. 고전주의자들이 추구한 이러한 이상은 로마 시대의 시인 호라티우스가 『시의 기술』에서 추구한 이상, 곧 적합성과 정교성 같은 장인의 이상과 크게 다르지 않다.

그리하여 고전주의자들은 이미 만들어 놓은 규칙을 지키려고 애썼다. 특히 그들은 아리스토텔레스나 호라티우스가 말한 법칙을 그대로 좇으려고 하였다. 이러한 문학 법칙 가운데에서도 '데코럼'(적합성)은 가장 눈여겨볼 만하다. 호라티우스의 이론에 그 뿌리를 두고 있는 적합성 원리에 따르면 모든 작가는 주어진 문학 장르에서 작중인물 그리고 주제와 언어에 이르기까지 일정한 규칙을 지키지 않으면 안 된다. 가령 각각의 문학 장르 사이에는 마치 천사의 경우처럼 일정한 계급 조직이 갖추어져 있다. 같은 연극이라고 하여도 비극은 가장 고상하고 진지한 장르인 반면, 일상적 삶의 모습을 다루는 희극은 비극보다 훨씬 뒤떨어진 장르이다. 그러므로 비극은 희극과 뒤섞어 쓰면 안 된다. 고전주의자들이 어째서 비희극 장르를 우습게 보았는지 알 만하다. 또한 작중인물에서도 비극에서는 왕후장상(王侯將相)같이 사회적 신분이 높은 사람들을 다루지만 희극에서는 평범한 일상인들을 다룬다.

적합성 원리는 작가가 사용하는 언어에도 마찬가지로 적용된다. 이 원리에 따르면 각각의 문학 장르는 그것에 적합한 언어나 스타일을 사용하여야 한다. 비극이나 서사시와 같은 고급 장르는 그것에 걸맞는 장엄하고 고양된 언어를 쓰지 않으면 안 된다. 이와 마찬가지로 희극과 같은 저급한 장르는 그것에 어울리는 단순하고 소박한 언어를 써야 한다는 것이다. 만약 비극에 등장하는 인물이 천박한 말을 쓴다면 전혀 어울리지 않을 것이다. 실제로 윌리엄 셰익스피어는 『햄릿』에서 덴마크의 왕자의 입에서 '쥐새끼'라는 말을 튀어나오게 하였다 하여 고전주의자들한테서 꽤나 비난을 받았다.

고전주의자들이 중시하는 이러한 특성은 이른바 연극의 3일치 법칙에서 가장 잘 드러난다. 아리스토텔레스는 그의 유명한 『시학』에서 극작가들이 반드시 지켜야 할 규칙으로 행동의 일치를 강조하였다. 무대 위에서 상연하는 극에는 반드시 플롯이 하나만 있어야지 그 이상이 되어서는 절대로 안 된다는 것이다. 그러나 17세기에 이르러 이탈리아와 프랑스의 고전주의자들은 아리스토텔레스가 말하는 행동의 일치만으로는 충분하지 않다고 생각하였다. 박진성이나 현실감을 더하고 극적 환상을 높이기 위하여서는 장소와 시간에 있어서도 제약을 두여야 한다고 믿었다. 가령 영국의 극작가 벤 존슨은 제한된 무대 위에서 벌어지는 연극의 내용이 지나치게 포괄적이어서 박진성이나 현실성이 별로 없음을 이렇게 비꼰 적이 있다.

　　　기저귀 찬 어린애가 금방 어른이 되고
　　　곧 이어 그 수염과 그 옷 그대로 예순이 넘은
　　　노인으로 늙어 버리고, 또 세 자루의 녹슨 칼과
　　　얼마 안 되는 몇 마디 말로써
　　　요크 가문과 랭카스터 가문의 오랜 싸움을 연출하고는
　　　분장실에 들어가 피가 흐르는 상처를 흠집으로 고쳐 놓는다

　그리하여 고전주의자들은 행동의 법칙 말고도 장소의 일치와 시간의 일치라는 두 법칙을 덧붙여 모두 세 법칙으로 만들었다. 장소의 일치에 따르면 연극에서 사건은 오직 한 장소에서만 일어나야만 하고, 시간의 일치에 따른다면 연극의 사건은 길어야 하루 안에 모두 끝날 수 있는 것이어야 한다. 그런데 유럽 작가들은 대체로 이 3일치 법칙을 잘 지키는 편이었지만 영국 작가들은 장소의 법칙과 시간의 법칙을 그렇게 곧이곧대로 지키지 않았다. 역시 여기에서도 셰익스피어가 고전주의자들로부터 비판의 대상

이 되었다.

더구나 고전주의자들은 사회 구성원으로서의 인간을 문학의 중요한 주제로 삼았다. 모든 문학 전통이나 사조 가운데에서 아마 고전주의만큼 휴머니즘을 존중하는 전통이나 사조도 찾아보기 드물 것 같다. "인간에 관한 적절한 연구는 바로 인간"이라는 알렉산더 포우프의 말에서 그것은 뚜렷이 드러난다. 이 무렵 문학 작품은 인간의 행동을 모방하는 것에 지나지 않았다. 미국의 문학 이론가 M. H. 에이브럼스의 표현을 빌린다면 문학은 곧 자연을 향하여 거울을 높이 쳐들고 있는 것과 크게 다르지 않다. 여기에서 자연이란 단순히 대자연만을 가리키지 않고 인간의 행동, 그리고 인간의 마음 속에 있는 인간성을 함께 가리키고 있음은 두말 할 나위가 없을 것이다.

′이렇듯 무엇보다도 인간성을 강조하는 고전주의에서는 특히 문학의 교훈적 기능을 높이 여겼다. 사회적 동물인 인간 행동에 깊은 관심을 가지고 있던 만큼 고전주의자들이 어떤 도덕적·윤리적 교훈을 소중하게 여긴 것은 어쩌면 당연한 일이다. 고전주의자들은 문학 작품을 통하여 덕을 찬양하고 악과 어리석음을 벌하는 권선징악을 중요한 주제로 삼았다. 이 무렵 운문이나 산문으로 된 에세이, 풍속 희극 그리고 특히 풍자가 크게 유행하였는데 이러한 문학 장르야말로 인간의 약점이나 위선을 드러내고 신랄하게 꼬집는 데에 가장 안성맞춤인 장르라고 생각하였기 때문이다. 고전주의자들은 풍자적 비판을 통하여 인간성을 되찾으려고 무척 애썼다. 적어도 이런 점에서는 고전주의 문학이 추구하는 이상은 곧 '인간을 위한 예술'이라고 불러도 좋을 것이다.

뿐만 아니라 고전주의자들은 특수성보다는 보편성, 구체성보다는 일반성을 한결 더 높이 여겼다. 그들은 인간이라면 누구나 다 공통적으로 가지고 있는 보편적인 경험, 생각, 감정 그리고 취향에 깊은 관심을 보였다. 이러한 특성을 지적하기 위하여 이론가들은 "진정한 위트란 사람들이 자주 생각하였지만 그렇게 훌륭하게 표현하지 못한 것"이라는 포우프의 말을 자주 입에 올리곤 한다. 바꾸어 말해서 문학의 궁극적인 목표는 가장 보편적이고 일반적인 인간의 지혜를 새롭게 표현하는 데에 있다는 것이다. "시인의 임무는 개체 대신에 종류를 알아보는 것이며, 일반적 성질과 거시적 현상에 주목하는 것이다. 시인은 튤립의 줄무늬 수를 세거나 푸른 숲의 색깔이 지닌 미세한 차이를 묘사하지 않는다"라는 새뮤얼 존슨의 말 또한 이와 같은 맥락에서 이해할 수 있다. 한 마디로 모든 사람들이 함께 지니고 있는 덕성이야말로 고전주의 문학이 추구하는 예술의 원천이요 시금석이다.

또한 고전주의자들은 어느 누구보다도 인간성의 한계를 깊이 깨닫고 있었다. 인간의 이해력이란 무한성을 탐구할 만큼 그렇게 뛰어나지 못하다고 생각하였다. 『인간 오성론』에서 영국의 경험주의 철학자 존 로크는 이 책을 쓴 동기와 관련하여 "이 지상에서 인간의 임무는 모든 것을 다 아는 데에 있지 않고 우리의 행위와 관련한 것들을 아는 데에 있다"라고 말한 적이 있다. 이렇듯 그는 인간의 능력을 지나치게 믿으려는 사람들에게 경종을 울린다. 이 무렵 철학자들은 이른바 '존재의 쇠사슬', 곧 우주 질서 안에서 인간이 놓여 있는 위치를 따르려고 하였다. 고전주의자들은 이 무렵의 철학자들과 마찬가지로 자연의 질서나 계급 조직을 넘어서려는 인간의 자만심을 아주 못마땅하게 생각하였다. 인간의 능력과 한계를 잘 알고 있는 그들은 삶에서와 마찬가지로 예술에 있어서도 분수를 지키려고 하였던 것이다.

형식과 스타일 면에서도 고전주의자들은 장식과 실험을 피하고 좀더 쉽고 직접적인 언어를 쓰려고 하였다. 그들은 표현에 있어 무엇보다도 명확성, 간결성 그리고 직접성을 생명으로 삼았다. 문학의 교훈적 기능을 중시한 고전주의자들이고 보면 이러한 기능을 효과적으로 이룩하기 위하여서라도 명료성과 간결성을 높이 여긴 것은 당연한 일처럼 보인다. 아무리 훌륭한 교훈이라고 하더라도 그 표현이 까다롭고 어렵다면 독자들에게 그 내용이 제대로 전달될 수 없을 것이다.

그러나 고전주의는 지나치다 싶을 만큼 이성과 합리성을 강조한 나머지 적지 않은 부작용과 역기능을 가져오기도 하였다. 이성의 힘을 지나치게 믿다 보면 어쩔 수 없이 작가의 상상력을 제한하지 않을 수 없게 마련이다. 실제로 고전주의자들은 상상력에 대하여 별다른 가치를 두지 않았을 뿐더러 그것을 적절히 억제하지 않으면 안 된다고 말하기에 이르렀다. 가령 영국 고전주의에서 크게 활약한 존 드라이든은 시에서처럼 희곡 작품에서도 각운(脚韻)을 달아야 한다고 주장하였다. 그런데 그가 이렇게 희곡 작품에까지 각운을 달 것을 제안한 것은 바로 작가들의 상상력에 재갈을 물리기 위하여서였다. 그는 "각운이 지니는 가장 중요한 이점은 상상력을 제한한다는 것이다. 시인의 상상력은 통제받지 않은 무법의 기능이기 때문에 마치 여기저기 돌아다니는 사냥개에게 장애물을 매달아 놓듯이 시인의 발목에도 장애물을 매달아 놓아야만 한다. 그렇지 않으면 상상력은 너무 걷잡을 수 없이 시인을 훨씬 앞질러 달리게 될 것"이라고 말하고 있다.

그런데 문제는 이렇게 상상력을 제어하여야 한다는 생각은 비단 드라이든 한 사람에게만 그치지지 않았다는 데에 있다. 이 무렵 이러한 생각을 가진 사람들은 쉽게 찾아볼 수 있다. 드라이든과 같은 시대에 활약한 작가 포우프는 그의 『비평론』에서 작가의 문학적 재능, 곧 상상력이 이성의 판단에 따라 적절히 통제받아야 한다고 말한다. "시신(詩神)의 용마(龍馬)는 박차를 가하는 것보다 올바로 인도하는 것이 옳으며 / 그 속력을 재촉하는 것보다 그 사나움을 억제하는 것이 더 좋다"고 그는 말한다. 한 마디로 그는 시적 능력과 이성적 판단은 금슬 좋은 부부처럼 서로 조화와 균형을 이루어야 한다는 것이다.

그리하여 18세기 말엽부터 영국과 독일을 중심으로 고전주의에 대한 비판이 일기 시작하였다. 이 비판 운동에 가장 앞장 선 사람들이 바로 낭만주의자들이었다. 그들은 고전주의자들의 태도를 거의 모두 거부한 채 그것과는 전혀 다른 새로운 문학 전통을 세우려고 하였다. 낭만주의가 프랑스 대혁명과 깊은 연관이 있는 것은 결코 우연한 일이 아니다. 프랑스 혁명이 절대 왕권을 무너뜨린 시민 혁명이듯이 낭만주의는 고전주의 문학 전통을 무너뜨린 문학 혁명과 크게 다름없다.

우리나라에는 딱부러지게 고전주의라고 부를 만한 문학 전통이나 사조가 없는 듯하다. 군이 고전주의라고 한다면 조선조 유학자들의 문학을 염두에 둘 수 있을 것 같다. 문학을 도(道)를 싣는 그릇으로 파악한 중국의 이른바 문이재도설(文以載道說)을 거의 그대로 받아들인 유학자들은 문학에서 중용을 가장 큰 미덕으로 여겼다. 세상을 다스리고 성정(性情)을 순화시킨다는 것을 문학의 목표로 삼은 그들이고 보면 문학에서 무엇보다도 이성과 절제, 균형과 조화를 높이 여긴 것은 지극히 당연한 노릇이라고 할 것이다.

근대 문학에 이르러 1910년대를 전후하여 문단을 휩쓴 계몽주의 문학을 고전주의의 한 갈래로 보아도 크게 틀리지 않을 것 같다. 이 가운데에서도 특히 춘원 이광수는 눈여겨볼 만하다. 그의 기독교적 휴머니즘은 여러 면에서 서구 고전주의자들의 태도와 많이 닮아 있기 때문이다. 「붓 한 자루」라는 시는 문학을 교훈적 도구로 삼으려는 그의 문학관을 비교적 잘 보여 준다.

붓 한 자루
나와 일생을 같이 하란다

무거운 은혜
인생에서 얻은 갓가지 은혜

언제나 갚으리
무엇해서 갚으리 망연해도

쓰린 가슴을
부둠고 가는 나그네 무리
쉬어나 가게
내 하는 이야기를 듣고나 가게

붓 한 자루야
우리는 이야기나 써 볼까이나

　이 작품에서 이광수가 독자들에게 말하려고 있는 바는 비교적 분명하다. "펜은 칼보다 강하다"는 서양 격언도 있지만 칼이 무력이나 힘을 상징하듯이 펜이나 붓은 흔히 문필, 더 나아가서는 문학을 상징한다. 이 작품에서 화자가 일생을 같이 할 벗이 하나 있다면 그것은 다름아닌 붓 한 자루이다. 더구나 그는 그동안 여러 사람한테서 입은 '갖가지 은혜'를 이 붓 한 자루로써 갚으려고 한다. 즉 문학을 통하여 그는 사회에 진 빚을 갚으려는 것이다.

　이제는 낡은 비유가 되어 버렸지만 많은 시인들은 흔히 삶을 나그네 길에 견주곤 하였다. 인간의 삶이란 집안에서 안식을 얻기보다는 집밖에서 나그네처럼 떠돌아다닐 때가 많고, 이 나그네 길은 피로와 번민으로 얼룩져 있다는 것이다. 바로 이렇게 삶에 지친 나그네들에게 이 시의 화자는 사막의 오아시스와 같은 휴식처를 마련해 주고 싶다고 말한다. 화자의 이러한 태도는 "쓰린 가슴을 / 부둠고 가는 나그네 무리 / 쉬어나 가게 / 내 하는 이야기를 듣고나 가게"라는 셋째 연에서 잘 드러나 있다. 그런데 그가 말하는 안식처란 다름아닌 문학이다. 낙타를 타고 사막을 여행하는 대상들에게 오아시스가 더할 나위 없이 소중한 휴식처가 되듯이, 피로와 번민에 괴로워 하고 삶에 지친 영혼들에게 문학은 더할 나위 없이 귀중한 안식처가 될 것이다. 이렇게 이광수는 『무정』·『흙』·『사랑』과 같은 소설 작품은 물론이고 시까지도 독자들을 계몽하는 수단이나 도구로 삼으려고 하였던 것이다.

고전주의자답게 이광수는 이 시의 내용뿐만 아니라 그 형식에 있어서도 균형과 조화를 찾으려고 한다. 언뜻 보면 이 시는 자유시와 같지만 좀더 찬찬히 뜯어보면 비교적 정형시에 가깝다. 이 작품에서는 3·2조나 2·3조의 운율이 지배적으로 나타난다. 한 행이 짧으면 그 다음 행이 긴 것도 눈길을 끈다. 더구나 첫째 연과 마지막 연이 두 행만으로 되어 있고, 그 사이에 끼여 있는 둘째 연과 셋째 연은 네 행으로 되어 있는 것도 예사롭지가 않다.

1920년대에 걸쳐 외국 사조의 기류를 타고 우리나라에서도 한때 유미주의 또는 탐미주의라는 사조가 유행한 적이 있다. 시에서는 황석우 같은 시인들이, 소설에서는 이효석 같은 작가들이 바로 이 운동에서 활약하였다. 특히 유미주의 전통에서 소설을 쓰는 작가들은 작품에서 흔히 삶의 낙오자들이나 성격 파탄자를 작중인물로 삼기 일쑤였다. 그런데 이 유미주의에 대하여 이광수가 보인 반응은 무척 흥미롭다. 「문사와 수양」이라는 글에서 그는 이러한 퇴폐적인 인물들 가지고는 작가가 민중을 계몽하고 사회를 개선하는 일에 앞장설 수 없다고 밝힌다. 고전주의자임을 염두에 두면 그가 보인 이러한 반응은 어쩌면 당연한 것처럼 보인다.

낭만주의

낭만주의는 고전주의보다도 그 특성을 규정짓기가 훨씬 어렵다. 한 세기 반에 걸쳐 일어난 고전주의와 비교하여 낭만주의는 기껏하여야 반 세기 정도밖에는 지속되지 않았음에도 그것이 차지하는 스펙트럼은 고전주의보다 한결 더 넓다. 한 연구가에 따르면 지금까지 낭만주의에 관하여 내린 정의가 무려 150개나 된다고 한다. 그리하여 A. O. 러브조이와 같은 지성사가들은 '낭만주의들'이라고 복수형으로 쓰거나 아예 이 용어를 쓰지 않는 편이 더 옳다고 말하기에 이르렀다.

낭만주의는 무엇보다도 고전주의의 이성과 합리성에 정면으로 맞서는 데에서 그 특성을 찾을 수 있다. 낭만주의자들은 이성보다는 오히려 인간의 감정을 훨씬 더 중요하게 생각하였다. 그들의 관점에서 인간은 누구나 다 이 세상에 감정을 가지고 태어나기 때문에 감정은 이성보다 한결 더 원초적이고 보편적이다. 흔히 영국 낭만주의의 선언문으로 일컫는 『서정 시집』에서 윌리엄 워즈워스는 "시란 강력한 감정의 자연스러운 분출"이라고 정의내린다. 이 말에서 낭만주의의 가장 핵심적인 태도를 읽을 수 있다. 훌륭한 시는 이성에서 비롯하는 것이 아니라 어디까지나 감정에서 비롯한다는 것이다. 그렇다면 시는 인간의 행동을 비추어 내는 거울이 아니라 오히려 시인의 감정을 밝히는 등불 같은 역할을 한다고 할 수 있을 것이다.

이렇듯 인간의 감정과 감수성을 소중하게 여기는 낭만주의는 대략 일곱 가지 관점에서 그 특성을 간추려 볼 수 있다. 먼저 낭만주의자들은 인간의 자아와 개성을 중시한다. 고전주의자들이 보편적인 인간성에 주목하였다면, 낭만주의자들은 오히려 인간의 개별적 특성에 큰 관심을 갖는다. 그것은 낭만주의 시인들의 작품에 시인 자신이 직접 등장하는 경우가 많다는 사실에서도 훌륭히 입증된다. 찰스 램이나 윌리엄 해즐리트 또는 토머스 드 퀸시와 같은 낭만주의 산문 작가들의 경우에도 사정은 크게 달라지지 않는다. 바로 이러한 점에서도 낭만주의자들은 고전주의작가들과는 크게 다르다.

더구나 고전주의자들이 사회적 동물로서의 인간에 깊은 관심을 보인 반면, 낭만주의자들은 사회에서 벗어나거나 따돌림받는 개인에 깊은 관심을 기울인다. 고전주의 문학에서라면 마땅히 억제하여야 할 개성, 자아의 추구, 자유분방함이 낭만주의 문학에서는 오히려 큰 미덕으로 존중받는다. 낭만주의 작품에 등장하는 인물들은 조직 사회의 한 구성원이라기보다는 오히려 고독한 인간, 사회적 부적응자, 외로운 반역자나 국외자가 대부분이다. 많은 낭만주의자들이 그들의 작품에서 프로메테우스, 카인, 방랑하는 유태인, 사탄 등을 가장 전형적인 인물 유형으로 다루는 것도 바로 그 때문이다.

뿐만 아니라 낭만주의자들은 예술의 창작 행위를 자발적인 것으로 보려고 한다. 시를 '감정의 자연스러운 분출'로 본 워즈워스의 말처럼 샘물이 땅 속에서 솟아나 흘러 넘치듯이 시도 인간의 감정에서 자연스럽게 흘러 넘치는 것으로 생각하였다. 이러한 시 창작 과정을 지나치게 자연적으로 생각하였는지 워즈워스는 다시 시를 '침잠 가운데 회상한 감정'으로 고쳐 생각하기도 하였다. 그러나 자연스러운 감정의 분출로 보든 아니면 깊은 자기 침잠의 결과로 보든 시는 한결같이 개인의 감정에서 자발적으로 우러나온 것임에는 틀림없다.

낭만주의자들의 이러한 태도는 문학 창작을 끊임없는 기술 연마 과정으로 본 고전주의자들의 그것과는 상당한 거리가 있다. 시가 자연스럽게 되기 위하여서는 무엇보다도 먼저 문학적 규범이나 관습에서 벗어나지 않으면 안 된다. 이 점과 관련하여 존 키츠는 "만약 시를 마치 나무에 잎이 피어나듯이 그렇게 자연스럽게 쓰지 않는다면, 그러한 시는 차라리 쓰지 않는 편이 더 나을 것"이라고 말한 적이 있다. 시를 유기체로 보려는 새뮤얼 코울리지도 시란 자라나는 식물처럼 그 자체의 내적 법칙에 따라 유기적 형체로 발전한다고 말하였다.

또한 낭만주의자들은 고전주의의 전통주의나 보수주의를 거부하고 혁신적인 태도를 취하였다. 이러한 혁신주의는 문학의 소재, 주제, 형식 그리고 스타일에서 가장 뚜렷하게 드러난다. 코울리지와 함께 펴낸 『서정 시집』 제2판의 서문에서 워즈워스는 가히 혁명적이라고 할 수 있는 태도를 보인다. 이 글에서 그는 고전주의의 시적 어법을 완전히 거부한 채 일상적 경험에서 문학의 소재를 빌려 올 뿐만 아니라 평범한 사람들이 쓰는 소박한 일상어를 시어로 쓸 것을 제안한다. 그리고 이러한 현상은 시에 그치지 않고 비극과 같은 진지한 문학 장르에서도 얼마든지 일어날 수 있다고 말한다. 이렇게 신분이 낮은 사람들의 일상적 삶을 평범한 일상어로 표현하여야 한다는 워즈워스의 주장은 고전주의자들이 그토록 소중하게 여긴 적합성의 기본 원칙을 완전히 깨뜨리는 것이다.

이성과 합리성을 뛰어넘는 경험을 다룬다는 점에서도 낭만주의는 고전주의와는 크게 다르다. 코울리지와 키츠와 같은 낭만주의자들은 자연적인 것보다는 초자연적인 것, 친근한 것보다는 낯설고 이국적인 것을 즐겨 다루었다. 시간적으로는 중세와 같은 과거의 경험, 공간적으로는 영국이 아닌 다른 나라의 풍경을 시의 중요한 소재로 삼았다. 또한 그들은 주어진 현상 세계에 만족하지 않고 초월적 경험을 끊임없이 찾기도 하였다. "나는 항상 내 눈으로 보는 것에서 현재와 실체적 대상을 벗어난 다른 어떤 것의 모습을 찾고자 한다"라는 퍼시 비쉬 셸리의 말은 이 점을 잘 보여 준다. 이러한 태도는 임마누엘 칸트와 같은 독일의 관념 철학자들한테서 영향을 받은 바 자못 크다 할 것이다. 관념 철학자들과 마찬가지로 낭만주의자들은 상상력을 예술의 원동력으로 삼을 뿐더러 이성과 합리성을 무찌르는 무기로 삼았던 것이다. 관념 철학자들에게 있어서나 낭만주의자들에게 있어서 현상 세계란 상상력으로 직관할 수 있는 세계, 곧 초월적 세계의 상징에 지나지 않는다. 그러므로 낭만주의자들은 세계를 깨닫는 인식 방법인 동시에 예술을 창조하는 원동력인 상상력을 거룩한 종교의 반열에 올려 놓기에 이르렀던 것이다.

마찬가지로 낭만주의자들은 문학가들에게도 큰 위치를 부여하였다. 셸리는 시인을 '공인받지 않은 법률 제정자'로 보았고, 윌리엄 블레이크는 선지자나 예언자로 보았다. 이렇게 시인을 단순히 글 쓰는 사람 이상으로 높이 생각한 것은 셸리나 블레이크에 그치지 않고 워즈워스를 비롯한 다른 낭만주의 시인들한테서도 마찬가지로 엿볼 수 있다. 그렇다면 문학가들은 특별한 사람이나 거룩한 신적 존재와 크게 다름없다.

더구나 낭만주의자들은 자연에 깊은 관심을 보인다. 대자연의 경치는 낭만주의 시인들이 즐겨 쓰는 시의 소재이다. 그 이전의 작가들과는 다르게 그들은 자연의 여러 모습을 아주 감각적으로 그리고 정확하게 묘사하려고 애쓴다. 그런데 여기에서 한 가지 눈여겨볼 것은 자연은 낭만주의 시인들에게 단순한 외부 풍경 이상의 큰 의미를 지닌다는 점이다. 그들에 있어 자연의 묘사는 그 자체로서는 별다른 의미를 지니지 않는다. 외부 자연은 어디까지나 시인이 내면 성찰을 하기 위한 자극에 지나지 않기 때문이다. 낭만주의 시인들의 작품들은 자기 침잠에서 우러나온 삶에 대한 관조와 명상이 거의 대부분을 차지하고 있다. 이 점과 관련하여 워즈워스는 "내가 머무는 곳, 나의 시가 사는 곳은 바로 인간의 정신"이라고 말한 적이 있다. 다같이 자연에 깊은 관심을 기울이고 있으면서도 바로 이 점에서 낭만주의자들은 자연주의자들과는 크게 다르다. 자연주의자들에게 자연은 한낱 적의를 드러내거나 기껏하여야 무관심하지만, 낭만주의자들에게 자연은 어머니의 품속처럼 따뜻하고 포근한 느낌을 준다. 가령 같은 무지개라도 낭만주의 시인에게는 꿈과 추억을 떠올리게 해 주지만 자연주의자들에게는 햇빛에 반사된 물방울에 지나지 않는다.

마지막으로 낭만주의자들은 미래에 대한 확고한 믿음이 있었다. 다분히 관념적이고 이상주의적 태도를 취하는 그들은 미래에 대한 무한한 가능성을 믿었다. 인간에게는 선을 이룩할 수 있는 무한한 잠재력이 있다는 것이다. 비록 이러한 이상을 실천할 수 없다고 하더라도 그러한 이상을 가지고 있는 것만으로서도 충분하다고 생각하였다. 이러한 태도는 초기 낭만주의자들한테서 훨씬 두드러지게 드러난다. 워즈워스는 『서곡』에서 "우리의 운명, 우리 존재의 마음과 고향은 무한성, 오직 무한성에만 있다"라고 노래하였다. "오직 완전성만이 인간을 만족시킬 수 있다"라고 노래한 것은 윌리엄 블레이크였다. 이러한 점에서 보면 낭만주의 문학 운동은 프랑스 대혁명에서 힘입은 바 무척 크다고 할 것이다. 이 무렵 절대 왕권을 무너뜨린 프랑스 사람들은 그들이 살고 있는 18세기 말엽이야말로 새로운 역사를 여는 위대한 시대로 보았다. 그러나 인간의 한계를 깨닫고 있는 고전주의자들은 이러한 믿음을 한낱 부질없는 자만심으로밖에는 보지 않았을 것이다.

우리나라의 근대 문학에서도 낭만주의 경향을 쉽게 찾아볼 수 있다. 1920년대 초엽 활약한 『폐허』와 『백조』 동인들은 여러 면에서 낭만주의적 성향을 뚜렷이 보여 준다. 적지 않은 문학사들은 이상화의 「말세의 회한」이나 「나의 침실로」를 한국 낭만주의를 대표하는 작품으로 손꼽는다. 그러나 이 작품들은 초기 단계나 중기 단계의 낭만주의보다는 오히려 마지막 단계의 낭만주의 특성을 보여 준다. 이 두 시에서는 지나치게 퇴폐적이고 절망적이며 허무주의적인 색채가 짙게 풍기기 때문이다. 좀더 순수한 형태의 낭만주의는 오히려 백조파 시인 가운데 한 사람인 노자영의 시에서 찾는 것이 좋을 것 같다. 내용면에서나 형식 면에서나 「불 사르자」는 낭만주의적 특성을 비교적 잘 보여 주는 작품이다. 그의 첫시집 『내 혼이 불탈 때는』에 실려 있는 이 작품은 이 시집에 실린 다른 작품과 마찬가지로 불의 이미지에 크게 기대고 있다.

아, 빨간 불을 던지라, 나의 몸 위에
그리하여 모두 태워 버리자
나의 피, 나의 뼈, 나의 살!
'전적'(全的) 자아를 모두 태워버리자!

아, 강한 불을 던지라, 나의 몸 위에
그리하여 모두 태워 버리자
나의 몸에 붙어 있는 모든 애착, 모든 인습
그리고 모든 설움 모든 아픔을
'전적' 자아를 모두 태워 버리자

아, 횃불을 던지라, 나의 몸 위에
그리하여 모두 태워 버리자
나의 몸에 숨겨져 있는 모든 거짓, 모든 가면을

오, 그러면 나는 불이 되리라
타오르는 불꽃이 되리라
그리하여 불로 만든 새로운 자아에 살아 보리라

불 타는 불, 나는 영원히 불나라에 살겠다
모든 것을 사르고, 모든 것을 녹이는 불나라에 살겠다

이 작품에서는 고전주의자들이 높이 여기는 이성이나 합리성에 뿌리를 둔 균형과 조화 그리고 절제를 찾아보기 어렵다. 이 시에서 시인은 자연을 흉내내는 것보다는 오히려 화자의 감정을 자유롭게 표현하려고 한다. 무엇보다도 이 시의 화자부터가 여간 예사롭지 않다. 보통 사람 같으면 자신의 몸 위에 활활 불타는 횃불을 던지라고 할 리 만무하다. 그런데 그가 자신에게 불을 던지라고 말하는 것은 단순히 육신을 불태워 버리기 위하여서가 아니다. 그것보다는 오히려 육체 안에 깃든 모든 번민과 인습 그리고 위선 따위를 불태워 버리려는 것이다. 첫째 연과 둘째 연에서 두 번씩이나 되풀이하듯이 그것은 바로 '전적' 자아를 불태우려는 것이다. 그리고 화자가 이렇게 전적 자아를 불태우려고 하는 것은 '새로운 자아'를 탄생시키기 위해서이다. 타고난 잿더미를 헤치고 날개를 펴는 이집트 신화의 그 불사조처럼 이 '새로운 자아'는 '전적 자아'가 불타고 남은 잿더미에서 새롭게 태어난다. 여기에서 '새로운 자아'란 곧 사회의 기성 인습과 전통에 얽매이지 않고 자연스럽게 개성을 표현하는 참다운 자아를 말한다. 그 자아를 다른 말로 바꾸어 말하면 낭만주의자들이 그토록 간절히 바라마지 않는 창조적 자아이다.

이 시에서 화자가 '불'이나 '불꽃' 또는 '횃불'이라는 말을 무려 열 번, '타오른다'는 말을 모두 다섯 번에 걸쳐 되풀이한다는 점을 눈여겨볼 필요가 있다. 이 시를 읽고 있노라면 마치 불꽃이 활활 타오르는 모습을 눈앞에 선히 보는 듯하다. 어떤 독자들은 그 암울한 1980년대 시절 군부 독재에 맞서 몇몇 젊은이들이 분신 자살한 장면을 떠올릴지도 모른다. 어찌되었든 여기에서 '모든 것을 사르고, 모든 것을 녹이는' 불은 곧 몇몇 낭만주의 시인들이 신비스런 종교의 단계로까지 올려 놓은 시적 상상력을 뜻한다. 이러한 시적 상상력을 통하여 낭만주의 시인들은 일상적 경험을 좀더 높은 종교적 차원으로 승화시키려고 한다.

마지막 연에 이르러서 화자는 자신의 몸을 불 태우는 것에 만족하지 않고 찬연히 타오르는 불꽃이 되겠노라고 말한다. 타오르는 불꽃이 되어 "영원히 불나라에 살겠다"고 밝히기도 한다. 여기에서 불나라는 자아가 참다운 삶을 살 수 있는 곳, 모든 시간이 멈춘 영원불변의 세계일 것이다. 질퍽한 일상성의 대지를 훌쩍 뛰어넘는 영적인 삶, 그리고 세월의 풍화작용에도 아랑곳하지 않는 영원한 진리가 살아 숨쉬는 곳, 이곳이야말로 바로 낭만주의자들이 꿈꾸는 초월적 이상 세계이다.

형식 면에서 보아도 이 시는 낭만주의적 색채가 아주 짙다. 화자는 자신의 감정을 아주 자유롭게 표현한다. 앞에서 예로 든 이광수의 「붓 한 자루」와 비교해 보면 노자영의 시가 감정을 얼마나 자유롭게 표현하는지 쉽게 알 수 있다. 화자는 감정이 조금 헤프다 싶을 만큼 '아'나 '오'와 같은 감탄사를 무려 네 번에 걸쳐 쓴다. '태워 버리자'에서처럼 권유형을 즐겨 쓰는가 하면, '되리라'나 '살겠다'에서는 화자의 강한 의도를 내비치기도 한다. 이밖에도 시행 처음이나 중간에서는 중간 휴식을 자주 두는 반면, 한 시행이 끝나고 새로운 시행이 넘어가는 곳에서는 거꾸로 좀처럼 휴식을 두지 않는다. 적게는 두세 행, 많게는 네 행 동안이나 호흡을 꾹 참고 있다가 한 연이 모두 끝나는 곳에 이르러서야 비로소 긴 호흡을 풀어 놓는다. 이 시를 눈으로 읽지 말고 입으로 소리를 내어 읽어 보면 이 시 곳곳에서 자유로운 감정이 샘물처럼 흘러넘치는 것을 쉽게 느낄 수 있다.

리얼리즘

낭만주의가 고전주의에 대한 비판과 그 대안으로 생겨났다면, 리얼리즘은 바로 낭만주의에 대한 비판과 그 반작용으로 생겨났다. 19세기 중엽에 본격적으로 그 모습을 드러내어 20세기 초엽까지 이어진 리얼리즘은 낭만주의 이전에 휩쓴 고전주의와 비슷한 데가 많다. 실제로 리얼리즘은 고전주의의 태도에서 많은 부분을 그대로 받아들여 그것을 좀더 극단적 모습으로 발전시킨다. 다시 말해서 리얼리즘은 낭만주의의 표현 이론보다는 오히려 고전주의의 모방 이론과 훨씬 깊이 연관되어 있다. 그러므로 어떤 의미에서 리얼리즘은 낭만주의를 거부하고 다시 그 이전에 풍미한 고전주의의 정신을 되찾으려는 노력으로 보아도 크게 틀리지 않을 것 같다.

리얼리즘이 시작한 19세기 중엽으로 말하면 그 어느 때보다도 과학주의가 널리 퍼져 있었다. 여기에서 과학주의란 과학 그 자체보다는 과학에 대한 믿음, 곧 과학적 지식만이 인간이 부딪힌 여러 문제를 해결할 수 있다고 보는 견해를 말한다. 철학에 있어서도 이 무렵은 형이상학적 관념론을 비판하는 반(反)칸트적이고 반(反)헤겔적인 철학이 그 주류를 이룬 때였다. 피에르-조제프 푸르동의 진보주의 철학과 함께 오귀스트 콩트의 실증주의, 칼 마르크스와 프리드리히 엥겔스의 변증법적 유물론은 이 무렵 폭풍처럼 서구를 휩쓸어 버린 이론이라고 할 수 있다. 리얼리즘은 바로 이러한 지적 풍토에서 태어났다.

몇몇 이론가들이 말하듯이 리얼리즘은 한 마디로 "19세기 중엽에 걸쳐 비현실적이라고 생각되었던 여러 현상에 대한 반발"에서 생겨났다. 여기에서 '비현실적'인 현상이라는 것은 두말 할 나위 없이 이 무렵 서구를 휩쓴 낭만주의 문학을 가리킨다. 형이상학적 관념론에 굳건히 뿌리를 박고 있는 낭만주의 문학은 워즈워스의 이론과는 달리 구체적이고 일상적인 삶과는 거리가 먼 다분히 허무맹랑한 경험을 다루었다. 리얼리즘 작가들은 이러한 낭만주의자들의 문학을 두고 '아름다운 거짓말'이라고 불렀다. 낭만주의 문학은 겉으로는 비록 아름답게 보일지 모르지만 실제로는 현실과는 동떨어진 허무맹랑한 것에 지나지 않는다는 것이다.

리얼리즘에 대한 정의는 낭만주의에 못지않게 수없이 많다. 그러나 리얼리즘은 현실의 모방이나 재현으로 보는 데에는 대체로 의견이 일치하는 듯하다. 가령 프랑스에서 처음으로 리얼리즘 문학 이론을 세운 에드몽 뒤랑티는 일찍이 "리얼리즘이란 사회적 환경과 당대 세계를 있는 그대로 완전하게 그리고 성실하게 재현시키려고 한다"라고 밝힌다. 미국의 문학 이론가 르네 웰렉은 리얼리즘을 짧막하게 "당대 현실의 객관적 묘사"라고 규정짓는다. 간략하나마 이 두 정의에는 그런 대로 리얼리즘이 내세우는 기본 주장이 거의 모두 다 들어 있는 셈이다. 여기에 부수적인 원칙 몇 가지만 더 덧붙인다면 리얼리즘에 대한 정의는 그런대로 만족스러울 것 같다.

리얼리즘은 무엇보다도 먼저 그 소재를 당대의 현실에서 즐겨 다룬다. '지금 그리고 여기에'라는 표어를 내걸고 오직 현존해 있는 삶의 모습에 깊은 관심을 보인다. 리얼리즘에서는 당대의 경험에서 벗어난 경험은 별로 큰 의미를 지니지 못한다. 설령 어느 한 작가가 다루는 삶의 경험이 당대가 아닌 과거의 것이라고 하더라도 적어도 그것은 당대의 삶과 밀접하게 연관되어 있지 않으면 안 된다. 바로 이 점에서 리얼리즘은 낭만주의와 크게 다르다. 앞에서 말하였듯이 낭만주의자들은 당대의 경험보다는 과거의 경험을, 친근한 주변의 경험보다는 이국적인 경험에 훨씬 더 큰 관심을 가지고 있던 것이다. 프랑스 리얼리즘에 기틀을 마련해 준 페르낭 데누아예는 "우리는 지금까지 늘 그리스 사람, 라틴 사람, 영국 사람, 독일 사람, 또는 스페인 사람처럼 행세해 왔다. 비록 보기 흉하게 생겼을망정 왜 우리는 우리 자신이 되려고 하지 않는가? 이제부터라도 오직 이 세상에 실제로 존재해 있는 것, 아니면 적어도 눈으로 보고 알 수 있으며 경험할 수 있는 것만을 글로 쓰고 그림으로 그리도록 하자"라고 말한다.

리얼리즘이 당대의 사회적 현실에 관심을 갖는다면 그것은 또한 삶의 일상적 경험에 깊은 관심을 기울인다. 데누아예의 말처럼 리얼리즘 작가들은 흔히 주위에서 쉽게 볼 수 있는 구체적이고 일상적 경험에서 작품의 소재를 얻는다. 예를 들어 미국 리얼리즘 전통을 세우는 데에 앞장 선 윌리엄 딘 하우얼스는 "소설은 이제 더 이상 삶에 대하여 거짓말을 하지 마라. 소설은 남녀노소를 있는 그대로, 우리 모두가 알 수 있는 범위 안에서 동기와 정열에 따라 행동하는 모습 그대로 묘사하도록 하라"고 말한다.

이렇게 당대의 사회적 현실을 그리거나 흉내내려고 하는 리얼리즘은 그 방법이나 기법에서 객관성을 아주 높이 여긴다. 정확한 관찰과 과학적 엄밀성에 뿌리를 두고 리얼리즘은 우주나 자연 또는 삶의 모습을 될 수 있으면 '있는 그대로' 객관적으로 그리려고 한다. 리얼리즘과 관련한 책을 읽다 보면 '모방'이나 '재현' 또는 '반영'이라는 말을 마치 약방의 감초처럼 자주 만나게 된다. 리얼리즘 이론에 거울의 비유가 자주 나오는 것도 바로 그 때문이다. 그런데 이 표현들은 한결같이 작가들이 삶의 모습을 마치 사물을 거울에 비추듯이 객관적으로 그릴 것을 주장한다. 러시아 리얼리즘의 이론가 비사리온 벨린스키는 "우리는 삶의 이상을 요구하는 것이 아니라 있는 그대로의 삶의 모습을 요구할 따름이다. 아름다운 것이건 추한 것이건 우리는 그것을 꾸미고 싶어하지 않는다"라고 말한다. 다시 말해서 아름다운 것이건 추한 것이건 그것이 객관적이고 진실된 것이라면 어느 쪽이나 다 훌륭하다는 것이다. 오노레 드 발자크가 연작 장편소설 '인간 희극'을 쓰면서 스스로를 소설가보다는 '비서'나 '과학적 역사가' 또는 '인간 박물학자' 등으로 여긴 것도 이러한 맥락에서 이해할 수 있을 것 같다.

더구나 리얼리즘은 고전주의와 마찬가지로 공리적이고 실용적 기능을 소중히 여긴다. 모든 문학 전통이나 사조 가운데에서도 아마 리얼리즘만큼 이데올로기를 드러내 놓고 말하는 전통이나 사조도 찾아보기 드물 것이다. 리얼리즘 문학은 특정한 이데올로기를 전달하는 공리적 · 실용적 기능을 떠나서는 결코 생각할 수 없다. 이러한 태도는 바로 고전주의자들이 말하는 교훈적 기능을 극단적으로 밀고 나간 결과라고 할 수 있다. 리얼리즘 계열의 작품에서는 형식보다는 내용이 훨씬 큰 대접을 받는다. 이렇게 내용에 관심을 가지다 보면 작품을 읽는 독자들은 한낱 상품을 소비하는 소비자에 지나지 않는다. 롤랑 바르트와 같은 몇몇 사람들이 리얼리즘 문학 작품을 '읽을 수 있는 텍스트'나 '갇혀진 텍스트'로 보는 것은 바로 이러한 까닭에서이다.

19세기 중엽에 걸쳐 유럽을 크게 휩쓴 부르주아 리얼리즘은 무엇보다도 도덕적·윤리적 이데올로기를 강조하였다. 작가들에게 가장 중요한 목표는 독자들에게 도덕적 이데올로기나 윤리적 이데올로기를 전달하는 것이었다. 쉽게 말하면 문학은 도덕 교과서나 윤리 교과서로서의 구실을 맡아야 한다는 것이다. 옥스퍼드대학에 영문학과가 신설되면서 처음 그 강의를 맡은 조지 고든은 이러한 문학관을 펼친 가장 대표적인 사람 가운데 하나일 것이다. 이 무렵 영국이 놓여 있는 상황을 개선시키는 데에 문학이 앞장 서야 한다고 말하였던 것이다. "영국은 지금 병에 걸려 있다. ……그런데 영국 문학이 바로 이 병든 영국을 치료하지 않으면 안 된다. 교회는 실패하였으며 사회적 치유는 그 속도가 느리기 때문에 영국 문학이 이제 이 세 가지 기능을 대신 떠맡아야 한다. 즉 옛날처럼 여전히 우리를 즐겁게 하고 우리를 교화시키는 기능을 맡아야 할 뿐더러, 무엇보다도 우리의 영혼을 구제하고 국가를 치유하는 기능을 맡아야 한다"라고 말한 것은 너무 유명하다.

리얼리즘은 이렇게 도덕적·윤리적 이데올로기를 역설할 뿐만 아니라 또한 사회적·정치적 기능을 주장하기도 한다. 이러한 태도는 19세기 말엽의 비판적 리얼리즘에서 그 모습이 훨씬 뚜렷하게 드러난다. 이 무렵 몇몇 리얼리즘 작가들은 중산층의 삶을 비판하는 것으로 그치지 않았다. 19세기 말엽에 이르러 자본주의가 여러 가지 모순과 병폐를 드러내기 시작하면서 자본가와 노동가의 대립, 열악한 근무 조건 따위로 폭동이 심심치 않게 일어났다. 그리하여 사회 의식이 강한 리얼리즘 작가들은 이러한 자본주의 사회의 모순과 병폐를 비판하는 작품을 썼다. 이 유형의 리얼리즘에 늘 '비판적'이라는 꼬리표가 붙어다니는 것은 바로 그 때문이다. 미국의 자본주의 사회를 통렬하게 비판한 윌리엄 딘 하우얼스는 비판적 리얼리즘을 대표하는 작가 가운데 한 사람으로 손꼽힌다.

비판적 리얼리즘과 관련하여 흔히 '러시아의 양심'이나 '세계의 양심', 심지어는 '인류의 양심'이라고 부르는 레오 톨스토이의 이론을 잠깐 눈여겨볼 필요가 있다. 하우얼스가 자본주의의 모순과 병폐를 비판하였다면 그는 자본주의 사회의 문학과 예술을 신랄히 비판하였다. 자본주의 시대에서 문학과 예술은 한결같이 노동자의 피와 땀으로 이루어졌고, 이러한 예술을 옹호하는 것은 노예 제도를 옹호하는 것만큼이나 부도덕하고 퇴폐적이라는 것이다. 이러한 경향을 보이는 대표적인 예술가로 그는 근대 오페라의 창시로 일컫는 리샤르트 바그너를 꼽는다. 그런데 톨스토이의 문학관은 다른 예술가들의 작품뿐만 아니라 자신의 작품마저도 비판 대상으로 삼는다는 데에 그 특성이 있다. 가령 그는 단편 작품 한두 편을 빼 놓고 자신이 쓴 모든 작품을 값어치가 없다고 부정하기에 이르렀다. 문학가이면서도 문학을 이렇게 부정하였다는 점에서 어떤 여류 소설가는 그를 두고 '예수 그리스도를 배반한 가롯 유다 이후 가장 악명높은 배반자'라고 부른 적이 있다.

한편 리얼리즘은 이번에는 정치적 이데올로기를 중시하기도 한다. 20세기 초엽에 소비에트를 중심으로 한 공산주의나 사회주의 국가에서 공식 문학 노선을 채택한 사회주의 리얼리즘은 이러한 태도를 가장 뚜렷하게 보여 준다. 러시아 혁명 이후 소비에트 지도자들은 토지는 물론이고 점차 문화까지도 국유화하기에 이르렀다. 그리하여 이 무렵 문화 정치의 대부 노릇을 한 막심 고리키가 중심이 되어 1932년에 소비에트 작가 동맹을 결성하고 마침내 1934년에는 제1차 소비에트 작가 대회를 열었다. 바로 이 대회에서 사회주의 리얼리즘은 소비에트의 공식 문학 노선으로 채택되었던 것이다. 그것은 무엇보다도 인민성, 계급성, 이념성, 전형성, 그리고 당파성을 강조한다. 사회주의 리얼리즘의 기본 내용을 좀더 자세히 간추려 보면 1) 혁명적 발전에 있어 현실을 충실하게 그리고 역사적 면에서 구체적으로 다루고, 2) 사회주의 정신에 입각하여 노동자들의 이념을 바꾸고, 3) 경향적 입장과 당의 이념을 받아들이고, 4) 미래지향적이고 영웅적인 인물들을 그리고, 5) 구체적인 역사성이 드러나도록 예술적 표현을 쓸 것을 드러내 놓고 밝히고 있다.

그런데 사회주의 리얼리즘은 엄밀한 의미에서 리얼리즘이라고 보기 어렵다. 그것은 현실을 '있는 그대로' 객관적으로 반영한다는 리얼리즘의 기본 입장과는 적잖이 다르기 때문이다. 사회주의 리얼리즘은 '있는 그대로'의 객관적 삶의 모습이 아니라, '그렇게 되었으면' 하는 이상적 삶의 모습, 또는 '그렇게 되지 않으면 안 되는' 당위적 삶의 모습을 그리려고 한다. 그리하여 사회주의 리얼리즘에는 달갑지 않게도 '혁명적 낭만주의'라는 꼬리표가 늘 붙어다닌다. 현실을 일부러 아름답게 표현하거나 왜곡한다는 점에서 그것은 리얼리즘보다는 오히려 낭만주의에 훨씬 더 가깝다고 할 수 있다.

바로 여기에 리얼리즘이 안고 있는 모순이 있다. 부르주아 리얼리즘이건 비판적 리얼리즘이건 또는 사회주의 리얼리즘이건 모든 갈래의 리얼리즘은 한결같이 이론적으로는 삶의 모습을 객관적으로 모방한다고 하면서도 실제로는 독자들에게 어느 특정한 이데올로기를 전달한다는 데에 주의를 기울인다. 이렇게 독자들에게 이데올로기를 전달하는 과정에서 삶의 모습을 있는 그대로 반영하려는 시도는 왜곡되지 않을 수 없게 마련이다. 물론 이러한 특성은 사회주의 리얼리즘에서 뚜렷하게 드러나 있지만 부르주아 리얼리즘과 비판적 리얼리즘에서도 마찬가지로 찾아볼 수 있다. 지금까지 적지 않은 작가들과 이론가들이 리얼리즘이 안고 있는 이러한 모순을 극복하려고 애써 왔다. 그러나 재현과 이념,

진리와 이데올로기 사이에는 어쩔 수 없이 긴장이나 갈등이 생겨나기 때문에 이러한 시도는 한낱 헛수고에 지나지 않았다.

우리나라 문학에서도 리얼리즘 전통은 낭만주의에 못지않게 큰 힘을 떨쳤다. 김동인이나 염상섭 또는 채만식의 소설 작품들은 다분히 부르주아 리얼리즘적 경향을 띠고 있다. 물론 이들 작가들의 작품은 자연주의나 낭만주의 또는 상징주의의 특성을 함께 지니고 있으면서도 부르주아 리얼리즘의 관점에서 가장 잘 이해할 수 있다. 한편 비판적 리얼리즘은 이광수의 작품에서 쉽게 찾아볼 수 있다. 그의 작품은 한편으로는 고전주의적 특성을 띠고 있으면서도, 다른 한편으로는 톨스토이류의 비판적 리얼리즘에 아주 가깝다. 그런가 하면 사회주의 리얼리즘은 1920년대 중엽에 처음 나타나 1930년대 초엽에 걸쳐 질풍처럼 우리 문단을 휩쓴 신경향파 문학에서 그 모습을 드러낸다.

신경향파 문학을 비롯한 사회주의 리얼리즘은 1970년대와 1980년대에 걸쳐 다시 한 번 우리 문단을 휩쓸고 지나간다. 민중 문학이나 노동 문학이 바로 그것이다. 민중 문학이나 노동 문학은 마치 성난 파도처럼 우리 문단을 흔들어 놓았다. 이 무렵 문학하면 곧 리얼리즘 문학을 떠올릴 만큼 리얼리즘은 우리 문단에서 가장 큰 영향력을 끼쳤다. 한편으로 사회주의 리얼리즘은 지나치게 내용을 강조한 나머지 문학의 심미성이나 예술성을 도외시하거나 소홀히 하는 결과를 가져 왔다. 그러나 다른 한편으로 그것은 자본주의의 모순과 병폐를 바로잡는 데에 크게 이바지하기도 하였다. 홍희담의 「깃발」과 같은 소설, 그리고 박노해의 『노동의 새벽』에 실린 시들은 이러한 경우를 보여 주는 아마 가장 좋은 작품일 것이다. 조세희의 연작소설 『난장이가 쏘아올린 작은 공』은 현실과 환상을 겹쳐 놓은 마술적 리얼리즘 계열에 속하는 작품이다.

모더니즘

리얼리즘이 낭만주의에 대한 비판과 대안으로 시작되었다면, 모더니즘은 리얼리즘에 대한 비판과 반작용에서 시작되었다. 따라서 모더니즘에서는 낭만주의와는 한 집안식구한테서 흔히 볼 수 있는 유사성을 쉽게 찾아볼 수 있다. 그러나 모더니즘 작가들은 낭만주의자들의 태도를 한결 더 극단적으로 밀고 나간다. 휴머니즘의 테두리를 크게 벗어나지 못하는 낭만주의자들은 문학의 내용에 대한 미련을 완전히 떨구어 버리지 못하였다. 그러나 모더니스트들은 내용 쪽보다는 형식 쪽에 훨씬 더 깊은 관심을 기울인다.

낭만주의에서 모더니즘으로 넘어오는 데에 있어 징검다리 구실을 한 것이 바로 탐미주의나 예술지상주의 전통이다. 흔히 '세기말'이라는 이름으로 더욱 잘 알려져 있는 19세기 말엽에 프랑스에서는 샤를르 보들레르가 중심이 되어 그 이전의 문학 전통을 맹렬히 공격하면서 이른바 '예술을 위한 예술'의 기치를 드높이 내걸었다. 이 예술 운동은 점차 스테판 말라르메와 아르튀르 랭보가 상징주의로 발전시킨다. 이러한 사정은 영국의 경우에도 크게 다르지 않아서 이 무렵 댄티 게이브리얼 로제티와 찰스 스윈번 등의 라파엘전파 예술가들이 예술지상주의를 빅토리아 문학 전통을 통렬히 비판하는 수단으로 삼았다. 그 뒤를 이어 월터 페이터와 오스카 와일드도 영국 문학에 새로운 전통을 세우는 데에 앞장 섰다. 이렇듯 모더니즘이 성장하는 데에는 예술지상주의 운동이나 상징주의 운동이 그 밑거름이 되었다.

다른 문학 전통이나 사조가 으레 그러하듯이 모더니즘도 시대 정신을 잘 드러낸다. 20세기 초엽이라고 하면 여러 분야에 걸쳐 가히 혁명적이라고 할 만한 크나큰 변화가 일어난 때이다. 가령

19세기 말엽에 이르러 그 동안 신앙처럼 떠받들던 과학적 합리주의가 점차 도전을 받기 시작하였다. 찰스 다윈, 제임스 프레이저, 프리드리히 니체, 칼 마르크스, 그리고 지그문트 프로이트 같은 사람들은 이 무렵 기성 전통과 인습을 과감히 무너뜨린 역사의 도전자들이다. 또한 앨버트 아인슈타인은 상대성 이론을, 베르너 하이젠베르크는 불확실성 이론을, 그리고 닐 보르는 상보성 이론을 잇달아 발표하여 종래의 우주관이나 인간 의식이 크게 달라졌다. 그들은 한결같이 일원론을 배격하고 상대성을 주창하였으며 삶의 모습을 한결 다원적으로 보려고 하였다.

모더니즘은 무엇보다도 기존의 전통이나 인습과의 단절을 꾀하려고 하였다는 데에 그 특성이 있다. 모더니즘이 하나의 문학 전통이라고 한다면 그것은 다름아닌 '비전통의 전통'이라고 부를 수 있다. 모더니즘은 19세기 중엽부터 서구를 풍미한 모든 문학 전통을 단호히 거부한다. 여기에서 19세기 중엽부터 풍미한 문학 전통이란 두말 할 나위 없이 리얼리즘 문학 전통을 가리킨다. 모더니즘 작가들은 삶의 모습을 있는 그대로 객관적으로 모방하거나 재현한다는 리얼리즘의 태도를 지극히 순진한 것으로 여긴다. 리얼리즘 작가들은 모방이나 재현의 대상인 우주나 자연 또는 삶의 실재가 바위덩어리처럼 고정불변한 것으로 생각하였다. 그러나 모더니즘 작가들의 관점에서 보면 우주나 자연 또는 삶의 실재는 예술가들이 객관적으로 묘사할 만큼 그렇게 고정불변하지 않고 신기루처럼 끊임없이 변화한다. 여기다가 작가의 주관성까지 넣는다면 현실을 객관적으로 묘사한다는 것은 마치 무지개를 잡는 것처럼 불가능한 일과 다름없다. 이 점과 관련하여 독일의 표현주의 시인 고트프리트 벤은 아예 "객관적 실재란 결코 존재하지 않는다. 창조 의지에 따라 새로운 세계를 끊임없이 만들고 고치고 다시 세우는 인간 의식만이 존재할 따름"이라고 못박는다.

이렇듯 모더니즘 작가들의 관점에서 보면 작품을 쓴다는 것은 모방이나 재현이 아니라 어디까지나 창조에 지나지 않는다. 낭만주의에서와 마찬가지로 여기에서도 예술을 창작하는 원동력은 다름아닌 상상력이다. 상상력 없이는 어떤 예술가도 예술 작품을 창조해 낼 수 없다. 모더니즘 전통에서 예술가들이 흔히 신과 같은 초월적 존재로 대접받는 것도 따지고 보면 바로 이러한 까닭에서이다. 제임스 조이스를 비롯한 많은 모더니즘 작가들이 말하듯이 예술가는 초월적 신이며 조화옹(造化翁)과 크게 다름없는 지고의 위치를 차지한다.

모더니즘 작가들은 리얼리즘의 기본적인 예술관과 함께 예술의 공리적이고 실용적인 기능을 받아들이지 않는다. 리얼리즘 작가들이 문학을 독자들에게 윤리적·도덕적 비전을 제시해 주는 도구로 삼았던 것과는 달리, 모더니즘 작가들은 문학 그 자체에 관심을 기울였다. 다시 말해서 모더니즘 작가들은 무엇보다도 예술의 자기목적성을 높이 여겼던 것이다. 그들의 관점에서 보면 문학은 이제 더 이상 윤리나 도덕, 또는 사회적·정치적 메시지를 전달하는 이데올로기의 시녀가 될 수 없고 어느 다른 가치에게도 결코 넘겨 줄 수 없는 그 나름대로의 독특한 존재 이유를 지니고 있다.

흔히 모더니즘이 자라나는 데에 한몫을 한 미국 태생의 영국 소설가 헨리 제임스는 빅토리아 시대 작가들이 직접 작품에 나와 진부한 설교나 교훈을 늘어 놓는 이른바 '작가의 개입'을 아주 못마땅하게 생각하였다. 작가가 직접 나서서 설교를 늘어 놓는 것을 두고 그는 '가공할 만한 범죄'라고 하였다. 작가는 작품에 나타나 독자들과 허물없이 잡담을 나누어서는 절대로 안 되며 오직 진리의 전달자로서의 '신성한' 역할만을 충실히 맡아야 한다고 하였다. 예술가가 삶의 경험을 예술로 승화시키는 과정을 제임스는 '집행의 성사(聖事)'라고 불렀다. 한편 영국과 미국에서 모더니즘 운동을 주도한 에즈러 파운드는 예술가들이 그동안 독자들에게 교훈이나 메시지라고 하는 영양분을 지나치게 많이 공급해 준 나머지 예술은 이제 빈사 상태에 놓여 있게 되었다고 불평을 털어놓은 적이 있다.

모더니즘 작가들이 목청을 높여 말하는 문학의 자기 목적성은 일찍이 제임스와 함께 모더니즘 운동이 발전하는 데에 크게 이바지한 귀스타브 플로베르한테서 한결 뚜렷하게 드러난다. 정부(情婦) 루이즈 콜레에게 보낸 한 편지에서 그는 이렇게 적고 있다. "나에게 아름답게 보이는 책, 그리고 내가 쓰고 싶은 책은 아무런 내용도 다루지 않는 책, 곧 외적인 것과는 아무런 상관 없이 오직 스타일의 내적인 힘에 의하여서만 유지되는 책이다.……가능하다면 아무런 주제를 지니고 있지 않거나, 아니면 적어도 주제가 거의 눈에 드러나지 않는 그런 책 말이다." 모더니즘 작가들이 추구하는 예술적 이상은 바로 플로베르가 그토록 열렬히 꿈꾸던 바로 그것이라고 할 수 있을 것이다.

더구나 모더니즘 작가들은 주관성과 개인주의에 남달리 깊은 관심을 보였다. 이러한 입장은 이 무렵의 철학자들한테서 힘입은 바 무척 크다. 가령 영국의 철학자 J. E. 맥태거트는 E. H. 브래들리의 절대적 관념론에 반기를 들고 흔히 '개인적 관념론'이라고 부르는 이론을 내세웠다. 그에 따르면 우주는 인간의 자아로서 이루어져 있으며 이 자아는 곧 자신에 대한 지각과 각자의 인간에 대한 지각으로 이루어져 있다. 이 이론은 인성을 여러 지각이 모여 있는 상태로 본 데이빗 흄의 이론이나, 인간 세계는 곧 '나의' 세계에 지나지 않는다는 루드비히 비트겐슈타인의 이론과 그렇게 멀리 떨어져 있지 않다. 프랑스 철학자 앙리 베르그송의 의식 이론도, 독일 철학자 막스 스티르너의 에고이스트 철학도 한결같이 같은 맥락에서 이해할 수 있다.

이렇듯 모더니즘 작가들에 있어 모든 진리와 가치는 오직 '나'

로부터 출발한다. '나'를 떠나서는 이 세상에 어떠한 진리도 가치도 있을 수 없다. 당대의 사회 현실에 눈을 돌린 리얼리즘 작가들과는 다르게 모더니즘 작가들은 주관적인 내면 세계에 눈을 돌린다. 제임스 조이스와 더불어 흔히 영국의 대표적인 모더니즘 소설가로 일컫은 버지니어 울프는 모더니즘의 선언문이라고 할 만한 논문 「현대 소설」에서 작가들에게 눈에 보이는 외부 현상 세계보다는 오히려 인간 내면의 의식 세계에 좀더 깊은 관심을 기울일 것을 권하였다.

삶의 내면을 들여다 보면 삶은 우리가 이제까지 생각하였던 것과는 전혀 다르다는 사실을 알게 된다.……삶은 가지런히 일렬로 나열해 놓은 마차 램프가 아니다. 삶은 빛을 발하는 후광, 의식의 처음부터 끝까지 우리를 에워싸고 있는 반투명한 외피이다. 소설가의 임무는 될 수 있는 대로 이질적인 외부 세계와 독립하여 이러한 변화무쌍하고 아직 알려져 있지 않은 영혼을 전달하는 것이 아니겠는가?

물론 모더니즘 작가들이 보여 주는 이러한 경향은 낭만주의자들에게서도 쉽게 찾아볼 수 있는 특성으로서 그렇게 새로운 것이라고 할 수 없을는지도 모른다. 앞에서 말하였듯이 윌리엄 워즈워스는 훌륭한 시란 '강렬한 감정의 자연스러운 발로'라고 말하였다. 이렇듯 낭만주의자들 또한 주관적 감정을 높이 여긴 것이 사실이다. 그러나 같은 주관성이라고 하여도 낭만주의자들이 말하는 주관성과 모더니즘 작가들이 말하는 그것 사이에는 적지 않은 차이가 있다. 자아를 충실히 표현하고 자연과의 유기적인 관계를 통하여 자기 발견을 추구한다든지, 개인의 직관과 감정을 표현함으로써 영구불변한 진리를 추구한다는 점에서 낭만주의자들은 인간중심적인 세계관을 지니고 있었다. 이와는 달리 모더니즘 작가들은 작품에서 인간적인 요소를 배제시킴으로써 오히려 비휴머니즘적 세계관을 드러낸다. 호세 오르테가 이 가세트나 게오르크 루카치 같은 비평가들이 모더니즘 문학을 '비인간화의 문학'이라고 못박는 것도 바로 그 때문이다.

주관성과 개성을 중시하는 입장에서도 잘 보여지듯이 모더니즘은 그 내용과 주제에 있어 실존주의적 세계관과 깊이 연관되어 있다. 20세기에 접어들면서 과학과 기술의 눈부신 발전이 가져다 준 충격, 그에 따라 인간 정신이 약화되면서 이 무렵 사람들은 그 어느 때보다도 인간 실존을 첨예하게 깨달았다. 더구나 인류 역사상 그 유례를 찾을 수 없는 제1차 세계대전을 겪으며 사람들은 서구의 문명과 가치관에 깊은 회의를 보이기 시작하였다. 이러한 지적 풍토에서 생겨난 것이 바로 실존주의 철학이다. 실존주의는 엄밀히 말하면 체계적이고 추상적인 철학이라기보다는 오히려 위기 의식을 반영한 삶에 대한 태도를 가리키는 꼬리표에 지나지 않는다.

모더니즘 작가들은 20세기 현대인이 놓여 있는 비극적 상황에 남다른 관심을 보였다. 그들은 직접 또는 간접적으로 대부분의 실존주의자들이 받아들이는 기본적 입장을 작품에서 다루려고 하였다. 삶의 비극적 의미와 허무주의, 개인과 사회의 갈등과 긴장, 소외와 고립, 추상적 체계에 대한 회의, 책임과 선택의 문제, 그리고 신이 없는 세계에서의 삶 따위는 모더니즘 작가들이 관심을 기울인 대표적인 주제들이다. T. S. 엘리엇의『황무지』나 제임스 조이스의『율리시스』, 어니스트 헤밍웨이의『무기여 잘 있거라』, 그리고 윌리엄 포크너의『고함과 분노』따위는 이러한 주제를 비교적 잘 드러내는 작품들이다.

그러나 모더니즘을 규정짓는 가장 중요한 특성이라면 무엇보다도 형식주의이다. 모더니즘 하면 곧 형식주의를 떠올릴 만큼 이 둘은 서로 밀접한 연관성을 지닌다. 모더니즘 운동은 곧 형식의 혁명이라고 부를 만큼 실험적 형식은 모더니즘에서 가장 핵심적적인 자리를 차지하고 있다. 사실 삶의 본질 자체는 동굴 속에 살던 원시 시대나 20세기의 컴퓨터 시대나 그렇게 큰 차이가 없다. 만약 크게 달라진 것이 있다면 삶에 대한 태도나 스타일일 뿐이다. 예술은 바로 인간의 삶의 내용을 담아 놓는 그릇에 지나지 않는다. 그렇기 때문에 그릇에 담긴 내용 그 자체보다는 오히려 내용을 담는 그릇인 형식이 훨씬 더 중요하다. 모더니즘 작가들은 20세기의 다양한 삶을 표현하는 데에 가장 적합한 형식을 찾아 내려고 무척 애를 썼다. 버지니어 울프의 말대로 전통적인 리얼리즘 작가들한테서 문학 기법을 배운다는 것은 마치 구두 직공을 찾아가 시계 만드는 법을 가르쳐 달라고 하는 것과 조금도 다르지 않다.

모더니즘 작가들은 리얼리즘 작가들과는 다른 언어관을 가지고 있었다. 모더니즘 작가들은 언어의 지시적 기능보다는 오히려 언어의 유희적 기능에 주목하였다. 그들에 있어 언어는 이제 더 이상 삶의 경험을 표현하는 투명한 매체가 아니다. 오히려 그것은 오목렌즈나 볼록렌즈처럼 삶의 경험을 비뚤어지게 보여 주기 일쑤이다. 더구나 많은 모더니즘 작가들은 언어 그 자체에 깊은 관심을 가지고 있었다. 다시 말해서 수단이나 도구가 아니라 그 자체로 의미있는 대상으로 언어를 보려고 하였다.

한편 모더니즘 작가는 작품의 구성에 있어서도 유기적 통일성이나 일관성을 거부하였다. 그들의 관점에서 보면 삶이란 느슨하고 유동적이어서 그것을 논리적으로 묘사하는 것은 곧 삶의 본질을 왜곡하는 일과 크게 다르지 않다. 모더니즘 작가들은 삶의 모습을 마치 꿈 속의 사건처럼 단속적이고 단편적이며 일그러진 것으로 보았다. 그렇기 때문에 이 전통에 속한 소설가들은 될 수 있는 대로 연대기적인 구성 방법을 피하고 파편적인 구성 방법을 즐겨 썼다. 또한 엘리엇한테서 잘 드러나듯이 모더니즘 시인들은 '한 줌의 부스러진 이미지'로써 시를 쓰려고 하였다. 이러한 현상은 구성에 그치지 않고 작중인물에서도 잘 드러난다. 모더니즘 작품의 작중인물들은 대부분 전통적 의미의 영웅보다는 반사회적 인물들이거나 삶의 낙오자들이다.

관점이나 시점에 있어서도 모더니즘 작가들은 전지적인 3인칭 화법보다는 1인칭 화법을 즐겨 쓴다. 때로는 한 화자의 단일한 관점보다는 오히려 한 사람 이상의 복수적 관점을 쓰기도 한다. 가령 포크너는 『고함과 분노』에서 네 관점을, 『내 죽으며 누워 있을 때』에서는 무려 열다섯 관점을 사용한다. 그렇게 함으로써 그는 삶의 실재를 좀더 다양하게 해석하려고 하였다. 모더니즘 작가들의 이러한 기법은 리얼리즘 화가들처럼 삶의 모습을 평면적으로 보지 않고 입체적으로 보려고 한 파블로 피카소 같은 입체파 화가들한테서도 마찬가지로 나타난다. 그의 많은 작품 가운데에서도 스페인 바르셀로나의 홍등가 창녀들을 그린 것으로 알려진 「아비뇽의 처녀들」은 이러한 입체적 관점을 보여 주는 가장 대표적인 작품으로 손꼽힌다.

또한 모더니즘 작가들은 삶의 유동적인 경험을 표현하기 위하여 '내면 독백'이나 '의식의 흐름' 같은 기법을 즐겨 쓴다. 종래와는 전혀 다른 새로운 의식관과 시간관을 보이는 모더니즘 작가들은 시간의 집적적 효과와 복합적 의식에 대한 심층 분석을 통한 새로운 기법에 깊은 관심을 갖는다. 이러한 기법이 바로 내면 독백과 의식의 흐름이다. 의식의 흐름이란 한 작중인물의 의식 속에 아무런 논리적 연관성이 없이 잡다하게 흐르는 감각·생각·감정·기억·인상·연상 따위를 표현하려는 기법을 가리킨다. 이러한 무질서한 의식 상태를 될 수 있는 대로 실감나게 묘사하기 위하여 작가는 그러한 상태와 비슷한 단어나 이미지 또는 관념을 사용한다. 작가는 언어적 논리성보다는 심리적 연관성에 기대기 때문에 의식의 흐름 기법에서 쓴 문장은 흔히 비문법적이거나 파편적인 것이 많다. 내면 독백은 흔히 의식의 흐름과 같은 동의어로 쓰기도 하지만 엄격히 말하면 이 두 기법 사이에는 조금 차이가 있다. 즉 의식의 흐름에서는 화자의 존재를 느낄 수 있는 반면, 내면 독백에서는 화자의 존재를 거의 느끼지 못하거나 전혀 느끼지 못한다.

실험적인 기법을 자주 쓰는 모더니즘 문학은 그동안 지나치게 어렵고 따라서 몇몇 독자들만이 이해할 수 있는 엘리트 문학이라는 비판을 받았다. 또한 작품의 내용보다는 형식을 강조함으로써 비정치적이고 비역사적이라는 비난을 받기도 하였다. 게오르크 루카치와 같은 이론가들은 모더니즘 문학이 자본주의 사회에서 나온 것으로서 '정신병적 발작'으로 여긴다. 그럼에도 모더니즘은 흔히 서구에서 '제2의 르네상스'라고 부를 만큼 예술사를 통하여 가장 굵직한 획을 그은 문학 전통이요 문학 사조이다. 모더니즘만큼 찬란한 예술적 업적을 쌓은 문학 전통도 아마 찾아보기 드물 것이다. 제1차 세계대전에서 제2차 세계대전에 이르는 몇십 년에 걸쳐 서구 문학사에서 길이 남을 작품들이 많이 쏟아져 나왔던 것이다.

모더니즘 운동은 우리나라 문단에서도 꽤 활발하게 일어났다. 고전주의와 낭만주의만 하더라도 서구에서는 이미 한 세기나 그보다 훨씬 앞서 일어난 말하자면 한물 지나간 운동이었다. 그러나 일본 식민지 시대 일본 문단을 통하여 간접적으로 수입되는 탓에 약간의 시간차는 있었지만 모더니즘은 우리나라에서 서구에서와 거의 비슷한 시기에 일어났다. 김기림과 더불어 한국의 대표적인 모더니즘 시인으로 흔히 일컫는 정지용의 시 「카페 프란스」는 특히 눈여겨볼 만하다.

　　옮겨다 심은 종려나무 밑에
　　비뚜루 선 장명등,
　　카페 프란스에 가자

이놈은 루바쉬카
또 한 놈은 보헤미안 넥타이
뼈쩍 마른 놈이 앞장을 섰다

밤비는 뱀눈처럼 가는데
페이브멘트에 흐느끼는 불빛
카페 프란스에 가자

이놈의 머리는 비뚤은 능금
또 한 놈의 심장은 벌레 먹은 장미
제비처럼 젖은 놈이 뛰어간다

「오오 패롯(鸚鵡) 서방! 굳 이브닝!」

「굳 이브닝!」(이 친구 어떠하시오?)
울금향(鬱金香) 아가씨는 이밤에도
경사(更紗) 커틴 밑에서 조시는구려!

나는 자작(子爵)의 아들도 아무것도 아니란다
남달리 손이 히어서 슬프구나!

나는 나라도 집도 없단다
대리석 테이블에 닿는 내 뺨이 슬프구나!

오오, 이국종(異國種) 강아지야
내 발을 빨아다오
내 발을 빨아다오

『학조』창간호에 처음 실린 이 시는 비평가들이 한국 모더니즘
을 말할 때면 으레 인용하는 작품 가운데 하나이다. 암울한 식민
지 상황에 거의 무관심한 태도를 보인 정지용이건만 때로는 정치
적 의식을 드러낼 때가 있다는 사실을 말할 적에도 자주 인용하

기도 한다. 이 무렵 백지장처럼 창백한 식민지 시대의 지식인들에게는 기껏하여야 술을 퍼마시고 울분을 달랠 수밖에 없었다. "나는 나라도 집도 없단다 / 대리석 테이블에 닿는 내 뺨이 슬프구나!"라는 구절에서는 조국을 잃은 젊은이의 슬픔이 가슴 뭉클하게 전해 온다. 맨 마지막 연에서 "오오, 이국종 강아지야 / 내 발을 빨아다오"에서 '이국종 강아지'는 다름아닌 일본인 카페 여급을 가리킨다. "나는 자작(子爵)의 아들도 아무것도 아니란다"라는 귀절에 이르러서는 계급을 의식하는 경향마저 보인다. 그동안 정치적 무의식으로 일관해 온 정지용치고서는 암울한 시대 상황에 대한 의식이 자못 예리한 데마저 있다.

먼저 이 시는 '카페 프란스'라는 제목부터가 여간 예사롭지 않다. 두말 할 나위 없이 그것은 이 무렵 처음 등장한 서구식 술집을 가리킨다. 제목에서도 잘 드러나 있듯이 이 시에서 시인이 외국어나 외래어를 많이 쓴다는 것이 눈에 띈다. 시인은 무려 열한 가지에 달하는 외국어나 외래어를 모두 열다섯 번에 걸쳐 쓴다. '넥타이'나 '커틴' 또는 '테이블'처럼 아예 외래어로 굳어져 우리말처럼 쓰이는 단어는 그렇다고 하더라도 심지어는 굳이 외국어를 쓸 필요가 없는 듯한 '페이브멘트'(포장 도로)나 '패롯'(앵무새)에서도 외국어를 쓰고 있다. 감정을 헤프게 드러내는 달콤한 낱말을 많이 쓴다고 하여 낭만주의 시가 되는 것이 아니듯이, 외국어나 외래어를 많이 쓴다고 하여 모더니즘 시가 되는 것은 아니다. 그러나 모더니즘 시는 주로 토착어를 사용하는 리얼리즘 전통의 시나 낭만주의 전통의 시와 비교하여 한결 더 박래품 냄새가 짙게 풍긴다. 정지용이 일본 도오지샤(同志社)대학에서 영문학을 전공하였다는 점을 떠올린다면 이렇게 외국어와 외래어를 자주 쓰는 사정을 쉽게 이해할 수 있다.

이 시에서 시인은 모더니즘 시인답게 충격적인 비유법을 자주 쓴다. 밤에 내리는 가랑비를 '뱀눈'에 빗댄다든지, 비에 흠뻑 젖은 사람을 '제비'에 빗대는 직유법을 쓴다. 그런가 하면 동료의 머리를 '비뚤은 능금'에 견준다든지, 다른 동료의 심장을 '벌레 먹은 장미'에 견주는 은유법을 쓰기도 한다. 그가 이 시에서 쓰는 직유법과 은유법은 가히 충격적이라고 할 만하다. 얼핏 보아 이질적이고 충격적인 이미지는 17세기 영국의 형이상학파 시인들의 기상(奇想)을 떠올리기에 충분하다. 또한 '비뚜루 선 장명등'이나 '뻣적 마른 놈이'에서처럼 시인은 의태어를 효과적으로 구사하기도 한다.

그러나 이 시가 지니고 있는 모더니즘적인 특성은 무엇보다도 구성에서 잘 드러난다. 화자의 의식은 어느 한 곳에서 머물러 있지 않고 한 곳에서 다른 곳으로 쉽게 옮겨 다닌다. 연과 연 사이는 물론이고 심지어는 한 연 안에서도 어떤 논리적 발전을 찾아보기가 쉽지 않다. 그러면서도 이 시가 전체적으로 산만하다는 느낌을 거의 주지 않은 것은 심리적 연상 작용에 기대고 있기 때문이다. 시인은 이 작품에서 비가 내리는 밤에 젊은이들이 카페에 가려고 길을 나서서부터 카페에 도착하여 술을 마시는 모습을 묘사하고 있다. 또한 이 시에서 시인은 비록 짧지만 대화를 집어넣기도 한다. 이러한 대화를 통하여 시인은 낭만주의 시에서 흔히 찾아볼 수 있는 서정성을 일부러 깨뜨리려고 한다. T. S. 엘리엇의 말에 따른다면 시란 감정을 표현하는 것이 아니라 오히려 감정에서 도피하는 것이다.

그렇지 않아도 한 정지용 연구가는 이 시를 엘리엇의 시 「J. A. 프루프록의 연가」의 영향을 받고 썼다고 주장한 적이 있다. 다른 비평가는 그럴 리가 없다고 반박하였지만 적어도 이미지의 구사나 구성 방법에 있어서는 「카페 프란스」는 엘리엇의 시와 많이 닮아 있다. 비록 의식적인 모방은 아니라고 하더라도 서구 모더니즘의 세례를 한 차례 받고 난 정지용이고 보면 간접적이고 무의식적이라도 엘리엇한테서 영향을 받지 않았다고 말할 수 없을 것 같다.

포스트모더니즘

모더니즘이 대략 제1차 세계대전에서 제2차 세계대전 사이에 풍미한 문학 전통이나 사조라면, 포스트모더니즘은 제2차 세계대전 이후에 본격적으로 나타난 전통이나 사조이다. 그런데 포스트모더니즘이 모더니즘과 맺고 있는 관계는 아주 복잡하고도 미묘하다. 어떤 이론가들은 포스트모더니즘을 모더니즘에 대한 비판이나 반작용으로 보려는가 하면, 또 다른 이론가들은 모더니즘의 논리적 연장이나 계승으로 보려고 한다. 앞의 입장에 서 있는 이론가들 가운데에는 포스트모더니즘을 새로운 형태의 고전주의, 그러니까 '네오리얼리즘'으로 보려는 사람들이 적지 않다. 한편 뒤의 태도를 취하는 이론가들은 모더니즘의 후기 형태나 그것이 극단적으로 발전한 형태로 포스트모더니즘을 보려고 한다. 그들에 따르면 서구 문학은 아직도 모더니즘의 전통이나 사조에서 크게 벗어나 있지 않다.

그러나 포스트모더니즘에 대한 이 두 입장은 모두 그렇게 설득력이 있어 보이지 않는다. 왜냐하면 포스트모더니즘은 '포스트'라는 접두어에서도 드러나 있듯이 글자 그대로 '모더니즘 다음에' 나타난 현상이기 때문이다. 적어도 뜻 풀이로 본다면 모더니즘 다음에 일어난 문학 운동이나 예술 운동은 일단 포스트모더니즘으로 범주화할 수 있을 것이다. 그런데 문제는 '포스트'라는 접두어가 단순히 후시성(後時性)만을 뜻하지는 않는다는 데에 있다. 이 접두어에는 '다음'이라는 뜻에 못지않게 '넘어서'라는 이탈과 반작용이라는 뜻이 함께 있다. 한 마디로 포스트모더니즘은 모더니즘의 논리적 계승이요 발전인 동시에 그것과의 단절이요 비판적 반작용이다.

포스트모더니즘은 1) 전통과의 단절, 2) 불확정성이나 비결정성, 3) 다원성과 상대성, 4) 반(反)재현성, 5) 전위적 실험성, 그리고 6) 비역사성과 비정치성 따위에 있어 모더니즘의 입장을 거의 그대로 이어받는다. 그렇다고 하여 포스트모더니즘이 모더니즘의 이러한 특성들을 그대로 되풀이하는 것은 물론 아니다. 포스트모더니즘은 그것을 모더니즘보다 훨씬 더 극단적으로 밀고 나간다. 적어도 이 점에 있어서는 "모든 것을 새롭게 하라"는 모더니즘의 명제는 포스트모더니즘에 이르러서도 아직도 유효하다고 할 수 있다. 적지 않은 이론가들이 이 두 전통이나 사조 사이에서 한 집안식구에서 흔히 볼 수 있는 '혈연의 유사성'을 찾아낸 것은 바로 그 때문이다.

그러나 포스트모더니즘은 아주 중요한 점에서 모더니즘과 다르다. 이 둘 사이에 어떤 식으로든지 차이가 없다면 굳이 '포스트'라는 접두어를 붙일 리 만무하다. 처음에는 가히 혁명적이라고 할 만하던 모더니즘은 시간이 흐름에 따라 점차 화석처럼 딱딱하게 보수적인 전통으로 굳어지기 시작하였다. 전통적인 예술가들한테서 비판을 받던 모더니즘 작품들이 미술관이나 박물관에 소장되거나 '현대의 고전'이라는 이름으로 도서관에서 융숭한 대접을 받았다. 그런가 하면 대학에서 학자들의 연구 대상이 되거나 정식 교과과목으로 채택되어 강의실에서 가르치게도 되었다. 한 마디로 모더니즘 문학은 제2차 세계대전을 앞뒤로 하여 초기의 비판적 기능을 잃어버리고 점차 제도권 예술로 흡수되기 시작하였던 것이다. 포스트모더니즘은 바로 이렇게 모더니즘이 제도화된 것에 대한 비판에서 출발하였다. 그렇기 때문에 포스트모더니즘은 무엇보다도 이른바 '탈정전화'나 '탈중심화'라는 성격을 지닌다.

포스트모더니즘은 먼저 자기반영적 특성을 지닌다는 점에서 모더니즘과는 다르다. 리얼리즘 작가들은 우주나 자연 또는 삶의 모습을 마치 거울에 비추어 내듯이 객관적으로 재현하려고 하였다. 이러한 믿음은 모더니즘에 이르러 상당 부분 거짓임이 드러났지만 모더니즘 작가들한테서도 여전히 엿볼 수 있다. 그러나 포스트모더니즘 작가들은 텍스트 밖의 세계를 재현하는 일보다는 오히려 텍스트 안에서 벌어지는 일을 반영하는 일에 더 큰 관심을 기울인다. 거울에 빗대어 말하자면 리얼리즘 작가들이 텍스트 밖의 세계를 향하여 거울을 쳐들고 있다면, 포스트모더니즘 작가들은 텍스트 바깥 세계를 향하여 쳐들고 있는 거울을 향하여 또 다른 거울을 쳐들고 있거나, 아예 텍스트 안쪽을 향하여 거울을 쳐들고 있다고 할 수 있다. 바로 이러한 점에서 포스트모더니즘은 재현성을 거부하는 반리얼리즘적인 태도를 보인다.

포스트모더니즘 작가들은 문학의 인식론보다는 존재론에 훨씬 더 깊은 관심을 둔다. 다시 말해서 리얼리즘과 모더니즘을 비롯한 문학 전통이 "문학은 무엇을 할 수 있는가?"라는 물음에 관심을 보였다면, 포스트모더니즘은 오히려 "문학이란 과연 무엇인가?"라는 물음에 관심을 갖는다. 포스트모더니즘 작가들이 추구하려는 것은 외부 세계의 재현이나 모방이 아니라 허구 그 자체이다. 이것이 바로 메타픽션이라고 부르는 것이다. 메타픽션이란 허구와 실재의 관계에 의문을 던지기 위하여 문학이란 어디까지나 인공품에 지나지 않는다는 점을 강조하는 문학 작품을 말한다. 말하자면 '소설의 소설' 또는 '소설에 관한 소설'이 메타픽션이다. 물론 여기에서 소설이라는 말은 문학, 더 나아가서는 예술을 가리키는 제유적 표현에 지나지 않는다. 많은 포스트모더니즘 작가들은 글쓰기 행위 그 자체를 문학의 중요한 관심사로 삼는다.

이러한 메타픽션은 문학가들에 앞서 이미 다른 예술가들이 시도한 적이 있다. 가령 장-뤼크 고다르나 페데리코 펠리니 또는 미켈란젤로 안토니오니 같은 영화 예술가들은 종래의 영화에 반기를 들고 '영화 만들기' 자체를 그들이 만드는 영화의 중요한 주제로 다루었다. 사실 이러한 자기반영적 메타픽션은 영화에만 그치지 않고 그림이나 조각에서도 마찬가지로 쉽게 찾아볼 수 있다. 포스트모더니즘 예술가들의 자기반영성은 때로 '예술적 자위 행위'라는 비판을 받기도 한다.

더구나 포스트모더니즘은 장르 확산이나 탈장르 현상을 보여 준다는 점에서 모더니즘과 구별된다. 고전주의는 말할 것도 없고 리얼리즘이나 모더니즘만 하더라도 장르와 장르 사이에는 높다란 장벽이 가로 놓여 있었다. 어느 한 장르를 다른 장르와 혼합하는 것을 마치 서로 다른 민족끼리 결혼하는 것처럼 몹시 꺼렸다. 그러나 포스트모더니즘에 이르러 장르와 장르 사이의 구분이 별다른 의미를 지니지 않게 되었다. 가령 시와 소설 그리고 희곡 장르의 구분이 그 의미를 잃었다. 최근에 나온 작품들 가운데에는 전통적인 장르로 구분할 수 없는 작품들이 얼마든지 있다. 뿐만 아니라 창작과 비평의 장르 구분도 이제 별다른 의미를 갖지 않게 되었다. 그리하여 몇몇 이론가들은 창작과 비평의 유동적 관계를 설명하기 위하여 '창조적 비평'이니 '크리티픽션'이니 하는 말을 새롭게 만들어 내기도 한다.

장르와 장르 사이의 벽이 허물어져 버린 것은 문학 장르뿐만 아니라 더 나아가서는 학문 분야에서도 나타난다. 문학과 역사의 경계선이 무너진 것처럼 문학과 철학의 경계선 또한 애매모호하게 되었다. 심지어는 인문과학과 사회과학, 그리고 인문-사회과학과 자연과학 사이의 벽이 내려앉아 버렸다. 문학 작품이건 문학 작품이 아니건 이제 글과 관련된 모든 행위는 롤랑 바르트가 말하는 '글쓰기'라는 말로 뭉뚱그려 부른다. 마찬가지로 문학가도 철학가도 역사가도 이제는 한결같이 '글쓰는 사람'에 지나지 않는다. 이러한 상황에서 마치 신 같은 대접을 받아 온 '창조자'로서의 작가가 들어설 자리란 별로 없게 마련이다.

포스트모더니즘은 지그문트 프로이트가 말하는 '억압된 것들의 복귀' 현상에서도 잘 나타난다. 그동안 가부장제도적인 모더니즘의 권위 밑에서 제대로 빛을 보지 못하던 것들이 제2차 세계대전 이후부터 점차 주변부에서 중심부로 자리를 옮겨오기 시작하였다. 기껏하여야 '타자'(他者)로서의 관심밖에는 받지 못하던 여성 문학이 새롭게 각광받기 시작하였다. 모더니즘이 주변 문학으로 따돌리던 제3세계 문학도 이제 한몫을 톡톡히 하고 있다. 포스트모더니즘의 거센 기류를 타고 여성 문학과 제3세계 문학이 지금 세계 문학을 주도하고 있다고 하여도 크게 틀리지 않는다.

　이러한 현상은 특히 대중 문화에 대한 관심에서 가장 잘 드러난다. 모더니즘과는 달리 포스트모더니즘은 대중 문화에 큰 관심을 보여 준다. 전위적인 실험성을 강조하는 모더니즘은 흔히 고급문화적이고 엘리트주의적인 특성을 지닌다. 그렇기 때문에 모더니즘에서는 저급 문화나 대중 문화를 대수롭지 않게 여기기 일쑤였다. 그러나 포스트모더니즘에 이르러 사정은 크게 달라졌다. 많은 포스트모더니즘 작가들은 고급 문화와 저급 문화, 엘리트 문화와 대중 문화의 차이가 어떤 본질에서 비롯하는 것이 아니라 지배 계층의 이데올로기가 만들어 낸 것에 지나지 않는다고 생각한다. 그리하여 모더니즘에서 그동안 서자 취급을 받아 오다시피 한 탐정 소설, 과학공상 소설, 로맨스 소설, 서부개척 소설 따위와 같은 대중 문학 장르가 그 가치를 새롭게 인정받기 시작하였다.

　마지막으로 포스트모더니즘은 상호텍스트성을 높이 여긴다. 여기에서 상호텍스트성이란 한 텍스트가 다른 텍스트와 맺고 있는 상호 관련성을 말한다. 주어진 한 텍스트를 면밀히 들여다 보면 거기에는 과거의 많은 텍스트들이 뒤엉켜 있다. 의식적·무의식적으로 또는 직접·간접적으로 어느 한 작가는 선배 작가들이나 동시대의 작가들의 작품, 심지어는 자신의 작품에서 영향을 받고 있다. 쥘리아 크리스테바 같은 프랑스 이론가는 텍스트와 텍스트의 상호 관련성을 모자이크에 견주기도 한다.

상호텍스트성은 20세기 후반에 이르러 작품의 소재가 거의 모두 고갈되거나 소진되었다는 이른바 '고갈 의식'과 깊이 연관되어 있다. 많은 포스트모더니즘 작가들은 과거에 활동한 작가들이 이미 작품의 소재를 써 버렸다고 생각한다. 그렇다면 현재 작품 활동을 하고 있는 작가들은 선배 작가들이 과거에 이미 썼던 소재들을 다시 활용할 수밖에 없다. 가령 호르헤 루이스 보르헤스는 미겔 데 세르반테스의 『돈키호테』를 소재로 삼아 다시 작품을 쓴다. 이렇듯 포스트모더니스트들에게 있어 문학 작품을 쓴다는 것은 무(無)에서 유(有)를 만들어 낸다기보다는 유에서 유를 만들어 내는 것과 같다. 그렇기 때문에 그들의 작업은 창작보다는 재창작의 개념에 더 가깝다. 그들의 이러한 창작 태도는 요즈음 부쩍 관심을 모으고 있는 재활용 운동을 떠올리게 한다. 포스트모더니즘 작가들의 창작 태도가 때로는 기생적(寄生的)이라는 비난을 받는 것도 바로 그 때문이다.

상호텍스트성을 가장 잘 보여 주는 기법 가운데 하나가 바로 패러디와 파스티슈이다. 포스트모더니즘 작가들은 이 기법을 아주 중요한 장치로 삼는다. 이 두 기법은 원작의 주제나 스타일 같은 형식을 흉내내되 어디까지나 새로운 의도나 목적을 가지고 그렇게 한다. 그렇기 때문에 이 두 기법은 단순히 남의 작품을 그대로 흉내내는 것과는 근본적으로 다르다. 누군가는 현대를 반어(反語)의 시대라고 불렀지만 20세기 후반의 문학은 패러디와 파스티슈의 시대라고 하여도 크게 틀리지 않을 것 같다. 어떤 이론가들은 패러디를 모더니즘의 기법으로, 파스티슈를 포스트모더니즘의 기법으로 여기기도 한다. 그러나 이 두 기법은 문학 전통이나 사조에 따라서 그렇게 뚜렷이 구별되지 않는다. 물론 풍자적이고 비판적 성격이 강한 패러디는 모더니즘 작가들한테 더 많은 사랑을 받은 것이 사실이지만 그렇다고 하여 모더니스트들의 독점물은 결코 아니다. 포스트모더니즘 계열의 작가들은 물론이고 모더니즘 작가들과 그 이전에 활약한 작가들도 이 기법을 심심치 않게 써 왔기 때문이다.

만약 패러디와 파스티슈 사이에 어떤 차이를 찾는다면 다른 곳에서 찾는 것이 더 좋다. 패러디는 무엇보다도 한 작품을 대상으로 삼는 반면, 파스티슈는 흔히 한 작품 이상을 그 대상으로 삼는다. 파스티슈란 본디 '밀가루 반죽'을 뜻하는 이탈리아어에서 생겨난 말이다. 파스티슈와 같은 뜻으로 쓰는 '센토이즘'이라는 말을 보면 그 뜻이 훨씬 분명해진다. 이 말은 다름아닌 이탈리아어로 '헝겊 조각'을 뜻한다. 비판이나 풍자의 기능에서도 이 두 기법은 큰 차이를 보여 준다. 즉 패러디에서는 풍자나 비판적 기능이 강하게 나타나는 반면, 파스티슈는 이러한 기능과는 비교적 무관하고 오히려 유희적 기능이 더 강하게 드러난다. 진지성보다는 유희성을 강조하는 포스트모더니즘 작가들이 패러디보다는 파스티슈를 더 좋아하는 것은 어쩌면 당연한 일이다.

포스트모더니즘을 비판하는 몇몇 이론가들은 전략적으로 이러한 창작 방법을 표절이나 도용으로 몰아붙이기도 한다. 그렇지만 포스트모더니즘의 패러디나 파스티슈는 표절이나 도용 행위와는 본질적으로 다르다. 이 두 기법은 문학의 소재에 대한 고갈 의식에서 비롯된 것으로 포스트모더니즘 작가들에게 생존 기제와 다름없다. 더구나 그것은 유희성을 강조하려는 장치에 지나지 않는다. 한 마디로 패러디나 파스티슈는 어디까지나 예술적 기법인 반면 표절이나 도용은 엄연한 범죄 행위이다.

1980년대 말부터 우리나라에 본격적으로 소개되기 시작한 포스트모더니즘은 이제 그 뿌리를 내린 듯하다. 그것은 이제 문학을 비롯한 문화 영역에 깊숙이 침투되어 있다. 문화 현상이란 마치 우리가 들여마시는 공기와도 같아서 아무리 의식적으로 거부하려고 하여도 거부할 수 없다. 포스트모더니즘의 경우에도 예외가 아니다. 몇몇 문화적 국수주의자들과 보수주의자들의 끈질긴 비판에도 아랑곳하지 않고 그것은 지금 문화 영역 곳곳에 자리잡은 채 알게 모르게 우리 의식에 영향을 끼치고 있다. 이러한 현상을 가장 예민하게 포착하는 것은 두말 할 나위 없이 문학가들을 비롯한 예술가들이다. 실제로 몇몇 작가들은 포스트모더니즘의 영향을 받은 것 같은 인상을 준다. 예를 들어 장정일의『아담이 눈 뜰 때』, 하일지의『경마장 가는 길』, 박일문의『살아 남은 자의 슬픔』등은 자기반영적 메타픽션을 보여 주는 좋은 작품들이다. 이인화의『내가 누구인지 말할 수 있는 자는 누구인가』는 파스티슈의 기법을 잘 보여준다. 또한 유하의『바람부는 날이면 압구정동에 가야 한다』는 대중 문화에 대한 깊은 관심을 보여 준다. 이밖에도 의식적이건 무의식적이건 포스트모더니즘의 영향을 받고 씌어진 작품들이 적지 않다.

이 가운데에서도 포스트모더니즘 특유의 패러디 기법을 비교적 잘 보여 주는 시 한 편을 예로 들어 보는 것으로 충분할 것 같다. 신세대 작가로 주목받고 있는 장정일의 작품「라디오같이 사랑을 끄고 켤 수 있다면」이라는 시가 바로 그것이다. 이 시에서 그는 사람들이 자주 애송하는 김춘수의「꽃」을 패러디의 대상으로 삼는다. 그러면 먼저 김춘수의 시부터 살펴 보기로 하자.

> 내가 그의 이름을 불러 주기 전에는
> 그는 다만
> 하나의 몸짓에 지나지 않았다
>
> 내가 그의 이름을 불러 주었을 때
> 그는 나에게로 와서
> 꽃이 되었다

내가 그의 이름을 불러 준 것처럼
나의 이 빛깔과 향기에 알맞는
누가 나의 이름을 불러 다오
그에게로 가서 나도
그의 꽃이 되고 싶다

우리들은 모두
무엇이 되고 싶다
너는 나에게 나는 너에게
잊혀지지 않는 하나의 눈짓이 되고 싶다

　이 시에서 김춘수는 존재론 문제뿐만 아니라 인간의 의사 소통
문제를 중요한 주제로 다룬다. 이 시의 화자는 '나'가 아닌 다른
사람들이나 다른 피조물과 어떤 의미 있는 관계를 갖기를 간절히
바란다. 꽃이 '나'에게로 와서 꽃이 되듯이 '나'도 누군가에게 가
서 그의 꽃이 되고 싶어 한다. 이러한 간절한 소망은 "우리들은
모두 / 무엇이 되고 싶다"는 구절에 이르러 마침내 '우리'라는 1
인칭 복수형으로 바뀌는 데에서 잘 드러난다. 마지막 연에서 화
자가 어째서 '싶다'라는 낱말을 무려 세 번씩이나 되풀이하고 있
는지 쉽게 짐작이 간다. 의사 소통은 마치 전화로 대화를 하는 것
과 같아서 메시지를 보내는 쪽과 그것을 받는 쪽 어느 한쪽만 가
지고는 이루어질 수 없다. 나와 너의 두 쪽 모두가 있을 때에 비
로소 의미 있는 의사 소통이 이루어지게 마련이다.
　더구나 이 시에서 무엇보다도 눈길을 끄는 것은 "잊혀지지 않
는 하나의 눈짓이 되고 싶다"는 맨 마지막 행이다. 이 시를 처음
발표할 때에 김춘수는 '눈짓'이라는 낱말 대신에 '의미'라는 낱말
을 썼고, 지금도 시 선집이나 교과서에서는 이렇게 널리 통용되
고 있다. 그러나 『김춘수 시 전집』에 그동안 쓴 시들을 한데 모
으면서 그는 '의미'라는 말을 빼고 그 대신 '눈짓'이라는 말로 바

꾸어 놓았던 것이다. 일상생활에서 쓰는 말에서도 '아' 다르고 '어' 다르다고 하는데 하물며 언어의 묘미를 생명으로 삼는 시에서는 두말 할 나위가 없을 것이다. 실제로 '의미'와 '눈짓' 사이에는 큰 차이가 있다. 뜻도 서로 다르지만 하나는 한자어이고 다른 하나는 순수한 토박이말이다. 토박이말은 대개 관념어로 쓰는 한자어와 비교하여 훨씬 더 감각적이고, 따라서 그 이미지에 있어 한결 더 구체적이다. '의미'라는 말이 마네킹에 박힌 눈처럼 죽어 있는 느낌을 준다면, '눈짓'이라는 말에서는 그 이미지가 살아서 꿈틀거린다. 더구나 '몸짓'이나 '눈짓'이나 두 낱말 모두 '짓'자 돌림으로 끝난다는 점을 눈여겨볼 필요가 있다. 작품의 첫머리에 '짓'자를 쓰고 끝 부분에 가서 다시 '짓'자를 씀으로써 구성이 훨씬 짜임새가 있다.

'몸짓'이란 몸을 움직여 어떤 뜻을 나타내는 행위이고, '눈짓'이란 눈으로 어떤 것을 나타내 보이는 행위이다. 눈짓이라는 말이 함축하는 뜻은 '눈을 맞춘다'는 표현을 보면 훨씬 분명해진다. 이 말은 단순히 두 사람이 서로 눈을 마주 본다는 것 이상의 뜻을 지닌다. 남녀가 서로 사랑한다는 마음을 눈으로 보이는 것이다. 몸짓이 육체의 언어라면 눈짓은 바로 영혼의 언어라고 할 수 있다. 그렇다면 이 시의 화자가 그토록 애타게 바라는 것은 '몸짓'이 아니라 '눈짓'인 것이다. 그러므로 "너는 나에게 나는 너에게 / 잊혀지지 않는 하나의 눈짓이 되고 싶다"는 것은 육체적인 면에서는 물론이고 정신적으로도 서로 마음을 터놓는 사이가 되고 싶다는 말이다.

이 시를 염두에 두고 이번에는 장정일의 시를 읽어 보자. 이 시에는 '김춘수의 「꽃」을 변주하여'라는 부제가 붙어 있다. 굳이 부제가 없더라도 우리나라 시에 웬만큼 관심 있는 사람이라면 누구나 다 쉽게 김춘수의 시를 패러디하고 있음을 알아차릴 것이다.

내가 단추를 눌러 주기 전에는
그는 다만
하나의 라디오에 지나지 않았다

내가 그의 단추를 눌러 주었을 때
그는 나에게로 와서
전파가 되었다

내가 그의 단추를 눌러 준 것처럼
누가 와서 나의
굳어진 핏줄기와 황량한 가슴 속 단추를 눌러 다오
그에게로 가서 나도
그의 전파가 되고 싶다

우리들은 모두
사랑이 되고 싶다
끄고 싶을 때 끄고 켜고 싶을 때 켤 수 있는
라디오가 되고 싶다

   통사론적 면에서 보면 이 시는 김춘수의 시를 거의 그대로 따른다. 중요한 단어를 몇 개 바꾸어 놓았을 뿐 문장 구조는 똑같다. 가령 "~하기 전에는 ~에 지나지 않았다"라든지, "~하였을 때 ~가 되었다"든지, "~한 것처럼 ~해 다오"라든지, 또는 "~하고 싶다"처럼 「꽃」의 문장 구조를 그대로 따르고 있다. 장정일은 '꽃' 대신에 '단추', '이름' 대신에 '라디오', 그리고 '불러 주다'는 말 대신에 '눌러 주다'는 말로 고쳐 놓았을 뿐이다.
   이렇게 김춘수의 시에 기대면서도 장정일의 시는 원본의 시와는 사뭇 다르다. 김춘수만 하더라도 꽃 한 송이 나무 한 그루 그리고 풀 한 포기와 깊은 교감을 가지던 시대에 살았다. 텔레비전이나 컴퓨터는 말할 것도 없고 전화나 라디오조차 신기한 물건으로 대접받던 시대에 살았던 것이다. 그러고 보니 그의 시 작품에 유달리 꽃이나 나무가 많이 나오는 까닭도 이제 알 것 같다. 그러나 영상전자 매체가 판을 치는 정보 시대에 살고 있는 장정일에게는 꽃이나 나무보다는 오히려 라디오나 전파가 훨씬 더 자연스러울 것이다.

이 시에서 장정일은 현대 사회에서의 의사 소통의 단절, 그리고 그러한 단절에서 비롯되는 소외 문제를 다룬다. 현대를 정보 시대라고 부를 만큼 우리들은 정보의 홍수 속에서 살고 있다. 라디오, 텔레비전, 컴퓨터, CD롬 등 전자 매체는 눈이 부실 정도로 발전에 발전을 거듭해 왔다. 그러나 아이러니컬하게도 현대인들은 그 어느 때보다도 소외와 고립 속에 살고 있다. 이러한 상황에서 의미 있는 사랑은 더더욱 얻기 어렵다. "우리들은 모두 / 사랑이 되고 싶다"는 구절에서 화자는 이러한 소외와 고립의 벽을 허물고 의미 깊은 관계를 맺고 싶다는 간절한 소망을 드러낸다. 이러한 주제는 장정일이 그동안 『아담이 눈 뜰 때』나 『너에게 나를 보낸다』와 같은 소설 작품에서 다루어 온 주제이기도 하다.

이렇듯 장정일의 시는 원본 텍스트를 뛰어넘어 그 특유의 새로운 시 세계를 창조해 낸다. 그에 있어 패러디 기법은 사다리에 견줄 수 있다. 나무나 지붕에 올라가기 위하여 사다리가 필요할 뿐 일단 목적지에 올라간 다음에는 그 사다리가 필요 없듯이 이 시에서도 패러디는 오직 또 다른 작품을 만들어 내는 촉매 구실을 할 따름이다. 더구나 장정일의 시에는 원본 시를 우스꽝스럽게 만들려는 의도보다는 오히려 포스트모더니즘의 파스티슈처럼 언어의 유희를 즐기려는 의도가 훨씬 더 많이 엿보인다. 장정일은 이 시에서 오직 과거의 문학 유산을 물려받아 그것을 전혀 새로운 것으로 만들어 내고 있는 것이다.

참고 문헌

I. 우리말 저서

건국대학교 교양교재 편찬위원회.『문학 입문』. 서울: 건국대학교 출판부, 1983.

구인환·구창환.『문학개론』. 서울: 삼지원, 1987.

구인환·김상태·홍경표·조진기.『문학 개론』. 서울: 학문사, 1983.

구인환·김상태·서종택 외.『문학 개론』. 대구: 형설출판사, 1984.

권성우 편.『문학이란 무엇인가』. 서울: 문학동네, 1994.

김대행.『문학이란 무엇인가』. 서울: 문학사상사, 1992.

김상태·김병욱·김수남 외.『문학의 이해』. 서울: 학연사, 1995.

김시태 외.『문학 개론』. 서울: 보성문화사, 1994.

김영덕.『문학 개론』. 서울: 일조각, 1974.

김용락.『현대 희곡론』. 서울: 한신문화사, 1983.

김용성·김정식.『문학 개론』. 서울: 한글, 1992.

김욱동.『모더니즘과 포스트모더니즘』. 서울: 현암사, 1992.

_____.『문학의 위기』. 서울: 문예출판사, 1994.

_____.『'광장'을 읽는 일곱 가지 방법』. 서울: 문학과지성사, 1996.

김원경.『문학 개론』. 서울: 학문사, 1992.

김은철·백운복.『신문학의 이해』. 서울: 우리문학사, 1995.

김인환·성민엽·정과리 공편.『문학의 새로운 이해』. 서울: 문학과지성사, 1996.

김주연·김 현 공편.『문학이란 무엇인가』. 서울: 문학과지성사, 1976.

김해성.『신문학 원론』. 서울: 미광문화사, 1991.

나병철.『문학의 이해』. 서울: 문예출판사, 1994.

문덕수·신상철.『문학 일반의 이해』. 서울: 시문학사, 1995.

문예진흥위원회 편.『문학에의 초대』. 서울: 건국대학교 출판부, 1996.

문학이론 연구회.『문학 개론』. 서울: 새문사, 1986.

박목월·김춘수·정한모·문덕수.『문학 개론』. 신고판. 서울: 송원문화사, 1981.

박민수·엄해영·전기철·황정현. 『문학의 이해』. 서울: 느티나무, 1994.

박이도·김재홍·이미원·김종회.『문학의 이해』. 서울: 경희대학교 출판부, 1995.

백 철.『문학 개론』. 신고판. 서울: 신구문화사, 1982.

송하춘·김성곤 외.『문학에 이르는 길』 서울: 열음사, 1989.

서종택·오탁번·한용환.『문학이란 무엇인가』. 서울: 청하, 1992.

신동욱.『문학 개론』. 서울: 정음문화사, 1984.

_____.『문학의 아름다움』. 서울: 지학사, 1985.

신상성 편저.『문학의 이해』. 서울: 경운출판사, 1989.

신춘호·민병기·한승옥.『문학이란 무엇인가』. 서울: 집문당, 1995.

신춘호·민병기·한승옥·윤석란. 『문학의 이해』. 서울: 선일문화사, 1986.

원명수.『문학 입문』. 대구: 계명대학교 출판부, 1982.

유종호.『문학이란 무엇인가』. 서울: 민음사, 1989.

_____.『시란 무엇인가』. 서울: 민음사, 1995.

윤병구·이건청·김재홍·감태준.『문학 개론』. 서울: 현대문학사, 1988.

윤병로 · 조건상 · 강우식.『문학 개론』. 서울: 성균대학교 출판부, 1994.

윤석산 · 조규일 · 조상기 · 홍성암.『문학의 이해』. 서울: 태학사, 1994.

이근삼.『연극 개론』. 서울: 범서출판사, 1985.

이기반 · 김남석.『문학 개론』. 서울: 교학연구사, 1983.

이문열 · 권영민 · 이남호.『한국 문학이란 무엇인가』. 서울: 민음사, 1996.

이인복.『문학의 이해』. 서울: 숙명여자대학교 출판부, 1989.

이재선 · 신동욱.『문학의 이론』. 서울: 학문사, 1993.

이재현.『문학이란 무엇인가』. 서울: 청년사, 1985.

이향아.『문학의 이론』. 서울: 영학출판사, 1984.

이형기.『시란 무엇인가』. 서울: 한국문원, 1996.

장백일 · 홍석영.『문학 개론』. 서울: 탐구당, 1986.

전주대학교 교재편찬위원회.『문학의 세계』. 전주: 전주대학교 출판부, 1996.

조기섭 · 이강언 · 김영철.『문학의 이론』. 대구: 형설출판사, 1986.

조동일.『한국 소설의 이론』. 서울: 지식산업사, 1977.

조태일 · 김영석 · 신덕룡 · 김종회.『문학의 이해』. 서울: 한울, 1992.

최정식 · 권기홍 · 홍경표 · 조진기.『문학 개론』. 서울: 학문사, 1983.

한계전 · 박호영 · 송현호.『문학 개론』. 서울: 민지사, 1990.

한노단.『희곡론』. 서울: 정음사, 1965.

한영환 · 이성교.『문학 개론』. 서울: 개문사, 1992.

형성사 편집부.『문학 원론』. 서울: 형성사, 1985.

홍문표.『문학 개론』. 서울: 양문각, 1994.

II. 외국 저서

Boulton, Majorie. *The Anatomy of Drama*. London: Routledge &

Kegan Paul, 1960.

_____. *The Anatomy of the Novel*. London: Routledge & Kegan Paul, 1975.

_____. *The Anatomy of Poetry*. London: Routledge & Kegan Paul, 1970.

_____. *The Anatomy of Drama*. London: Routldege & Kegan Paul, 1965.

Brooks, Cleanth, and Robert Penn Warren. *Understanding Poetry*. 4th ed. New York: Holt, Rinehart and Winston, 1976.

_____. *Understanding Fiction*. New York: Holt, Rinehart and Winston, 1975.

Brooks, Cleanth, and Robert Heilman. *Understanding Drama*. New York: Holt, Rinehart and Winston, 1965.

Burgess, Anthony. *English Literature: A Survey for Students*. London: Longman, 1974.

Daiches, David. *A Study of Literature: For Readers and Critics*. New York: W. W. Norton, 1964.

Eagleton, Terry. *Literary Theory: An Introduction*. Minneapolis: University of Minnesota Press, 1983.

Ellis, John M. *The Theory of Literary Criticism: A Logical Analysis*. Berkeley: University of California Press, 1974.

Hawthorn, Jeremy. *Studying the Novel: An Introduction*. 2nd ed. London: Edward Arnold, 1992.

Hernadi, Paul. *What Is Literature?* Bloomington: Indiana University Press, 1978.

_____, ed. *What Is Criticism?* Bloomington: Indiana University Press, 1980.

Korg, Jacob. *An Introduction to Poetry*. New York: Holt, Rinehart and Winston, 1959.

Mayhead, Robin. *Understanding Literature*. Cambridge: Cambridge University Press, 1965.

Rosenheim, Edward W., Jr. *What Happens in Literature: A Student's Guide to Poetry, Drama and Fiction*. Chicago: University of Chicago Press, 1960.

Sartre, Jean-Paul. *Literature and Existentialism*. Trans. Bernard Frechtman. New York: Citadel Press, 1965.

Stanton, Robert. *An Introduction to Fiction*. New York: Holt, Rinehart and Winston, 1967.

Taylor, Richard. *Understanding the Elements of Literature: Its Forms, Techniques and Cultural Conventions*. London: Macmillan, 1981.

Tennyson, G. B. *An Introduction to Drama*. New York: Holt, Rinehart and Winston, 1967.

Wellek, René. *The Attack on Literature and Other Essays*. Chapel Hill: University of North Carolina Press, 1982.

Wellek, René, and Austin Warren. *Theory of Literature*. 3rd ed. New York: Harcourt, Brace, Jovanovich, 1977.

찾아보기

ㄱ

지은이 **김욱동**

한국외국어대학 영문과와 동 대학원을 졸업했고,
미국 미시시피대학에서 영문학 석사,
뉴욕주립대학에서 영문학 박사 학위를 받았다.
미국 하버드대학, 듀크대학, 노스캐롤라이나대학에서 교환 교수를 역임했고,
현재는 서강대학교 영문학과 명예교수로 재직하고 있다.
저서로『대화적 상상력』,『문학을 위한 변명』,『수사학이란 무엇인가』,
『미국 소설의 이해』,『시인은 숲을 지킨다』,『한국의 녹색 문화』,
『문화 생태학을 위하여』,『「광장」을 읽는 일곱 가지 방법』,『문학의 위기』,
『탈춤의 미학』 등 다수가 있으며, 역서로는『앵무새 죽이기』,『위대한 개츠비』,
『주홍글자』,『그 겨울의 끝』,『허클베리 핀의 모험』,『호밀밭의 파수꾼』,
『새장에 갇힌 새가 왜 노래하는지 나는 아네』 등이 있다.

문학이란 무엇인가

1판 1쇄 발행 1996년 9월 20일
1판 19쇄 발행 2018년 2월 10일

지은이 김욱동
펴낸곳 (주)문예출판사 | **펴낸이** 전준배
출판등록 1966. 12. 2. 제 1-134호
주소 03992 서울시 마포구 월드컵북로 6길 30
전화 393-5681 | **팩스** 393-5685
홈페이지 www.moonye.com | **블로그** blog.naver.com/imoonye
페이스북 www.facebook.com/moonyepublishing | **이메일** info@moonye.com

ⓒ 김욱동 1996

ISBN 978-89-310-0301-7 03800